Franziska Szmania

MARTHA

Anarchie

SCHRIEBSAL

Buchbeschreibung:

Die Rebellion scheint erfolgreich. Präsident Adam ist gestürzt und die neue Regierung verspricht umfassende Änderungen, um die Stellung der Frau anzugleichen. Doch egal, was die neue Regierung verspricht, für einige Männer besteht das Herrschaftsrecht auf der Insel Selvia weiter. Der Kampf scheint noch nicht zu Ende. Ein Verrat in den eigenen Reihen lässt Martha zweifeln. Wem kann sie noch trauen und wie weit muss sie gehen, damit sich endlich etwas ändert?

Über den Autor:

Die Autorin, Franziska Szmania, lebt mit Familie und Katze in Berlin und genießt das Schreiben am liebsten bei Kaffee und Schokolade. In ihren Geschichten stellt sie sich den menschlichen Abgründen und der Frage: »Was wäre wenn …?« Braucht sie Ruhe oder Inspiration, findet man sie an der Ostsee sitzen und ins Meer starren. Für sie gibt es keinen schöneren Kraftort.

FRANZISKA SZMANIA

MARTHA

ANARCHIE

Bibliografische Information der Deutschen Nationalbibliothek
Die Deutsche Nationalbibliothek verzeichnet diese Publikation in der Deutschen Nationalbibliografie; detaillierte bibliografische Daten sind im Internet über http://dnb.d-nb.de abrufbar.

1. Auflage, 2021

Heinrich-Böll-Str.2
13156 Berlin
Coverdesign: Nina Austermeier
www.isabelaust.com
Unter Verwendung von Bildmaterial von Unsplash:
@ christopher-burns, @ dakota-corbin, @ damon-lam,
@ monil-andharia, @ rafael-de-nadai
Lektorat und Korrektorat: Zeilenfeuerlektorat Raphaela Schöttler-Potempa

Herstellung und Verlag: BoD – Books on Demand, Norderstedt
ISBN: 9783752626155

schriebsal@szmania.org
www.szmania.org

Für Martin.
Den Mann an meiner Seite.

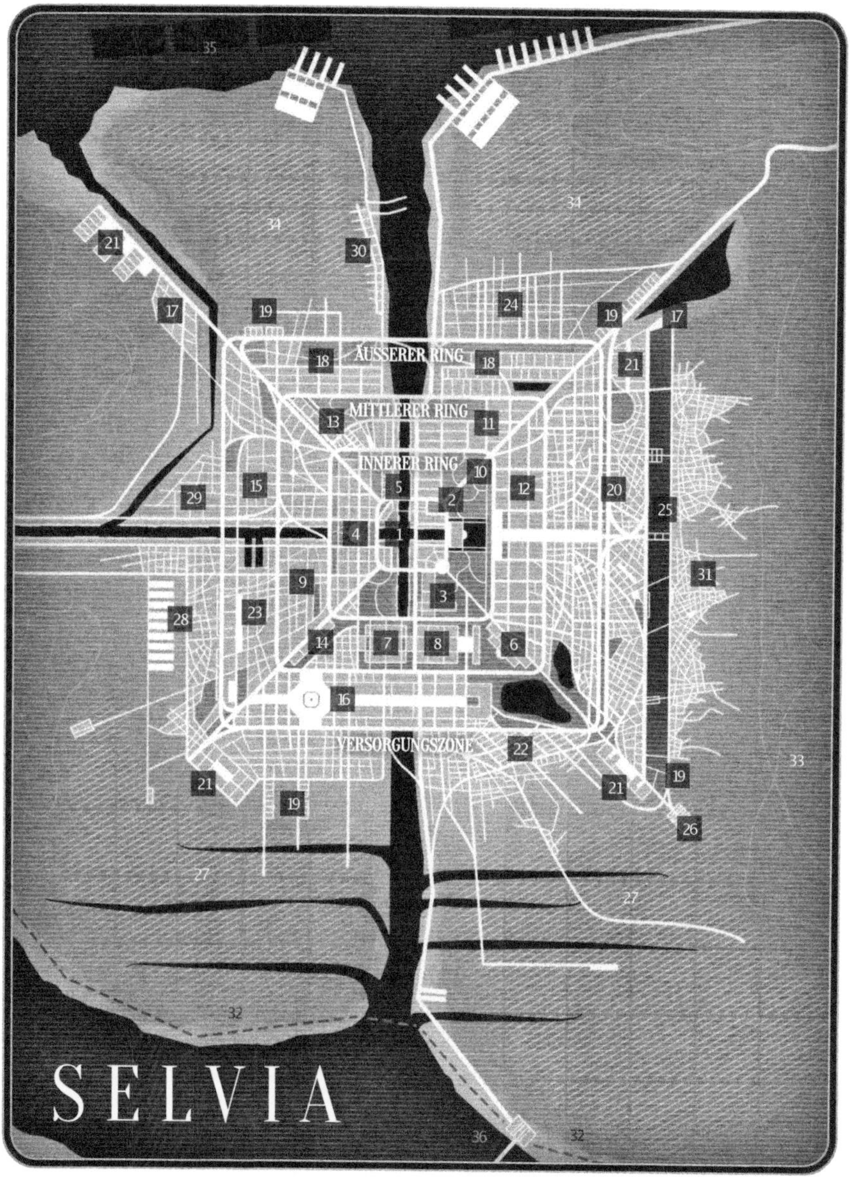

1 Regierungszentrum
2 Kulturzentrum
3 Tempel
4 Finanzzentrum
5 Krankenhaus innerer Ring
6 Schutzpräsidium
7 Mädchenschule
8 Jungenschule
9 Wohnzentrum, Kaufmannsgilde und Ärzteinnung
10 Pressezentrum
11 Gesundheitszentrum und Universität der Medizin
12 Verwaltungszentrum
13 Sicherheitszentrum
14 Feuerschutzzentrum
15 Handwerkszunft und Technik
16 Markt (Lucretia-Statue)
17 Wasserwerke
18 Geburtszentrum
19 Schutzzentren
20 Arbeitersiedlung
21 Versorgungszentren
22 Lebensmittelindustrie
23 Transport & Logistik
24 Forschungszentrum
25 Mülldeponie
26 Bestattungszentrum
27 Landwirtschaft & Insektenfarmen
28 Industriegebiet/ Produktionsanlagen
29 Textilindustrie
30 Kommunikationszentrum
31 Schwarze Zone
32 Verteidigung
33 Selvia-Gebirge
34 Variabilis-Plantagen
35 Wasserkraft-Turbinen
36 Festlandbrücke

INHALTSVERZEICHNIS

1. Teil

ZERSTÖRUNG

Wir wollten das nicht!
Waren nicht erpicht,
Zu sehen,
Was geschah.
Wir sollten gehen,
Für wahr.
Doch nun ist es passiert,
Uns nach einer Antwort giert.
Was geschah in jener Zeit?
Als wir waren nicht bereit.
Wir richteten Zerstörung an.
Was haben wir getan?

@Frederike Sommer

ALLES, ABER NICHT DAS.

Es ist tiefseestill. Niemand sagt ein Wort. Nur das Dröhnen des Busmotors ist zu hören. Die Mienen meiner Mitfahrer sind angespannt. In meiner Brust ballt sich die Angst zu einem Klumpen zusammen. Ich sitze neben Felix. Er hat mit sich gehadert, ob er Éli allein zurücklassen kann. Aber Éli wird als Techniker in der Kommandozentrale gebraucht.

Froh, dass er sich entschieden hat, mich zu begleiten, lasse ich meinen Kopf gegen seine Schulter fallen. Mein Magen gluckst und mir ist leicht übel. In mir brodelt es wie das Meer vor einem Vulkanausbruch. Entweder werde ich explodieren oder zusammenbrechen. Ich konzentriere mich auf unser Ziel und starre durch die Scheibe.

Bis auf den inneren Stadtring haben wir ganz Selvia eingenommen.

Aaron und die anderen sind vor einer Woche los, um Präsident Adam zu stürzen. Hinter mir liegen sieben Tage elendes Warten auf eine Nachricht. Bangen, hoffen und beinahe verrückt werden. Lebt Aaron noch? Ist er verletzt?

Bis endlich eine Drohne mit dem Rebellenzeichen aufgetaucht ist, doch Éli hat nicht viel herausgefunden. Die Drohne war kaputt und unsere Technik ist zu marode. »Bitte kommen!«, war alles, was er entziffern konnte.

Wer und wohin genau wir kommen sollen, konnte er nicht in Erfahrung bringen. Also habe ich mich mit einem Rettungsteam aufgemacht, um Aaron und die anderen zu suchen und herauszufinden, ob sie erfolgreich waren. Ist Präsident Adam besiegt? Das Warten hat ein Ende, aber die Freude darüber, endlich etwas tun zu können, wird Stück für Stück von Angst aufgelöst. Was erwartet mich?

Das hier ist nicht nur ein Kampf um Essen, sondern ein Kampf um eine ganze Insel. Ein Kampf gegen alle, die sich unserem Ziel nicht verschrieben haben. Bürger, die meinen, wir Frauen sollten keine Rechte bekommen. Bürger, die glauben, es sei richtig, dass andere hungern, damit sie im Reichtum leben können. Ich umklammere die Waffe, die auf meinem Schoß liegt. Hoffentlich schwimmen wir in keine Falle. Ich hätte mehr üben sollen.

In meinem Hirn suche ich nach den Funktionen der Knöpfe am Griff, die Aaron mir oft genug auf dem Schießstand erklären musste.

Mein Verstand sträubt sich. Ich ziehe meine Hände zurück und schiebe die Waffe auf meinen Schoß weit von mir. Der Geschmack von Blut breitet sich in meinem Mund aus. Ich löse die Zähne von den Lippen und bewege meinen Kiefer hin und her. Es knackt. Felix spekuliert leise mit unserem Sitznachbarn darüber, was vorgefallen sein könnte.

Ich blende es aus, empfinde es als nervenaufreibend. Es schürt meine Angst, die mir kalte Schauer über den Rücken schickt, nur noch mehr.

Wir wissen nichts. Sind unvorbereitet. Trotz der Waffen vom Festland, von Abels wichtigsten Verbündeten.

Lillits Worte, das dies seinen Preis haben wird, klingeln mir in den Ohren. Aber das kann ich jetzt nicht mehr ändern. Ich muss mich auf die bevorstehende Mission konzentrieren.

Ich lockere meine Schultern. Reiß dich zusammen, Martha!, weise ich mich selbst zurecht und ignoriere den Klumpen in meiner Brust. Wenn ich mich jetzt von der Angst überwältigen lasse, bin ich niemandem eine Hilfe. Der Bus rumpelt und holpert und ich halte mich an dem Griff neben mir fest.

Wir fahren an grauen Gebäuden vorbei. Mehr erkenne ich nicht. Zu milchig ist die Scheibe.

Jemand schreit und ich zucke zusammen. Ich springe auf, um den Grund herauszufinden. Auch Felix steht auf und ich lehne mich schwankend an ihn. Er ist zwei Köpfe größer als ich und um einiges schwerer. Ihn wirft so schnell nichts um. Durch die Frontscheibe erkenne ich riesige graue Paläste.

Wir nähern uns dem Zentrum.

Ruinen und Trümmer säumen unseren Weg. Menschen stehen apathisch an der Straße und starren den Bus mit leeren Augen entgegen.

Die Häuser weisen große Einschusslöcher auf oder sind in sich zusammengebrochen. Die Menschen haben keinen Zufluchtsort.

Womit wurde hier gekämpft? Unsere Waffen hätten diese Zerstörung nie anrichten können.

Vieles habe ich mir vorgestellt. Dass die Straßen leer sind. Die Menschen sich vor uns verstecken. Dass die Schutzpolizei die Straßen kontrolliert und die Rebellen gefangen genommen wurden.

Alles habe ich erwartet.

Dass wir gewonnen haben. Mit Glanz und Gloria.

Dass wir verloren haben. Sang- und klanglos.

Alles, aber nicht das.

Und plötzlich zerreißt mich die Sorge um Aaron. Mein Herz schlägt schmerzend in meiner Brust. Ich setze mich und atme tief ein. Versuche, mich zu beruhigen. Halte mich an dem Gedanken fest, dass er auf sich aufpassen kann, auch wenn das bei dieser Zerstörung bedeutungslos ist.

Stotternd bleibt der Bus stehen.

»Wir müssen aussteigen. Die Straße ist versperrt«, ruft Thomas, unser Fahrer.

Geschäftiges Chaos bricht aus. Alle greifen nach ihren Taschen und drängen zur Tür. Mein Atem geht keuchend und vor meinen Augen flimmert es. Der Geruch von Verbranntem dringt in meine Nase. Ich werde von Felix nach vorne geschoben und zwänge mich durch die Schiebetür.

Draußen atme ich die stickige Luft ein und schaue mich um. Ich war noch nie zuvor in der Stadt. Mein Weg hat mich nie weiter als bis zu den Versorgungszonen gebracht. Die Hitze des Sommers umhüllt mich und legt sich mit dem Rauch auf meine Haut.

Für einen Moment habe ich das Gefühl, nicht atmen zu können.

Die Häuser müssen vor ihrer Zerstörung einen übermächtigen Eindruck gemacht haben. Auch halb vorhanden, schüchtern mich die eingestürzten Gebäude aus festem Gestein ein. Funkelnde Scherben liegen zu meinen Füßen. Ich hebe eine auf und schneide mich prompt an einer Ecke. Glas. Echtes Glas.

»Was ist hier passiert?«, frage ich mich selbst und lasse das Stück fallen.

Felix kommt an meine Seite. Schweißperlen rinnen sein Gesicht hinunter und seine blonden Haare hängen ihm bereits nass in die Stirn.

»Suchen wir unsere Freunde«, sage ich etwas lauter zu ihm.

»Alles klar!«, antwortet er und schultert seinen Rucksack. Orange leuchtend fällt er in der grauen Welt auf.

»Ich wette, so haben sich Aaron und Chamuel das nicht vorgestellt«, rede ich, ohne eine Antwort zu erwarten.

Abel und seine engsten Vertrauten sind von einer schnellen Übernahme ausgegangen.

Wir gehen langsam durch die Straßen. Die Stadtbürger, die scheinbar aus den Häusern fliehen konnten, haben sich in die Ruinen zurückgezogen. Sie drängen sich in den Schatten, um der beißenden Sonne zu entkommen. Halb versteckt zwischen zerbrochenen Mauern, spüre ich ihre Blicke unangenehm auf meiner Haut. Sie sagen kein Wort, was die Situation umso gespenstischer wirken lässt. Ihre Gesichter und Kleidung sind mit grauem Staub bedeckt. Mit meiner Zunge fahre ich mir über die trockenen Lippen. Ich traue mich nicht, meine Flasche aus der Tasche zu holen und etwas zu trinken. Haben wir genug, um alle zu versorgen?

Einer unserer Sanitäter geht auf eine kleine Gruppe Bürger zu, die müde und zusammengesunken in einer engen Gasse zusammenstehen, doch sie weichen zurück. Eine Frau schreit.

Wovor haben sie Angst?

Ein Surren lenkt meine Aufmerksamkeit nach oben. Überrascht erkenne ich Drohnen, die ziellos über den Himmel fliegen. Dröhnend nimmt die rechte Kurs auf eine Häuserreihe. Mein Mund steht offen. Ich will ›stopp‹ schreien, doch sie kracht, ohne zu bremsen, in die Häuserwand und zerschellt in Einzelteile.

Erschrocken ziehe ich den Kopf ein. Was auch immer passiert ist, die Schaltanlage für die Drohnen ist nicht mehr unter Kontrolle. Ein gutes Zeichen? Ein schlechtes?

Ich fühle mich beobachtet und stelle mich dichter zu Felix.

Ein Kind versteckt sich hinter den Beinen einer Frau. Seine Kleidung wirkt trotz des Schmutzes feiner als meine beste Hose. Ein Kind im Anzug. Ein Erwachsener im Miniaturformat.

Ich konzentriere mich auf meine Aufgabe. Dränge das ungute Gefühl, welches sich zu dem Klumpen Angst in meiner Brust gesellen will, weg und ergreife die Hand von Felix. Auch er hat bisher kein Wort gesagt.

Die Ungewissheit um Aaron, die bizarre Situation vor Ort und eine böse Vorahnung treiben mich an. Ich möchte etwas tun. Irgendwas.

Wir marschieren los, arbeiten uns Schritt für Schritt vor. Klettern über Trümmer und umlaufen Autos, die zum Teil umgeworfen auf der Straße liegen. Hier hat keine Übernahme stattgefunden, sondern ein Krieg.

Eine weitere Drohne fliegt über unseren Köpfen hinweg. Eine mit dem Rebellenzeichen. Irritiert schaue ich ihr nach. Sie fliegt in Zickzack-Kurven zwischen den Dächern. Ist sie kaputt? Oder sucht sie etwas?

Greifarme fahren aus der Unterseite. Nein, keine Greifarme, sondern längliche Rohre. Ich bleibe stehen. Die Stangen schwenken hin und her, als suchten sie etwas. Die Menschen um uns herum rennen los. Das Kind weint und die Bürger rufen durcheinander.

Es knallt und ein zerstörtes Haus fällt komplett in sich zusammen. Das Beben fährt mir in die Glieder und ich strauchle. Ich halte mich an Felix fest, der ebenfalls beinahe gestürzt wäre. Hustend ziehe ich ihn von der aufkommenden Rauchwolke weg. Meine Augen tränen und ich weiß nicht, wohin ich mich wenden soll. Was ist passiert? Doch mein Verstand verweigert mir die Antwort.

Die Drohne zielt und feuert immer weiter auf die Trümmer. Das Zeichen der Rebellion prangt groß auf dem Fluggerät. Der Lärm ist ohrenbetäubend und vermischt sich mit den Schreien der Menschen um mich herum.

»Wir müssen weg«, schreie ich Felix an und renne. Er stolpert mir hinterher und ich umfasse seine Hand fester, um ihn nicht zu verlieren.

Mit der anderen taste ich durch Luft, um nicht gegen ein auftauchendes Hindernis zu rennen.

Ein einziger Gedanke schießt mir durch den Kopf: Was haben wir getan!

Wir rennen und rennen. Überall um uns herum brummen die Motoren der Drohnen. Sie schwirren über unseren Köpfen und feuern wahllos auf Häuser. Der Qualm nimmt nicht ab. Hustend und mit tränenden Augen falle ich über einen dicken Brocken, der sich im Rauch vor mir versteckt hat. Ich lande unsanft auf der Seite.

Ich erhebe mich stöhnend. Rufe tönen aus einem zertrümmerten Gebäude.

»Was ist das? Wer ruft da?«, brülle ich.

»Egal! Wir müssen weg. Bevor wir getroffen werden.« Felix greift meinen Oberarm und will mich wegziehen.

Die Schreie werden lauter. Jemand kreischt eindeutig »Hilfe«.

Ich wende mich von Felix ab und dränge in Richtung des Hilferufs. Kurz fasst Felix mich fester, doch ich reiße mich vom ihm los.

Diese Menschen waren vor einem Wimpernschlag meine Feinde, aber das habe ich nicht gewollt.

Wir sind hier, um zu helfen. Unsere Wut hat sich auf die Regierung und seine Anhänger gerichtet. Nicht auf Familien und Kinder. Mag sein, dass sie im Luxus gelebt haben, während ich zusah, wie meine Mutter verhungerte. Mag sein, dass sie ihren goldenen Käfig geliebt haben, während ich beinahe meinen Körper verkaufen musste.

Aber ich bin nicht wie die Männer der Regierung – Monster, aufgestiegen aus den Untiefen des Meeres, um alles zu vernichten.

Ich steige durch ein Loch in einer Häuserwand auf der Suche nach dem Ursprung der Rufe. Dankbar nehme ich wahr, dass Felix mir folgt.

Drinnen ist es dunkel, nur schemenhaft erkenne ich eine Wohnung. Zu Bruch gegangene Möbel versperren uns den Weg. Ich klettere über einen Tisch, der in zwei Teile zerbrochen ist – nie wieder als Sammelplatz für familiäre Abendessen herhalten wird.

Die Schreie werden lauter und ich zwinge meine Gedanken wieder zu unserem Vorhaben.

Felix reicht mir seine Hand und gemeinsam kämpfen wir uns durch die Wohnung.

Ein Schrank liegt umgekippt auf dem Boden. Eine Bewegung lässt mich näher herantreten und ich entdecke eine Frau unter dem Koloss. Ich begutachte ihren Körper, der ab dem Rumpf vom Möbelstück bedeckt ist. In den Armen hält sie ein Baby. Mit schmerzverzerrter Miene hebt sie mir ihr Kind entgegen. Tränen fließen ihre Wangen herunter und verfangen sich in ihrem strähnigen Haar.

Wie lange liegen die beiden bereits hier?

»Bitte«, flüstert sie. Ich hocke mich hin und ergreife den leblosen, kleinen Menschen. Er ist kalt und starr. Ich schlucke und lege es behutsam zur Seite. Felix hievt den Schrank hoch. Ich greife der Frau unter die Arme und ziehe sie heraus.

»Mára«, schluchzt sie.

Wahrscheinlich das Baby. Sie langt mit den Armen in Richtung ihres Kindes. Aufstehen kann sie nicht. Ihre Beine liegen merkwürdig verrenkt auf den Boden.

Es genügt ein Blickwechsel mit Felix und er bricht schweigend ein Brett aus dem kaputten Schrank.

In diesem Zustand ist es nicht gut, die Mutter über den Tod ihres Kindes aufzuklären. Stattdessen lege ich ihr das Baby in die Arme.

»Alles wird gut«, lüge ich sie an, weil mir nichts Besseres einfällt.

Mit Felix hebe ich die Frau auf die improvisierte Trage. Gemeinsam schaffen wir es, sie auf die offene Straße zu bringen. Unschlüssig bleibe ich stehen. Das Surren der Drohnenmotoren entfernt sich. Es ist immer noch nebelig, aber sie haben aufgehört, zu schießen.

»Was ist? Wir müssen weg von der Straße!« Felix Stimme klingt drängend.

»Wohin sollen wir?« Ich weiß nicht, wo es sicher ist. Die Drohnen könnten wiederkehren.

Langsam legt sich der Rauch und ich erkenne die Umgebung besser.

»Dorthin, wo keine Gebäude stehen. Die Drohnen haben es anscheinend auf sie abgesehen.« Aus dem Augenwinkel sehe ich, wie Felix sich zu orientieren versucht.

Wir marschieren weiter. Meine Schultern verkrampfen wegen der schweren Last und ich beiße die Zähne aufeinander. Bloß nicht loslassen, Martha.

Die Frau wiegt ihr totes Baby und singt unverständliche Lieder. Bei jeder zu harten Bewegung unterbricht ein Schmerzenslaut ihre wirren Worte.

Erleichtert entdecke ich unsere Leute, die ebenfalls verletzte Bürger die Straße hinaufbegleiten.

Thomas kommt uns entgegen. »Wir benutzen den Bus als Anlaufstelle«, erklärt er uns und weist mit der Hand in die

Richtung des Fahrzeugs. Dort wurden Zelte aufgebaut. Hoffentlich ziehen sie nicht die Drohnen auf uns.

Keuchend überwinden Felix und ich mit der Trage die letzten Meter bis zum Bus.

Wir legen die Trage ab und ich hocke mich daneben, suche den Blick der Mutter. »War noch jemand im Haus?«

Sie schüttelt wimmernd den Kopf, aber ich bin mir nicht sicher, ob sie mich verstanden hat.

»Lass es, Martha. Wir müssen zum Regierungszentrum, Abel und die Jungs finden.« Felix zieht mich von ihr weg.

Mein Blick fährt über die Menschen, die vorsichtig nähertreten. Ich sehe mit Schaudern die vielen zerstörten Häuser. Wie viele sind noch darin eingeschlossen?

»Nein, Felix. Ich bleibe. Ich kann die Menschen nicht einfach zurücklassen.«

»Denen helfen wir später.« Felix legt seine Hände auf meine Schultern und erzwingt meine Aufmerksamkeit.

Ich schüttle ihn ab. »Später werden die meisten unsere Hilfe nicht mehr brauchen.« Ich nicke zu dem toten Baby.

Er sieht an mir vorbei zu der Frau. »Was ist mit Aaron?«

Ich verkrampfe. »Johannes und Esther werden sie aufspüren können. Sie kennen sich hier am besten aus.«

Ich drehe mich nach den beiden ehemaligen Städtern um.

Felix seufzt. »Gut. Wir bleiben.«

»Danke.«

Ich gebe die Anweisung, dass Johannes und Esther und ein weiterer Sanitäter nach unseren Freunden suchen sollen. »Wir restlichen Sechs durchkämmen die Häuser und versorgen im Bus die Verletzten.«

Es gibt keine Diskussion und ich bin erstaunt, dass die anderen tun, was ich ihnen sage.

Die aufkommende Dämmerung sorgt für Erleichterung. Dankbar sehe ich zu, wie die Sonne vom grauen Himmel verschlungen wird. Die Luft kühlt ab.

Felix und ich kehren in unser provisorisches Lager zurück.

Mittlerweile haben die meisten Bürger verstanden, dass wir hier sind, um zu helfen. Dennoch werden wir von vielen argwöhnisch betrachtet. Einige haben uns gefragt, ob wir von der Regierung geschickt wurden oder zu den Rebellen gehören.

Dass ich keine Antwort gebe, entsetzt mich und macht mir die Situation klar. Könnten wir die Bösen sein?

»Wir sind zum Helfen da«, wiederholt die Sanitäterin namens Sára immer wieder.

Wir legen Verbände an und verteilen Proviant.

Viele Wunden sind verschmutzt und entzündet. Fliegen fallen in Scharen über uns her. Es mangelt an Wasser, um die Verletzungen zu säubern und den Durst aller zu stillen.

Ich falle müde gegen die Buswand und sinke auf den Boden. Eine kurze Pause. Nicht mehr.

Ich schrecke hoch, als das Mondlicht sich durch die Wolken kämpft. Mein Blick fällt auf eine Bewegung die Straße hinunter.

Dunkle Gestalten tummeln sich dort, sind auf dem Weg zu uns.

In meinen Gedanken schrillen die Alarmglocken. Ich rapple mich auf, obwohl meine müden Beine sich beschweren und mein Kopf sich nach Schlaf sehnt. Wir haben keinerlei Sichtschutz aufgebaut. Ein Fehler, der uns teuer zu stehen kommen könnte. Ich presse die Zähne aufeinander. Vielleicht schon jetzt.

Felix kommt an meine Seite und hebt seine Waffe.

Wo ist meine?

Die anderen stellen sich in einem Halbkreis vor uns und den Bürgern auf. Die Läufe ihrer Waffen schimmern im Mondlicht. Ich presse mich gegen den Bus.

Ach ja. Meine Waffe liegt auf meinem Platz. Wie konnte ich nur so dumm sein?

Ich hocke mich hin und lege die Finger auf meine Lippen. Die Gespräche unserer Patienten verebben.

Alle Blicke richten sich auf die Ankömmlinge. Ein Kind weint.

Ich halte den Atem an.

2. Teil

ARMUT

A m Boden, doch
R astlos. Die
M acht der
U mstände
T reibt mich an.

@Sabine Best

VOR 6 JAHREN

Das Elend meiner Hütte ...

Die Nacht legt sich über die Siedlung und das fahle Licht der Sonne schwindet. Das Elend meiner Hütte versteckt sich in der Dunkelheit, als ob es sich schämen würde. Ich wälze mich hin und her. Mein Rücken schmerzt vom harten Boden.

Vorgestern Nacht hat mir jemand die Matratze gestohlen. Der Ärger drückt wie ein spitzer, schwerer Stein in meinem Magen. Könnte aber auch Hunger sein. Ärger und Hunger vertragen sich nicht gut.

Ich recke mich und strecke den Kopf unter der Decke hervor. Der Fetzen Stoff, der meinen dünnen Körper umhüllt, hat diesen Namen eigentlich nicht verdient. Meine Füße sind eiskalt und eine Gänsehaut überzieht meine Haut.

Es wird Herbst. Am Tag schafft die Sonne es, meine Behausung aufzuwärmen, doch sobald sie untergegangen ist, wird es eiskalt.

Ich stehe auf und schlurfe durch den Raum auf eine Schüssel Wasser zu. Von gestern ist eine kleine Pfütze übrig. Zu schmutzig, um es zu trinken, aber noch gut genug für das Gesicht. Das eiskalte Wasser weckt meine letzten Lebensgeister und ich überlege, wo ich etwas zu essen herbekomme.

Als ich aus meiner Hütte trete, stelle ich fest, dass es zu spät ist. Die Dunkelheit hat sich meine Siedlung einverleibt. Bald werden die ersten Kunden erscheinen. Keine Zeit mehr, Ada um etwas zu essen zu bitten.

Sie meint immer: »Schlafen können wir, wenn wir tot sind.«

Doofer Spruch. Der Schlaf ist die einzige Zeit, in der ich diesem Alptraum vom Leben entkommen kann.

Ich verschließe meine provisorische Tür und laufe an den letzten Blechhütten der Siedlung vorbei. Der schwarze Boden unter mir ist steinig und ich stoße mir immer wieder die Zehen. Die Zone, in der ich lebe, verdankt ihren Namen diesem Lavagestein. Die schwarze Zone. Bewohnt vom menschlichen Abfall der Insel. Abfall wie mir.

Ich verdiene meinen Lebensunterhalt dort, wo meine Mutter sich einst verkauft hat. Im fahlen Licht weniger Laternen erwartet mich das Sündenhaus wie ein Monstrum in der Dämmerung. Ich ziehe die Schultern hoch, als ob ich damit mein Gesicht verstecken könnte, und schiebe die schwere Eingangstür auf.

Ein muffiger Geruch weht mir entgegen. Drinnen verbreiten die nackten Glühbirnen ein unangenehmes Licht. Kalt und blass wirken die mir entgegenblickenden Gesichter.

Laute Stimmen erfüllen die Eingangshalle. Die ersten Freier warten bereits am Tresen. Am häufigsten sind die männlichen Bürger vertreten. Anzüge und gezwirbelte Schnurrbärte.

Menschen aus den anderen Zonen können sich die Dienstleistungen dieses Hauses kaum leisten. Ab und zu verirrt sich jemand von dort hierher. Graue Arbeiterklüfte werden von den Dirnen aber nicht gern bedient. Ihre Bezahlung fällt meist wesentlich geringer aus.

Matschige Fußabdrücke säumen meinen Weg zum Tresen. Ich schnappe mir rasch den Wischmopp, beseitige die Spuren, ehe die Herrin des Sündenhauses mein Zuspätkommen bemerkt. Ich führe den Mob in Schlangenlinien über den Boden und meide, so gut es geht, den Kontakt mit den Schuhen der Freier.

»Pass doch auf!«, raunzt mich ein Mann an. Etwas fliegt an mir vorbei und Spucke landet vor meinen Füßen. Ich zucke zusammen, halte aber den Blick fest auf den Boden gerichtet.

»Entschuldigung«, murmle ich und wische angewidert weiter, erlaube mir erst, aufzusehen, als ich den kleinen Flur auf der anderen Seite vor den Zimmern säubere. Durch die fehlende Tür habe ich einen guten Blick auf das Treiben am Tresen.

Ein kalter Lufthauch weht durch die Eingangshalle des Sündenhauses und die Tür knallt ins Schloss. Drei junge

Männer betreten das Sündenhaus und setzen sich direkt an die Theke. Einer von ihnen ist ein grauer Anzug. Stadtbürger. Ich betrachte das Dreier-Gespann genauer. Selten kreuzen Jungs ihren Alters alleine hier auf. Meist sind sie in Begleitung ihrer Väter.

Zwei blaugraue Augen mustern mich. Augen wie das stürmische Meer. Für einen Moment glaube ich, der Junge winkt mir zu, doch seine Hand streicht nur durch seine dunklen Haare. Sie sind perfekt geschniegelt.

Verwundert stelle ich fest, dass er keinen Anzug trägt. Eine Hose und ein schlichtes Oberteil lassen nicht erahnen, zu welchem Ring er gehört.

Vom anderen Flur winkt mir Ada zu. Erschrocken suche ich den Raum nach Frau Chogla ab. Sie ist nicht da. Ich atme erleichtert aus. Nicht auszudenken, was mir geblüht hätte, wenn sie mein Starren bemerkt hätte. Ich raffe meine Putzsachen zusammen und eile zu Ada.

Mit gesenktem Kopf gehe ich an den Jungs vorbei.

»He du!«, ruft jemand hinter mir, aber ich drehe mich nicht um. Das gehört noch nicht zwingend zu meinen Aufgaben. Erst in zwei Jahren. Ich gehe weiter und tauche hinter den Frauen, die auf Freier warten, ab.

Im rechten Flur angekommen, drehe ich mich um. Der schwarzhaarige Junge mit den Sturmaugen steht an der Seite eines Rotschopfes, der einen Kopf größer ist und ein wenig trainierter wirkt. Auch er trägt nur eine Hose und einen schwarzen Pullover. Für Städter ungewöhnlich lässig.

Die Jungs fordern etwas zu trinken.

Éli hat wieder Tresendienst. Sicher hantiert er mit den Gläsern und Flaschen und wirkt wie die Ruhe selbst. Die meisten schätzen ihn wegen seines Aussehens jünger als seine 16 Jahre ein. Er ist einer der wenigen männlichen Bewohner, die einen Broterwerb haben, bei dem sie ihren Körper nicht verkaufen oder Müll sammeln müssen. Dennoch muss er sich hier eine

Menge gefallen lassen. Auch jetzt prasseln Beleidigungen auf ihn ein.

»He Schwuchtel, komm her und bediene uns. Aber wehe, du schaust mich dabei an.«

Ist das der Junge? Nein, der Anzugträger. Meine Erleichterung darüber fühlt sich seltsam an. Sind das die Hormone, von denen Ada immer spricht?

Éli ignoriert die Bemerkungen und schenkt ihnen nacheinander ein Bier aus.

»Was soll das für ein Gesöff sein? Wir wollen was Richtiges. Whiskey!«, mault der Anzugträger.

Was glauben die, wo die hier sind? Whiskey. Das gepanschte Bier ist das höchste aller Gefühle. Woher Frau Chogla das bekommt, will ich gar nicht wissen. Von der Farbe her könnte es genauso gut Urin sein.

Ein Herr grabscht mir an den Hintern. Ich unterdrücke ein Quieken und sehe auf.

Der Mann glotzt mich aus kleinen Augen an, die tief eingesunken in einem fetten Gesicht liegen. Mit der Zunge leckt er über seine Lippen und wandert mit den Augen über meinen Körper. Der Ekel überrollt mich wie eine Welle aus Algen und Schlamm. Ich stelle mir vor, was er sieht. Ein dürres Mädchen in Lumpen gekleidet. Zerzauste braune Locken, die herabhängen, weil sie schon länger kein Wasser gesehen haben. Die Narbe im Gesicht, die von meinem rechten Auge bis zu meinem Kinn reicht. Sie senkt meinen Preis. Oder steigert ihn. Je nachdem, wonach es den Männern gelüstet.

Meine Hand ballt sich zu einer Faust. Am liebsten möchte ich ihm eine klatschen und mich gleichzeitig übergeben.

Meine Mutter hat mich schwören lassen, dass ich dieses Haus nie betreten werde. Sie arbeitete hier, um uns durchzubringen. Aber mir sollte diese Zukunft nie bevorstehen. Sie legte großen Wert auf eine gute Erziehung. Stets sollte ich mich gewählt ausdrücken und mich sorgsam kleiden. Wofür weiß ich bis heute nicht. Die meisten lachen über meine Ausdrucksweise und schimpfen mich Möchtegern-Bürgerin, wenn ich in die Sprache meiner Mutter verfalle.

Nach ihrem Tod blieb mir keine Wahl. Der Hunger trieb mich zu Frau Chogla. Warum auch immer, gab sie mir eine Anstellung als Mädchen für alles – außer dem Schmutzigen, sagte sie damals. Dafür musste ich ihr versprechen, meinen Körper ihrem Haus mit sechzehn Jahren zur Verfügung zu stellen. Was das bedeutet, habe ich erst mit der Zeit begriffen.

Zum Glück hat mich die Dirne Ada unter ihre Fittiche genommen. Ohne sie wüsste ich nicht, wo ich heute stünde. Ich vermisse meine Mutter. In meiner Kehle bildet sich ein Kloß. Ich flüchte in das erstbeste Zimmer und vertreibe die Gedanken an sie.

Schwer atmend greife ich nach dem schmutzigen Laken und zerre es von der fleckigen Matratze. Meine Gedanken wirbeln wie ein Tornado. Soll das mein Leben sein?

Hastig klemme ich mir den Stoff unter die Arme. Wenn ich zu lange brauche, gibt es Ärger, also bringe ich ihn in die kleine Wäschekammer und kehre an den Rand der Eingangshalle zurück.

Die Jungs sitzen weiterhin am Tresen. Noch lauter als zuvor, doch offensichtlich traut sich keiner von ihnen, eine Dirne anzusprechen.

Flautenbengel.

Mein Mund ist trocken und ich hadere mit mir, brauche dringend etwas zu trinken, ehe ich mich dem nächsten Zimmer zuwende, die im Moment laut Schildern sowieso alle besetzt sind.

Ich versuche, mit der Umgebung zu verschmelzen und unerkannt zum Tresen zu gelangen, rutsche an die äußerste Ecke und winke Éli zaghaft zu.

Er schenkt mir ein Glas Wasser ein und reicht es mir. »Alles gut, Martha?«

Ich nicke nur, um keine Aufmerksamkeit auf mich zu lenken, und schiele über den Rand meines Glases zu den Jungs.

Ich betrachte den schwarzhaarigen Jungen. Er hat wirklich schöne Augen. Sein Lächeln wird breiter. Er hat gemerkt, dass ich ihn anstarre. Oh, wie peinlich! Mir wird heiß und ich möchte am liebsten im Wasserstrudel verschwinden.

»Mensch Aaron, hast du dir eine ausgesucht?«, brüllt der Anzugträger und schlägt ihm so derb auf die Schulter, dass er vom Stuhl fällt.

Der Junge namens Aaron schüttelt heftig den Kopf, doch sein Freund hat mich ins Visier genommen.

»He Schlampe, komm her. Mein Freund will was von dir.« Er lacht schallend auf und ich sehe, wie seine Spucke auf Aarons Haare fällt.

Ich überlege, so zu tun, als ob ich ihn nicht gehört hätte, aber Frau Chogla kommt gerade die Treppe hinter dem Tresen herunter. Sie sieht zu mir rüber und bewegt ihren Kopf hektisch hin und her.

Zwar muss ich mich nicht anfassen lassen, aber ansonsten ist der Kunde König. Ansehen dürfen sie mich, wenn sie wollen.

Selten bin ich die erste Wahl. Mein Körper hat noch nicht die erforderliche Form, die den Männern gefällt. Ich würge und schlucke sauren Speichel hinunter. Langsam gehe ich zu ihnen an den Tresen.

Bei diesen weichgekochten Jünglingen brauche ich mich nicht anzustrengen, die kommen wahrscheinlich schon beim Anblick von etwas nackter Haut.

Ich kann mir ein hämisches Grinsen nicht verkneifen und stelle mich breitbeinig vor die Möchtegern-Männer.

»500 Taler für 'ne Stunde«, sage ich und strecke die Hand vor Aaron aus. Mir sinkt das Herz auf den Meeresboden, aber ich unterdrücke die Angst und hoffe, meine Stimme zittert nicht.

Was, wenn sie mit mir in ein Zimmer verschwinden wollen? Ich hoffe, Frau Chogla wird rechtzeitig eingreifen.

»500 Taler, um ein Brett wie dich flachzulegen?«, schimpft sein Freund mich von der Seite an. Die anderen Gäste grölen.

Aaron und sein rothaariger Nachbar werden rot im Gesicht.

»Ich will nicht dich, sondern die da hinten«, sagt der Brüllende und zeigt auf jemanden hinter mir.

»Lass es gut sein, Kaleb«, versucht der Rothaarige seinen Kumpel abzuhalten.

Ich drehe mich um, sehe die Neue. Sie ist vor einer Woche 16 Jahre alt geworden und schaut mich verängstigt an. Ich muss den Jungen von ihr ablenken. Aber wie?

Frau Chogla schubst sie in unsere Richtung. Dummerweise ist sie keine Jungfrau mehr. Die Jungfräulichkeit verkauft Frau Chogla immer an den Höchstbietenden.

Zoar kommt, den Blick auf den Boden gerichtet und am ganzen Körper bebend, an meine Seite.

»Sie kostet mehr«, sage ich leise, damit Frau Chogla es nicht hört. Ich hoffe, der Junge lässt von ihr ab und bleibt bei seiner Protzerei.

Er schüttelt den Kopf: »Ist mir egal.« Er nimmt seine Plakette und hält sie an seine Uhr.

Sie dient als Zahlungsmittel. Ein Ersatz für die DV-Uhren, die sich niemand in dieser Zone leisten kann.

Es piept und der Junge schmeißt Zoar die Plakette zu. Sie fällt klappernd zu Boden. Er lacht auf.

»Die ist so scharf auf mich, die will nicht mal mein Geld«, kreischt er und die anderen lachen verhalten mit.

Ich bücke mich und hebe die Plakette auf. 75 Taler zeigt sie an. Mist!

Er greift nach ihrem Arm und zerrt sie hinter sich her.

Für einen kurzen Moment treffen ihre angsterfüllten Augen meine. Ich kann ihr nur aufmunternd zulächeln und hoffen, dass dem Jungen schnell die Puste ausgeht.

Frau Chogla weist ihnen eine Kammer zu und schaut dann erwartungsvoll zu mir. Sie zeigt auf das Zimmer, aus dem Ada und ein Freier herauskommen.

Ich eile in das mir zugewiesene Zimmer und mache mich als erstes am Bett zu schaffen. Es riecht leicht faulig. Sofort steigt Mitleid und Wut in mir auf. Ada muss sich mit diesen schmutzigen Männern abgeben. Ich verstehe nicht, wieso sie das verdient hat.

Ich wische mit einem fleckigen Lappen Haare und anderes von der Matratze.

Eins ist mir klar: Ich will niemals auf einer dieser Matratzen liegen.

Mit spitzen Fingern hebe ich nasse Tücher vom Boden auf und lasse sie in einen Eimer neben der Tür fallen. Ich falte die Decke und wische zum Abschluss den grauen Boden.

Im Flur will ich in das nächste offene Zimmer gehen, aber Zoars schmerzerfüllte Schreie lassen mich innehalten.

Was macht diese Gräte mit ihr? Ich wende mich zu der Tür, in der sie verschwunden sind, und balle die Fäuste. Am liebsten würde ich ihr zur Hilfe eilen und diesen Kerl verprügeln!

Ich werfe einen Blick über meine Schulter. Frau Chogla sitzt auf ihrem Stuhl und unternimmt nichts, scheint es nicht einmal zu hören. Langsam wende ich mich zur Tür.

Soll ich? Soll ich nicht? Wie groß wäre der Ärger? Ich will die Arbeit nicht verlieren oder auch diese Sachen machen müssen. Meine Hand schwebt über dem Türgriff. Eine Bewegung am Tresen lenkt meine Aufmerksamkeit auf sich.

Aaron und sein rothaariger Freund springen von ihren Hockern und stürmen auf mich zu. Haben sie Mut gefasst und wollen mitmachen?

Die Jungen schubsen mich zur Seite und ich stolpere nach hinten. Ich greife nach ihnen, um sie aufzuhalten, doch ich bin zu langsam. Sie reißen bereits die Tür auf und stürmen hinein.

Zoar kauert auf dem Bett und wimmert. Der Junge schlägt mit flachen Händen auf sie ein. Zoars Rücken und Po sind dunkelrot.

Aaron packt Kaleb, bevor er sich erneut an Zoar vergreifen kann. Mit Hilfe seines rothaarigen Freundes schleift er ihn hinaus.

Wild fluchend tritt Kaleb um sich. »Hör auf, Kaleb!«, brüllt Aaron und nimmt Kaleb in den Schwitzkasten.

Alle Achtung, so stark habe ich ihn gar nicht eingeschätzt.

Gemeinsam zerren sie ihn aus dem Sündenhaus. Ich stehe da, unfähig die Situation zu begreifen.

Haben sie Zoar gerade geholfen? Oder ist die Plakette nicht gedeckt und sie müssen abhauen?

Ein Schluchzen reißt mich aus der Starre und ich stürze zu Zoar. Sie weint, zittert und ich helfe ihr hoch.

»Komm«, flüstere ich und verlasse mit ihr das Zimmer.

Ihr Kleid hängt zerrissen an ihren Schultern und sie blutet im Gesicht.

Frau Chogla kommt mit finsterer Miene auf uns zu. Die Herren in der Eingangshalle haben sich uns zugewandt und verfolgen mit einem ekligen Grinsen das Schauspiel, welches sich ihnen bietet.

Ich würde ihnen am liebsten allen ins Gesicht spucken.

»Haut ab!«, schnauzt Frau Chogla uns an.

»Unseren Lohn«, verlange ich und wundere mich, woher dieser Mut kommt. Ich halte meine Hand zögerlich ausgestreckt. Ohne Geld werde ich den nächsten Tag hungern müssen.

Sie wirft mir zwei Plaketten entgegen und ich halte sie mit den Füßen auf, bevor sie wegrollen.

»Das wird ein Nachspiel haben!«

Ich halte lieber den Mund und verschwinde mit Zoar und den Plaketten in die Kühle der Nacht.

Die Jungen stehen auf dem Parkplatz vor dem Sündenhaus und telefonieren.

Schleunigst zerre ich Zoar in die andere Richtung, drehe mich aber noch einmal um.

Er sieht mich an, öffnet den Mund, und wendet sich dann ab. Erleichtert, verwirrt, und auch ein wenig froh, flüchte ich mit Zoar in die Dunkelheit. Vielleicht ist er wirklich nicht wie die anderen Anzugträger.

Seeigel!, schimpfe ich mit mir selbst. Das sind nur deine Hormone! Der Junge verdreht dir den Kopf!

Er ist wie alle anderen Jungen und Männer. Vielleicht freundlich von außen, aber ein Monster von innen.

Hast du Hunger?

Der Morgen naht und ich atme tief ein. Alles ist in Nebel getaucht. Die eng aneinander gebauten Unterkünfte, die schief und elend auf nacktem Gestein stehen, wirken wie verwaist. Die meisten Bewohner kommen erst jetzt nach Hause. Das Leben in dieser Zone findet im Dunkeln statt. Wenn die Drohnen wegen der nächtlichen Besucher im Sündenhaus Pause haben.

Hinter der Wohnsiedlung ragt das Selvia-Gebirge wie ein Schutzwall auf. Ich stelle mir vor, wie das Meer an die Küste schwappt. Manchmal weht der Wind den salzigen Geruch des Wassers zu uns hinüber. Nur zwei Stunden Bootsfahrt entfernt liegt das Festland.

Da will ich hin. Eines Tages, falls die vermeintlichen Freunde von meinem Schützling, Isaak, recht behalten.

Laut den selbsternannten Rebellen ist es nur eine Frage der Zeit, bis die Regierung gestürzt wird.

Ich knacke mit den Fingergelenken. Als Isaak mir das erste Mal von den Plänen der selbsternannten Rebellen erzählt hat, war ich voller Hoffnung. Mittlerweile zweifle ich immer mehr an ihrem Vorhaben. In all dieser Zeit ist nichts passiert. Ich lebe noch immer in dieser Zone und meine Zukunft scheint festgeschriebener denn je.

Der Geruch einer neuen Müllzufuhr weht über die Siedlung. Isaak wird bestimmt dort sein.

Ich fahre mit dem Daumen über die Plakette in meiner Hand und gehe los in Richtung Schwarzmarkt. Danach werde ich meinen Schützling suchen, er hat bestimmt noch nichts gegessen.

Ich schultere den Beutel, nicht ohne mir vorher einen weichen, braunen Apfel in den Mund zu stecken. Matschiges Fruchtfleisch läuft mir das Kinn hinunter, während ich kaue. Ich esse ihn bis auf den Stiel auf und wische mir die Hand am Kleid ab. Das muss genauso dringend gewaschen werden wie mein Körper. Meine Oberschenkel kleben beim Gehen aneinander und verursachen klatschende Schmatzgeräusche. Meine Mutter hatte immer viel Wert darauf gelegt, dass ich sauber und meine Kleidung geflickt war. Ich merke selbst, wie sehr ich seit ihrem Tod vor einem Jahr verwahrlose.

Meine Füße finden nur mühsam einen Weg über den steinigen Untergrund. Die spitzen Steine bohren sich in meine nackten Fußsohlen und reißen mir die Haut auf. Ich brauche dringend Schuhe, aber ich kann mir nichts Neues leisten. Dass ich nicht einfach aufhöre, zu wachsen!

Ich denke an meine Mutter, die nie geklagt hat, wenn ich neue Kleidung oder Schuhe brauchte. Es macht mich wütend. Weil ich wachse und weil ich so leben muss.

Die Sonne geht auf und färbt meine Umgebung orangerot.

Ich passiere ein Plakat an einem grauen Pfahl. Ein vollgeschmiertes Gesicht schaut mich durchdringend an. Präsident Adam. Ich verbinde nichts außer Wut und Abneigung mit ihm. Es ist nicht die Armut, die mich ihn hassen lässt, sondern die Angst vor seinen Taten. Mit Schaudern denke ich daran, dass die nächste Säuberung bald wieder ansteht.

Auch ohne die Schrift lesen zu können, weiß ich, was da steht. Er bietet uns die Reinigung unserer Sünden an.

Viele glauben, man würde umgebracht werden, andere, dass man durchgehend in den Fabriken arbeiten müsste. Dennoch nehmen viele sein Angebot an, um nicht zu verhungern. Was diese Sünde genau sein soll, hat mir bisher niemand erklärt, nicht einmal meine Mutter. Ich nehme an, es ist das, was im Sündenhaus passiert. Sonst würde es nicht so heißen.

Ob solche Plakate auch in den reichen Wohnsiedlungen der Bürger hängen?

Ich lasse die letzten Hütten hinter mir und betrete die Mülldeponie. Die Nachbarzone. Ich steige über die Reste eines kaputten Maschendrahtzauns, der platt auf dem Boden liegt.

Er sollte das Loch in der Steinmauer stopfen, die die Zonen voneinander trennt.

Ich betrete eine Welt aus Rohstoffen, welche weggeworfen von den Inselbewohnern einen Großteil unseres Überlebens sichern.

Eine Matratze liegt am Wegesrand und erinnert mich an mein Vorhaben, mir meine wiederzuholen. Diese sieht ganz okay aus. Nur ein großer Fleck ziert den Stoff. Prüfend taste ich über den Bezug. Leicht feucht. Nichts, was ein paar Tage Sonne nicht trocknen könnten. Ob sie stinkt, kann ich angesichts des umliegenden Mülls nicht einschätzen. Alles wird hier von einem muffigen Geruch überlagert. Er ist vertraut.

Ein riesiger Müllfresser zieht in sicherer Entfernung an mir vorbei. Die Staubwolke, die er aufwirbelt, hüllt mich ein. Hustend bleibe ich stehen und verdecke mein Gesicht. Langsam zieht die riesige Maschine ihre Bahnen und zerkleinert den Müll. Hinter ihm fährt ein Mülltransporter, welcher die zusammengepressten Reststoffe zu der Recyclinganlage transportieren wird.

Es ist nicht ungefährlich, sich hier aufzuhalten. Müllsortierer, Roboter mit Zangen, suchen im Müll nach bestimmten Wertstoffen und die Müllfresser verschlingen alles, was ihnen unter die Schaufeln kommt. Egal ob Möbelstück oder Mensch. Hier läuft alles automatisch.

Der Staub legt sich und ich gehe weiter. Hinter einem weiteren Müllberg entdecke ich Isaak und zwei weitere, hagere Gestalten, die auf einem der größeren Hügel herumklettern. Issak hat irgendwas Schwarzes in den Händen. Hoffentlich etwas Brauchbares.

Hier muss man schnell sein. Alles auf der Insel wird recycelt und lagert nur vorübergehend an diesem Ort. Wer sich weigert, seinen Körper zu verkaufen, ist gezwungen, auf der Müllhalde nach Material zu suchen, um es an die Bewohner der Schwarzen Zone zu verhökern. Habe ich auch mal gemacht. Aber die Arbeit bei Frau Chogla bringt mehr.

»Isaak!« Ich winke mit meinem Beutel. »Hast du Hunger?«

Er richtet sich auf und kommt heruntergeklettert. Mein Schützling redet nicht viel. Das ist in Ordnung. Er tut es nicht aus Respektlosigkeit, sondern weil er stottert. Aus seinem Mund kommen nur die nötigsten Wörter.

Seine Augen werden bei den Haferflocken und einigen Maden, die ich aus der Tasche befördere, immer größer. Schon sind seine Freunde, ein junger Mann und ein dürres Mädchen, das mindestens zwei Jahre jünger ist als ich, bei uns.

Ich zögere. Ich kann mir Teilen nicht erlauben. Das Essen muss für länger als einen Tag reichen. Wer weiß, ob Frau Chogla mich die nächsten Nächte bezahlt.

Das Mädchen sieht mit fiebrigen Augen zu mir. Ihr Gesicht ist trotz der Kühle von einem Schweißfilm bedeckt. Das gibt den Ausschlag.

»Langt zu«, fordere ich sie auf und greife zu den Maden. Sie bewegen sich kaum und daher werfe ich sie mir, ohne nachzudenken, in den Mund.

Eine heiße Flamme der Wut …

Eine riesige Hütte taucht vor mir auf. Sie liegt versteckt hinter einem großen Felsen und ist gut abgesichert. Jegliches Material wie Kunststoff, Felsen und anderes von der Mülldeponie, das ein wenig härter ist, haben die selbst ernannten Rebellen verbaut.

Die Männer und Frauen, die hier hausen, haben sich Großem verschrieben: dem Sturz der Regierung. Bisher sind sie diesem Ziel nicht einen Schritt nähergekommen. Die Schwierigkeit, hier überhaupt zu überleben, und der Mangel an Möglichkeiten haben jeden Plan vereitelt.

Isaak ist dennoch hellauf begeistert von ihnen. Ich stelle mich ihm nicht in den Weg. Ein klitzekleiner Teil von mir hofft, durch sie aufs Festland zu gelangen.

Ich reiße die Tür auf und betrete eine dämmrige und stickige Halle. Laut rufe ich nach Isaak.

Einige Köpfe schnellen in die Höhe. Unter ihnen ist ein Mann mit weißen Haaren.

Die Rebellenhütte ist in zwei Bereiche eingeteilt. Vorne die sogenannte Versammlungshalle – oder wie ich sie gerne bezeichne, das Auffangbecken für primitive Plattfische. Abgetrennt durch eine Kunststoffwand liegt hinten der private Bereich von Abel. Er ist der selbsternannte Rebellenführer.

»Martha, was soll das? Wir sind mitten in einer Besprechung«, beschwert dieser sich prompt mit leiser, aber drohender Stimme. Er steht mitten auf einer kleinen, erhöhten Bühne, gefertigt aus Müll. Es ist absurd und beinahe lache ich.

Ich ignoriere ihn und schaue mich um. Beleuchtet werden die wenigen Anwesenden – gerade mal zehn Personen – von Öffnungen in der Wand. Sie wirken alle grau und blass. Kaum voneinander zu unterscheiden.

Endlich finde ich ihn. Abseits von den Erwachsenen hockt Isaak mit anderen Kindern links von mir an der Wand.

Ich gehe an Abel vorbei und drücke meinen Schützling. Er versteift sich. Seit dem Tod seiner Freundin ist er noch stiller geworden, noch verschlossener.

»Hab dir was mitgebracht«, raune ich ihm zu und greife in meine Tasche. Verdeckt lasse ich die Tüte mit den Haferflocken in seine Hand gleiten.

Sofort reckt er mir seine schmutzigen Finger entgegen. Er hat Hunger.

Eine heiße Flamme der Wut erfüllt mich. Ich springe auf und wende mich dem Anführer zu. »Du nimmst nur, ohne zu geben, Abel!«

Er weiß genau, was ich meine. Es ist nicht das erste Mal, dass ich ihm vorhalte, sich nicht genug um die Kinder zu kümmern.

»Wir sind kein Wohltätigkeitsverein. Jeder muss für sich selbst sorgen.«

Als Antwort spucke ich auf den Boden und balle die Fäuste.

»Wenn das alles war, würdest du dann bitte gehen, Martha? Wir haben hier Wichtigeres zu tun.« Er zieht jedes einzelne Wort in die Länge und spricht, ohne mich anzuschauen.

Ich könnte kotzen. Wenn sie jemanden brauchen, der sich mit Heilpflanzen auskennt, kann ich nicht schnell genug da sein! Ansonsten bin ich ihnen lästig.

»Oh, da bin ich gespannt. Einen Mülltransporter überfallen? Feine Rebellion, die du hier anzettelst. Alle Macht dem Müll!« Ich schreie ihn an, ohne es zu wollen, und spüre die Blicke der Anwesenden.

Mein Herz rast unregelmäßig in meiner Brust. Ich will ja, dass ihre Rebellion gelingt, aber sie geht mir zu langsam! Die Leute machen hier nichts, außer zu reden und zu reden.

Bis sie etwas bewegen, bin ich weit über sechzehn und das bedeutet …

Abels Stimme donnert durch den Raum. »Du willst mir vorwerfen, dass ich handle und Möglichkeiten suche, uns aus dieser Zone zu bringen? Du willst mir vorwerfen, dass ich die wenigen Mittel die wir haben, benutze, um uns voranzubringen?«

Wie immer sind seine Worte aufgeblasen, aber leer.

»Ich werfe dir vor, nur zu reden und nicht zu handeln! Unsere Zeit mit sinnlosem Plündern zu verschwenden, um dich daran zu bereichern!«

Ein Stöhnen geht durch die mageren Reihen.

Wie ich sie verabscheue. Sie sind doch nur hier, weil es hier sicher ist. Weil sie hoffen, dass ihnen jemand Essen abgibt.

»Du weißt, wo die Tür ist, Martha. Niemand hat dich eingeladen. Du siehst nur, was du sehen willst und nicht das große Ganze.« Abel wendet sich den anderen zu.

»Ich sehe, dass du bisher nichts durch die Welle gebracht hast. Aber ich lasse mich gerne eines Besseren belehren.« Mit diesen Worten setze ich mich provokativ neben Isaak.

Abel schüttelt den Kopf, lässt mich jedoch in Ruhe.

Ich knacke meine Fingergelenke. Dem habe ich es gezeigt!

»Es geht auf den Winter zu. Die neuen Datenrechner werden verteilt und die alten weggeschmissen. Das ist der perfekte Zeitpunkt für unseren nächsten Überfall. Denn die brauchen wir.« Abel streicht sich geschäftig mit den Händen über seine saubere Kleidung.

Erbärmlich nenne ich das. Das alles. Die ganze Diskussion.

Abel meint, die Rebellen bräuchten Kapital. Wie das helfen soll, die Regierung zu stürzen, ist mir ein Rätsel.

»Dann müssen wir uns beeilen. Die Drohnen kommen bald und säubern die Zonen«, wirft jemand ein.

Mich schaudert es und ich verkrampfe. Niemand weiß genau, wann sie erscheinen. Sicher ist nur, dass sie bei Tageslicht und im Spätherbst anrücken.

Wenn es so weit ist, müssen wir uns tagelang in den Hütten verstecken und können nur bei Nacht raus. Die Regierung will ja nicht ihre Bürger verletzen. Sie will nur uns – die Anzahl der Bewohner in der schwarzen Zone unter Kontrolle halten. Die

Drohnen erfassen jeden, der keinen Chip im Nacken trägt – wie mich oder Isaak.

»Das ist doch alles Riffbruch, Abel! Wir müssen was starten, was den Anzügen wehtut!«, tönt eine bekannte Stimme aus der Mitte der Anwesenden. Der Sprecher steht auf und schaut von einem zum anderen.

Es ist Felix. Der Freund von Isaak.

Ich bin nicht überrascht, ihn hier zu sehen. Seitdem ich ihn in der Mülldeponie kennengelernt habe, begegne ich ihm öfters. Er ist oft an Isaaks Seite und teilt sein Essen mit uns. Seitdem er meinen Schützling vor anderen Mülldieben auf der Müllhalde gerettet hat, vertraue ich ihm. Fast könnte man sagen, ich mag ihn.

Und selbst wenn nicht. Spätestens mit seinen Widerworten gegen Abel hätte er mich von sich überzeugt.

»Wir reden nur und tun nichts. Wie soll es helfen, einen Mülltransporter zu überfallen?« Felix' Stimme ist rau und der unterdrückte Zorn hörbar.

Abel dreht sich zu ihm: »Wir brauchen Kapital. Ohne Kapital keine Waffen. Nur dann können wir was ausrichten.«

»Und der Müll soll uns Waffen bescheren? Wie lange willst du uns diese Märchen auftischen?«

»Er hat recht«, brüllt ein anderer dazwischen. »Die Überfälle auf die Mülltransporter und das Sammeln auf der Mülldeponie sichern unser Überleben, aber sie bereiten keine Rebellion vor! Wir brauchen etwas anderes. Wir brauchen mehr!« Der Mann steht auf und andere tun es ihm nach. Ein wütender Schwarm, der hungrig mit den Füßen trampelt.

Genugtuung pulsiert in meiner Brust. Ich bin gespannt, wie der Rebellenführer die wieder ruhigstellen will.

»Wo sind denn die Waffen, die aus dem Kapital gebaut werden sollen?«, schreit eine Frauenstimme.

»Wie oft müssen wir noch unser Leben in Gefahr bringen, nur um Müll zu klauen?« Ein alter Mann fuchtelt mit einem

Stock in der Luft und trifft seinen Nachbarn, der laut aufschreit.

Es ist witzig. Wahnwitzig. Das sind die Erwachsenen?

»RUHE!«, brüllt Abel.

Sofort sind alle leise. Auch die Kinder.

»Ich verstehe euch. Doch ohne Technik – funktionierende Technik – kämpfen wir mit leeren Händen. Außerdem benötigen wir die Hilfe der anderen Zonen. Hat jemand Kontakte zu Bewohnern aus den anderen Zonen?«

Niemand sagt etwas.

Abels Gesicht verzieht sich zu einer triumphierenden und zugleich abfälligen Miene. »Solange keiner einen anderen Plan hat, schlage ich vor, machen wir weiter wie bisher.«

Ich beiße mir auf die Lippen und springe auf. Abel bemerkt es nicht oder ignoriert mich, aber ich habe nichts zu verlieren und will, dass diese lächerliche Rebellion endlich vorangeht.

»Ich kenne Menschen, die Kontakt zu anderen Zonen haben.«

Alle Köpfe drehen sich zu mir, selbst Abels. Ich habe die volle Aufmerksamkeit der Rebellen.

»Wen?«, blafft Abel schnaubend.

»Die Dirnen!« Ich verschränke die Arme vor der Brust.

Er lacht auf. »Die sind weder unsere Zielgruppe noch die Unterstützung, die wir suchen und brau-«

»Die Männer haben Frauen. Und Dienstmädchen. Hier und da eine Nachricht in der Kleidung der Freier – Frauen kümmern sich um die Sachen ihrer Männer – Dienstmädchen waschen die Kleidung ihrer Dienstherren. Unter Umständen finden sie die Nachrichten.«

Für einen Wimpernschlag ist es still. Dann sind alle auf den Beinen und brüllen durcheinander, diskutieren und gestikulieren.

Abel ruft etwas, aber seine Stimme geht im Lärm der anderen unter. Er kneift die Augen zusammen, fixiert mich – ich grinse.

Scham überspült mich.

Ich sitze mit Ada auf dem Felsen, der meine Hütte beschützend umstellt, und schaue über die steinige Landschaft, die mein Zuhause ist. Ein armseliges Zuhause, voll Schmutz, Armut und Sünde. Ich habe die Stimmen der Freier in den Ohren. Wie sie über die Dirnen sprechen. Über die Frauen. Manchmal bin ich verwirrt. Denken sie nur über uns Frauen aus der Zone so oder über alle Frauen? Was heißt das eigentlich, Sünde?

Die Religion der Insel ist mir befremdlich. Mutter hat mich im Glauben an die alte Göttin großgezogen. Sie wurde vom Einzigen und Wahren verstoßen und nun soll es verboten sein, sie anzubeten. Doch hier in der schwarzen Zone ist es möglich. Weil es niemanden kümmert, woran wir denken und glauben.

Ich kenne die Regeln der Insel und die Gebote des Einzigen und Wahren. Drohnen fliegen jeden Sonntag über die Zone und halten Gottesdienst. Laut plärrend verkünden die Lautsprecher, wie schmutzig wir seien und dass wir unser Leben dem Einzigen und Wahren schenken müssten, um nach dem Tod ins Paradies zu gelangen.

Die Gebote zu kennen, heißt aber nicht, sie zu verstehen.

Der Präsident redet von Vergebung und davon, dass wir uns in die Dienste der Insel stellen sollten. Das würde uns reinwaschen. Die ewige Leier, ohne je konkret zu werden.

Niemand ist bisher zurückgekehrt, wenn er sich einmal entschieden hat, für die Regierung zu arbeiten.

Am Horizont erkenne ich die riesigen Schatten der Mülldeponieanlagen. Ich ziehe ein Stück Lumpen über meine Schultern. Auch wenn die Sonne scheint, der Winter naht. Die Strahlen wärmen mein Gesicht, aber der Boden und die Luft sind kühl.

Mein Atem bildet Rauch vor meinen Augen. Ein Schaudern überkommt mich. Dieses Wetter ist mein größter Feind. Es gab im letzten Jahr Nächte, da habe ich so gefroren, dass ich glaubte, nicht mehr aufzuwachen, wenn ich einschlafe. Die Rebellion ist meine einzige Hoffnung, diesem Leben zu entkommen.

Die überwältigende Rückmeldung auf unsere versteckten Nachrichten hat dieser wieder Nahrung verschafft.

Ada ist nicht ganz so optimistisch. »Was wollen die eigentlich ändern? Wird Abel dann Präsident?«

»Ich geh aufs Festland. Da ist alles anders«, sage ich kauend.

Der letzte Apfel von meinem Einkauf auf dem Schwarzmarkt verschwindet Stück für Stück in meinem Mund. Er ist faulig süß.

Ich schlucke herunter und rede weiter. »Dort sind die Frauen den Männern gleichgestellt und nicht sündig. Nicht wie hier auf Selvia.« Mein Magen knurrt und ich lecke mit der Zunge über meine Zähne. Ihr Belag macht auch nicht satt.

Ada schaut mich skeptisch an. »Das glaube ich erst, wenn ich es sehe. Gleichberechtigung. Was soll das sein? Männer, die ihre Macht teilen?« Sie lacht trocken auf. »Außerdem herrscht auf dem Festland Krieg.«

Ihre Worte dämpfen meine Zuversicht. Die Männer im Sündenhaus berichten immer wieder von einem Krieg auf dem Festland. Ich weiß gar nicht, wie man kämpft. Körperlich kämpft – und ich will es auch gar nicht wissen.

Lachende Kinderstimmen schallen in unsere Richtung.

Wir stehen verwundert auf. Diese Geräusche passen hier so wenig hin wie meine Hoffnung auf ein besseres Leben. Was macht die Kleinen so übermütig?

Eine Gruppe Halbwüchsiger kommt hinter einer Hütte hervor. Sie springen um einen Fremden herum und ich erstarre, habe das Gefühl, dass mir jemand einen Eimer eiskaltes Meerwasser über den Kopf schüttet.

Was macht er hier? Allein, dass ich ihn wiedererkenne, ist schlimm genug. Nie habe ich einen Freier im Kopf. Nie erinnere ich mich an irgendein Gesicht. Aber seine blaugrauen Augen. Die schwirren mir durch die Gedanken. Tagein, tagaus. Was mich rasend macht.

Sie bewerfen ihn mit Steinen und schreien: »Schnösel!« Er reagiert nicht, sondern schreitet unbeirrt weiter.

Drei von ihnen werden besonders dreist und bespritzen ihn mit Matsch. Er duckt sich, was nicht viel hilft.

Dann tauchen größere Jungs auf. Jetzt wird es ernst und Ada eilt in meine Hütte. Sie will nicht Ziel der Schikane werden.

Eine ganze Ladung Dreck landet auf Aarons Rücken, was ihn straucheln lässt. Braune Suppe durchnässt seine Haare und fließt ihm das Gesicht hinab. Die Halbwüchsigen umzingeln ihn, rufen: »Her damit!«.

Womit?

Ich kann ihn nicht mehr erkennen und wippe auf meinen Füßen hin und her, treffe eine Entscheidung.

Ich renne zu der Menschentraube, quetsche mich durch die Jungs durch und greife Aarons Hand. Sofort schließt sie sich fest und warm um meine.

»He, was soll das?«, knurrt ein Kerl in meinem Nacken.

Ich schlüpfe in die entgegengesetzte Richtung aus dem Kreis und ziehe Aaron hinter mir her. Wir rennen bis in meine Hütte. Sofort entreiße ich ihm meine Hand.

Krachend fliegt etwas gegen die Tür. Ich vermute Steine, warte ab und reiße sie wieder auf.

»Haut ab oder ich reiße euch die Gedärme raus!«

Sie wissen um meine medizinischen Kenntnisse. Ich habe mal jemandem den Bauch zugenäht, nachdem ich seine Innereien zurückstopfen musste. Das Bild werden sie wohl nie vergessen und haben jede Menge Respekt vor mir, auch wenn der Patient damals nicht überlebt hat.

Ada sieht mit geweiteten Augen zu mir und hebt die Hand.

Ich will nicht, dass sie geht, aber sie quetscht sich an mir vorbei, scheucht die Kinder auseinander und verschwindet zwischen den Hütten.

Steif drehe ich mich zu meinem ungebetenen Gast.

»Danke«, flüstert er. Blaugraue Augen blicken mir entgegen. Erfreut und vorsichtig zugleich. Fragend. Oder spiegele ich mich nur in ihnen wider?

»Was willst du hier?« Meine Hand streicht wie fremdgesteuert über meine Narbe im Gesicht. Ein Tick, wenn ich nervös bin.

Ich fühle mich erschöpft, misstrauisch, neugierig, ablehnend. Alles gleichzeitig. Das hier kann nicht richtig sein. Ein Freier in meiner Hütte. Martha, was machst du?

»Ich wollte Sie sehen.« Seine Mundwinkel zucken.

Entsetzt starre ich den Jungen in seinen piekfeinen Klamotten an, von denen der Matsch auf den Boden tropft. Er wischt sich eine nasse Haarsträhne aus der Stirn und verschmiert dabei dem Schlamm in seinem Gesicht.

Wie, warum, was … macht er hier? Es ist eine Sache, dass er jede Nacht im Sündenhaus auftaucht und mich beobachtet. Versucht, mit mir ins Gespräch zu kommen, was ich, sobald Frau Chogla nicht hinsieht, abwürge. Es ist eine andere Sache, bereits am Abend aufzutauchen und mich außerhalb des Gebäudes anzusprechen.

Ich bringe keinen Ton raus. Er kommt näher und stellt einen Korb, der mir erst jetzt auffällt, ab. Überrascht ziehe ich die Luft ein. Er ist randvoll mit Essen gefüllt.

»Ich habe Ihnen etwas mitgebracht.«

Neben seiner Höflichkeit irritiert mich auch die Wärme in seiner Stimme.

Er zeigt auf den Korb. »Wie versprochen.«

Versprochen? Versprochen!

Er hat gestern Abend gefragt, warum ich im Sündenhaus arbeite. Ich habe nur die Augenbrauen hochgezogen. Was dachte er denn?

Weil ich gerne fege und Betten beziehe? Meine Antwort war ein Zähnefletschen.

Dummerweise knurrte in dem Moment mein Magen. Er hat die Augen aufgerissen und gemeint: »Tut mir leid, das war eine dumme Frage. Ich werde es wiedergutmachen.« Mit diesen Worten gab er mir eine Plakette und ging.

Was für ein seltsamer Junge. Wer bezahlt eine zukünftige Dirne dafür, dass sie mit ihm redet? Das geht mir nicht in den Kopf.

Ich starre ihn an, weiß nicht, was ich sagen soll.

Alle Gedanken haben sich aus meinem Gehirn verabschiedet – das Wort »Wieso« ist alles, was meinen Mund verlässt.

»Weil …« Er schluckt und senkt den Blick gen Boden. »Ich würde Sie gerne kennenlernen.« Seine Stimme ist fest und entschlossen.

Ich öffne den Mund, um etwas zu entgegnen, schließe ihn aber wieder. Die Überraschung weicht der Wut. Will er mich kaufen? Mit Essen? Hitze wärmt meine Wangen.

Er lächelt weiterhin.

Scham überspült mich. In meinem Bauch brodelt es. Ich wusste es! Er will mich kaufen!

Ich gehe einen Schritt nach hinten. »Ich bin nicht zu kaufen!«, zische ich ihm zu. Was mache ich, wenn er Gewalt anwendet?

»Nein, so meinte ich das nicht.« Aaron hebt seine Hände und weicht ebenfalls zurück. »Ich mag Sie. Nicht mehr. Wirklich. Ich …«

Ich spüre die Wand in meinem Rücken.

»Ich mag Sie!« Dann wendet er sich zur Tür. »Auf Wiedersehen.«

Hat er ›auf Wiedersehen‹ gesagt? Er muss verrückt sein. Irre! Hat zu lange ins Wasser geschaut. Wir werden uns nicht wiedersehen.

Ich schlucke und höre, wie seine Schritte sich entfernen, reiße den Korb hoch und werfe ihn vor die Hütte. Wütend pfeffere ich die Tür zu. Die Wände beben und für einen Moment halte ich erschrocken den Atem an.

Ich setze mich auf die Matratze. Speichel füllt meinen Mund und ich starre die Tür an, stehe auf, um mich gleich wieder hinzusetzen. Ich lasse mich nicht so einfach kaufen. Wer weiß, was er verlangt? Vielleicht will er, dass ich mich ausziehe. Nein!

Es ist nicht das erste Mal, dass ich Hunger habe. Außerdem hatte ich gerade einen Apfel. Das halte ich aus.

Ich atme schwer, versenke den Kopf zwischen meinen Knien. »Ich bin stark. Ich bin stark …«

Mein Magen zieht sich schmerzhaft zusammen und ich beiße mir auf die Unterlippe. Blut benetzt meine Zunge.

Ruckartig springe ich auf, ziehe die Tür auf und da steht er. Verlockend und wohlriechend. Ich schaue mich um. Niemand zu sehen. Ich lausche. Stille. Vorsichtig gehe ich einen Schritt hinaus, aber Aaron ist weg. In meiner Brust sticht und brennt es. Gut so.

Ich schnappe mir den Korb und schließe die Tür.

Ehe ich eine Antwort auf alle Fragen finde, die in meinen Gedanken kreisen, greife ich den Laib Brot und beiße hinein. Er schmeckt köstlich.

Daneben liegt eine Dose. Ich reiße sie auf. Kekse! Ich stopfe sie mir ebenfalls in den Mund.

Ein scharf-süßer Geschmack breitet sich auf meiner Zunge aus. Ich huste, halte die Lippen aber geschlossen, um keinen Krümel zu verschwenden.

Was ist das? Ich schlucke und probiere noch einen. Nach sechs Keksen habe ich mich an die Schärfe gewöhnt und kann gar nicht mehr aufhören. Ich esse, bis ich Bauchschmerzen bekomme.

Kauend packe ich den Rest wieder ein und mache mich auf den Weg zu Ada. Was erzähle ich ihr bloß?

Vor 5 Jahren

Die Wahrheit ...

Ein neuer Winter steht mir bevor. Dasselbe Leben.

Missmutig denke ich an die Möchtegern-Rebellen, die zu einer Versammlung gerufen haben.

Ich bin müde von der Nacht und würde mich am liebsten hinlegen, aber die Hoffnung auf gute Nachrichten zieht mich zu der Sitzung.

Die Welle vom ersten Erfolg im letzten Jahr ist schnell abgeflaut. Die Menge an Nachrichten aus den Ringen und anderen Zonen sind überwältigend gewesen. Den großen Worten sind aber keine Taten gefolgt. Uns fehlen schlicht und ergreifend die Möglichkeiten.

Ich stampfe durch den ersten Schneematsch. Der Herbst hat es dieses Jahr besonders eilig zu verschwinden. Frierend umarme ich mich selbst. Die geschenkte Jacke von Aaron liegt gut versteckt in meiner Hütte. Die Gefahr, dass sie im Sündenhaus geklaut wird, war mir zu groß.

Die Aussicht auf etwas Wärme und Essen verleiht mir Kraft und ich werde schneller, konzentriere mich aber auf den Boden, um nicht zu fallen. Es ist glatt und ein gebrochenes Bein kann ich mir nicht erlauben.

Eine Bewegung schreckt mich auf. Jemand steht vor meiner Hütte. Alarmiert bleibe ich stehen. Diebe? Eine Drohne der Regierung? Dann erkenne ich ihn. Habe ich mich verrechnet? Heute ist nicht sein Tag. Der wäre erst morgen. Er muss mich gehört haben, denn er dreht sich um. Obwohl ich überrascht bin, lächle ich.

Er hat keinen Korb mitgebracht. Das ist gut, das Essen wird noch einige Tage reichen.

»Martha«, begrüßt er mich. Zum Glück lässt er das mit dem Fräulein. Einige blaue Flecken hat es ihn aber gekostet. Ich kam mir immer so albern vor.

»Aaron ...« Kurz vor ihm bleibe ich stehen.

Er hebt seine Hand, fasst mich aber nicht an. Immer halte ich mir vor Augen, was er sieht.

Ein schmutziges Mädchen, das seinen Lebensunterhalt in einem Sündenhaus verdient. Er ist nicht einverstanden, wie die Welt auf der Insel funktioniert. Was das mit mir zu tun hat, kann ich nicht nachvollziehen. Seiner Schwester könnte er anders beistehen.

»Du wirkst überrascht?«, unterbricht Aaron meine Gedanken.

»Ja, ich habe erst morgen mit dir gerechnet.« Ich gehe an ihm vorbei in die Hütte.

»Zu Hause gab es eine Planänderung und morgen hätte ich es nicht geschafft.« Er folgt mir in meine armselige Behausung und schließt die Tür hinter uns. Dann schiebt er den dicken Vorhang davor, damit es nicht zieht. Ebenfalls ein Geschenk von ihm. Am liebsten würde ich nichts von ihm annehmen. Aber Ada und Isaak haben mich überredet, seine Mitbringsel zu behalten. Für meinen Schützling lasse ich meinen Stolz da, wo er hingehört.

Ich krame nach der Jacke und ziehe sie an. Aaron beobachtet mich dabei.

»Was für eine Planänderung?« Ich beiße mir auf die Zunge, will es doch gar nicht wissen. Ich will mich nicht weiter in diese seltsame Beziehung mit ihm verstricken. Wohin soll das führen? Ein Anzugträger und ein Mädchen aus der schwarzen Zone. Das ist unmöglich. Ein Fehler. Bestimmt auch eine Sünde in den Augen des Einzigen und Wahren.

»Meine Schwester hat Geburtstag.«

Ich stutze.

»Und da ist mir aufgefallen, dass ich gar nicht deinen Geburtstag weiß.« Er greift in seine Manteltasche.

»Ist nicht wichtig. Wir feiern hier keine Geburtstage.« Ich senke den Kopf und knöpfe meine Jacke langsam zu.

Seine Schwester. Er hat schon oft von ihr gesprochen und jedes Mal macht das was mit mir. Ich weiß nur nicht was.

»Schade. Ich habe auch ein Geburtstagsgeschenk für dich.«

Ich schaue hoch und er lächelt. Ein kleines Päckchen liegt in seiner Hand.

»Heute habe ich auf jeden Fall keinen Geburtstag.« Ich schiebe seine Hand entschlossen weg.

»Ist ein nachträgliches Geschenk, weil ich deinen letzten Geburtstag verpasst habe.« Er streckt mir erneut die kleine Kiste entgegen. »Ist komplett nutzlos, wie es sich für Geschenke gehört.« Er grinst schelmisch und ich bewundere seine weißen Zähne.

Sofort verschließe ich meinen Mund. Meine sind eher gelb und schief gewachsen.

Nutzlos? Meine Neugierde siegt und ich nehme das Geschenk.

Unter dem Deckel glitzert und funkelt es. Ich erkenne nicht, was das sein soll, und hebe es heraus.

»Es ist eine Haarklammer.« Aarons Stimme ist leise. Beinahe vorsichtig. Hat er Angst, sie gefällt mir nicht?

Sie ist bestimmt wertvoll, so wie sie aussieht. Ada würde sagen, sie ist schön und Dinge, die schön sind, sind selten auf der Insel. Das Ziel aller Produkte ist ihre Zweckdienlichkeit.

Die Haarklammer hat den Zweck, Haare aus meinem Gesicht zu halten. Dass sie glitzert und funkelt, wäre dafür nicht nötig gewesen.

»Ich finde sie … äh, schön.« Ich bin mir nicht sicher, ob das stimmt.

»Darf ich?«

Ich nicke, ohne darüber nachzudenken, was er meint, bin mir seiner Gegenwart überwältigend bewusst. Das Gefühl, ihm nahe sein zu wollen, ist verwirrend und allmählich verliere ich immer öfter den Kampf dagegen.

Mein mieses Herz lacht darüber nur. Es will Aaron. Doch ich wehre mich, so gut es geht. Vertraue ihm noch nicht ganz.

Er nimmt die Haarklammer und geht langsam einen Schritt um mich herum.

Seine Hand nähert sich meinem Gesicht. Ich bleibe stehen und halte den Atem an.

Dass ich nichts sage, reicht ihm als Antwort. Er hebt eine Haarsträhne hoch und befestigt die Haarklammer.

Sein Atem kitzelt an meinen Hals, ich rieche seinen herben Duft. Ich nicke verspätet, mein Mund ist ganz trocken.

»Herzlichen Glückwunsch nachträglich und …« Er verstummt.

Mein Herz klopft so laut gegen meine Brust, dass ich mich wundere, dass es nicht durch meine Rippen springt. Aaron lächelt und beugt sich vor.

Die Tür knallt auf und wir schrecken auseinander.

»Ma-a-rtha!« Isaak steht im Türrahmen, keuchend und sich die Seiten haltend. Er muss den ganzen Weg gerannt sein. Ist er weggelaufen?

Abel taucht hinter ihm auf. Isaak wollte mich wohl warnen.

»Guten Abend«, grüßt uns der Rebellenführer und betritt die Hütte.

Ich balle die Fäuste. »Komm doch rein, Abel!«

Er ignoriert mich und stellt sich vor meinem Besucher auf.

»Guten Abend«, begrüßt ihn Aaron. Er streckt seinen Arm aus, um dem älteren Mann die Hand zu schütteln, doch Abel verschränkt seine Arme ungerührt vor der Brust. Abschätzig mustert er meinen Freund.

Wie oft in letzter Zeit trägt Aaron einen maßgeschneiderten, grauen Anzug. Die Haare sind streng nach hinten frisiert. Aaron lässt seine Hand wieder sinken. Seine Augen werden schmal und er presst seine Lippen zusammen. Ist er wütend?

»Möchtest du mich nicht vorstellen?«, fragt Abel, ohne den Blick von dem jungen Bürger zu nehmen.

Er ist ganz in Schwarz gekleidet und bildet mit seinen weißen Haaren einen starken Kontrast zu Aaron.

Woher wusste er von seinem Besuch?

»Äh …«

»Ich bin ein Freund von Martha«, antwortet Aaron selbst.

»So, so. Ein Freund.« Abel zieht seine linke Augenbraue hoch und ich möchte am liebsten in sein Gesicht schlagen. Was denkt er sich eigentlich?

»Und Sie sind?«

»Das hat Sie nicht zu interessieren.« Mit diesen Worten wendet Abel sich mir zu. »Draußen, sofort«, sagt er und verlässt meine Hütte.

Ich koche vor Wut. Ich hasse es, wenn er mir Befehle erteilt. Dennoch folge ich ihm.

»Wer ist das und was will er hier?« Abel nickt mit dem Kopf Richtung Hütte.

Was geht ihn das an?

»Ein Freund«, wiederhole ich und baue mich breitbeinig vor ihm auf.

»Ein Freund oder ein Kunde?«

Meine Hand landet schneller in seinem Gesicht, als er ›Sündenhaus‹ sagen kann.

Er hält sich die Wange und funkelt mich aus verengten Augen an. »Erkläre mir, wieso ein Bürger mit einem Mädchen aus der schwarzen Zone befreundet sein sollte?«

Die Ohrfeige wird Folgen haben, aber die Frage scheint ihm gerade wichtiger. Und mir auch. Wieso will Aaron mit mir befreundet sein? Und wieso habe ich keine Antwort?

Ich zucke mit den Schultern und kicke einen Stein weg.

»Entschuldigung!« Aaron kommt an meine Seite. »Ich weiß nicht, wer Sie sind, aber lassen Sie sich sagen, dass ich nicht zulassen werde, dass Sie Martha wehtun. Ich werde Sie sonst überprüfen lassen.«

Es ist beinahe lächerlich, wie der Junge dem alten Mann droht.

»Warum solltest du, Anzugträger, auf dieses Mädchen aufpassen wollen?« Abel verzieht die Lippen und reibt seine Hände aneinander. Ist ihm kalt oder freut er sich? Die Situation entgleitet mir.

»Weil …« Aaron schaut mich an. Fragend. Bittend. »Weil ich sie mag.« Seine Wangen färben sich rot und er streicht sich durch die Haare. Von seiner bedrohlichen Pose ist nichts mehr zu sehen.

Ich erstarre. Mein Herz macht einen Hüpfer. Das hat er jetzt nicht laut gesagt, oder? Dieses Thema will ich ganz bestimmt nicht vor Abel ausbreiten.

»Aus welchem Ring stammst du?«, fragt der, ohne die Antwort zu kommentieren.

Ich konzentriere mich auf Aaron. Was geht in seinem Kopf vor sich? Jetzt nimmt Aaron mich noch weniger ernst als vorher schon! Dieser Anzugträger!

»Aus dem Mittleren.«

»Ich denke, dein Freund sollte mitkommen.« Abel dreht sich um und verschwindet in Richtung der Rebellenhütte.

Aaron umfasst seinen linken Arm mit der rechten Hand und reibt darüber. Sein Mund öffnet und schließt sich wieder.

Ich seufze. »Das hättest du nicht sagen sollen.«

Aber jetzt ist es zu spät. Abel weiß von Aaron und er will was von ihm. Was, werde ich nur herausfinden, wenn ich ihm folge. Was Aaron angeht – er muss sich entscheiden. Mitkommen oder gehen.

Ich gehe los – langsam – um ihm Zeit zu geben. Schließe die warme Jacke bis zum Hals und stecke meine Hände tief in die Taschen.

Sagt er jetzt Lebewohl? Für so höflich würde ich ihn glatt halten.

Aaron kommt dicht an meine Seite. »Wohin gehen wir?« Selbst durch die dicke Jacke spüre ich seine Wärme. Ich beiße mir auf die Lippen.

Die Wahrheit könnte uns alle ins Verderben stürzen.

Wenn er von der Rebellion erfährt, könnte er uns verraten.
Aber Abel hat ihn schließlich eingeladen.
»Zu einer Versammlung«, erkläre ich.
Aaron wird nicht langsamer, er schweigt erwartungsvoll.
»Wir wollen den Präsidenten stürzen.«

3. Teil

HOFFNUNG

Hoffnung
Manchmal spüre ich sie
Und dann wieder nicht
Manchmal ist sie zum Greifen nahe
Und dann wieder Meilen weit entfernt
Manchmal habe ich das Gefühl, sie nie wieder zu spüren
Und dann wieder ist sie das Einzige, woran ich glauben kann.

@A.M.

Für eine neue Zukunft.

Für viele ist heute ein feierlicher Tag. Für andere ein Tag der Niederlage. Heute wählen wir – Frauen wie Männer – einen neuen Präsidenten.

Die Stimmen der Gegner dieser Wahl und unserer Rebellion sind laut und übertönen den Jubel der Feiernden.

»Diese Wahl ist eine Lüge. Es gibt keine Wahl. Keinen Sieg dem Eroberer«.

Ein ungutes Gefühl erfasst mich, doch ich verdränge es.

Heute ist kein Tag zum Zweifeln. Für diesen Tag habe ich gekämpft – um hier zu stehen, im Zentrum der Insel, um die gleichen Rechte zu erlangen wie die Männer.

Die rauschende Kulisse begleitet mich auf meinem Weg zur Stimmabgabe. Ich schreite durch das große Eingangstor des Regierungsgebäudes und werde von einem Mann auf die rechte Seite gelotst. Die Tür schließt sich wieder und das Geschrei der Menge verstummt.

Die feindlichen Worte klingeln mir in den Ohren.

Dafür sind Familie und Freunde gestorben.

Die Schlange vor den Wahlboxen ist lang. Ich stelle mich an und lasse meinen Blick schweifen. Die riesige Eingangshalle wird von zwei gewaltigen Treppen gesäumt, die sich nach oben ranken. Links und rechts gehen große Glastüren ab. Über der einen Tür steht: Präsident Adam. Das Adam ist durchgestrichen.

Diese Imposanz schüchtert mich ein. Ich brauche all meine Kraft, um hierzubleiben. In diesem riesigen Gebäude fühle ich mich so fehl am Platz wie in der restlichen Stadt.

Nach und nach rücke ich vor.

Es gibt keine große Entscheidung zu treffen. Der Sieger steht fest. Es gibt keine Alternative, nur Abel.

Drei Monate ist es her, dass er Präsident Adam mithilfe der Rebellen gestürzt hat, und seitdem hat er die Insel geleitet.

Ob gut oder schlecht lässt sich zu diesem Zeitpunkt noch nicht sagen. Alles wirkt zerbrechlich wie das Glas, von dem ich hier im Regierungszentrum umgeben bin.

Das Zentrum mit dem Regierungsgebäude und anderen wichtigen Bauten ist im Gegensatz zum inneren Ring von den Drohnen verschont geblieben. Der mittlere und der Randring haben ebenfalls nichts abbekommen.

Mir wird klar, dass das Inselsystem auf einer verworrenen Klassenzugehörigkeit aufbaut. Wie eine Spirale ist das Zentrum von Ringen umgeben, jede einzelne ist einer Berufsgruppe und damit einer bestimmten Stellung und einem entsprechenden Verdienst vorbehalten.

Der Stadtrandring ist von den vier Zonen umschlossen. Energie, Landwirtschaft, Produktion und Kommunikation. Dahinter befindet sich im Westen die Arbeitersiedlung und weit im Abseits die Mülldeponie und die schwarze Zone. All diese Bereiche muss Abel vereinen und gleichstellen.

Eine schier unvorstellbare Aufgabe meinen viele, aber auf dem Festland funktioniert es, oder? Und daran halte ich mich fest, auch wenn Lillit und Ada dies nicht so rosig sehen und viel Kritik gegenüber dem Festland äußern. Am Ende können wir uns nur ein Beispiel nehmen und es besser machen.

Die Frau vor mir verschwindet hinter einer grauen Kunststoffwand und kommt wenig später wieder heraus.

Ich bin dran und gehe hinter die Abtrennung. Dort finde ich einen kleinen Tisch, darauf Datentafel und Stift. Eine Anleitung weist mich an, auf den roten Kreis zu drücken. Auf dem Bildschirm erscheint der Stimmzettel.

Ich atme tief durch und nehme die Geräte zur Hand, setze mein Kreuz hinter Abel. Die anderen Felder sind leer.

Unsere Feinde haben recht. Es gibt keine Wahl. Abel oder niemand.

Ihm war es wichtig, offiziell gewählt zu werden – als politisches Signal für eine neue Zukunft.

Draußen erwartet mich eine jubelnde Gruppe von Frauen. Eva und Klara drehen sich tanzend im Kreis. Die kurzen Haare lassen die beiden wie Schwestern wirken. Eine Gemeinsamkeit, die sie aus dem Umerziehungslager mitgebracht haben. Dort sollten sie zu folgsamen Inselfrauen gedrillt werden. Es hätte nicht mehr viel gefehlt und sie wären an der täglichen Folter und Gehirnwäsche zerbrochen.

Ich konnte sie rechtzeitig befreien. Eine Heldentat, die einen schalen Beigeschmack hat. Ich habe es für Aaron getan. Weil er seine Schwester für mich zurückgelassen hat. Sie musste leiden, weil ich ihm wichtiger war. Ich schaffe es nicht, das zusammenzubringen. Mein schlechtes Gewissen kämpft mit mir. Manchmal habe ich das Gefühl, mein Herz rast, um im nächsten Moment auszusetzen.

Liebe mache krank, meinte meine frühere Herrin Frau Chogla immer.

Ich schiebe die Gedanken weg. Heute ist ein Tag zum Feiern, nicht zum Zweifeln.

Eva macht es vor. Ihre Augen strahlen und ihre Haare sind frisiert zu einer attraktiven Kurzhaarfrisur. Sie ist kaum wiederzuerkennen.

Ich lasse mich von der Freude anstecken und finde mich in den Armen meiner neuen und alten Freunde wieder.

»Was für eine Farce«, unterbricht Lillit unsere Jubelstimmung. »Wofür sollen wir dankbar sein? Es ist eine Selbstverständlichkeit, dass wir Frauen wählen dürfen. Dafür haben wir doch gekämpft. Jetzt lässt sich Abel feiern, als ob das allein sein Verdienst wäre und er uns einen Gefallen täte.« Sie spuckt auf den Boden. Lillit ist wie Eva mit sechzehn Jahren zu jung zum Wählen. Vielleicht ärgert sie das. Sie kommt mir oft viel älter vor.

»Ach, Lillit. Wir feiern doch nicht Abel. Wir feiern, dass endlich eine neue Zeit anbricht. Eine Zeit, in der wir Frauen dem Mann gleichgestellt werden. Diese Wahl ist der Anfang. Ein eindeutiges Zeichen.« Eva legt einen Arm um die dünnen

Schultern von Lillit und schiebt sie lachend durch die Menge, offensichtlich nicht bereit, sich von ihrer schlechten Laune den Tag vermiesen zu lassen. Sie verschwinden in dem Meer aus grauen Hüten und Mänteln.

Ich erlaube mir kurz, mich auf meine Zukunft zu freuen. Nach monatelanger Wartezeit ist es hoffentlich bald soweit und ich kann endlich Medizin studieren.

Wind kommt auf und bläst mir kalte Luft ins Gesicht. Ich ziehe meinen Mantel enger um mich. Der Winter steht vor der Tür.

Für einen Moment überfällt mich Angst. Ein Gefühl, welches unwiderruflich mit der kalten Jahreszeit über mich kommt, obwohl ich schon lange nicht mehr in einer zugigen Hütte schlafen musste.

Manche Gewohnheiten, Instinkte, bleiben.

Vielleicht liegt es auch an den Menschen um mich herum, die ihre Wut herausbrüllen. Weil sie nicht damit einverstanden sind, dass sich alles grundlegend ändern wird? Wieso bereitet mir das Sorgen? Es ist vorbei. Oder?

Ich werde von einer Gruppe Männer zur Seite geschoben, die mit wutverzerrten Gesichtern die Fäuste in die Luft recken und »Nieder mit den Verrätern« brüllen.

Die Frauen neben mir weichen zurück, werden aber nicht leiser: »Freiheit, Gleichheit, Schwesterlichkeit.« Die Hand mit dem überkreuzten Zeige- und Mittelfinger halten sie wie ein Schutzschild vor sich. Unser Zeichen der Freiheit und Schwesterlichkeit.

Das wird ein hartes Stück Arbeit für den neuen Präsidenten.

Die Bewohner der Zonen, welche die Stadt umgeben und den Großteil der Insel ausmachen, existierten bisher nur, um die Bürger zu ernähren.

Werden diese zukünftig auf ihren Reichtum verzichten können? Werden die Arbeiter dieselben Chancen haben wie die Städter? Ich darf die Hoffnung darauf nicht aufgeben. Sonst sind die Opfer der Rebellion umsonst gestorben. Mein Herz zieht sich zusammen. Ich wünschte, Isaak wäre hier und könnte mitfeiern.

Er wäre jetzt sechzehn Jahre alt.

Ich schüttle den Kopf und verdränge den Gedanken an mein früheres Leben, konzentriere mich auf meine neue Zukunft. Vor meinem inneren Auge sehe ich mich, wie ich in einem Behandlungszimmer stehe und Patienten empfange.

Die Politik ist nicht meine Sache. Darüber dürfen sich andere Gedanken machen.

»Viel Erfolg, Abel«, flüstere ich und folge Eva und Lillit aus der Menge raus.

Das braucht seine Zeit.

Ich stöhne auf und vergrabe den Kopf in meinen Armen. Nicht nur die Tatsache, dass ich eine Frau bin, sondern auch meine Herkunft werden dafür sorgen, dass der Weg mehr als steinig wird.

Um Ärztin zu werden, muss ich studieren. Und da haben wir das Problem. Das Lesen. Das Schreiben. Ich kann es, aber nicht gut genug. Meine Datentafel, ein Geschenk von Aaron, präsentiert mir Wörter, die ich nicht kenne, geschweige denn schaffe, auszusprechen. Die Anmeldestatuten der Hochschule für Medizin sind ein einziges Riff.

Ich beiße die Zähne zusammen und versuche, die Voraussetzungen zu verstehen.

Jemand betritt die Küche und ich schaue auf.

Eva. Sie lächelt zaghaft. Ihr gelbes Kleid fordert mich geradezu heraus. Die Farbe passt nicht zu meiner Stimmung.

Ich selbst trage immer schwarz, fühle mich damit am wohlsten. Evas Farbenliebe ist mir befremdlich. Es passt nicht zu ihrem eingeschüchterten Wesen. Wenn ich an sie denke, habe ich die Farbe Grau vor Augen. Vielleicht, weil ich sie mir so immer vorgestellt habe. Eine graue, verwöhnte Prinzessin.

»Ähm«, fängt sie an.

Ich reagiere nicht, zu genervt davon, dass ich nichts verstehe. Ich habe oft das Gefühl, dass sie sich ertappt fühlt. Dabei ist das ihr Zuhause. Eine Wohnung über zwei Etagen in einem mehrstöckigen Haus im mittleren Ring. Ihr Vater war ein Kaufmann und daher gut bezahlt.

Ich bin nur Gast, obwohl Aaron mir zu verstehen gegeben hat, dass es nun auch mein Zuhause ist. Sollten ihre Eltern wieder auftauchen, kann sich das schnell ändern.

Eva senkt den Kopf und schleicht zurück zur Tür. Auf halbem Wege dreht sie um und greift nach der Keksdose.

Ich unterdrücke ein Augenrollen.

»Hast du sie probiert?«, fragt sie mich. »Ich habe sie gestern selbst gebacken.« Stolz schwingt in ihrer Stimme mit. Sie hält mir einen Keks hin und ich lege die Tafel auf den Tisch.

»Danke«, sage ich, nehme das Gebäck entgegen und beiße ab. »Mhm, lecker«, gebe ich zu und spucke Krümel.

»Ist es falsch, dass ich erleichtert bin, nicht gleich mit den Jungen zur Schule gehen zu müssen?«, fragt Eva mit leiser Stimme. Sie lehnt an der Arbeitsfläche und dreht den Keks in ihrer Hand.

Ich bin hin und her gerissen zwischen den Gefühlen, sie trösten oder anschreien zu wollen.

Ja!, will ich rufen. Wenn wir Frauen jetzt nicht zusammenhalten und darauf bestehen, in allem gleich behandelt zu werden, wird das nie was mit der Gleichberechtigung!

Aber ihr Blick und wie sie ihre Hände verkrampft vor ihrer Brust hält, ihr Versuch, ihr altes Selbstbild mit dem Kleid zu überdecken, lässt mich innehalten.

Ich gebe zu, ich mag sie. Sie hat mich einige Male überrascht. Wie sie mit der neuen Situation zurechtkommt, beeindruckt mich. Jeden Tag war sie draußen und hat geholfen. Egal bei was. Sie war sich für keine Arbeit zu schade. Wie im Versorgungszentrum. Dort hat sie mit der alten Frau namens Rahab in der Wäscherei gearbeitet. Das imponiert mir. Sie ist so anders, als ich es vor ein paar Jahren erwartet hätte.

»Nein Eva!«, antworte ich endlich. »Die Jungs müssen ebenfalls lernen, mit der neuen Situation umzugehen. Das geschieht nicht gleich alles an einem Tag.« Mir vorzustellen, wie die Jungs sie belagern, ist mir zuwider. »Aber warum willst du überhaupt zur Schule?«

Die Schulpflicht auf Selvia gilt für Mädchen nur bis 14 Jahren. Oder hat Abel das geändert?

»Ich will das Abitur machen, um studieren zu können.« Sie strahlt mich an. »Journalismus und Literatur.«

Ich höre nur das eine Wort. Abitur. Das stand in den Aufnahmeregelungen. Ich suche auf meiner Datentafel.

»Abitur, das brauche ich auch«, sage ich und merke zu spät, dass ich laut geredet habe.

»Ja, klar. Du wirst direkt die Prüfung machen, oder?«

»Geht das denn?« Einmal mehr komme ich mir vor, wie ein blinder Krebs, der nach Schnecken sucht.

»Ja, das ist doch Abels zweites Bildungsgesetz, damit wir Frauen das Abitur ablegen und studieren können. Bei entsprechendem Vorwissen kannst du direkt die Reifeprüfung absolvieren.«

Ich begreife gar nichts mehr.

»Das ist nur ein anderes Wort für Abitur«, erklärt sie mir rasch. Sie muss das Fragezeichen über meinem Kopf gesehen haben.

Es klingelt und sie schaut erschrocken auf. Dann geht eine Verwandlung durch ihren Körper. Ihre Schultern straffen sich und mit festen Schritten schreitet sie zur Tür.

Ganz die Inselfrau.

Ich schüttle den Kopf. Eine einzige Frage füllt meinen Verstand aus. Habe ich das nötige Vorwissen? Ich suche nach Abitur und Reifeprüfung und bei dem ersten Eintrag wird mir klar: Nein.

Chamuel und Eva betreten die Küche und er grinst mich an. »Hallo Martha.«

»Hallo«, murmle ich. Mit meinen Gedanken bin ich noch beim Abitur.

»Setz dich, Chamuel, ich koche uns einen Tee«, weist Eva ihren Besuch an und drückt Chamuel auf den Stuhl.

Ich kann mich bei dem Gerede nicht konzentrieren und lege die Tafel weg.

»Das musst du nicht machen, Eva. Ich kann genauso gut Tee kochen. Erzähl mir lieber, wie dein Tag war«, sagt er und macht Anstalten, aufzustehen.

Eva hält ihn auf und ich muss ein Lachen unterdrücken. Es ist zu lustig. Die unscheinbare Eva hat den großen, muskulösen Einundzwanzigjährigen komplett in ihrer Hand.

Chamuel ist Aarons bester Freund und schon eine Weile in Eva verliebt. Eva in ihn noch viel länger. Sie hat da mal was angedeutet.

»Nix da, ich habe ein neues Rezept und das will ich ausprobieren. Außerdem ist das hier meine Küche.«

Chamuel seufzt, gibt nach und wendet sich mir mit rotem Kopf zu.

Ich weiß, dass es ihm total unangenehm ist, wie der typische Selvia-Mann am Tisch zu sitzen und bedient zu werden. Eva durfte früher nie in die Küche. Das gehörte sich nicht als Kaufmannstochter. Jetzt möchte sie das offenbar anders handhaben und sie kann sehr durchsetzungsfähig sein.

Ich grinse.

Zum Abendbrot gesellt sich Lillit überraschenderweise zu Eva, Chamuel, Aaron und mir. Sie lässt sich selten sehen und ich freue mich.

Schade, dass Felix und Éli nicht hier sind. Und Ada. Meine Freunde fehlen mir. Aber sie haben sich alle dazu entschlossen, einen anderen Weg zugehen. Die Vorstellung, sich dem geregelten Leben anzuschließen, war ihnen ein Gräuel. Ada ist im Versorgungszentrum Südwest geblieben. Éli und Felix wollten die Insel erkunden. Seitdem habe ich nichts mehr von ihnen gehört.

Ich sitze mit meiner neuen Familie am großen Esstisch zusammen. Das Esszimmer ist ein trostloser Raum, der nur mit einem Tisch und zehn Stühlen gefüllt ist. In Grau, versteht sich. Wie alles auf der Insel. Manchmal fehlt mir das schwarze Gestein meiner Zone. Das war intensiv und schenkte mir das Gefühl von Freiheit. Wenn auch ein trügerisches.

Aaron erzählt, wie viel er für Abel in der Regierung zu tun hat. Er redet so schnell, dass ich kaum etwas verstehe. Vor Begeisterung fahren seine Hände durch die Luft und mir wird ganz schwindlig beim Versuch, ihnen zu folgen.

»Was machst du denn da genau?«, fragt Lillit und legt ihr Besteck auf den leeren Teller.

Eva hat sich an einem Auflauf versucht. Mir schmeckt alles, schließlich hat mein Körper nicht vergessen, wie sich Hunger anfühlt.

»Ich leite die Geschicke Selvias.«

Ich verziehe das Gesicht. Aaron kann so ein Angeber sein.

Lillit verdreht die Augen. »Also viel sinnloses Gelaber?«

»In erster Linie schreiben, Verordnungen und so ändern«, brummt Aaron und greift nach seinem Besteck.

Da hat Lillit ihn wohl an der falschen Stelle getroffen.

»Hast du das Gefühl, Abel meint seine Versprechungen ehrlich?« Lillits Stimme klingt lauernd. Wie ein Hecht auf Beutejagd.

»Ja, klar! Alles braucht halt seine Zeit. Aber die Schulgesetze wurden bereits verändert. Jetzt müssen noch die Gegebenheiten vor Ort angepasst werden.« Aaron stopft sich den Mund mit Gemüse voll und weicht uns allen aus. Er wirkt nicht mehr ganz so überheblich. Ist er nicht überzeugt von Abels Absichten?

»Hast du Zweifel daran, Lillit?«, frage ich und lasse meine Gabel ruhen. Angst schießt in mir hoch, wie eine böse Vorahnung. Ich drücke meine Hand auf mein Herz und erinnere mich selbst, dass es vorbei ist. Alles ist gut.

Lillit lehnt sich zurück. »Ich kenne ihn und ich habe genügend Geschichten über Männer wie ihn gehört.«

»Über Bürger, Lillit«, widerspricht Aaron. »Männer, die wie Chamuel und ich aus der Stadt kommen. Aber Abel stammt aus der schwarzen Zone. Woher willst du ihn kennen? Unter seiner Führung haben wir schon viel verändert.«

Was ist das für ihn? Eine politische Debatte? Sie ist sechzehn und kein Regierungsmitglied.

»Sicher. Würde ich auch so machen.« Lillit schiebt mit ihrer Hand die Gabel weg und schnaubt verächtlich. »Zuerst meine Macht stärken. Mich mit Anhängern umgeben.« Sie trinkt einen Schluck Tee und knallt ihre Tasse ein wenig zu heftig auf den Tisch.

Ich zucke zusammen. Kopfschüttelnd richte ich mich auf. »Glaubst du, dass Abel uns die ganze Zeit belogen hat, Lillit?« Ich habe für Abel gekämpft. Ihn zu kritisieren, bedeutet die Rebellion, in der ich gekämpft habe, zu kritisieren. Ich umgreife das Besteck und in meinen Handgelenken knackt es. »Ich mag ihn auch nicht, aber dass er uns hintergeht? Ich denke, du bist ein wenig paranoid.«

»Wir sollten nicht allzu leichtgläubig sein, Lillit, da gebe ich dir recht«, mischt sich Chamuel ein und gießt allen noch eine Runde Tee ein.

Lillit schiebt ihre Tasse von sich und setzt sich auf. »Was tut er dafür, dass die Frauen ihre neuen Chancen auch nutzen können?«

Eva wird blass und Aaron nimmt eine leichte rote Gesichtsfarbe an.

Ich trinke einen Schluck, in der Hoffnung das der Tee mich beruhigt, aber der Auflauf stößt mir auf.

Lillit nimmt ihre Gabel in die Hand und hält sie hoch. »Wir haben einen erheblichen Nachteil, was unsere Bildung angeht. Außerdem werden die Männer nicht von heute auf morgen ihr Denken ändern. Was tut Abel also dagegen?« Sie fuchtelt mit der Gabel in der Luft und spricht genau das aus, was mir Kopfzerbrechen bereitet.

Ich denke an meinen Wunsch, zu studieren, und die Voraussetzungen, die ich nicht annähernd erfülle.

»Das braucht seine Zeit. Wir müssen die Veränderungen Stück für Stück angehen. Das geschieht nicht von heute auf morgen. Wir wollen ja keine zweite Rebellion auslösen!« Aaron spricht nicht mehr ganz so eindringlich. Will er uns beruhigen, einlullen?

»Also was denn nun? Können wir Abel trauen oder nicht?«, fragt Eva und schaut von einem zum anderen. Sie streicht über ihre Haare – eine Geste übriggeblieben aus dem Umerziehungslager. Das Gespräch macht anscheinend auch sie nervös.

»Sicher können wir ihm trauen. Aber das heißt ja nicht, dass er alles sofort hinbekommt.« Aaron lächelt Eva zu. »Deswegen schauen wir ihm ein wenig auf die Finger. So eine Insel zu leiten, ist ja nicht leicht.« Er widmet sich wieder seinem Essen.

Das war jetzt nicht wirklich ermutigend. Aber ich halte den Mund. Das Gespräch hat mir schon genug auf den Magen geschlagen.

»Wenn ihr das sagt.« Eva legt steif ihr Besteck weg und schiebt ihren halbleeren Teller von sich. »Lillit, möchtest du Nachtisch?«

»Nein, danke. Ich mache mich jetzt auf und werde für eine Weile verschwinden. Etwas zur Ruhe kommen. Vielleicht bin ich ja wirklich paranoid. Vielleicht auch nicht. Wir werden es sehen.« Sie drückt sich vom Tisch weg und steht auf. Von der eben gezeigten Kampfeslust ist nichts mehr übrig. Ihr spitzes, blasses Gesicht sieht müde aus. Sie könnte durchaus etwas Ruhe gebrauchen.

Eva erhebt sich. »Aber wieso?«

Lillit umarmt ihre Freundin, die noch immer wie zu Stein erstarrt dasteht. Eine Antwort bleibt sie ihr schuldig. Mit einem Blick in unsere Runde klopft sie auf den Tisch und verschwindet aus dem Raum. Dem Knallen der Wohnungstür folgt ein unangenehmes Schweigen im Esszimmer.

»Wieso?«, fragt Eva erneut.

»Ach, typisch Lillit. Lass ihr Zeit, sich an die neuen Umstände zu gewöhnen.« Chamuel schiebt Eva den Stuhl zurecht und sie lässt sich darauf fallen. Seine Hand streicht über ihren Arm und sie lehnt sich ausatmend an ihn.

Die innere Unruhe der letzten Tage packt mich mit voller Wucht. Ich kann sie nicht ganz greifen, weiß nicht, was sie zu bedeuten hat.

Ich hätte auch gerne eine Auszeit.

Machen Sie sich nicht lächerlich.

Ich werde das Abitur nicht bestehen können.

Auf keinen Fall.

Ich sitze am Küchentisch vor den Fragen für die Prüfung und habe bei mindestens der Hälfte nicht die geringste Ahnung. Ach, was denke ich, bei allen!

Zwar haben sich meine Lese- und Schreibkenntnisse enorm verbessert – Eva hat mir viele ihrer elektronischen Bücher geliehen – aber für Fragen zu Physik reicht es nicht. Die Panik vor dem Versagen überflutet mich und ich spüre, wie mein Magen rebelliert. Mir ist seit Tagen schon schlecht.

Ich werde mit Aaron sprechen müssen.

Zu allem Überfluss habe ich Gerüchte auf der Arbeit gehört, dass der Dekan der Hochschule für Medizin die Anforderungen erhöht hat, damit Frauen es nicht schaffen, sich einzuschreiben. Was für ein Fischkopf!

Vielleicht sollte ich aber nichts auf das Geschwätz meiner jungen Kolleginnen geben. Sie suchen gewiss nur eine Ausrede, um sich nicht für das Studium anzumelden.

Meine DV-Uhr am Handgelenk piept. Die Schicht im Krankenhaus fängt gleich an.

Leider zählen meine Erfahrungen als Krankenschwester bei der Bewerbung nicht. Nur reine Zahlen auf Papier. Zahlen, die meine Leistungen in Schulfächern bewerten sollen, von denen ich noch nie zuvor in meinem Leben gehört habe. Physik. Literatur. Mathematik. Biologie. Ich weiß, wie man Infusionen legt, ein gebrochenes Bein schient und wo die Organe im Menschen liegen, aber das ist anscheinend nicht so wichtig.

Ich rümpfe die Nase und stehe auf. Aus Frust esse ich einen weiteren Keks von Eva. Sie wird sich freuen, dass die Dose leer ist, und neue backen.

Sie wird nächstes Jahr das Abitur machen, aber ich will nicht warten und mit ihr gemeinsam lernen. Ich will nicht noch ein Jahr als Krankenschwester vergeuden. Mich nervt es gewaltig, dass ich vieles nicht darf, weil mir angeblich die Qualifikation fehlt.

Ich betrete die hochglänzende Eingangshalle des Gesundheitszentrums. Ein einzelner Tresen füllt diesen sonst leeren Raum.

Das Krankenhaus im mittleren Ring hat im Vergleich zu dem im inneren Ring überlebt. Ein kleines Wunder, aber es muss nun mehr Patienten aufnehmen, als es eigentlich versorgen kann.

Ich habe einige munkeln hören, dass sich hier sowieso bald vieles ändern wird.

Abel ist nicht gut auf die ehemaligen Bürger zu sprechen. Immer häufiger spricht er davon, dass diese ihren Preis für die Ungerechtigkeiten der letzten Jahrzehnte zahlen müssen. Was das bedeutet und wie sich das auf unsere Arbeit auswirkt, kann ich mir nicht vorstellen. Aber es verstärkt das ungute Gefühl in mir. Ich wische meine schwitzigen Hände an meiner Hose ab und atme tief durch. Alles wird gut.

Gefasster gehe ich ins Schwesternzimmer und kleide mich um. Der weiße Kittel behagt mir nicht. Lieber würde ich eine Hose tragen. Heute soll ich auf der Kardiologie aushelfen und fahre mit dem Fahrstuhl hoch. Meine Uhr zeigt mir an, dass eine Kollegin ausfällt. Vielleicht ist das meine Gelegenheit.

Oben angekommen begrüßt mich meine heutige Kollegin, Vasti. Ihr strenger Dutt und die tiefen Falten um ihren Mund täuschen über ihren humorvollen Charakter hinweg.

»Doktor Rimmon ist heute im Dienst«, klärt sie mich auf und ich seufze. Ich straffe die Schultern und gehe in sein Sprechzimmer, um meine heutigen Anweisungen zu erhalten.

»Guten Morgen, Doktor Rimmon.«

Vor mir sitzt ein schmächtiger Mann mit einem langen herabfallenden Schnurrbart. Er ist kein ehemaliger Bürger, sondern stammt aus der Nordwestzone und hat dort im Versorgungszentrum gearbeitet. Für ihn ein Aufstieg.

Für mich ist die Arbeit an diesem Krankenhaus ein absoluter Tiefpunkt meiner medizinischen Karriere. Ich durfte im Rebellenlager unter widrigsten Bedingungen mehr Patienten behandeln als hier unter Aufsicht von erfahrenen Ärzten.

»Morgen«, murmelt er, ohne aufzusehen, und tippt weiter auf seiner Datentafel herum. Er versinkt beinahe in seinem Schreibtischstuhl.

»Steht heute etwas Besonderes an?«, frage ich voller Hoffnung, endlich einer OP beiwohnen zu dürfen.

»Der OP-Saal muss vorbereitet werden. Um 17 Uhr ist eine Herztransplantation geplant. Sorgen Sie dafür, dass sie pünktlich beginnen kann.«

»In Ordnung. Schwester Hagar ist heute ausgefallen. Könnte ich stattdessen dem Arzt bei der OP assistieren?« Ich beiße mir auf die Lippen und bete um eine positive Antwort. Ich muss mich nur einmal beweisen können.

Er hebt seinen Blick von der Tafel. Sein Schnurrbart zittert und er faltet seine Hände zusammen. »Machen Sie sich nicht lächerlich. Der Arzt braucht jemanden, der sein Handwerk versteht, und nicht irgendein dahergelaufenes Mädchen von der Straße.« Der Doktor schüttelt seinen Kopf und wendet sich wieder seiner Tafel zu. »Zum Bettpfannen leeren und Infusionen legen sind Sie zu gebrauchen«, spricht er weiter, »aber den Rest schlagen Sie sich aus dem Kopf.«

Seine Worte sind wie eine Ohrfeige. Ich würde ihm am liebsten seinen Schnurrbart aus dem Gesicht reißen. Aber ich verdiene hier mein Geld. Ich brauche diese Arbeit.

Mit Vasti zusammen bestücke ich den Medikamentenwagen. Bevor wir fertig werden, leuchtet ein Symbol auf einer großen Datentafel auf. Zimmer 91 benötigt Hilfe.

»Ich gehe, Vasti.« Ich mache mich auf dem Weg zu dem Patienten.

Auf dem Flur rennen zwei Kollegen an mir vorbei, die wahrscheinlich in den Operationssaal gerufen wurden. Ich schlucke und beiße mir auf die Zunge, um nicht zu schreien. Wenn ich erstmal dieses doofe Studium machen kann …

»Martha?«, höre ich Eva rufen, noch bevor ich durch die Tür bin. Ich antworte nicht. Zu müde.

Achtlos streife ich meine Schuhe von den Füßen und tapse in die Küche, wo sie am Herd steht und mit irgendwelchem Gemüse hantiert.

»Martha!«

»Jetzt nicht, Eva«, wehre ich sie ab.

»In der Schule habe ich von Frauen gehört, die gemeinsam für die Reifeprüfung lernen. Sie sind wie du der Meinung, dass ihnen erhebliche Vorkenntnisse fehlen«, redet sie weiter, ohne auf meinen Einwand einzugehen.

Ich blicke auf und vergesse meine Müdigkeit.

»Jedenfalls treffen die sich immer in unserer Schule, und ich habe sie gefragt, ob du dazu kommen kannst. Sie meinten: ›Ja sicher, wir Frauen müssen immerhin zusammenhalten‹.« Jetzt grinst sie mich an.

»Das klingt großartig. Danke, Eva. Weißt du, wann und wo sie sich treffen?«

»Unregelmäßig, weil sie zum Teil arbeiten wie du. Hier hast du die Kontaktdaten von Helene.« Eva tippt auf ihrer Uhr und meine leuchtet auf.

Ich sehe den Namen mit einer Nummer auf dem Bildschirm erscheinen und verschwinde nach oben.

»In zehn Minuten gibt es Abendbrot«, ruft Eva mir hinterher.

Ich fühle mich besser. Die Nachricht von der Frauenlerngruppe und eine Dusche haben meine Stimmung gehoben.

Ich eile nach unten und höre Aaron mit jemanden reden. Suchend sehe ich mich um. Seine Stimme schallt nicht aus der Küche, sondern aus dem Herrenzimmer seines Vaters.

Die Tür ist einen Spalt breit offen und er sitzt mit dem Rücken zu mir auf dem Schreibtisch. »Chamuel, ich will ihm ja vertrauen, aber ich habe langsam Zweifel, ob er weiß, was er da tut.« Er streicht sich durch seine Haare und verstummt.

Ich brauche ein bisschen, um zu begreifen, dass er telefoniert. Leise komme ich näher und bleibe an der Tür stehen.

»Ja, sicher hat er die Versorgung schnell wiederhergestellt.«

Hat Abel die Grundversorgung wirklich überall zugänglich gemacht? Ich denke an meine alten Freunde in der schwarzen Zone.

Leider höre ich Chamuels Antwort nicht. Er muss mit einem Kopfhörer im Ohr telefonieren.

»Aber eben genau diese Planwirtschaft macht mir Sorgen. Wer hat die Kontrolle über die Logistikunternehmen, in denen ausgerechnet wird, wie die Lebensmittel unter allen aufgeteilt werden können?«

Arbeitet Chamuels Schwester nicht in einem Logistikunternehmen, um die Nahrung gerechter zu verteilen?

Die Erinnerung an ein rotgelocktes Mädchen taucht vor meinem inneren Auge auf. Ich mag Ariel nicht. Chamuels Schwester hatte sich noch vor dem Ende der Rebellion von uns abgeseilt, weil sie glaubte, für was Besseres und Wichtigeres bestimmt zu sein.

Ich weiß noch, wie sie über Eva und ihre Arbeit in der Wäscherei hergezogen ist. Kaum zu glauben, dass sie mit Chamuel verwandt ist.

Ich räuspere mich, doch Aaron ist so konzentriert, dass er nicht reagiert.

»Ich befürchte eher, dass die Fabrikinhaber und ehemaligen Bürger bald auf die Barrikaden gehen, wenn ihnen alles weggenommen wird oder sie viel weniger für ihre Waren erhalten.«

Wieso macht er sich um diese Schnösel Sorgen? Abel hat doch jetzt die Macht, oder? Sie sollten alle zufrieden sein mit dem, was sie haben.

Ich gehe ins Zimmer und warte vor dem Schreibtisch.

»Sie sind ein Teil des Wirtschaftssystems der Insel, Chamuel. Wir müssen vorsichtig an die Sache herangehen. Abel ist mir da in vielen Dingen zu voreilig.«

Was heißt denn zu voreilig? Für Menschen, die hungern, kann es nicht schnell genug gehen!

»Die Produktionsketten dürfen nicht unterbrochen werden. Und die hängen von den Fabrikinhabern ab.« Aarons Stimme hat einen durchdringenden Ton angenommen. Anscheinend teilt Chamuel seine Sorge nicht.

»Wenn die aus Frust ihre Arbeit niederlegen, steht eine ganze Fabrik still. Erneut. Das kann sich die Insel nicht noch einmal leisten!«

Während unserer Rebellion haben Streiks dafür gesorgt, dass die Insel ins Chaos gestürzt ist. Das hat uns den entscheidenden Vorteil gebracht.

Wütend kreuze ich die Arme vor der Brust. Ich schnaube laut durch die Nase. Wie kann er sich auf die Seite der Reichen stellen und Verständnis für die haben? Ihr Verhalten entschuldigen? Es werden gewiss andere ihren Platz einnehmen.

»Ich denke, so rasch werden sich keine fähigen Nachfolger finden.« Aaron steht auf und dreht sich um. Mitten in der Bewegung verharrt er, doch er hat sich schnell im Griff und lächelt mir zu.

»Hören wir auf für heute. Ich habe Hunger und es riecht zu köstlich, als dass ich mir mit Abels Politik mein Essen verderben lassen möchte.«

Aaron kommt um den Schreibtisch herum und legt auf. »Hallo schöne Frau.«

Ich verdrehe die Augen. »Worüber habt ihr geredet?«

»Das meiste wirst du wohl gehört haben.« Er grinst.

Beim Anblick seiner weißen Zähne lecke ich über meine. Ich habe mich noch nicht daran gewöhnt, dass sie so weiß und glatt sind.

»Gehört ja, aber nicht verstanden.« Ich strecke ihm die Zunge raus.

Er seufzt. »Nach dem Essen. Einverstanden?«

Ich nicke – zögerlich.

Er beugt sich zu mir herunter und küsst mich.

Ich lehne mich Aaron entgegen. Fest liegen meine Lippen auf seinen und verdrängen für den Moment alle Zweifel.

Ich fühle mich so fehl …

Aufregung steigt in mir hoch wie eine Flut, die das Land Welle für Welle erobert. Zum ersten Mal in meinem Leben betrete ich ein Klassenzimmer. Mein Herz klopft laut und schnell in meiner Brust und ich öffne schwungvoll die Tür.

Drinnen erwartet mich eine gemischte Gruppe aus Frauen unterschiedlichen Alters. Ich zähle rasch durch und komme auf zwölf.

Das Hochgefühl verblasst, als ich die anderen Teilnehmer der Lerngruppe genauer in Augenschein nehme. Die meisten tragen Kleider in grau und haben die Haare streng frisiert oder sogar unter einem Tuch versteckt. Das Zeichen ihres Ehestatus. Ich fühle mich so fehl am Platz wie ein Fisch an Land.

Eine große Frau in einem schmalen Rock und einer bis zum Hals zugeknöpften Bluse gewinnt meine Aufmerksamkeit. Ergraute Haare schauen unter einem Tuch hervor und bedecken gerade geschnitten ihre Stirn bis knapp über ihren Augen. Ich höre, wie sie mit Helene angesprochen wird.

Ich gebe mir einen Ruck und gehe auf sie zu. »Guten Morgen, ich bin Martha. Ich glaube, wir haben miteinander telefoniert.«

Sie nimmt meine ausgestreckte Hand. »Guten Morgen, Fräulein Martha. Schön, dass Sie kommen konnten.« Ihre Stimme ist durchtränkt von dem typischen städtischen Akzent. Jede Silbe wird überdeutlich betont.

Meine Erwartung, dass die Frauen hier in Hosen und Hemd sitzen würden, kommt mir mit einem Mal lächerlich vor. Hier versammeln sich die ehemaligen Bürgerinnen der Stadt Selvia. Frauen, deren Männer die schwarze Zone besuchen. Frauen, die mit Verachtung auf mich schauen würden, wenn sie wüssten, wo ich herkomme.

Reihum betrachte ich die Frauen, die ich mir als meine Mitstreiterinnen erhofft habe. Einige wirken neugierig, andere freundlich, doch manche auch verschlossen und misstrauisch. Ich trage schließlich keinen Rock und meine Haare fallen offen auf meine Schultern. Meine Narbe wird ihr Übriges tun. Mir ist anzusehen, dass ich nicht dem Bürgertum entspringe. Doch jetzt, wo ich schon einmal hier bin, entscheide ich mich, zu bleiben – mein Ziel, zu studieren, vor Augen. Dafür muss ich die Reifeprüfung bestehen. Und wenn ich mit diesen Frauenzimmern vorliebnehmen muss. Ich brauche keine Freundinnen.

Ich suche mir einen freien Platz und packe die Datentafel aus.

Es verschwinden Leute.

Verschwommen tanzen die Buchstaben vor meinen Augen auf der Datentafel. Ich habe die sechste Nachtschicht in Folge hinter mir und nur wenige Stunden geschlafen.

Das Fenster im Esszimmer ist weit geöffnet. Eisige Seeluft weht durch den Raum und ich fröstle, doch die Kälte hält mich wach.

In vier Wochen ist die Prüfung. Abel hat gestern das Gesetz offiziell verabschiedet: Frauen dürfen das Abitur machen. Trotz einiger Gegenstimmen, wie Aaron erklärt hat. Das war zu erwarten. Die Gegner hoffen, den neuen Wind bändigen zu können.

Ich trinke einen Schluck Tee, um die Müdigkeit aus meinen Gliedern zu vertreiben. Nach der heutigen Stunde in der Lerngruppe kaufe ich mir Kaffee. Das Getränk vom Festland ist ein Wachmacher ohnegleichen.

Evas besorgte Äußerung von gestern geht mir durch den Kopf. Obwohl Abel seine Versprechen hält, haben sich bisher die wenigsten Mädchen über 14 Jahren aus den unteren Ringen und Zonen dazu entschieden, die Schulbank zu drücken. Auch nach der Rebellion braucht man was zu essen auf dem Tisch. Schularbeiten bringen kein Geld, Fließbandarbeit in einer Fabrik schon. Was mich am meisten wurmt, ist die Tatsache, dass das Dirnenhaus immer noch besteht. Das weiß ich von Ada.

Ich befürchte sogar, dass meine alte Freundin wieder dorthin zurückgekehrt ist. Seit drei Wochen antwortet sie mir nicht mehr auf meine Nachrichten. Ich werde Aaron bitten, mich hinzufahren. Ich hoffe, Abel wird die nächsten Gleichstellungsgesetze schneller verabschieden. Wie das Recht, Auto zu fahren.

Der Frust über die Langsamkeit, mit der alles vonstattengeht, frisst sich wie Säure durch mein Nervenkostüm.

Manchmal habe ich das Bedürfnis, laut zu schreien.

Die Wohnungstür piept und jemand betritt den Flur. Verwundert schaue ich auf die Uhr. Es ist Vormittag. Eva ist in der Schule und Aaron sollte bei der Arbeit sein, doch er kommt ins Esszimmer geschlurft.

»Hallo. Bist du am Lernen?« Er drückt mir einen Kuss auf die Lippen. Seine sind trocken und rau.

»Was ist los?«, frage ich und vergesse, seine Begrüßung zu erwidern. Ich bin zu verwundert über sein plötzliches Auftauchen und seinen viel zu kurzen Kuss.

»Ich musste weg«, antwortet er und geht wieder raus.

Etwas an seiner Stimme lässt mich aufhorchen. Ich schalte seufzend meine Datentafel aus, die vorwurfsvoll blinkt, und folge ihm in die Küche.

»Was meinst du damit, du musstest weg?« Ich mahle mit den Kiefern, verärgert darüber, ihm alles aus der Nase ziehen müssen.

Er hebt den Kopf und schüttelt sich Haferflocken und Mandelsaft in eine Schüssel. Weil er nicht hinschaut, geht die Hälfte daneben. Erst als der Saft über seine Hand läuft, merkt er sein Missgeschick. »Verfluchte Feuerqualle!« Unwirsch wischt er mit einem alten Lappen die Pfütze auf und setzt sich an den Küchentisch.

»Abel ist völlig außer Kontrolle. Er enteignet die Fabrikinhaber. Alle. Um eine gleichmäßigere Verteilung der Güter herzustellen. Du kannst dir nicht vorstellen, was das für einen Aufschrei gegeben hat.«

»Das ist doch keine schlechte Idee, wie will man sonst die Ungerechtigkeit zwischen den Ringen und den Zonen bekämpfen?«

Er fängt an, zu essen und ich weiß, dass er damit Zeit schindet, um zu überlegen. Irgendwie nervt mich das. Ich bin müde. Ich muss lernen. Aarons Verhalten und wie er Abel kritisiert reizen mich. Ich will das nicht hören.

»Es verschwinden Leute«, antwortet er nach mehreren Sekunden. Er spricht mit vollem Mund und ich überlege, ob ich ihn richtig verstanden habe.

»Na klar, wenn Leute wie du, nicht mit seiner Politik einverstanden sind, sollten sie gehen.«

Seine Stirn legt sich in Falten.

»Hast du Angst, dass dir dein Reichtum weggenommen wird? Möchtest du nicht teilen? Das ist doch das Problem von euch Bürgern, ihr seid es nicht gewohnt, weniger zu haben oder nicht alles zu bekommen!« Meine Stimme ist laut.

»Darum geht es doch überhaupt nicht! Die Leute verschwinden nicht freiwillig. Sie haben etwas gegen Abels Vorgehen gesagt, was übrigens ihr gutes Recht ist, denn sonst ist er nicht besser als Adam. Und dann – ganz plötzlich – waren sie weg. Keiner von ihnen kam wieder. Wohin sollte ein Vater ohne seine Frau und Kinder verschwinden?«

»Den männlichen Bürgern ist es doch egal, was mit ihren Frauen und Kindern passiert!«

»So einfach machst du es dir? Immer alles auf die bösen, reichen Bürger schieben. Und auf die Männer? Und ich bin auch so einer? Warum bist du dann noch hier? In einem Bürgerhaus? In einem Bürgerviertel? Machst wie die feinen Damen dein Abitur?«

»Ich gehe arbeiten, du blasierter Guppy! Ich verdiene mein Geld selbst und zahle Miete! Und ich kämpfe seit Anbeginn der Rebellion für Abel und habe wohl jedes Recht dazu, meine Meinung zu äußern!«

Ich weiß, dass mein letztes Argument so hohl ist wie eine verlassene Einsiedlermuschel, aber ich bin wütend. Auf ihn, auf das Lernen und auf alles.

Ich drehe mich auf dem Absatz um, schnappe mir eine Jacke und stelle im Hausflur fest, dass es eine von ihm ist. Eine, die ich häufig trage. Aber gerade hätte ich am liebsten nichts von Aaron bei mir.

Ich laufe die Treppen hinunter, anstatt den Fahrstuhl zu nehmen.

Unten angekommen bleibe ich stehen. Für die Lerngruppe ist es zu früh und außerdem bräuchte ich meine Datentafel, die oben liegt. Zurück will ich nicht und ich will auch nicht über seine Worte und Vorwürfe nachdenken.

Daher marschiere ich drauflos und lasse meine Füße entscheiden.

Der Winter ist dieses Jahr sehr kalt und windig. Die Stadt ist ein Riff aus hohen grauen Häusern und grauen Straßen, unterbrochen von schwarzen Autos oder Bussen. Die Menschen, die mir begegnen, schauen kaum auf und versinken tief in ihre grauen Mäntel.

Was soll daran falsch sein, dass Abel die Bürger entlässt, die sich der neuen Politik verweigern? Es sind nun mal nicht alle wie er und Chamuel. Sein Vater selbst hat seine Mutter und Eva wie Menschen zweiter Klasse behandelt und nichts übrig gehabt für die Arbeiter aus den Zonen. Hat Aaron Angst, dass es die Menschen trifft, die er kennt?

Laute Stimmen hallen mir entgegen. Ich bin auf dem Markt gelandet.

Bisher habe ich ihn gemieden. Das Anpreisen von Waren ist mir zuwider. Wenn ich die Fülle an Gemüse und Kosmetikartikeln sehe, kommt mir das Würgen. Während die Verkäufer sich damit überschlagen, ihre Waren loszuwerden, hungern woanders Menschen.

Ich bin froh, dass Abel das als Erstes geändert hat und jedem seine Grundversorgung zugesteht. Zwar können sich noch immer nur die wenigsten einen Marktbesuch leisten, aber hungern sollte in den Zonen heute keiner mehr.

Ich schaue auf meine Uhr. Abel hat die Nackenchips aus dem Verkehr genommen. Seine einzige Verbesserung im Überwachungssystem der Insel. Dafür hat er eine Tragepflicht der

DV-Uhren eingeführt. Die meisten haben sich gefreut, endlich eine zu bekommen. Ich auch.

Trotzdem ist es seltsam, von so einem kleinen Gerät abhängig zu sein. Ohne dieses Ding erhalte ich kein Gehalt, keine Lebensmittel und kann im Krankenhaus nicht behandelt werden. Wer sich nicht per Uhr ausweisen kann, wird in Gewahrsam genommen. Meine gesamten Daten sind auf ihr erfasst. Wenn sie mir gestohlen wird, könnte sich jeder als Martha Kappes ausgeben und ich bin ein Niemand.

Der Familienname ist von meiner Mutter. Meinen Vater kenne ich nicht. Die Zeiten sind zu chaotisch und da bisher keine Daten von mir vorlagen, waren die Beamten im Meldeamt froh, überhaupt einen Namen bekommen zu haben. Meine Mutter ist tatsächlich noch registriert gewesen, aber ihr Tod nicht, genauso wenig ihr Verbleib, nachdem sie ihrer Familie mit jungen 16 Jahren weggelaufen ist. Kurz vor ihrer Heirat, wie ich erfahren habe. War sie da bereits schwanger? Wie wäre mein Leben verlaufen, wäre sie geblieben? Wäre ich zur Welt gekommen?

Vielleicht werde ich eines Tages meine Verwandten suchen. Vielleicht.

Ich gehe durch eine schmale Gasse und betrete einen Platz, auf dem sich überdachte Stände und kleine Hütten aneinanderreihen. Alle Wege führen zu einer großen Statue, die seit Abels Ernennung zum Präsidenten verhüllt ist. Unter der großen grauen Plane versteckt sich das Abbild der Lucretia. Sie hat Selbstmord begangen, weil sie vergewaltigt wurde und damit nicht mehr ehrenwert war. Diese Geschichte allein sagt alles über die verkorkste Vergangenheit der Insel aus.

Abel hat versprochen, die Statue abreißen zu lassen.

Ich schlendere an den Marktständen vorbei und versuche, zu verstehen, worum es Aaron geht. Die Bürger sind nicht die Bösen? Natürlich, nicht alle. Aber einige schon. Und die hatten meist hohe Posten inne – als Fabrikinhaber, in der Regierung, irgendwo als Leitung von irgendwas.

Die sollten ausgetauscht werden, damit sich etwas ändert. Wie soll es sonst gehen?

Ein Ellbogen trifft mich in die Seite und ich keuche auf. Es ist voll, und ich muss immer wieder stehenbleiben oder mich an den feilschenden Frauen und Männern vorbeiquetschen. Laut schreien sie sich Preise zu. Es fallen Beleidigungen und Flüche.

»Das ist viel zu teuer«, brüllt ein Mann.

»Verkauf deinen Mantel, dann kannst du dir die Früchte leisten.« Der Händler wendet sich ab und zeigt die Faust.

»Das ist ja wohl unerhört. Wie können Sie es wagen?«

Doch der Händler ignoriert den Mann und bedient eine Frau, die Äpfel kauft.

»Noch einen weniger. Wie viel macht das?«

»Fünf Taler!«

»Zwei weniger, bitte.«

»Vier Taler«

Die Frau nickt und hält ihre Uhr hin.

Der Anblick der Bürger und Bürgerinnen – es fällt mir schwer, sie nicht so zu nennen – bereitet mir Unbehagen. Die Händler gehören zwar eigentlich nicht zu ihnen, aber sie sind auch keine Zonenbewohner. Man könnte sagen, sie stehen zwischen den Gezeiten. Aber in meinen Augen waren sie die Nutznießer der Politik Adams.

Ich rümpfe die Nase und wende mich von der Feilscherei ab. Prompt werde ich angerempelt.

»Mach doch Platz!« Eine Frau eilt an mir vorbei.

»Präsident Abel ruiniert die Insel. Diese Preise sind horrend«, schimpft ein dicker Mann in einer Gruppe grauer Anzugträger neben mir. Sie stehen zitternd beisammen und hauchen in ihre Hände. Haben sie ihre Mäntel vergessen?

Die laute und angespannte Stimmung, die hier herrscht, bereitet mir Kopfschmerzen und ich verlasse schnellstmöglich den Markt.

Ich weiß nicht, wie es zu Adams Zeiten war, aber Aaron scheint recht zu haben. Die Stimmung unter den Bürgern ist schlecht. Was das genau bedeutet, weiß ich nicht. Mein Mitleid für sie hält sich doch sehr in Grenzen.

Hast du nichts Besseres zu tun?

Seit Tagen reden Aaron und ich nur das Nötigste. Wegen unseres Streits und weil er kaum zu Hause ist. Ich will ihn fragen, wie es in der Regierungsbildung läuft, will wissen, warum Abel nicht mehr Gesetze veranlasst. Aber heute Abend sitzt er nicht mit mir und Eva am Tisch.

»Es wird eine Pressebesprechung geben. Das neue Regierungsprogramm wird vorgestellt.« Eva deaktiviert ihre Datentafel.

Dem Himmel sei Dank. Mir raucht schon der Kopf vom vielen Lernen.

»Woher weißt du das?« Meine Uhr hat keine neuen Nachrichten angekündigt.

»Ich war nach der Schule bei Chamuel in der Redaktion.«

Chamuel hat die Selvia-Zeitung übernommen, die seinem verstorbenen Vater gehört hat. Mit ihm wird auch dieser Teil der Insel eine Erneuerung erfahren.

»Wusste er Details?«

»Nein. Der Präsident hält sich bedeckt und seitdem Leute verschwinden, erhalten seine Mitarbeiter keine Informationen mehr aus dem Regierungszentrum.« Hier stockt sie. »Und das macht mir Angst. Ich dachte die Zeit, in der Informationen nur bestimmten Menschen zur Verfügung stehen, sei vorbei. – Weißt du mehr? Hat Aaron dir etwas erzählt?« Sie steht auf und geht zur Küchentheke, ihre Hände zittern beim Entfädeln der Bohnen.

»Abel will die ungerechte Verteilung der Güter zwischen den Ringen und Zonen beheben. Du kannst dir vorstellen, dass das den Bürgern nicht schmeckt. Wahrscheinlich spricht Abel deswegen noch nicht öffentlich darüber.« Ich schaue sie an, neugierig auf ihre Redaktion.

»Du meinst, die Bürger werden sich gegen die Verteilung wehren?« Eva gießt Wasser in einen Topf und wirft die Bohnen hinein.

Ich stehe auf und trete an ihre Seite.

»Ich weiß es nicht. Aber ich könnte es mir vorstellen. Sie haben viel zu verlieren. Ihr Leben, wie sie es bisher kannten, wird auf den Kopf gestellt.«

Eva greift nach den Kartoffeln und legt sie zwischen uns auf die Arbeitsfläche. Ich greife in die Besteckschublade und nehme ein Schälmesser.

»Jetzt wird sich zeigen, wie dick Abels Schale ist und ob er die Insel gut durch den aufkommenden Sturm bringen kann«, rede ich weiter und schäle eine braune Knolle.

»Ich hoffe nur, er hat auch die Unschuldigen im Blick, und sieht nicht in jedem Bürger den Feind«. Eva hält eine Kartoffel fest in ihren Händen und rührt sich nicht.

Macht sie sich Sorgen um sich und die Jungs? »Ich denke, Abel weiß sehr wohl, wer an seiner Seite gekämpft hat und wer nicht«, sage ich.

»Ich rede nicht von mir.« Eva schaut mich an. Schatten liegen unter ihren Augen.

»Wen meinst du denn?«, frage ich verwirrt nach.

»Ich meine die …«

Es klingelt und wir beiden schrecken auf. Keiner sagt ein Wort. Angst spiegelt sich in Evas Gesicht.

Wer könnte das sein? Ich warte ab, ob Eva die Tür öffnen möchte. Es ist ihre Wohnung, auch wenn ich mich immer heimischer fühle.

Sie wäscht sich die Hände an der Spüle und geht zum Eingang.

»Ariel!«, höre ich sie im Flur kreischen. Ihrer Stimme ist die Überraschung anzuhören.

Ich rolle mit den Augen. Was macht die denn hier? Wollte sie nicht die große Karriere anstreben?

»Und dann durfte ich für die Herren Kaffee kochen. Kaffee! Keiner trinkt mehr Tee. Und sie meinten, niemand könne besseren Kaffee kochen als ich. Die haben geglaubt, mich mit diesem Geblubber einlullen zu können.«

Seit einer geschlagenen Stunde sitzt Ariel bei uns am Esstisch und meckert, während Eva ihr Tee und Kekse serviert.

Eva hat Mitleid mit ihr, das sehe ich ihr an. Wie sie Ariel über die Hand streichelt und sofort aufspringt, um neue Kekse zu holen – für die sich das rothaarige Mädchen nicht einmal bedankt.

»Ich durfte nicht ein einziges Mal an die Rechner. Beigebracht haben sie mir auch nichts.« Ariel haut mit der flachen Hand auf den Tisch und das Geschirr klirrt.

»Das tut mir total leid. Es ist alles noch nicht so, wie wir uns das wünschen.« Eva gießt sich erneut einen Tee ein und dreht sich zu mir um.

Ich presse die Lippen zusammen, habe eigentlich keine Lust, mich an dem Drama zu beteiligen.

»Und was hast du jetzt vor?«, frage ich Ariel und stehe auf, um die Suppe zu rühren.

Eva kommt an meine Seite und drängt mich weg. »Ich mach das!«, murmelt sie und greift in den Oberschrank.

Schnaufend wende ich mich unserem Gast zu.

»Ich wohne wieder zu Hause wie Chamuel. Mein Bruder hat mir erzählt, dass du das Abitur machst. Und er sagt, es gibt eine Lerngruppe?« Sie wartet meine Antwort erst gar nicht ab. »Ich denke, das ziehe ich auch durch. Wie Eva noch zwei Jahre in diesen lächerlichen Schulunterricht gehen – darauf habe ich keine Lust.« Sie überschlägt die Beine und beobachtet Eva, wie sie Ameisenschnitzel paniert und in eine heiße Pfanne schmeißt. Sie verzieht abfällig den Mund und schnaubt leise.

Eva scheint es nicht zu hören, weil das Öl laut zischt.

Ich beiße mir auf die Zunge und decke den Tisch. »Die Lerngruppe findet jeden Nachmittag statt. Du kannst ja morgen mitkommen.« Das Blut rauscht in meinen Ohren. Ich weiß jetzt schon, dass ich das bereuen werde.

»Das mache ich. Um wie viel Uhr?«

Ich gebe ihr die Daten.

»Ich werde keine Zeit haben, dir zu helfen. Ich arbeite noch im Krankenhaus und hab ein wenig mehr aufzuholen als du«, sage ich und verlasse die Küche. Ich muss dringend auf die Toilette.

»Wirklich, Eva! Hast du nichts Besseres zu tun, als nach der gewonnenen Rebellion in die Küche zu rennen?«, höre ich Ariel sagen, ehe ich im Bad verschwinde.

Ich glaube, ich muss brechen. Die hat mir gerade noch gefehlt.

Wenn ich das schon höre!

Ariel sitzt am nächsten Tag im Klassenzimmer und diskutiert angeregt mit Helene. Ich setze mich bewusst nicht neben sie, sondern ans Fenster, und packe meine Datentafel aus. Ich hoffe, Ariel sprengt die Stunde nicht, die Zeit ist knapp und ich habe viele Fragen.

Vielleicht kommt heute wieder ein Lehrer zu uns. Es gibt einige Männer, die uns in ihrer Freizeit unterrichten.

Herr Nahum in Mathematik zum Beispiel. Er lehrt auch in Evas Klasse und hat so von unserer Lerngruppe erfahren. Schon früher hat er Eva und Ariel andere Aufgaben als ihren Mitschülern gegeben. Trotz des Risikos, gekündigt und bestraft zu werden, denn es herrschte die Meinung, Rechnen schade der weiblichen Gesundheit.

Langsam verstehe ich, warum Ada in der schwarzen Zone gelebt hat und meine Mutter aus ihrem alten Leben als Bürgerliche ausgebrochen ist – um Zuflucht außerhalb der Gesellschaft zu suchen.

Ariel und Helene werden laut und ich schrecke auf.

Die Frauen scheinen keinen gemeinsamen Nenner zu finden. Sie funkeln sich wütend an und zwischen Helenes Augenbrauen hat sich eine tiefe Zornesfalte gegraben. Wie immer, wenn sie verärgert ist.

Ariel sitzt breitbeinig auf dem Tisch. Wie ich trägt sie Hose und Hemd. Bestimmt hat sie die Kleidung von ihrem Bruder ausgeliehen, denn sie sind zu groß. Ihre roten Haare stehen zu allen Seiten ab und leuchten. Mit der Streitlust im Gesicht sieht sie aus, wie jemand, der in den Krieg ziehen will. Worum geht es eigentlich?

»Das Wahlrecht und das Recht, zu studieren, sind gewaltige Reformen für uns Frauen«, erklärt Helene. »Wir können stolz sein, wir werden die ersten Frauen sein, die das Abitur ablegen. Aber das braucht gewisse Voraussetzungen, die nur die Töchter und Damen des Bürgertums mitbringen. Wenn wir uns bewähren, wird es weiter vorangehen. Mit kleinen Schritten. Nicht, indem wir anfangen zu paddeln, um vor dem Ziel zu ertrinken.« Die ältere Frau erwartet eindeutig Zustimmung.

»Was soll das heißen, die Voraussetzungen bringen nur die feinen Damen mit?«, mische ich mich ein, entrüstet über diese Aussage. »Was ist mit den Töchtern der Arbeiterklasse?«

»Kleine Schritte, wenn ich das schon höre!«, sagt Ariel, ohne auf meinen Einwand einzugehen. »Das Recht auf Bildung und das Wahlrecht sind Menschenrechte. Sie stehen uns zu. Genauso wie das Recht, arbeiten zu gehen und die gleichen Dinge zu machen wie die Männer. Wir sind doch keine Menschen zweiter Klasse.«

»Wir werden uns unseren Platz auf Selvia erkämpfen«, versuche ich erneut, mir Gehör zu verschaffen. »Aber der eigentliche Kampf ist ein anderer. Es ist kein Kampf der Frauen gegen die Männer, sondern der Arbeiter gegen das Bürgertum.« Ich habe meine Stimme dermaßen erhoben, dass alle Blicke auf mich gerichtet sind. Helene steht der Mund offen und ich verschränke die Arme vor der Brust.

»Du gehst also davon aus, dass Frauen automatisch die gleichen Rechte wie Männer erhalten werden, wenn es keine Unterschiede mehr zwischen Bürger und Arbeiter gibt?«, fragt Ariel mich und zieht skeptisch eine Augenbraue hoch.

»Ja sicher, nach dem Ende des Bürgertums werden wir unsere Rechte erhalten. Abel hat versprochen, alle Gesetze, die die Frau gegenüber dem Mann benachteiligen, abzuschaffen.« Ich beiße mir auf die Zunge, um das feine Bürgermädchen nicht zu beleidigen. Ich darf nicht vergessen, dass ich die Einzige bin, die nicht zu den Ringbewohnern gehört.

»Du glaubst doch nicht wirklich, dass Abel alle Versprechen wahr machen wird? Auch Arbeitermänner beuten Frauen aus. Da unterscheiden sie sich nicht von den Bürgern. Wenn wir nicht hart für unsere Rechte kämpfen, wird weiterhin ein

Männerstaat herrschen.« Ariels Gesicht zieren rote Flecken. Ihre Haut passt sich ihrer Haarfarbe an.

Bevor ich antworten kann, spricht Helene dazwischen. »Was ist mit der Ehe? Was ist mit Familie? Die Mutterschaft ist die natürliche Aufgabe einer Frau, auch wenn ihr das nicht wahrhaben wollt. Wichtig für Mädchen ist es, nicht zu sein wie die Jungs, sondern ihre Tugend und Sittsamkeit zu bewahren.«

Jetzt spüre ich Hitze in mein Gesicht aufsteigen.

Ariel springt auf. »Das ist doch totaler Möwendreck! Frauen sollen alles machen können, was Männer dürfen!« Sie spricht aus, was ich denke.

»Das wäre der Untergang der Familie und der Moral!«

»Frauen müssen selbst bestimmen können, wie sie leben!«, sagt Ariel mit rauer Stimme.

Diese Diskussion geht in die völlig falsche Richtung. Verstehen die beiden das denn nicht?

»Sobald es keine Klassenunterschiede mehr gibt, wird die Gleichberechtigung der Frau automatisch folgen«, erkläre ich von Neuem.

Helene läuft nun ebenfalls rot an.

Heute werden wir wohl nicht mehr viel lernen.

Niemand kann erwarten, ...

Ich schiebe den Medikamentenwagen von Zimmer zu Zimmer. Die Rollen quietschen fürchterlich und der Klang schmerzt in meinen Ohren.

»Die könnten mal wieder etwas Öl gebrauchen«, sage ich zu meiner Kollegin, die mir hilft, die Medizin an die Patienten zu verteilen.

»Vielleicht ist das genauso schwer zu bekommen wie Seife. Ich kriege seit zwei Wochen keine neue mehr.« Vasti füllt ein Döschen und bringt es einem Patienten.

Ich bereite die Tabletten für das nächste Zimmer vor.

Keine Seife? Kein Öl?

»Mein Mann meinte, dass die Produktion zurückgefahren wurde, weil die Arbeiter sich weigern, für so wenig Geld zu arbeiten«, redet Vasti weiter, als sie zu mir zurückkehrt. Ihre Stimme klingt sorgenvoll.

»Ich dachte, seitdem die Fabriken unter staatliche Kontrolle gestellt wurden, verdienen die Arbeiter mehr?« Ich bin verwirrt. Aaron hat gemeint, die ehemaligen Bürger würden leiden und sich beschweren. Aber Vasti redet von den Arbeitern.

»Ruhe!«, brüllt jemand durch den Flur. Erschrocken drehen wir uns um. Ein Mann im grauen Krankenhauskittel steht im Türrahmen und hält sich die Ohren zu. »Dieses Quietschen ist ja nicht auszuhalten!«

»Entschuldigung. Wir werden uns bemühen, schnell fertig zu werden.«

Sie beißt sich auf die Lippe, hält sich zurück. Nicht, dass er sich noch über uns beschwert. Sie braucht diese Arbeit ebenso wie ich.

Ich schiebe den Wagen zum nächsten Zimmer. Das Ende des Gangs ist in Sichtweite. Auch meine Ohren sehnen sich nach Stille.

»Eine Gleichverteilung bedeutet wohl, dass alle gleich leiden müssen.« Vasti zuckt mit den Schultern und nimmt eine Pillendose vom Wagen, um sie den nächsten Patienten zu bringen.

Darauf fehlt mir eine Antwort.

Vasti und ihr Mann stammen aus einer Zone. Sie haben wie ich nie eine Grundversorgung erhalten.

Unschlüssig stehe ich vor dem Krankenhaus. Ich sollte mich mit Aaron unterhalten. Nach dem Gespräch mit Vasti komme ich mir lächerlich vor, ihm vorgeworfen zu haben, dass er fürchtet, seinen hohen Lebensstandard nicht halten zu können.

Trotzdem verträgt mein Stolz sich nicht mit der Vorstellung, mich bei ihm entschuldigen zu müssen.

Ich versuche, ihn über die DV-Uhr zu erreichen, aber er geht nicht ran. »Mist!«

Aber jetzt will ich mehr wissen und nicht warten, bis er heute Abend nach Hause kommt.

Wer könnte noch die erforderlichen Informationen für mich haben?

Ich tänzle frierend hin und her und beobachte, wie mein Atem kondensiert. Zumindest das hat mir die Lernerei gebracht. Ich weiß jetzt Begriffe, über die ich früher nie nachgedacht habe. Chamuel hat mit mir und Eva die physikalischen Wörter ums Wetter und mehr gepaukt. Wie eine Erleuchtung kommt mir die Erkenntnis und ich grinse.

Er ist genau der Richtige, um mehr über die politischen Geschehnisse zu erfahren, die nicht in den Nachrichten auftauchen.

Graue Betonklötze spiegeln sich in Pfützen. Ich springe von einer zur nächsten und genieße den Luxus von wasserdichten Stiefeln. Die Sonne scheint warm auf meine Haare und schenkt mir hier und da einen Regenbogen auf dem nassen Beton. Der Winter zeigt sich von seiner schönen Seite. Fehlt nur noch Schnee.

Beinahe könnte ich die verwirrenden Nachrichten von meiner Kollegin vergessen. Chamuels Arbeitsplatz jedoch ruft mir in Erinnerung, warum ich den Umweg über den inneren Ring gelaufen bin.

Die Redaktion befindet sich zwischen Hochhäusern versteckt in einem dreistöckigen, quadratischen, grauen Gebäude.

Ich betrete einen kleinen Empfangsraum mit einem unbesetzten Tresen. Ohne nachzudenken, gehe ich weiter und mache mich selbst auf die Suche nach dem jungen Chef-Redakteur, aber auch im nächsten Raum arbeitet keiner.

Graue Datenrechneranlagen mit schwarzen Monitoren glänzen im kalten Bürolicht. Die Luft ist trocken und ich gehe hustend an den leeren Schreibtischen vorbei.

»Martha?« Chamuel kommt mir in Jacke und umgehängter Tasche aus einem kleinen, gläsernen Eckbüro entgegen.

»Hallo.« Verlegen streiche ich mir über die Narbe in meinem Gesicht.

»Was machst du hier?« Verwirrt schaut er über meine Schulter hinweg und dann wieder zu mir. Ich folge seinem Blick und überlege, wie ich anfange.

»Äh …«

Chamuel legt seine Tasche auf einen der Schreibtische und zieht seine Jacke wieder aus. Ich setze mich auf einen der Bürostühle und breche direkt mit der Welle an die Küste.

»Stimmt es, dass die Leute zu wenig Geld verdienen?«

Er setzt sich ebenfalls. »Wie kommst du darauf?«

»Eine Kollegin hat so etwas in der Art geäußert.«

Er reibt sich die Stirn. »Hat dir Aaron erklärt, wie das Wirtschaftssystem unter Adam funktioniert hat? Mit was die Insel ihren Reichtum aufgebaut hat?«

»Na, mit ihren Forschungen und Erfindungen.«

»Richtig. Evas und Aarons Vater hat mit Kleidung aus der Variabilispflanze gehandelt und zum Teil haben wir unsere Medizin und die Kommunikationstechnik teuer verkauft.«

Die Kunstpflanze ist neben den medizinischen Produkten der Insel der Verkaufsschlager und einer der Gründe, warum das Festland Abel so bereitwillig unterstützt hat. Sie wollen einen günstigeren Zugang zu den Errungenschaften von Selvia haben als unter Adam. Sie ist der Rohstoff für eine ganze Palette von Produkten. Angefangen bei unserer Kleidung bis hin zu unserem Geschirr.

»Das hat Abel nicht alles eingestampft, oder? Der Handel mit dem Festland läuft doch weiter. Die Fabriken produzieren weiter, er möchte doch nur die Kontrolle in seine Hände legen und nicht in den machtgierigen Bürgerhänden lassen.« Ich puste mir eine Haarsträhne aus dem Gesicht. Das beantwortet nicht die Frage, weswegen jetzt alle weniger bekommen.

»Die Nachfrage sinkt, Martha. Das Festland will unsere Produkte nicht mehr.«

»Was … Wieso?«

»Abel lässt Leute verschwinden. Das hat für Angst gesorgt und viele Bürger sind aufs Festland geflohen. Bürger wie der wissenschaftliche Leiter des Variabilisforschungszentrums.«

Ich runzle die Stirn, versuche, die Informationsteile zu einem Ganzen zu packen.

»Was wäre, wenn er oder ein anderer geheime Unterlagen mitgenommen und sie verkauft hätte? – Er wäre reich, hätte ein gutes Leben dort und das Festland bräuchte uns nicht mehr«, erklärt er mir, bevor ich die Lösung selbst erfasse. »Die Frage bleibt am Ende: Wie will Abel für eine gerechtere Verteilung von Gütern sorgen? Wie will er die Gleichberechtigung voranbringen? Nach welchen Regeln?«

Ich merke immer mehr, wie viel Bildung mir fehlt, und ich verstehe Abels politische Absichten immer weniger.

Chamuels Uhr klingelt.

Er wirft einen Blick auf den Bildschirm. »Eva. Sie lädt mich zum Abendessen ein, hat ein neues Rezept ausprobiert, wofür sie eine Versuchsmuschel braucht.« Er lacht und steht auf. Rasch räumt er seinen Sachen zusammen und zieht die Jacke an.

Ich erhebe mich auch. »Findest du es nicht merkwürdig, dass Eva nach allem so in der Frauenrolle aufgeht?«

»Ich würde nicht sagen, dass sie in der Frauenrolle, wie sie jahrhundertelang die Insel propagiert hat, aufgeht. Sie sucht einen Weg, ihre eigene Rolle zu finden. Dazu zählt, Spaß am Kochen und Backen zu haben, aber sticken, stricken und Klavier spielen hassen zu dürfen. Außerdem ist das nicht alles, was sie macht. Liest du ihre Kolumne in meiner Zeitung?« Er spricht, als wäre es ein beiläufiges Ding.

»Sie hat eine Kolumne?«

»Ja«, sagt er überrascht. »Weißt du das denn nicht? Sie macht da weiter, wo sie im Rebellenlager aufgehört hat. Schreibt genau über das, was du infrage stellst. Sie bekommt viele Antworten. Die Frauen kaufen meine Zeitung wegen ihrer Kolumne, bilden sich so auch politisch weiter und die Männer lernen, dass die Zeitung nicht mehr nur für sie bestimmt ist. Ich habe noch mehr weibliche Berichterstatter, aber Evas Stil, Alltag und Politik zu verbinden, spricht eine große Zielgruppe an. Menschen, die verunsichert sind und nicht mehr wissen, was richtig und falsch ist. Und ich muss sagen, dass Abel nicht gerade viel dazu beiträgt, diese Stimmung zu verbessern.«

»Niemand kann erwarten, dass alles gleich gut sein wird.« Ich bin genervt und weiß nicht einmal wieso.

»Ja, aber viele haben erwartet, dass der neue Präsident menschlicher sein wird.« Er hält mir die Tür auf und ich verlasse das Gebäude.

Das Licht der Wintersonne leuchtet orangerot in den Fenstern der Hochhäuser. Ein Sonnenuntergang, tausendfach gespiegelt und in Einzelteile zerlegt.

Ist Abel der richtige Präsident oder habe ich mich am Ende von ihm blenden lassen?

Seien Sie dankbar.

Ich stehe allein vor der Universität der Medizin, in der Hand mein Zeugnis mit einem Notendurchschnitt von 1,3. Außerdem etliche Dokumente aus dem Krankenhaus, die beweisen, dass ich dort fast täglich arbeite.

Ariel hat die Prüfung nicht bestanden. Seit zwei Wochen ist sie deswegen nicht aus ihrem Zimmer gekommen. Die restlichen Frauen schreiben sich gemeinsam am Nachmittag ein.

Diesen Moment genieße ich für mich. Ich gehe langsam die Stufen hoch. Nein, ich schreite die Treppe hinauf zu einem großen Tor, in dem eine kleinere Tür mit dem Hinweis ›Besuchereingang‹ eingelassen ist.

Drinnen erwarten mich eine kühle Eingangshalle mit massiven Säulen und ein bunter Mosaikboden. Ich brauche etwas, um zu erkennen, das die Anordnung der funkelnden Steinchen die Organe der Menschen darstellen. Irgendwie makaber, draufzutreten. Ich gebe Acht, mich zwischen den einzelnen Bildern zu bewegen.

Auf meiner Datentafel kontrolliere ich, wo ich hinmuss: dritte Etage, Professor Thidhal, Neuanmeldungen außerhalb des Semesterbeginns am Donnerstag.

Ich gehe langsam die Treppe hoch und biege in einen grauen Flur ein. Um mich herum öffnen sich Türen und Studenten laufen laut diskutierend an mir vorbei. Sie machen sich nicht einmal die Mühe, zu verbergen, dass sie mich als völlig deplatziert betrachten. Ich ignoriere sie und konzentriere mich auf die Türschilder.

Endlich. Ich klopfe, doch niemand antwortet.

Unschlüssig bleibe ich stehen und sehe die Stühle rechts von mir. Also warten. Seufzend plumpse ich in einen hinein und lese auf meiner Tafel.

Nach einer gefühlten Ewigkeit schalte ich den Mini-Rechner aus. Die Uhr sagt mir, dass ich mir seit einer Stunde den Hintern plattsitze. Ich knacke mit den Fingergelenken und starre an die gegenüberliegende Wand.

Der graue Flur sieht aus wie jeder andere auf Selvia: glatt verputzt, grau, trist, leblos.

Nur die vielen Fenster spiegeln den Stand dieser Hochschule wider. Ich stehe erneut auf und klopfe. Immer noch nichts.

Ich fühle mich wie in einem Spiel, dessen Regeln ich nicht kenne. Eine halbe Stunde später wird es mir zu bunt. Ich drücke die Klinke der Tür hinunter und stelle erbost fest, dass sie offen ist. Mit unterdrückter Wut reiße ich sie auf und stampfe in das Büro. Der Professor springt erschrocken von seinem Sessel auf.

»Für wen halten Sie sich, mich so lange warten zu lassen!? Zumindest die Höflichkeit, mich zu vertrösten, hätten Sie aufbringen können! Aber mich zu ignorieren, sorgt nicht dafür, dass ich verschwinde.« Ich knalle ihm meine Papiere auf den Tisch. »Ich bin hier, um mich zu immatrikulieren.« Ich juble innerlich, weil ich das Wort ohne Probleme ausgesprochen habe. »Und ich werde nicht eher gehen, bis ich die Bescheinigung von Ihnen habe!« Ich unterdrücke das Zittern in meinen Knien. Meine Beine fühlen sich glibberig wie eine Qualle an. Zur Sicherheit lasse ich mich auf den Stuhl fallen.

Der Mann räuspert sich und sammelt meine Papiere ein. Er fährt sich über seinen langen, gezwirbelten Schnurrbart, macht aber keine Anstalten, sich hinzusetzen.

»Nun Fräulein …«

»Fräulein Kappes«, helfe ich ihm auf die Sprünge.

»Wie dem auch sei, Fräulein, Sie werden sich nicht einschreiben. Sie nicht und die anderen Frauen, die sich in den Kopf gesetzt haben, unsere ehrwürdigen Häuser zu entweihen, auch nicht. Die Regierung hat Frauen – zu ihrem eigenen Wohle – von den Hochschulen ausgeschlossen. Es dürfte Sie aber freuen, dass Ihnen die Möglichkeit offensteht, unsere Vorlesungen als Gasthörerin zu besuchen.« Jetzt setzt er sich und legt seine Fingerspitzen aneinander.

Ich starre ihn an. Meine Gedanken rasen. »Wie, die Regierung hat die Frauen ausgeschlossen? Abel hat verkündet, dass er das neue Gesetz verabschieden will.« Ich suche in seinem Gesicht nach einem Zeichen, dass er ein Scherz macht.

»Präsident Abel, Fräulein Kappes. Es gibt gewisse Umgangsformen, die Sie beherrschen müssen, selbst wenn Sie nur eine Gasthörerin sind.«

Ich schnaube.

»Seien Sie dankbar. Sie – Frauen – sind geistig und körperlich nicht für das Studium geschaffen. Sie hätten erhebliche Nachteile und Leiden davonzutragen. Bringen Sie Ihre körperliche Unversehrtheit nicht in Gefahr.«

Bei dieser Warnung wandert sein Blick über meinen Körper und ich muss mich zurücknehmen, ihn nicht anzuspucken.

Ich stehe so abrupt auf, dass mein Stuhl nach hinten fällt, doch ich ignoriere den Krach und den entsetzten Blick des Professors, raffe meine Papiere zusammen und rausche wütend aus dem Raum.

Abel kann etwas erleben!

Ich marschiere in das Regierungszentrum und stolpere über meine eigenen Füße, fange mich aber im letzten Moment. Der Prunk in der Eingangshalle ist überwältigend. Die Menschen um mich herum nehme ich nur vage wahr.

Ein dicker roter Teppich bedeckt den Boden. Zwischen den Treppen, die nach oben und unten führen, hängt ein Gemälde von Abel. ›Befreier der Insel‹ steht darunter. Er sieht aus wie ein König.

Ich schüttle den Kopf und wende mich zur rechten Seite, wo ein Schild mir den Weg zum Büro des Präsidenten weist. Nach wenigen Schritten stellt sich mir jemand in den Weg. Ein Mann, breit wie ein Felsen, versperrt mir die Tür und verlangt, meine Einladung zu sehen.

»Ich habe keine«, knurre ich. »Lassen Sie mich durch. Ich will mit Abel sprechen!«

»Präsident Abel«, weist er mich mit heiserer Stimme zurecht. »Er empfängt nur geladene Gäste.« Der Wachmann schiebt mich ein Stück zurück.

Ich will an ihm vorbeigehen, doch er packt mich am Arm und hält mich fest.

»Ich bin kein Gast«, zische ich. »Sagen Sie ihm, dass Martha ihn sprechen will. Er weiß, wer ich bin!«

»Wenn Sie keine Einladung haben, kommen Sie nicht durch. Egal, was Sie behaupten. Unser Präsident ist ein vielbeschäftigter Mann.«

Ich kann es nicht fassen. Zeternd und schreiend winde ich mich und reiße meinen Arm aus seinem Griff. Ohne Erfolg.

Jemand ergreift mich von hinten und zerrt mich aus der Eingangshalle. Ich spüre die vielen Blicke der anderen, die sich an meinem Theater ergötzen, aber niemand hilft mir.

Ich drehe mich im Griff und trete jemanden gegen das Schienbein, will gleich nochmal zutreten, da erkenne ich meinen Widersacher.

Aaron? Mein Herz setzt einen Schlag aus.

Was? Wieso? Warum?

Ich mache mich schwer und stemme mich gegen ihn. »Was soll das? Lass mich los!«

Denkt er etwa, ich muss gerettet werden? Ganz bestimmt nicht! Ich schlage auf ihn ein.

Er verzieht das Gesicht vor Schmerzen, hält mich aber ungeachtet meiner Angriffe weiter fest und läuft durch die Eingangshalle. Ich hänge mich in seinen Arm. Weitere Wachmänner tauchen auf und Aaron wird schneller.

Meine Kraft schwindet und ich sehe es ein. Zu Abel zu gelangen, ist in etwa so, als ob man zu Fuß aufs Festland reisen wollen würde. Unmöglich.

Mein Widerstand lässt nach. Mein Mund will aber nicht klein beigegeben. Ich fluche wie zu meinen besten Zeiten im Dirnenhaus.

»Beruhige dich! Das hat keinen Sinn! Niemanden hier interessiert dein Ärger«, raunt Aaron mir ins Ohr.

»Was ist so schwierig daran, dieses blöde Gesetz für die Erlaubnis, dass Frauen studieren dürfen, zu verabschieden?«, schreie ich ihn an.

Er gibt mir keine Antwort darauf. Redet weiter sinnloses Zeug, wie: »Abel, hat eine Menge zu tun.«

»Aber die Gasthörerschaft zu genehmigen, dafür war Zeit?«

Das stinkt von vorne bis hinten. Ich reiße mich von Aaron los und trete gegen eine Fensterscheibe. Au! Die Scheibe vibriert und mein Fuß puckert vor Schmerzen.

Aaron seufzt, packt meine Hand und schleift mich vorwärts.

Durch den roten Nebel in meinem Gehirn windet sich ein Gedanke. Wieso braucht Abel Wachmänner? Warum konnte ich nicht zu ihm? Wir kommen aus der gleichen Zone. Er weiß, wieso ich ihn unterstützt habe – damit er die Gesetze ändert. Ich begrüße seine Absichten, die Unterschiede zwischen den Ringen und Zonen zu beheben.

Am Auto angekommen lässt Aaron mich los und meine Wut ist verraucht. Ich steige ein, müde und mit Schmerzen.

Aaron schnallt sich an und legt seine Hände auf das Lenkrad. »Es läuft nicht alles so, wie wir uns das vorgestellt haben. Manches wird seine Zeit brauchen. Anderes sieht er nicht, wie wir dachten.« Er schaut konzentriert in den Rückspiegel und startet den Motor.

So sehr es mir widerstrebt, muss ich Aaron zustimmen.

»Was will er damit bezwecken? Du musst doch mehr wissen!«

»Tue ich aber nicht«, antwortet Aaron monoton und lenkt das Auto aus der Parkbucht.

»Wieso nicht, ich dachte, du bist in seinem Regierungsstab? Berätst ihn?«

»Er hat mich herausgedrängt.« Seine blaugrauen Augen huschen für eine Sekunde zu mir.

Mein Mund steht offen.

»Jetzt bin ich für Aufgaben zuständig, die normalerweise Praktikanten machen.«

»Wieso zum Möwendreck?« Ich möchte irgendwas zusammentreten oder weinen. Oder schlafen. Am liebsten alles gleichzeitig.

»Weil ich nicht in allem seiner Meinung bin. Die Idee der Gleichverteilung ist ja schön und gut. Aber was er will, ist die volle Macht.« Aaron verstummt und biegt nach rechts ab. Wir fahren die Straße runter, raus aus dem inneren Zentrum in den mittleren Ring.

Die volle Macht? Inwiefern? Sehe ich die Gleichverteilung wirklich zu rosig? Wie bekämpft man denn sonst die Armut der Arbeiter in den Zonen?

Aaron redet weiter, bevor ich etwas sagen kann: »Er verprellt alle. Die ganzen Fabrikinhaber verschwinden oder fliehen von der Insel. Erst letzte Woche ist ein bedeutender Wissenschaftler abgetaucht. Natürlich sind das Bürger, aber wir brauchen sie für eine funktionierende Wirtschaft. Wir können sie nicht einfach austauschen.«

Ich habe Schwierigkeiten, ihm zu folgen. Was hat die Gleichverteilung mit dem Verschwinden der Leute zu tun? Warum verlassen sie deswegen die Insel? Sie behalten doch ihre Arbeit.

Aaron hält vor einer roten Ampel. »Die Angleichung des Bildungsstandards hätte zuerst erfolgen müssen, nur dann haben die Menschen aus den Zonen die gleichen Chancen wie die Bürger. Aber er hat den Fokus auf die Gleichverteilung gelegt.«

Die Ampel leuchtet grün auf und der Wagen macht einen Ruck. Wir überqueren die große Nord-Süd-Kreuzung und befinden uns wieder im mittleren Ring. Um mich herum werden die Häuser höher.

»Der Plan war doch aber, Bildung für alle zu ermöglichen und die Unterschiede zwischen Arbeiter und Bürger aufzulösen.« Ich strecke und balle abwechselnd meine Finger.

»Ja, das war unser Ziel. Aber ich frage mich, ob das Abels Ziel ist.«

»Wieso hast du mir das nicht vorher gesagt?«

»Hab ich doch, aber du meintest, aus mir spreche nur der reiche Bürger, der Angst vor Verlusten habe.« Seine Stimme klingt bitter.

»Ich dachte nicht, dass ich noch mehr Gedanken an Politik verschwenden muss. Ich will Medizin studieren – nicht erneut rebellieren müssen.«

Das ist unerhört!

Es klingelt. Blinzelnd drehe ich mich um. Das Bett neben mir ist leer. Die DV-Uhr an meinem Handgelenk blinkt. Jemand ruft mich an. Ich haue mit der ganzen Hand auf das kleine Gerät.

»Ja«, murmle ich in mein Kissen. »Wer ist da?«

»Helene. Ich verstehe dich so schlecht. Wo bist du?«

Die hat mir gerade noch gefehlt. »Im Bett.«

»Im Bett? Wir warten auf dich!« Ihre strenge Stimme dringt unangenehm in mein verschlafenes Gehirn. Ich drücke mir das Kissen auf die Ohren.

»Mach, dass du loskommst, nicht, dass wir zu spät kommen.« Aus ihrem Mund klingt alles wie ein Befehl. Ich möchte mich direkt verweigern.

»Was meinst du? Wohin? Die Lerngruppen sind doch vorbei.«

»Heute ist Semesterbeginn und wir dürfen als Gasthörerinnen dabei sein«, sagt sie leise. Im Hintergrund reden die anderen Mädchen auf sie ein.

»Ich gehe nicht hin!«, antworte ich patzig. »Ich lass mich doch nicht von Abel verblubbern!« Ich drehe mich missmutig auf den Rücken.

»Also wirklich. Jede Veränderung braucht seine Zeit. Die Gasthörerschaft ist ein wichtiger Zwischenschritt, bis wir regulär studieren dürfen.« Helene klingt völlig überzeugt.

Ich tippe auf dem Bildschirm, um mir die Uhrzeit anzeigen zu lassen. Ich muss erst am Nachmittag ins Krankenhaus. Grundsätzlich …

»Sollen wir ohne dich gehen?«

Ist das Bedauern in ihrer Stimme? Ich bin ihr wichtig?

»Nein, ich komme«, sage ich leise und steige mühsam aus dem Bett.

»Du hast zehn Minuten.«

Die Uhr schaltet sich aus. Ich husche ins Badezimmer. Zehn Minuten sind mehr als genug. Als ich auf der Rettungsstelle im Rebellenlager gearbeitet habe, musste ich bei Notfällen mit weniger zurechtkommen.

Kurze Zeit später nehme ich eine Scheibe Brot und verlasse die Wohnung. Unten erwarten mich sechs grau gekleidete Frauen. Sie stehen in Reih und Glied auf dem Bürgersteig und tuscheln miteinander. Ihre Gesichter sind ganz rot vom Warten in der Kälte und ihr Atem bildet Kondenswolken in der Luft.

Ein seltsames Gefühl befällt mich, weil sie an mich gedacht haben.

Salome kommt auf mich zu und drückt mich. »Wie schön, dass du dabei bist«, sagt sie und küsst mich auf die Wange. Die Frau wirkt wie ein jüngeres Ebenbild von Helene. Aber statt Stirnfalten hat Salome Lachgrübchen und ihr Haar kräuselt sich wild unter ihrem Tuch, welches sie um ihren Kopf gewickelt hat.

Wir stehen am Eingang eines großen Saals. Der Ausgang hinter mir scheint wie ein rettender Hafen. Mein Blick wandert die Reihen ab. An der letzten hängt ein Schild: ›Für Frauen‹. Eine ganze Sitzreihe nur für uns. Hinten.

»Oh, wie reizend. Sie haben uns erwartet.« Helene wirkt ehrlich erfreut. Ein seltenes Lächeln legt ihre Züge in Falten.

Erwartet? Das, was sie meint, nennt man Ausgrenzung auf höfliche Art. Hier hinten sitzen die, die nicht gesehen und gehört werden sollen. Ich schultere meine Tasche und setze mich provokant nach vorne. Niemand folgt mir.

Der Professor kommt herein und begrüßt seine Studenten. Kein Wort ist an uns gerichtet. Kein herzliches Willkommen. Nicht, dass ich damit gerechnet hätte.

Er fängt an, darüber zu palavern, warum und wieso die Technik des Ultraschalls zur Erkennung von Krankheiten in den renibus und der vesicae unabdingbar sei.

Ich verstehe kein Wort.

Irgendwann fällt sein Blick zufällig auf mich und er stockt mitten im Satz. Sofort spüre ich ein Dutzend Augenpaare auf mir.

»Fräulein, ich glaube, Sie haben etwas missverstanden. Die Plätze für die weiblichen Gasthörerinnen«, sagt er und das vorletzte Wort spricht er aus wie ein Schimpfwort, »sind in der letzten Reihe. Das dient zu Ihrem eigenen Komfort.« Der Professor sieht mich abwartend an. Glaubt er, ich würde jetzt schnell das Weite suchen?

»Danke für dieses Angebot. Aber ich sitze lieber hier vorne. Hinten kann ich Sie weder hören noch sehen, geschweige denn, dass Sie mich sehen oder hören.«

»Es ist nicht vorgesehen, dass Sie, äh … reden«, stammelt er und schaut sich hilflos im Saal um.

Einige Studenten lachen. Andere rufen: »Gebt dem Mädchen eine Stimme!«

Ich unterdrücke den Drang, die einzelnen Männer ausfindig zu machen, und halte den Blick auf den Professor gerichtet. Er ist groß gewachsen und trägt seinen Schnurrbart an den Seiten gestutzt. Dafür hat er dicke, lockige Koteletten, die wohl einen Ausgleich zu seinen wenigen Haaren auf dem Kopf sein sollen.

»Ich glaube, Sie haben mich missverstanden. Sie dürfen nicht hier vorne sitzen!« Seine Stimme ist lauter und eine Nuance höher.

»Warum nicht?« Ich überschlage meine Beine und zucke mit den Schultern.

»Das ist nicht angebracht, nicht …« Er wird knallrot im Gesicht und sein Adamsapfel hüpft aufgeregt hoch und runter. Jetzt lacht keiner mehr.

»Nicht angebracht?« Langsam macht mir die Sache Spaß. Ich werde ganz bestimmt nicht nachgeben.

»Sie, Sie … Sie sind eine Frau.« Sein Zeigefinger deutet anklagend auf mich. Er öffnet den Mund mehrmals hintereinander, als schnappe er nach Luft.

Ich unterdrücke ein Grinsen. »Das haben Sie gut erkannt. Biologie scheint ihr Fachgebiet zu sein.« Meine Mundwinkel zucken und ich lehne mich demonstrativ nach hinten.

Er reißt die Augen auf und japst nach Worten. »Das ist unerhört! So etwas hat es hier noch nie gegeben!«

»Für alles gibt es ein erstes Mal. Herzlichen Glückwunsch.« Ich erkenne meine eigene Stimme nicht wieder, so sehr säusele ich. Ich höre ein paar Studenten grölen und diverse Ja-Rufe. Jemand wiederholt laut »Herzlichen Glückwunsch«. Noch immer drehe ich mich nicht um.

Der Professor baut sich vor mir auf. »Das ist schlichtweg verboten und unnatürlich. Setzen Sie sich in die letzte Reihe oder verlassen Sie den Hörsaal. Wenn es nach mir ginge, würden Frauen niemals eine Universität betreten. Angefangen von Ihrem sündigen Verhalten, mit dem Sie uns Männer in die Irre führen wollen, bis hin zu Ihrer Unfähigkeit zum logischen Denken. Sie gehören ins Haus!« Den letzten Satz schreit er mir entgegen und ich fühle, wie seine Spucke mich trifft.

Angewidert wische ich mir übers Gesicht. »Ihnen rate ich, Ihre Körperflüssigkeiten in den Griff zu bekommen und wenn Sie die Frauen verteufeln, wieso suchen Sie dann jeden Abend das Sündenhaus auf?«

Das ist blind geraten. Die Röte, die seinen Hals überzieht, zeigt mir, dass ich ins Schwarze getroffen habe.

»Wie können Sie es wagen, mir so etwas zu unterstellen, Sie … Sie Dirne!« Jetzt hat er es gesagt.

»Wagen Sie es nicht, mich Dirne zu nennen, Sie dreckiger, alter Sack. Sie sind es doch, der die armen Frauen zu schlimmen Dingen zwingt. Die müssen diese widerlichen Sachen machen, um zu überleben. Sie sind eine Widerwärtigkeit der Natur, die ihre Machtstellung mit der Unterdrückung von uns Frauen aufrechterhält. Aber damit ist jetzt Schluss! Ich bleibe und Sie werden mich unterrichten! Ob es Ihnen passt oder nicht!«

Er öffnet den Mund und schließt ihn wieder. Offensichtlich sind ihm die Worte ausgegangen. Mit einem letzten finsteren Blick zu mir dreht er sich weg.

»Góliath und Simson, begleiten Sie dieses Weib hinaus«, ist alles, was er sagt. Zwei riesige Kerle stehen auf und kommen drohend auf mich zu. Weitere Studenten folgen den beiden.

»Komm, Mädchen«, sagt der eine.

»Vergiss es. Ich habe das Recht, hier zu sitzen und die Vorlesung anzuhören«, antworte ich.

»Wenn sie nicht freiwillig meinen Saal verlässt, helfen Sie ihr auf die Beine.«

Einer von den kräftigen Studenten zieht mich am Arm aus der Stuhlreihe heraus.

Mein Arm tut höllisch weh und ich stolpere ihm entgegen. Sofort greift der zweite zu und ich hänge beinahe zwischen den beiden in der Luft. Egal, wie sehr ich strample, ich habe keine Chance gegen ihren Griff. Sie schleifen mich unter den Anfeuerungsrufen der anderen Studenten hinaus. Vereinzelt höre ich Rufe wie »Mädchen vor« oder »Zurück ins Haus« aus der Menge.

Das ist so demütigend! Hitze steigt in mir hoch und mein Herz schlägt schmerzhaft in meiner Brust.

Ich schreie und winde mich. »Das ist Unrecht! Abel hat versprochen, dass wir studieren dürfen! Wir Frauen sind den Männern gleich!«

Die Jungs tragen mich aus dem Gebäude heraus.

»Lasst mich los!«

»Halt's Maul«, blafft der eine und greift fester zu.

Ich verziehe das Gesicht vor Schmerzen.

Wir erreichen das Ende der Treppe und sie werfen mich unsanft zu Boden. Ich lande auf Knien und Händen und bin einmal mehr froh, eine Hose zu tragen.

»Sowas wie dich wollen wir hier nicht!«

Ich springe trotz der Schmerzen auf und falle ihn an.

Weil er meinen Angriff nicht erwartet hat, treffe ich sein Gesicht mit voller Wucht und hinterlasse vier blutige Kratzer.

Er jault auf und will zurückschlagen, doch andere Studenten gehen dazwischen. »Lass gut sein, Góliath. Ist nur eine Frau.«

Sie entfernen sich.

Allein bei ihren Worten kocht mein Blut wie heiße Lava durch meine Adern und ich spucke ihnen hinterher. »Nur eine Frau, ja? Ihr seid nur Männer!« Was für ein toller Satz, aber was Besseres fällt mir nicht ein.

Eine Hand legt sich auf meinen Arm. »Martha, wir sollten gehen.«

Überrascht blicke ich ins Salomes Gesicht. Die anderen Frauen stehen abseits und tuscheln miteinander. Wieso haben sie die Vorlesung verlassen?

Ich schüttle Salomes Hand ab. »Wenn die glauben, ich gebe mich geschlagen …«, knurre ich und will erneut die Treppe hoch.

Helene stellt sich mir in den Weg. »Ich denke, es ist besser, wir gehen jetzt.«

»Ich habe gesagt …«

»Du bist verletzt. Lass uns verschwinden. Bitte!« Salome tritt vor Helene und Tränen sammeln sich in ihren Augen.

Ich halte inne. Meine Arme und Knie pochen und meine aufgeschürften Handflächen brennen. Ich befürchte, dass mir jeden Moment die Beine wegknicken. Vielleicht sollte ich auf sie hören und nach Hause gehen.

Mit dem Gefühl, verloren zu haben, stampfe ich davon. Ich gehe erhobenen Hauptes – auf keinen Fall soll jemand glauben, dass ich aufgebe.

Trotzdem sind meine Wangen brennend heiß. Daran kann auch die beißende Winterkälte nichts ändern.

Du musst aufhören, ...

Am nächsten Tag sitze ich wieder in vorderster Reihe. Diesmal bei einem anderen Professor. Es wird sich herumgesprochen haben, denn er ignoriert mich und redet so schnell, dass ich noch weniger verstehe als gestern.

Es ist eine Qual, aber ich halte durch. Ertrage die Blicke und die Bemerkungen der hinter mir sitzenden Studenten, ohne zu reagieren.

Mich trifft etwas Feuchtes im Nacken und ich zucke zusammen. Ich brauche meine gesamte Willenskraft, um meine Hände unten zu halten.

Nach der Vorlesung packe ich in Ruhe ein und zwinge mich, langsam zu gehen. Ich ignoriere die Rempler und das Zischen ihrer Zungen, wenn sie mich Dirne nennen. Jeder Einzelne von ihnen soll ertrinken. Jämmerlich und qualvoll sollen ihre Lungen sich mit Wasser füllen, bis ihnen die Augäpfel aus dem Kopf quellen und sie blau anlaufen.

Mein Herz stolpert. Wie kann ich sowas nur denken? Was passiert mit mir?

Salome wartet auf mich, demütig hält sie den Kopf gesenkt. Ihre Haare sind heute in einen Dutt gezwängt, doch der bändigt die krause Menge kaum. Wie unter Strom stehen kleine Strähnen zu allen Seiten ab.

Keiner von uns sagt ein Wort. Ich folge ihr, ohne zu wissen, wohin sie mich führt.

Erleichtert erkenne ich den Eingang zur Bibliothek der Hochschule.

Die anderen Frauen besetzen einen großen, runden Tisch. Wir scheinen die Einzigen zu sein. Außer uns kann ich niemanden sehen. Es sei denn, jemand versteckt sich hinter den Glasvitrinen mit Büchern. Diese dienen der Zierde, zur Erinnerung, wie es früher mal war. Heute lassen sich die Texte für eine bestimmte Zeit als Dateien auf die Datentafel ziehen.

Misstrauisch schaue ich mich um, ob kein Student auf die Idee kommt, uns auch hier das Leben schwer zu machen.

Ich lasse mich auf einen Stuhl fallen und stöhne.

Sofort prasseln Helenes Vorwürfe auf mich ein. »Du musst aufhören, die Männer zu provozieren!« Obwohl der Bibliothekar sie einige Male ermahnt, wird sie nicht leiser. »Davon werden wir auch nicht schneller zu ordentlichen Studentinnen der Hochschule ernannt!«

Sie redet weiter und weiter, aber ich reagiere nicht. Zu wütend, um einen klaren Gedanken zu fassen. Zu wütend, Helene die passende Antwort zu geben. Zu wütend, um darüber nachzudenken, ob sie recht hat.

Als der Bibliothekar droht, uns rauszuwerfen, verstummt sie endlich und ich konzentriere mich auf meine Datentafel.

Ich klicke durch das Archiv und lade mir ein Dutzend Bücher herunter. Es gibt in der Bibliothek große Rechner, wo die Studenten arbeiten können. Einer wird frei und ich besetze ihn rasch. Auch, um Helene zu entkommen.

Ich durchstöbere die Pressemitteilungen in der Hoffnung, die Ankündigung des Studienrechts für Frauen zu entdecken.

Nichts. Nur dass irgendwelche Firmen dem Staat übergeben wurden und damit für Gerechtigkeit gesorgt wird, weil niemand Einzelnes sich mehr die Taschen vollmachen kann.

Bei einem Foto bleibe ich hängen. Eine Gruppe junger Menschen steht mit wütenden Gesichtern vor Maschinen. Ein großer Schriftzug verunziert das blanke Metall. »Abel ist der neue Adam.« Unter den Personen sind deutlich Felix und Éli zu erkennen.

Ich halte den Atem an, starre die beiden an. In meinem Kopf kreist ein Fischschwarm. Ich bekomme keinen klaren Gedanken zu fassen.

Felix und Éli? Sie sind doch Abels Anhänger. Éli war Abels bester Techniker. Abel hatte sein Talent entdeckt, aus dem verbrauchtesten Schrott noch etwas herausholen zu können.

Unter dem Foto lese ich: ›Diese jungen Menschen behaupten, Abel lässt die Menschen hungern. Weil die Auftragslage stetig sinkt, sind viele arbeitslos oder arbeiten für immer weniger Geld. Präsident Abel dementiert dies und behauptet, dass die Produktion dank der staatlichen Kontrolle aufrecht erhalten werden würde. Alle Inselbewohner erhalten seiner Aussage nach, eine Grundversorgung. Auf die Frage, ob das Festland weniger von der Insel einkauft, gab es keine Antwort aus dem Regierungszentrum.‹

Ich atme laut aus. Sofort spüre ich die Blicke der anderen auf mir. Ich ziehe die Schultern ein und klicke den Artikel weg.

Eine ungute Ahnung macht sich in mir breit. Gänsehaut überzieht meinen Körper und etwas drückt mein Magen zusammen. Ich hätte bei Abel auf mein Bauchgefühl hören müssen.

Warum sind Sie sonst hier?

Es wird schlimmer.

Der Besuch der Vorlesungen ist eine Treibjagd geworden. Die Studenten werden mutiger und damit aufdringlicher. Anzügliche Sprüche und Pfiffe folgen mir und meinen Mitstreiterinnen mittlerweile auf Schritt und Tritt.

Auf dem Weg in die Bibliothek, wo ich mir neues Lesematerial besorgen will, fängt mich ein Student ab. Er sieht in seinem schwarzen Anzug aus, als ob er eine Rede halten möchte. Nur der Flaum auf seiner Oberlippe verzerrt seinen Aufzug zu einer Lächerlichkeit.

»Professor Oreb will Sie sprechen«, informiert er mich, ohne mich dabei anzuschauen. »Er erwartet Sie in seinem Büro, dritte Etage.«

Mehr an Informationen bekomme ich nicht. Er verschwindet so schnell, wie er vor mir aufgetaucht ist.

Ich steige genervt, aber neugierig die Treppe hoch. Gibt es Neues von der Regierung?

›Oreb‹ steht groß an einer Tür, und ich klopfe an.

»Herein«, ertönt eine tiefe Stimme.

Ich betrete ein in ein dämmriges Licht getauchtes Büro und ein dicklicher Mann mit einem langen herunterhängenden Schnurrbart erwartet mich. Er spuckt auf seine Hand und fährt über seine dünnen, grauen Haare.

Ich muss mich zwingen, mein Gesicht nicht vor Abscheu zu verziehen.

»Ah, eine unserer Gasthörerinnen.«

Aus irgendeinem Grund glaube ich, dass er nicht explizit mich sehen wollte. Ich streiche über meine Narbe und warte ab, was er will.

»Setzen Sie sich.« Er weist mit einer Hand auf einen kleinen Sessel vor einem Serviertisch, auf dem er sich selbst Tee und Kekse kredenzt.

»Wie geht es Ihnen? Wie empfinden Sie die Vorlesungen? Ich habe gehört, dass einige von Ihnen unzufrieden mit der derzeitigen Situation sind. Ja, die Mühlen der Regierung mahlen langsam.«

Ich lasse mich vorsichtig auf den Rand der Sitzfläche nieder. Fragt ein Professor gerade wirklich, wie es mir geht?

Er steht auf und gesellt sich zu mir. »Sie wollen also Medizin studieren?«

Ehe ich antworten kann, redet er weiter. »Wissen Sie, es ist üblich, dass Professoren sich Studenten suchen, die sie unterstützen. Im Gegenzug wird natürlich etwas erwartet. Ein Geben und Nehmen.«

Erwartet? Worauf will er hinaus?

Ein schmieriges Grinsen tritt auf sein Gesicht und mir rutscht das Herz in die Hose. Hier läuft doch was komplett falsch.

»Sie leisten mir Gefälligkeiten und ich sorge dafür, dass Sie meine Vorlesungen besuchen dürfen.« Er streicht mit den Fingern über die Tischplatte.

»Ich darf Ihre Vorlesungen auch ohne Gefälligkeiten besuchen«, erkläre ich ihm und habe Mühe, ihn nicht anzuschreien.

Der Professor grinst breiter. »In meine Vorlesungen kommen nur ausgewählte Studenten.«

»Und was für Gefälligkeiten wären das?« Obwohl ich die Antwort erahne, muss ich fragen – einer dümmlichen Hoffnung folgend, dass es sich dabei nur darum handelt, Protokolle zu schreiben.

Er beugt sich vor. Sein Atem riecht nach Alkohol und mir wird übel. »Mir Gesellschaft leisten zum Beispiel. Dafür sorgen, dass ich mich gut fühle.« Seine Hand wandert auf meinen Oberschenkel.

Ich stehe abrupt auf. »Sie widerlicher Kerl!« Jetzt halte ich mich nicht mehr zurück und werde laut.

»Ach kommen Sie, warum sind Sie sonst hier«, antwortet er unbeeindruckt und lehnt sich in seinem Sessel zurück.

»Um zu studieren!« Ich spucke ihm die Worte entgegen. Die Wut rauscht in meinen Ohren und mein Inneres flammt auf. Ich fühle mich zurückversetzt in meine Zeit als Aushilfe im Dirnenhaus. Wann ist es endlich vorbei? Ich schließe und öffne meine Hände, heiße das Knacken meiner Handgelenke willkommen.

»Ohne die Hilfe von uns Professoren wird das nie passieren. Und wenn Sie uns nicht helfen«, er greift zu einer Zigarre und dreht sie in seinen schwülstigen Fingern hin und her, »können wir Ihnen nicht helfen.«

Fassungslos starre ich ihn an. Meine Hand bewegt sich wie von alleine.

Ich beobachte mich selbst. Wie ich die Teetasse des Professors nehme. Heißer Dampf steigt mir entgegen. Wie ich sie hin und her drehe. Sein fragender Blick ist unscharf in meinem Augenwinkel. Mein Arm holt Schwung und ich schütte ihm das Getränk ins Gesicht.

Sein Schrei ruft mich ins Hier und Jetzt zurück und verschafft mir eine grimmige Zufriedenheit. Ich lächle und mein inneres Feuer knistert besänftigt.

Wortlos drehe ich mich um und trete auf dem Weg hinaus den Regenschirmständer um, der scheppernd durch den Raum poltert. Das Keifen des Professors folgt mir bis in den Flur hinaus. Mit einem Krachen fällt die Tür ins Schloss.

Dafür habe ich nicht gekämpft.

Die nächsten Tage an der Uni fühlen sich wie eine Schifffahrt in einem Sturm an. Dass mir der Zutritt zu Professors Orebs Vorlesung verwehrt wird, war zu erwarten. Aber dass der Dozent erzählt, ich hätte versucht, ihn zu verführen, bringt mich fast dazu, ihm die Lungenpest zu wünschen.

Dieser schleimige Aal.

Von den ehemals sechs Frauen sind nur drei übrig. Helene, Salome und ich. Dass Helene so lange durchhält, hatte ich nicht gedacht. Aber sie hat der Ehrgeiz gepackt, mir zu beweisen, dass sich alles ändert – und zwar zum Besseren –, wenn wir nur abwarten.

Daran glaube ich mit jedem Tag weniger.

»Ich habe nichts verstanden.« Salome hält sich den Kopf und stöhnt.

»Die Jungen genauso wenig. Das haben die Professoren absichtlich gemacht. Hast du die Studenten nicht sprechen hören? Die haben nur Blödsinn geredet, damit wir fernbleiben«, rede ich mich in Rage.

»Psst!«, faucht mir der Bibliothekar zu und lässt seine Hand bedrohlich über seine Uhr schweben. Eine Warnung, dass er uns sofort rausschmeißen wird, wenn wir nicht leise sind.

Ich presse die Lippen aufeinander und schlucke die Flüche, die mir auf der Zunge liegen, runter.

Räuspernd wende ich mich erneut Salome zu. »Und dass die Männer so mit uns umgehen, liegt daran, dass sie keiner in ihre Schranken weist. Sie können ungestraft mit uns machen, was sie wollen! Genau das muss geändert werden und genau das ändert sich aber nicht! Ich könnte kotzen! Das ist doch alles krebskriechender Blödsinn!« Ich knacke mit den Fingergelenken und stelle mir vor, wie ich die elenden Männer von ihrer Sandbank zerre.

»Vielleicht können wir uns beschweren?«, fragt Salome leise.

Helene schnalzt mit der Zunge. »Niemand wird sich beschweren. Wir können nicht alles auf einmal verlangen.«

»Natürlich habe ich mich beschwert. Jeden Tag aufs Neue, bei Abel, dem Bildungsminister und dem Dekan. Ich halte doch nicht den Mund. Bildung ist ein Menschenrecht! Auf dem Festland wie auf der Insel! Das haben sie schon vor Jahrzehnten unterschrieben. Und es wird Zeit, dass sie sich daran halten.« Ich fühle mein Herz in meiner Brust hämmern und koche innerlich. Ich brauche dringend frische Luft und verlasse die Bibliothek.

Draußen atme ich tief ein, doch ich fühle mich nicht besser. Ich muss irgendetwas tun. Etwas kaputt treten oder jemand anschreien. Kurzentschlossen mache ich mich direkt auf den Weg ins Regierungszentrum.

Bei all seinen Veränderungen in der Wirtschaft und Politik sollte man doch glauben, dass Abel endlich die Professoren in der Uni auswechselt, genauso wie er es mit den Fabrikinhabern getan hat.

Wieso verwehrt er uns Frauen so vehement das Studienrecht? Beim Wahl- und Schulrecht hat er doch auch nicht gezögert.

Um Zeit zu schinden, um seine Macht zu festigen, flüstert eine warnende Stimme in mir.

Ich laufe nach Hause, um die Wut loszuwerden. Wie erwartet bin ich nicht zu Abel durchgekommen. Bereits am Eingangstor zum Regierungszentrum haben sie mich abgefangen. Beim nächsten Mal würde ich verhaftet werden, war alles, was sie mir gesagt haben. Ich könnte vor Wut platzen.

Meine Füße haben ein Eigenleben entwickelt und ich finde mich vor Chamuels Redaktion wieder. Ich gehe hinein, ohne zu wissen, warum ich hier bin. Vereinzelt sitzen Reporter an ihren Arbeitsplätzen und tippen auf ihren Datenrechnern herum. Leider sind ihre Bildschirme hinter einer Trennwand versteckt und ich kann nicht erkennen, was sie schreiben.

Weiter hinten höre ich Chamuel mit jemandem reden. Eva.

Ich klopfe an seine offenstehende Tür und sie unterbrechen überrascht ihr Gespräch.

Eva lächelt mir entgegen. »Martha! Ist die Uni schon vorbei?«

»Die hat nie angefangen für mich. Abel verarscht uns!«

Sie zuckt zusammen. Chamuel hält einen Finger vor den Mund und die andere Hand auf seine Uhr. Er winkt mich in einen anderen Raum, vor dem er seine Uhr ablegt. Eva macht es ihm nach und ich gehe hinterher. Mir dämmert es und ich ohrfeige mich in Gedanken selbst. Wie konnte ich nur so blöd sein? Zornig schmeiße ich meine Uhr auf den Tisch und knalle die Tür hinter mir zu.

»Was geht hier eigentlich ab!?«

»Wir wissen es nicht genau«, antwortet Chamuel. »Abel hat sich mit seinen Leuten komplett abgeriegelt. Ich erhalte kaum noch Informationen. Letzte Woche hat sich jemand getraut, mir zu erzählen, dass das Festland den Handel eingestellt hat. Seitdem ist mein Informant verschwunden.«

»Davon stand nichts in deiner Zeitung!« Ich balle die Fäuste.

»Ja, weil ich meine Quelle nicht gefährden wollte und um die Sicherheit meiner Mitarbeiter besorgt bin. Es gibt viele, die anonyme Drohungen erhalten.«

Ich schüttle den Kopf. Prompt schießt ein Stich meinen Nacken hoch. Ich rolle mit den Schultern, bis es knackt.

»Wir hoffen immer noch, dass Abel das Richtige tut. Aber langsam sind wir uns unsicher. Ich bekomme Nachrichten von Frauen aus den Zonen, dass es ihnen schlecht ergeht. Dass ihnen mit dem Entzug der Grundversorgung gedroht wird, wenn sie weiter ihre Lügen an die Zeitung schreiben. Aber die Nachrichten wurden auf meinem Datenspeicher gefunden und von irgendwem gelöscht.« Chamuel lehnt sich an einen Schreibtisch und fährt mit der Hand über eine Tastatur.

Tritt Abel in Adams Fußstapfen und baut einen Überwachungsstaat auf? Geht er so weit wie sein Vorgänger?

Von der Überwachung zur Säuberung.

Fliegen bald Drohnen über unsere Köpfe auf der Suche nach Menschen, die nicht ins System passen? Wie wird er sie finden? Keiner trägt mehr einen Chip. Wird die Uhr der ausschlaggebende Faktor sein, ob jemand erschossen wird oder nicht?

Ich setze mich auf einen klapprigen Stuhl und atme durch. Die beiden reden, doch ihre Worte dringen nicht durch das Rauschen in meinen Ohren.

Die Erinnerung an Isaak und wie er gestorben ist, lässt die Wut in mir verpuffen. Er hatte Schutz gesucht bei Abel. Aber der große Anführer war nicht da. Isaak ist gestorben. Allein. Begraben unter Trümmern.

Meine Brust bebt und ich fühle, wie Tränen aufsteigen. Ich unterdrücke das Schluchzen, welches sich einen Weg nach außen sucht.

Nach gefühlt endlosen Minuten stehe ich auf. »Wir müssen herausfinden, was vor sich geht. Ist es Abel, müssen wir ihn aufhalten.« Ich muss etwas tun. Dafür habe ich nicht gekämpft. Dafür ist Isaak nicht gestorben.

Chamuel richtet sich auf. »Nur wie?«

»Ich brauche einen Termin bei Abel. Aaron muss doch in der Lage sein, mir einen zu beschaffen.«

»Da unterschätzt du seinen Einfluss«, widerspricht er. »Abel hat ihn Stück für Stück rausgeekelt. Er bekommt nicht einmal mehr die Post für die Ein- und Verkäufe zu Gesicht.«

»Ist dieser Raum sicher?«

»Nicht wirklich. Ich glaube, meine Redaktion wird rund um die Uhr im Netz genauso wie von der Straße aus beobachtet. Entweder ist Abel paranoid geworden oder ich bin es.«

»Unser Haus?«

»Nein, das glaube ich nicht.« Sein Rechner piept und Chamuel wischt über den Monitor.

»Das Waisenheim vielleicht?« Eva blickt zwischen uns beiden hin und her.

Was für ein Waisenheim?

Chamuel nickt langsam. »Das sollte eine gute Alternative sein. Abel hat dich sicherlich trotz der Nachrichten nicht auf dem Radar.«

»Wieso sollte Abel Eva auf dem Radar haben?«

Chamuel schaltet den Datenrechner aus und steht auf. »Ich habe dir doch erzählt, dass Eva es schafft, Politisches gut zu verpacken. Ihr gelingt es zum Beispiel, über ein Backrezept zu schreiben und gleichzeitig den Müttern und Vätern den Wert von Mathematik für Mädchen nahezubringen.« Er lächelt, ist sichtlich stolz auf seine Freundin.

»Aber sie schreibt eben auch über Politisches. Hinterfragt und mahnt an. Doch bisher hat das von Seiten der Regierung noch keine Reaktion hervorgerufen. Du verpackst das wohl zu gut.«

Ihre Wangen werden wieder einmal rot. Ich muss grinsen und jetzt läuft ihr ganzer Kopf an.

»Und von welchem Waisenheim redet ihr?«

In den Zonen sind die Kinder ohne Familie auf sich gestellt. Sie sind nicht selten in der schwarzen Zone gestrandet. Über die Waisenkinder von Bürgern – muss ich gestehen – habe ich mir nie Gedanken gemacht.

Eva zieht sich ihre graue Jacke über. Die grüne Bluse darunter sticht regelrecht hervor. »Ruth und ich haben ein Waisenheim aufgebaut. Für die Waisenkinder der Rebellion, deren Eltern im Kampf gestorben sind.«

Ich betrachte Eva. Das würde ihre Müdigkeit erklären und warum sie so selten zu Hause ist.

»Die Kinder haben bisher allein in einem leerstehenden Haus gelebt. Wir haben viele Unterstützer gewonnen und sogar einen Hausmeister gefunden. Das Geld dafür habe ich von Vaters Reserven genommen.« Eva streckt sich bei der Erzählung und sie wirkt plötzlich so reif und erwachsen. Ich bin beeindruckt.

»Aber wieso ihr? Wieso überlasst ihr das nicht dem Staat?« Immerhin gibt es ja auch in der Stadt diese Heime für alte Menschen.

»Es gibt keine staatliche Einrichtung für Waisenkinder aus Bürgersfamilien. Das war unter Präsident Adam nicht nötig. Die Kinder aus den Zonen, die arbeiten konnten, gingen direkt in die Fabriken und den Kindern von Bürgern besorgte man ein neues Zuhause.«

Ich schlucke trocken und habe zum ersten Mal den Eindruck, dass auch den Bürgern Unrecht getan wird. Na ja, vielleicht nicht den Bürgern, sondern unserer neuen Generation.

Wir verlassen die Redaktion und fahren mit Chamuels Auto zur Wohnung. Morgen wollen wir uns in Evas Waisenheim treffen. Meine Gedanken kreisen von dem Streit mit Aaron zu dem Waisenheim von Eva und wieder zurück. Ich bekomme Kopfschmerzen.

Eine Rebellion zu führen ist eine Sache, ein Land neu aufzubauen eine andere.

Ich bin unzufrieden.

Das Waisenheim von Eva ist ein alter, zusammengedrückter Bau zwischen zwei modernen Hochhäusern. Warum das kleine Haus nicht abgerissen wurde, ist mir ein Rätsel. Aus Nostalgie oder weil der Besitzer des Gebäudes sich ein Scherz erlauben wollte? Das Heim hat nur drei Etagen und wirkt völlig deplatziert zwischen den grauen Betonklötzen mit ihren sieben Stockwerken. An einigen Stellen kann ich sogar Holzbalken durch den Putz erkennen. Wie alt ist diese Hütte bitte? Ich gehe eine breite Treppe zu einer verzierten Tür hoch und schüttle den Kopf. Dass Eva dieses Haus für ihr Heim gewählt hat, passt zu ihr.

Ich klopfe und warte.

Die Tür wird aufgerissen und eine Frau begrüßt mich.

Sie trägt Hose und Hemd, ihre Haare locken sich zu einer dichten Haube um ihren Kopf. Nichts deutet mehr auf ihre Zeit im Umerziehungslager hin.

»Ruth!«, rufe ich erfreut und lächle breit.

Sie nimmt mich in ihre Arme und hält mich fest. Erst bin ich irritiert, doch es fühlt sich gut an und ich drücke sie zurück.

Sie schiebt mich von sich und mustert mich von oben bis unten. Ich strecke die Zunge raus. Sie ignoriert meine Grimasse und gibt mir je ein Küsschen auf die Wangen. »Das ist ja toll, dass du uns besuchst.«

Prompt wird mir heiß. Mein schlechtes Gewissen erinnert mich daran, dass ich wegen etwas anderem hier bin und bis gestern nicht einmal wusste, dass dieses Heim existiert. Ich war so fixiert auf das Studium, das ich alles und jeden ausgeblendet habe.

»Eva hat schon erzählt, dass du und die Jungs heute kommen. Ich hab' euch ein Klassenzimmer freigehalten.«

Sie dreht sich um und winkt mir, ihr zu folgen.

Ich entspanne mich, weil sie offensichtlich nicht schlecht von mir denkt, und gehe ihr hinterher.

»Klassenzimmer? Gehen die Kinder nicht zur Schule?«

»Je nachdem. Einige Kinder sind traumatisiert, haben ihre Eltern in der Rebellion verloren. Die unterrichten wir lieber hier. Außerdem wurde die Schulpflicht nicht angehoben. Mädchen bekommen die Schule, wenn überhaupt, nur bis zum 14. Lebensjahr bezahlt. Hier unterrichten wir sie weiter. Es gibt genügend Menschen, die das freiwillig machen. Lehrer, die nachmittags lehren, oder Arbeiter, die ihr Handwerk an die Kinder vermitteln.«

Das ist von Abel erlaubt? Oder interessiert es ihn nicht? Weil es hier nicht um das große Ganze geht, wie beim Studium? Mädchen, die im Stillen lernen, gefährden nicht seine Politik.

Sie führt mich durch eine große Eingangshalle, öffnet Türen, hinter denen Kinder spielen, lernen oder in der Küche helfen.

»Hier ist der Raum für euch. Eva ist in ihrem Büro.« Ruth zeigt auf eine Tür neben dem Klassenzimmer.

»Ihr Büro?«

»Ja, sie kümmert sich um die Rechnungen und besorgt Spenden. Wir erhalten keine Unterstützung von der Regierung.«

Ich bin sprachlos. Bisher habe ich mir vorgestellt, dass Eva mehr eine Figur im Hintergrund ist und das Waisenheim nicht leitet. Aber sie meinte es genauso, wie sie es gesagt hat.

Hitze steigt in mir hoch aufgrund der Scham, bisher vor allem die Augen verschlossen zu haben.

Egal! Jetzt brauche ich mich auch nicht mehr selbst zu strafen. Es ist noch nicht zu spät. Ich straffe die Schultern und betrete das Klassenzimmer.

Der Raum ist gefüllt mit Tischen und Stühlen, die zu einem Kreis aufgebaut sind. Eine große Tafel hängt links an der Wand und die ehemals grauen Wände sind gelb gestrichen worden. Es wirkt beinahe freundlich.

Ich setze mich und hole meine Datentafel heraus. Sichte die Zeitungsartikel, die mit jedem Tag weniger werden.

Die Tür geht auf und Aaron kommt herein. Müde und mit schiefer Krawatte. Ich stehe auf. Ich habe ihm gestern nicht persönlich von unserem Treffen erzählt, sondern bin besonders früh zur Krankenhausschicht gefahren. Nur eine Nachricht habe ich ihm hinterlassen, weil ich mich davor drücke, ihm recht zu geben.

Jetzt aber, Martha. Ich gehe ihm entgegen.

Er zieht eine Augenbraue hoch und ich würde ihn am liebsten boxen. »Wer sind Sie denn?« Seine Mundwinkel zucken. »Kennen wir uns?«

»Sehr witzig.« Ich verschränke die Arme vor der Brust. Er muss es mir aber auch schwer machen.

»Ich bin mir sicher, Sie irgendwo schon mal gesehen zu haben, ich weiß nur nicht mehr, wo.« Er legt einen Finger an sein Kinn und starrt zur Decke, als würde er überlegen.

Ich weiß, worauf er anspielt. Dass wir uns seit Wochen kaum gesehen haben. Immer war einer von uns beiden arbeiten.

»Ist ja gut, Blödmann. Ich weiß noch genau, wer du bist. Ein arroganter Rechthaber.« Ich kann nicht anders und schubse ihn.

Er ist schneller und hält mich fest. »Ich bin mir nicht ganz sicher. Bist du sauer auf mich, weil Abel nicht das macht, was du willst?«

Ich stocke und schaue in seine Augen. Ernst blicken sie mich an, aber auch ein leichtes Funkeln ist zu erkennen. Er will mich aufziehen.

»Vielleicht, vielleicht bin ich auch nur sauer auf dich, weil du dich immer aufspielst und meinst, die Weisheit mit Löffeln gegessen zu haben.«

»Ich kann nichts dafür, Fräulein Martha, ich bin so schlau geboren.« Er grinst und zieht mich an sich.

Dieser elende …! Er weiß, wie sehr ich es hasse, so genannt zu werden.

Ich möchte etwas erwidern, aber sein typischer Geruch nach Erde, vermischt mit einem Hauch Rasierwasser, und seine Nähe lassen die Worte ins Nirgendwo verschwinden. Ich falle an seine Brust und lege meine Arme um ihn.

Aaron hält sich nicht zurück und lässt seine Hände an mir herunterwandern. Fest presst er seine Lippen auf meine und ich seufze leise.

Das Öffnen der Tür unterbricht unseren Kuss. Aaron hält mich weiterhin im Arm, während wir unsere Köpfe umdrehen.

Eva betritt den Raum und erinnert mich daran, warum wir eigentlich hier sind. Zu klären, ob Abel unser Freund oder Feind ist.

Sie grinst. Diesmal wird Aaron rot.

»Na, ihr beiden. Chamuel und Ariel verspäten sich.«

»Hallo Schwesterherz. Jetzt bin ich aber gespannt, warum ihr mich so früh von der Arbeit hergeholt habt. Nicht, dass ich undankbar bin.« Er streicht mir eine Strähne aus dem Gesicht.

»Zuerst solltet ihr eure Uhren ablegen.« Eva reicht uns eine Kiste und ich lege meine hinein. Der Abdruck an meinem Handgelenk ist wie ein mahnendes Zeichen. Ich unterdrücke ein Schaudern.

Chamuel betritt das Klassenzimmer und wirft ebenfalls seine Uhr in den Behälter.

Er begrüßt Eva – etwas dezenter als Aaron mich – und wir setzen uns an einen Tisch. Jeder mit einer Datentafel vor der Nase. »Ariel ist unterwegs. Lasst uns anfangen, wer weiß, wo sie ist.« Er fährt mit den Fingern über seinen Bildschirm.

»Also«, fange ich an. Ich sitze auf der Stuhlkante. Mein Körper ist angespannt und am liebsten möchte ich etwas tun und nicht nur reden – jetzt, da ich kapiert habe, dass Abel der ist, für den ich ihn von Anfang an gehalten habe. Jemand, dem man nicht trauen sollte. »Ich bin unzufrieden. Ich weiß, dass ich Geduld brauche, alles braucht seine Zeit. Aber«, ich hebe meine Hand, »ich habe das Gefühl, dass die Entwicklung eine falsche Richtung genommen hat.«

Aaron nickt. »Bis auf das Wahlrecht der Frauen, was wichtig für Abel war, um den Posten als Präsidenten zu erlangen, hat er keine Frauenrechte in die Wege geleitet. Stattdessen schart er eine Gruppe von Anhängern um sich und alle, die Kritik äußern, werden auf die eine oder andere Weise entfernt.«

»Nachrichten werden sofort gelöscht, sobald sie Informationen enthalten, die negatives Licht auf Abel werfen.« Chamuel fährt sich mit den Händen über das Gesicht und streicht seine Haare nach hinten, die ihm sofort wieder in die Augen fallen. Es fällt bei ihm weniger auf, weil er nicht so viel Wert darauf legt wie Aaron, aber auch er bräuchte dringend mal wieder mehr Schlaf und eine Begegnung mit einer Haarschere. »Meine Reporter bekommen Drohungen, wenn sie nachforschen, wie die Gleichverteilung sich tatsächlich auf die Bevölkerung auswirkt. Ich kann keinen Artikel freigeben, den Abel nicht bewilligt. Da sind wir von Presse- und Meinungsfreiheit ganz weit entfernt.«

»Das Recht auf Bildung ist nicht allen gewährt«, wirft Eva ein. Sie stützt die Unterarme auf dem Tisch ab und schlingt die Hände ineinander. »Vom gemeinsamen Unterricht an den Schulen ganz abgesehen. Beim Gottesdienst rotten sich Männer zusammen, die abends durch die Straßen ziehen und Frauen angreifen, die nicht in das alte Bild passen.« Eva schaudert bei dem letzten Satz und Chamuel legt seine Hand auf ihre verschlungenen Finger.

Aaron setzt sich gerade hin. Ich weiß, woran er denkt: Ich allein im Dunkeln auf dem Weg zur Arbeit. Aber es kann doch nicht sein, dass wir Frauen uns weiterhin hinter den Rücken von Männern verstecken müssen!

Eva zählt weiter auf: »Neben dem Wahl- und Bildungsrecht wäre es am dringlichsten gewesen, Frauen ein Finanzrecht zuzugestehen. Jede Rechnung, die ich für das Waisenheim begleichen will, muss ich über Aaron oder Chamuel abwickeln, weil ich kein Konto eröffnen darf.«

Ich schließe für einen Moment die Augen. Es ist so viel zu tun. Wie lange ist Abel Präsident? Sind wir zu fordernd? Braucht es mehr Zeit? Aber selbst Aaron und Chamuel sind der Meinung, er hätte etliches anders und besser machen können. Ich seufze und hebe die Lider. »Vom Recht zu studieren muss ich euch nichts sagen. Dass die Frauen sich selbst untereinander nicht einig sind, ist eine andere Sache, aber Fakt ist, dass Abel eine Richtung eingeschlagen hat, die wir nicht wollen. Die es aufzuhalten gilt. Die Frage ist nur, was ist die Alternative zu einer erneuten Herrschaft?«

In diesem Moment platzt Ariel herein. »Tut mir leid, dass ich zu spät bin. Aber ich hatte meine Uhr vergessen. Und die Schutzwehr hat mich aufgehalten. Also musste ich wieder zurück, sie holen und …«

»Das sollte dir ab sofort nicht mehr passieren!«, rügt Chamuel seine Schwester.

Bei denen hängt wohl der Haussegen schief.

»Jetzt hör mal …« Ariel bleibt mitten im Raum stehen und reckt herausfordernd das Kinn.

Er fuchtelt mit der Hand in der Luft und sie pfeffert ihm ihren Rucksack entgegen.

»Abel beobachtet uns. Er wartet nur darauf, dass wir einen Fehler machen.« Chamuels Blick wird weicher und er rückt seiner Schwester einen Stuhl zurecht.

»Ist ja gut«, gibt Ariel nach und setzt sich zu uns.

Ist die Angst der Jungs berechtigt? Sind wir ins Visier von Abel geraten? Will er nicht mehr das, was er uns einst versprochen hat?

4. Teil

NIEDERLAGE

Verdammt
Es ging
Vorbei, viel schneller
Als wir es wollten
Die heißen Flammen erloschen
Von ihnen wurden sie erstickt.
Alles ist kalt. Ich bin allein.
Ich schreie ins Leere
Doch nicht mal mein
Echo antwortet
Mir.

@Zeinab Hodeib

Unter seiner Kontrolle.

Ich bin erschlagen von der Nachtschicht. Selbst das salzige Wasser aus dem Wasserhahn kann die Müdigkeit nicht aus meinen Gliedern vertreiben. Die Diskussion gestern im Waisenheim sitzt mir im Nacken. Wann ist mein Ziel, Ärztin zu werden, der Aufgabe, Abel zu bekämpfen, gewichen? Ich sollte mich auf die Uni vorbereiten, auch wenn es nicht so läuft, wie ich es mir wünsche.

Meine Uhr klingelt. Eine Ankündigung aus dem Regierungszentrum. Der neue Präsident hält eine Rede für sein Volk. Aha, der Herr bequemt sich endlich unter seinesgleichen.

Ich bin alleine. Eva und Ariel sind in der Schule und Chamuel und Aaron arbeiten.

Meine Gedanken wandern zu Lillit. Ich wünschte, sie wäre hier und könnte mit mir zusammen fluchen. Ich sende ihr eine Nachricht. Sie wird abgeschickt, doch ich erhalte keine Empfangsbestätigung. Genau, wie die Male zuvor.

Seufzende gehe ich ins ehemalige Damenzimmer der Wohnung und schalte den großen Bildschirm an. Vielleicht wird die Rede alles aufklären. Zum Besseren. Unsere kleine Verschwörungstheorie ins Lächerliche ziehen. Möglicherweise nimmt er die Frauen endlich ins Grundgesetz auf und stellt uns mit den Männern gleich?

Ich schüttle den Kopf, glaube mir das selbst nicht. Aber die dumme Hoffnung lässt sich nicht vertreiben.

Ein Menüpunkt führt mich schnell zu der Presseerklärung von Abel. Rot leuchtend steht da: ›Aktuell!‹

Brandneue Fotos von Abel erscheinen. Er steht auf einer Art Bühne und wird von unten beleuchtet. Sein Blick verliert sich in der Ferne, schaut nicht einmal direkt in die Kamera. Er wirkt wie ein König und nicht wie der Präsident des Volkes.

Ich könnte würgen.

Dann geht es los. Er begrüßt uns und redet davon, dass eine neue Ära anbrechen würde. Er und sein Regierungsrat hätten in den letzten Wochen hart gearbeitet und er wisse die Anstrengung jedes einzelnen Arbeiters zu würdigen.

»Ich stehe vor einer großen Aufgabe: Das Aufbrechen alter Strukturen«.

Mich fröstelt es. Ich erinnere mich, wie er die Menschen in der schwarzen Zone gegen die Bürger aufgewiegelt hat. Und dennoch hat er Aaron ohne Bedenken in seine Reihen aufgenommen. Ich hätte da schon stutzig werden müssen. Sein Vertrauen zu Aaron hat mich glauben lassen, er meinte ernst mit jedem Einzelnen von uns. Aber in Wirklichkeit hat er meinen Freund und mich nur benutzt. Wie konnte ich nur so dumm sein?

»Jahrhundertelang haben wenige Menschen sich erdreistet, die Gewinne unserer Insel für sich zu behalten und den Rest der Bevölkerung wie Sklaven zu halten. Diese Zeit ist vorbei.«

Ich rücke auf dem Sessel bis ganz nach vorne. Wische meine schweißnassen Hände an meiner Hose ab und ignoriere die aufkommenden Kopfschmerzen.

»Jeder bekommt, was er verdient. Die Arbeiter ihren Lohn für ihre Mühen, das Bürgertum seine Strafe für die jahrelange Unterdrückung einer ganzen Bevölkerungsschicht. Ich bin einer von Ihnen, liebe Arbeiter!«

Bist du das wirklich, Abel? Ich fange an, zu zweifeln. Er wirkt so selbstsicher. Seine Sprache … die sich schon immer von unserer unterschieden hat. So hochgestochen.

»Ich habe nur Ihr Wohl im Kopf.« Diesen Satz lässt er kurz im Raum stehen.

Ich denke an früher, wie er die Kinder gezielt in seinen Bann gezogen hat, um seine Macht unter den Rebellen zu stärken. Mit Worten und Verlockungen. Die ihren kleinen Herzen wie ein Leuchtfeuer in ihrem tristen Leben erschienen sein müssen. Mir wird kalt.

»Ich sehe es als meine Pflicht, die Ressourcen und Güter der Insel unter meine Kontrolle zu nehmen, um diese gerecht und gleich auf alle zu verteilen.«

Unter seiner Kontrolle. Nicht unter der Kontrolle der Regierung oder Insel. Hat er sich versprochen? Oder wird er nur ein weiterer Herrscher?

»Die Fabriken gehören nicht mehr den Bürgern, die die anderen ausgebeutet und unterdrückt haben, nein, sie gehören den Arbeitern und der Insel. Und das werde ich sicherstellen. Hier und heute verspreche ich Ihnen das.«

Sein Gesicht wird in Nahaufnahme gezeigt. Ich suche nach Anzeichen, dass ich ihm vertrauen kann, doch sein Blick ist gleichgültig und sein Lächeln so unecht wie die Vitrine hinter mir, die aus dem Kunststoff der Variabilispflanze und nicht aus echtem Glas besteht.

Aus was bestehst du, Abel?

»Jeder Bürger wird für seinen unrechtmäßig gelebten Wohlstand durch einen finanziellen Ausgleich bestraft. Die Höhe dieser Strafe wird durch die Regierung festgelegt und ist abhängig von früherem Stand und Ring des Bürgers. Wer die Summe nicht zahlen kann, muss diese durch Arbeit erbringen.«

Mir wird schwindlig. Was bedeutet diese Ankündigung? Ist das gut? Aber …

»Damit komme ich zum nächsten Punkt. Ich weiß, dass sich viele Inselbewohner Sorgen um die Wirtschaft der Insel machen. Ich kann Ihnen versichern, dass wir über genügend Ressourcen verfügen. Vieles hat Adam nicht offengelegt. Unsere Gebirge bestehen aus wertvollen Rohstoffen, die es nur abzubauen gilt. Das wiederum schafft Arbeitsplätze und eine neue Form von Produktionsketten.«

Abrupt stehe ich auf. Wie bitte? Was für Rohstoffe? Edelsteine? Metalle? Dunkel entsinne ich mich, dass er mal davon gesprochen hat. Ich weiß noch, wie verwundert ich war, woher er das wusste.

»Jedes Jahr wird der Rat für Versorgung und Produktion einen Plan herausgeben, was erwirtschaftet und produziert werden muss. Die Erträge werden gerecht auf alle Arbeiter verteilt werden.

Auch die Frauen wurden zu lange nicht beachtet. Sie leisten einen wichtigen Beitrag zu unserer Gesellschaft, weswegen ihrem Wunsch nach Bildung entsprochen wird.«

Ich halte die Luft an und trete ganz nah vor den Bildschirm.

»Der Mann wird weiter für sie zuständig sein. Wir lassen niemanden in Stich, vor allem nicht unsere Inselmütter. Doch junge Mädchen sollen die Chance bekommen, sich in für sie geeigneten Bereichen wie Pflege, Pädagogik und Hauswirtschaft weiterzubilden.«

Ich schlage auf das Gehäuse des Bildschirmes und schreie: »Lügner!«

Er hat es versprochen! Dass ich Medizin studieren darf. Heiß trifft mich sein Verrat. Ich muss mich zurückhalten, nicht den großen Datenrechner zu zertreten.

»Die Schutzwehr wurde neu aufgestellt. Sie dient Ihrer Sicherheit, wird inländische Feinde rechtzeitig ausfindig machen und uns vor ausländischen schützen.«

Den Rest verstehe ich nicht mehr. In meinen Ohren rauscht es. Ich sehe sein Gesicht und frage mich, wie es dazu kommen konnte, dass ich diesem Mann vertraut habe. Bin ich mit Schuld daran, dass er jetzt auf dem Thron sitzt und König spielt?

Zitternd wähle ich Aarons Nummer, aber er nimmt den Anruf nicht an.

Was werden die Rebellen, mit denen ich Seite an Seite gekämpft habe, davon halten? Sitzen sie nicht in Abels Regierungsrat? Haben sie mich alle belogen? Oder fühlen sie sich genauso betrogen wie ich? Was machen Helene und Salome? Gehen sie mit Abel oder stehen sie genauso entsetzt da wie ich?

Endlich klingelt meine Uhr. Eva.

»Was soll das bedeuten?«, schreit sie mir ins Ohr. »Wir werden bestraft? Muss ich zurück ins Lager?« Ihre Stimme bricht und ihr Atem geht schwer.

Ich höre Ariel, die auf sie einredet. »Du musst dich beruhigen!« Was nicht wirklich hilfreich ist, denn Eva weint immer heftiger.

»Eva!«, brülle ich sie an. Sie ist sofort leise. »Komm nach Hause«, sage ich wesentlich sanfter. »Ariel soll dich zu mir bringen. Hast du verstanden?« Ich atme tief durch. Für meine Wut auf mich selbst ist jetzt keine Zeit. Ich muss mich zusammenreißen.

»Ja«, haucht sie.

»Ist klar, Martha. Wir sind auf dem Weg«, sagt Ariel im Hintergrund und der Anruf wird beendet.

Ich rufe erneut Aaron an. Es tutet. Niemand nimmt ab. Was treibt der Kerl nur? Ich gebe auf.

Meine Gedanken überschlagen sich. Abel hat davon gesprochen, die Bürger zu bestrafen. Sie sollen bezahlen.

Meine Uhr blinkt auf. Leider nicht Aaron.

»Wo ist Eva?« Chamuel keucht durch den kleinen Lautsprecher.

»Sie kommt nach Hause, Ariel ist bei ihr«, versuche ich, ihn zu beruhigen.

»Nicht nach Hause, sie sollen sich im Waisenheim verstecken. Ich fahre dorthin. Du auch.« Seine aufgeschreckte Stimme verursacht mir eine Gänsehaut.

»Was, wieso? Du glaubst doch nicht, dass Abel dich und Aaron bestrafen wird?«

»Ich hoffe es nicht.«

Ich lege auf und schnappe meine Sachen. Im Flur halte ich inne.

Ich war und bin keine Bürgerin, aber ich habe Abel oft Widerworte gegeben. Wird er mich bestrafen? Wird er meine Freunde bestrafen, weil sie die Kinder von Bürgern sind?

Vielleicht sollte ich …

Jeweils eine Stufe überspringend eile ich nach oben zum Geheimversteck und nehme alles, was ich an Geld-Chips finden kann, und mache mich auf den Weg ins Waisenheim. Unterwegs rufe ich Ariel an und sage ihr unseren neuen Treffpunkt.

Im Waisenheim kommt mir Ruth entgegengelaufen. Ihr Gesicht ist fleckig und sie fährt mit den Händen durch die Luft. »Hast du es gehört? Ich kann bald studieren. Pädagogik. Ist das nicht wundervoll? Im Netz sagen sie, dass die Zugangsvoraussetzungen nicht so hoch sind wie für die männlichen Studiengänge, deswegen können mehr Mädchen diesen Weg gehen. Also auch ich!«

Ich bleibe stocksteif stehen. Meine Gedanken rasen.

Ruth freut sich über die Ansprache. Kann ich ihr vertrauen? Was soll ich tun? Die anderen anrufen, damit sie sich woanders verstecken?

Doch die Zeit rennt. Mir bleibt nichts anderes übrig. Ich lege meine Uhr ab und schmeiße sie neben die Eingangstür. Eigentlich ist es bereits zu spät dafür. Sollten wir rund um die Uhr bewacht werden, weiß Abel, wo wir sind. Aber so sollte er uns zumindest nicht mehr hören können.

»Eva und Ariel werden gleich eintreffen, genauso wie Chamuel und hoffentlich Aaron. Sollte jemand Fremdes kommen und nach ihnen fragen, sage nichts. Verrate sie bitte nicht!«

»Verraten? Wieso verraten? Was meinst du? Sie sind doch nicht die Bürger, die Abel bestrafen will.« Sie lacht gekünstelt.

»Ja, bestimmt nicht, aber ich denke, am Anfang wird alles ziemlich drunter und drüber gehen, und Eva, sie hat Angst … vor dem Lager. Das verstehst du doch?« Mein Herz rast. Was ist, wenn ich mich in ihr täusche?

Ruth wird blass und nickt. »Sie sind hier sicher, bis Abel dafür sorgt, dass niemand sie anfeinden kann.«

Ich bin erleichtert.

In diesem Moment geht die Tür auf und Eva und Ariel betreten das Waisenheim. Ruth nimmt Eva sofort in den Arm.

»Eva, Liebes, du brauchst keine Angst zu haben. Dir wird nichts geschehen. Abel weiß doch, auf welcher Seite ihr steht. Keine Angst, ihr könnt hier erstmal warten, bis sich alles ein wenig legt. In ein paar Tagen rufen wir bei der Regierung an und klären die Sache. Jetzt geht es da bestimmt hoch her.«

Ich ziehe Eva aus Ruths Armen und nehme ihr und Ariel die Uhren ab.

Ruth versteift sich. »Wieso? Weshalb?«

Ich antworte nicht und reiße ihr ebenfalls die Uhr vom Handgelenk ab.

»Au!«, schreit sie auf und reibt sich über die Haut. Wütend funkelt sie mich an.

»Reine Vorsichtsmaßnahme. Nicht, dass jemand heute übereifrig ist«, erkläre ich mit einem angestrengten Lächeln.

Sie nickt steif. »Wenn du meinst.« Sie wendet sich wieder Eva zu. »Aber jetzt kommt erst mal.« Ruth nimmt sie an die Hand und führt uns in die Küche. Sie serviert Tee und redet in einem fort. Arbeiter, die gerechter entlohnt werden sollen, Ausbildungen für Mädchen.

Das klingt gar nicht so falsch, doch ich erkenne Abels Absichten. Er füttert die Menge, um sie ruhig zu stellen.

Immer wieder kehre ich zur Uhr zurück. Es muss bereits eine gefühlte Ewigkeit vergangen sein, doch noch immer ist kein Anruf von Aaron eingegangen. Meine Angst malt sich das Schlimmste aus, dass er verhaftet wurde, verschleppt wird und in den Bergwerken arbeiten muss. Ich bin bereits wieder auf dem Weg zur Küche, da klingelt endlich meine Uhr. Ich sprinte zurück. Das Display zeigt Aarons Namen. Mit zitternden Händen nehme ich den Anruf an.

»Ist Eva bei dir?«

»Ja, Ariel auch. Wir sind im Waisenheim. Chamuel wollte zu uns stoßen, aber er ist noch nicht da. Was ist mit dir?«

»Ist eine lange Geschichte. Es wird sich nur einiges ändern. Ihr könnt nach Hause. Ich bin gleich da. Und Martha?«

»Ja?« In meinem Kopf rattert es.

»Kannst du bitte die alten Socken zusammensuchen und einpacken?«

Ich stutze. Das Geheimversteck ist Aarons Sockenschublade. »Ja, klar. Ist schon längst geschehen.«

Zuhause angekommen, geht Eva direkt in die Küche und fängt an, Gemüse zu schneiden. Sie ist nervös, weil sie Chamuel nicht erreicht. Sie zittert vor Angst und ich weiß nicht, wie ich ihr helfen kann. Auch ich sorge mich, schreite hinter ihr auf und ab. Ich habe Hunger und gleichzeitig ist mir speiübel. Mein Gestampfe und ihr Geschnibble machen mich kirre, also lasse ich sie allein und kontrolliere oben noch einmal die Sockenschublade von Aaron.

Für einen kurzen Moment gönne ich mir die geschenkte Ruhe und atme durch. Versuche, die Situation zu begreifen. Medizin zu studieren, ist nicht mehr möglich. Säuglingspflege oder die Ausbildung zur Krankenschwester bleiben mir – was lächerlich ist. Ich arbeite schon als Krankenschwester.

Die Bürger sollen bestraft werden. Das betrifft nicht mich. Aber Aaron. Eva. Chamuel und Ariel. Können sie zahlen?

Ich schütte die Chips von einer Hand in die andere. Dann haben wir keine Rücklagen mehr.

Wir arbeiten alle, bis auf Eva und Ariel. Unser Einkommen sollte reichen, sofern Aaron und Chamuel ihre Stellen behalten dürfen. Mit nur einem Gehalt wird es schwierig.

Wird es eine Säuberung geben? Wie weit wird Abel gehen?

Ich spüre das vertraute Ziehen in meinem Magen. Früher war es Hunger, der mir Schmerzen bereitet hat. Heute ist es die blanke Angst vor dem, was kommt und ich mit zu verantworten habe.

Ich wanke müde die Treppe hinunter und setze mich zu Ariel an den Küchentisch. Sie versucht, eine Möhre zu schälen, die mittlerweile rote Flecken hat.

»Mit Fleischbeilage?«, frage ich angewidert.

»Sehr witzig. Das Ding zieht mir die Haut von den Fingern. Versuch du es doch mal.«

Ich nehme den Schäler und zeige es ihr. Immer schön weg vom Körper, wie es mir Eva erklärt hat. Grinsend blicke ich zu Ariel, die sich ihre Finger in den Mund steckt. Dann wende ich mich Eva zu, die mit einem Messer einer weiteren Rübe den Garaus macht.

»Dein Bruder kommt gleich nach Hause. Er meint, wir müssen uns keine Sorgen machen.«

Sie reagiert nicht. Ich seufze und gehe zu ihr. Lege einen Arm um ihre Schultern und drücke sie.

Schluchzend lässt sie ihren Tränen freien Lauf. »Die haben davon geredet, dass die Lager voll sind von Bürgern, die sich nicht beugen wollten. Ich weiß, dass Rahel mich im Stich gelassen hat, aber was ist, wenn sie oder eines der anderen Mädchen dort sind? Ich dachte, er wollte es anders machen als Adam.«

Ich streiche ihr sachte über den Rücken. »Das glaube ich nicht. Sie müssen nur zahlen.« Dass Eva noch immer an ihre alten Mitschülerinnen denkt, sagt alles über sie aus.

»Vielleicht«, sagt sie leise und widmet sich wieder der Suppe.

Zumindest gehe ich davon aus, dass es eine Suppe wird, denn sie wirft alles in einen Topf. Als sie die Schalen ebenfalls hineinwerfen will, berühre ich sie am Arm. »Ich will dir ja ungern reinreden, aber ich glaube, das gehört nicht da rein.«

Sie hält inne und schüttelt den Kopf.

Ein Geräusch aus dem Flur lässt mich stutzen und ich lausche. Schritte erklingen und ich greife nach einem Messer. Ich zwinge mich, mich langsam umzudrehen, um Eva nicht zu erschrecken.

Aaron erscheint im Türrahmen. Ich lasse erleichtert das Messer fallen und taumle mit zittrigen Knien zwei Schritte auf ihn zu. Er sinkt auf einen freien Stuhl. Dunkle Augenringe werfen Schatten auf seine Wangen.

Eva stürzt an mir vorbei und kauert sich auf seinen Schoß. Er hält sie fest und flüstert ihr beruhigende Worte ins Ohr.

Die Hausklingel übertönt Evas Schluchzen und hallt in der Wohnung nach.

Angstschweiß dringt aus jeder Pore meines Körpers, aber ich gehe langsam in den Flur.

Stille. Ich höre nur meinen eigenen Atem.

Dann klingelt es erneut an der Wohnungstür.

Ich zucke zusammen und muss meine Beine zwingen, weiterzugehen.

Meine Hände liegen auf dem kalten Kunststoff der Tür und ich spähe durch das Guckloch.

Mein Herz setzt einen Schlag aus.

Draußen stehen Männer in grauen Anzügen. Meine Zähne pressen aufeinander und mir ist schwindelig.

Sollen wir so tun, als ob wir nicht zu Hause wären?

Es klingelt zum dritten Mal, dann hämmern sie gegen die Tür. Ich springe zurück.

»Im Namen des Präsidenten, öffnen Sie die Tür, wir haben das Recht, Ihre Wohnung auf Eigentum der Insel zu durchsuchen!«

Es fängt an.

Aaron taucht neben mir auf und ich fahre erschrocken hoch. Er streicht mir beruhigend über den Arm. Mein Gesicht wird warm.

Wie peinlich. Als ob ich eine verängstigte Anemone wäre.

»Mach auf. Abel hat Durchsuchungen jeder einzelnen Wohnung in den Stadtringen angeordnet. Dass sie so schnell bei uns sind, habe ich zwar nicht erwartet, aber wahrscheinlich denkt er sich, wir versuchen, etwas zu verstecken.« Er hebt eine Augenbraue und fasst an meine Hosentaschen. Die Chips in ihnen wiegen auf einmal zentnerschwer.

Ich zögere, öffne dann aber doch die Tür.

Zwei Männer stolpern herein.

Geschieht ihnen recht. Ich setze ein Grinsen auf, verbanne jedes Gefühl von Angst und Sorge.

Die Herren richten sich auf und straffen ihre Schultern.

»Endlich! Im Namen des Präsidenten Abel haben Sie ihr Eigentum der Insel zu übergeben«, fordert uns der Dünnere der beiden auf.

Ihre faltige Haut und ihre Anzüge, die mehr schlecht als recht an ihnen sitzen, weisen sie als Arbeiter aus. Sie müssen in Abels Gunst aufgestiegen sein oder hoffen, auf diese Weise ihr erfahrenes Unrecht zu rächen. Wer weiß schon, was in den Köpfen von Menschen umgeht, wenn ihnen Macht versprochen wird.

Der Kampf um Freiheit ist nicht zu Ende. Nein. Jetzt sind die anderen dran.

Unsere ungebetenen Besucher quetschen sich an uns vorbei und durchkämmen systematisch die gesamte Wohnung nach Wertsachen. Aaron und ich folgen ihnen auf Schritt und Tritt. Ich sehe zu, wie die beiden jede Ecke begutachten. Jede Datentafel wird konfisziert.

Die beiden Männer nehmen keine Rücksicht auf unsere Privatsphäre und durchwühlen Schubläden und Regale. Alles fliegt durcheinander.

Ich gehe mit geballten Fäusten zurück in die Küche. Meine Hände brennen, weil meine Nägel sich ins Handinnere graben. Doch der Schmerz lenkt mich nur teilweise ab. Am liebsten würde ich mitmachen und vor Wut die ausgeräumten Schränke zusammentreten. Oder direkt auf die Männer einschlagen. Ich rede mir ein, dass sie nur Marionetten in Abels Spiel sind. Es kommt nur bedingt in meinem Gehirn an. Angewidert sehe ich zu, wie sie im Flur die Wände abtasten. Eva weint und ich drücke sie fest an mich. Ariel steht mit verschränkten Armen da und geht auch nicht aus dem Weg, als die Herren die Küchenschränke durchkämmen. Aaron hält mich und Eva im Arm. Kein Wort kommt über seine Lippen. Sein Mund ist ein schmaler Strich. Eine Ader an seinem Hals pulsiert.

Das hier wird ein Nachspiel haben, Abel!

Alles den Arbeitern.

Eine Woche später ziehen wir aus. Auf Anweisung des neuen Ministeriums für Bürgerumsiedlung.

Ein Mann, der Mitglied in Abels neuer Regierung ist, hat das Haus sich und seiner Familie zugeteilt bekommen.

Chamuel und Ariel erhalten ebenfalls den Befehl, dass sie ihr Haus unverzüglich verlassen müssen.

Zum Glück haben wir damit gerechnet. Aaron hat immer noch Freunde im Zentrum, die ihm diese Information rechtzeitig mitteilen konnten.

So wussten wir, welche Maßnahmen sich Abel für die Bürger überlegt hat.

Alle, die unter dem damaligen Präsidenten Adam nicht gearbeitet haben, sind von Strafen, abgesehen von der Eigentumsabgabe, ausgenommen. Damit haben meine Freunde Glück gehabt, sie sind zu jung und ihre Eltern bisher nicht aufgetaucht.

Besonders hart trifft es damit aber die Kinder von den ehemaligen Bürgern. Eltern werden verhaftet, wenn sie ihre ›Schulden‹ nicht bezahlen können.

Einige Minderjährige sind ins Waisenheim von Eva gezogen. Darunter ein Mädchen mit ihrem Bruder, der gerade ein paar Monate alt ist. Ich frage mich, wohin die Kinder gehen, die den Weg zu uns nicht finden. In die schwarze Zone?

Chamuel wurde wie Aaron degradiert. Er assistiert jetzt dem neuen Leiter der Zeitung. Aaron sitzt an der Datenanlage und rechnet, wie die logistischen Herausforderungen im nächsten Jahr bewerkstelligt werden sollen, damit jede Fabrik bekommt, was sie braucht.

Wir haben beschlossen, uns eine Wohnung im Heim zu teilen, anstatt eine billige Bleibe zu suchen.

Die Wohnung im Dachgeschoss ist klein, aber besser, als in den Kellern der Hochhäuser in den Dienstbotenwohnungen zu wohnen. Selbst Ariel protestiert nicht, als sie eine winzige Kammer bezieht. Ihr ist klar, dass ein neuer Wind weht, der sie eher umpustet, als voranträgt.

Niemand weiß, ob Eva und Ariel am Montag wieder in die Schule dürfen, denn erstmal gehören die Plätze den Arbeitern.

Alles den Arbeitern. Das ist der Wahlspruch von Abel.

Damit versammelt er die größte Bevölkerungsschicht hinter sich.

Ich dachte, dass es vorbei wäre.

Die nächsten Tage gehen mit einer großen Anspannung ins Land. Eva und Ariel unterrichten die Kinder im Heim. Ruth ist die einzige Frau, die vor der Umsiedlung im Waisenheim gewohnt hat und geblieben ist.

Die Versorgung der Kleinen wird schwieriger. Meine Schichten im Krankenhaus werden länger, denn die Arbeiter aus den Zonen kommen wie Tsunamis in das Krankenhaus gerollt, um von der fortschrittlichen Medizin zu profitieren. Die Massen sind kaum zu bewältigen.

Wenn ich das Geld nicht bräuchte, würde ich kündigen. Ich wollte Menschen helfen und nicht dafür sorgen, dass sie besser aussehen.

Die früheren Arbeiter wollen Regenerationslösungen, um jünger auszusehen, Salbenbehandlungen, um Narben loszuwerden, und suchen wegen kleiner Verletzungen die Rettungsstelle auf. Es ist, als ob sie all das nachholen wollen, was ihnen die Jahre zuvor verwehrt blieb.

Wo sind die Rebellen, meine früheren Mitstreiter? Bin ich die einzige, die Abels neue Politik gefährlich und ungerecht findet?

Es herrscht das absolute Chaos. Die Mediziner, die vorher hier gearbeitet haben, wurden entlassen. Stattdessen beschäftigt Abel Ärzte aus den Zonen im Ringkrankenhaus, die weder mit den Neuerungen vertraut, noch der Masse an Neupatienten gewachsen sind.

Wie sieht es in den Versorgungszonen aus, wenn es dort keine Ärzte mehr gibt? Vielleicht sollte ich dorthin zurückgehen. Mein Traum, zu studieren, hat sich ohnehin in Meeresschaum verwandelt.

Müde schiebe ich den Medikamentenwagen durch den Flur. Ich bin alleine. Im Lager angekommen, sortiere ich träge die benötigten Pillen in die beschrifteten Dosen.

Fiebersenkendes Mittel. Schmerztabletten. Regenerationslösungen.

Das Baby, welches mit seiner Schwester ins Heim gezogen ist, hat heute Nacht viel geschrien. Ruth sprach von Ausschlag und erhöhter Temperatur.

Ich halte entzündungshemmende Medizin in einer Hand. Sie wollten morgen zu einem Arzt, aber das kostet Geld, das wir nicht haben.

Ich schließe die Tür ab. Wie fremdgesteuert, steckt meine Hand das Medikament in meine Tasche.

Weiter geht es mit der Sortierung. Immer wieder lasse ich Medizin mitgehen. Ich fühle mich leer, weiß, dass es falsch ist. Es ist Diebstahl, aber ich rede mir ein, dass mir keine andere Möglichkeit bleibt.

Niemand gibt uns Geld für diese Kinder und egal, wie böse deren Eltern vorher waren, sie sind unschuldig! Jemand muss sich um sie kümmern.

Isaak taucht vor meinem inneren Auge auf. Hungrig und schmutzig. Wie er Abel anhimmelt und dieser ihm nicht einmal etwas zu essen abgegeben hat.

Mein schlechtes Gewissen verschwindet.

Ich nutze eine alte, kaputte Dose, um Infusionslösungen zu verstecken, und nehme mit, was ich gebrauchen könnte.

Bei jeder Packung denke ich an Abel. Er wird dafür bezahlen.

Müde aber euphorisch trete ich den Heimweg an. Die Medikamente in meiner Tasche schenken mir neue Zuversicht. Ich fühle mich im Recht. Immerhin arbeite ich für wenig Geld. Das ist meine verdiente Gehaltserhöhung.

Meine Uhr piept. Nachrichten. Ausgewählte von Abel. Es gibt keine Zeitung mehr. Keine freien Journalisten. Nur den Inselrat mit einer eigenen Medienabteilung. Er entscheidet, welche Neuigkeiten die Inselbürger – wie wir jetzt alle heißen – bekommen.

Die Zeitung gehört der Insel. Er ist die Insel.

Im Gehen tippe ich auf den Bildschirm und öffne die Mitteilung. Ich bleibe stehen, so abrupt, dass ich beinahe nach vorne kippe.

Abel plant ein Fest. Den Heiratsmarkt. Auf Wunsch und freiwillig, wie er betont. Bezahlung ist verboten.

»Der beliebteste Tag darf nicht verschwinden«, lässt er verkünden. »Hier bietet sich eine traditionelle Möglichkeit, die neue Ära der Inselbürger zu feiern und sich kennenzulernen.«

Zu Adams Zeiten war es üblich, Mädchen ab 16 Jahren auf einem Markt zu verkaufen. Sie mussten für Männer, die alle über zehn Jahre älter waren, auf Bühnen tanzen. Der Preis am Ende bestimmte ihren zukünftigen Ehemann.

Diesen Tag will er wieder aufleben lassen? – Es wird immer schlimmer!

Ich renne zur Bushaltestelle, mag mir nicht vorstellen, wie es den jungen Frauen geht, die genau deswegen erleichtert waren, Adam losgeworden zu sein.

Die Begeisterung unter den Inselbürgern ist nicht so gering, wie ich erwartet habe. Auf der Busheimfahrt freuen sich die Frauen ebenso wie die Männer.

»Endlich gibt es wieder etwas zu feiern«, erklärt ein junges Mädchen ihrer Sitznachbarin. Sie strahlt über das ganze Gesicht. Malt sich wahrscheinlich schon aus, welches Kleid sie tragen wird.

Mir wird schlecht.

Hinter mir höre ich eine Gruppe von Männern diskutieren. »Hoffentlich läuft dann bald alles wieder seine geregelten Bahnen.«

Ich hätte verstanden, wenn unter den ehemaligen Bürgern Freude herrscht, aber von denen ist hier kaum einer vertreten.

Sie werden systematisch aus den Stadtringen verdrängt, mit Bussen in die Zonen gebracht oder, wie Aaron vermutet, ins Bergwerk. Wer sich hier freut, ist die frühere Arbeiterklasse.

Hatte Ariel recht? Reicht es nicht, die Bürger und Arbeiter gleichzustellen, um die Gleichberechtigung zwischen Frau und Mann voranzubringen? Liegt das Problem tiefer?

Abel löst die sozialen Schichten auf, aber die Frau bleibt dem Mann untergeordnet.

Was ist aber mit den Mädchen, die sich ebenso auf den Tag freuten, der jahrzehntelang die Herrschaft der Männer gestärkt hat? Hat es überhaupt einen Sinn, dagegen anzukämpfen?

Ich denke an das Festland und seine Präsidentin. Wäre das nicht der einfachere Weg? Einfach abhauen und dort neu anfangen?

Zurück im Heim gerate ich in eine wilde Diskussion.

Ruth steht mit Eva vor der kleinen Sitzgruppe in der Eingangshalle und rauft sich die Haare.

Was ist mit ihr?

Ich lege meine DV-Uhr mit meiner Jacke an der Garderobe ab und nähere mich den beiden.

»Das kann er nicht machen! Deswegen haben wir doch gekämpft. Damit es aufhört! Ich will auf keinen Fall zu einem Heiratsmarkt!«

»Das musst du nicht. Das ist freiwillig!« Eva streichelt ihr über den Rücken und drückt sie auf den Sessel. Dann bemerkt sie mich. »Martha!«

Ich glaube, Erleichterung in ihrer Stimme zu hören.

»Hast du die Nachrichten gelesen?«

»Ja«, antworte ich und gehe zu ihnen. »Wo sind die Jungs?«

»Arbeiten.« Eva streckt sich und wendet sich von mir ab. »Ich koche uns mal einen Tee.«

»Ruth, worüber sorgst du dich so?«

»Dieser Heiratsmarkt«, ist alles, was sie sagt und sie bricht in Tränen aus.

»Was ist los?«

»Ich wurde verkauft«, flüstert sie.

Ich schlucke. »Du bist verheiratet?«, frage ich leise. Was ist mit ihrem Mann? Wo ist er? Gestorben?

»Nein. Meine Eltern haben das Geld genommen, der Mann durfte mich benutzen und mich verlassen.« Sie schlägt die Hände vor ihr Gesicht und ich setzte mich auf die Sessellehne.

Benutzt? Vergewaltigt? Auf Wunsch der Eltern?

»Seit meinen 15. Lebensjahr haben sie es so gemacht. Einmal bin ich sogar schwanger geworden. Ich musste es abtreiben, aber ich habe es gesehen. Es war schon ein richtiger Mensch.« Sie bebt am ganzen Körper.

Ich drücke sie fest an mich. Mit 14 Jahren bereits? Selbst Frau Chogla hielt sich an das Gesetz.

Eva kommt aus der Küche, in den Händen ein Tablett mit Tee und Tassen. Sie ist weiß wie ein Laken und bleibt entsetzt vor uns beiden stehen.

»Aber ich durfte es nicht mal in den Arm nehmen. Ich hatte versucht, es geheim zu halten, aber dann haben meine Eltern den Bauch bemerkt.«

Ich beiße mir auf die Zunge. Im Endeffekt war Ruth eine Dirne.

»Oh du Göttin«, ruft Eva aus und stellt das Tablett ab. Sie setzt sich auf die andere Seite von Ruth und nimmt sie ebenfalls fest in den Arm.

»Ich dachte, dass es vorbei wäre. Aber das ist es nicht, oder?«, schluchzt unsere Freundin.

Ich nicke langsam. »Ja Ruth, leider. Abel will die Stellung der Frau nicht ändern. Oder zumindest nicht so, wie Eva und ich das wollen.«

Ruth nimmt ihre Tasse und ich sehe, wie stark ihre Hände zittern. Der Tee schwappt ein wenig über den Rand, aber sie trinkt einen Schluck.

»Ich war nur einmal auf einen Heiratsmarkt, und allein der Gedanke, dass mein Vater mich verkaufen wollte, war furchtbar. Ich mag mir gar nicht vorstellen, wie es dir erging.« Eva hat glänzende Augen.

In der Küche piept etwas.

»Oh, mein Kuchen!« Eva schießt hoch. Mitten in der Bewegung hält sie inne und dreht sich zu Ruth um.

»Geh, bevor er verbrennt«, sagt sie und trocknet sich mit ihrem Ärmel die Augen. Sie streckt sich und seufzt einmal tief. »Es tut mir leid. Die Nachricht, sie hat mich …« Ruth wedelt fahrig mit den Händen in der Luft.

»Ist alles gut. Das ist normal. Du hast Schreckliches erlebt. Das vergisst man nicht auf einmal«, sage ich.

Eva taucht mit einem großen Blech wieder auf.

»Kuchen zum Abendbrot?«, frage ich und ziehe eine Augenbraue hoch.

Eva ist sonst sehr streng, was Essen angeht, besonders bei den Kindern.

»Das ist ein Gemüsekuchen. Ich hoffe, die Kleinen dazu bewegen zu können, etwas Steckrübe zu essen. Herr Ebed hatte leider nichts anderes.«

Herr Ebed hat einen Marktstand. Was er nicht auf dem Markt verkauft, gibt er uns für einen wesentlich günstigeren Preis.

Aber was heißt das, er hatte nichts anderes außer Steckrübe? Abel wird doch wohl keine Probleme mit der Lebensmittelversorgung haben?

Ich lasse mir nichts anmerken und lächle.

»Viel Erfolg!«, wünsche ich ihr.

Sie streckt mir die Zunge raus. »Du musst das auch essen!«

»Das habe ich befürchtet!« Ich lache und stehe auf. Bevor ich esse, brauche ich Wasser auf meiner Haut. Wahrscheinlich muss ich mit dem kalten Badewasser der Kinder vorliebnehmen, aber besser als gar nichts.

Ruth erhebt sich ebenfalls und will in die Küche. Kurz davor bleibt sie stehen und dreht sich zu uns um: »Wir lassen nicht zu, dass unseren Mädchen hier so etwas geschieht, oder?« Ruths Gesichtsausdruck ist hart geworden. »Verspricht es mir!«, fordert sie uns auf.

»Wir versprechen es, Ruth. Den Mädchen hier wird so etwas nie passieren. Sie werden zur Schule gehen und studieren. Und sie werden lieben dürfen und werden geliebt.« Ich hebe die Hand und kreuze meinen Zeige- und Mittelfinger – unser Zeichen für Freiheit und Schwesterlichkeit – und verspreche es damit nicht nur ihr und Eva, sondern auch mir.

Ich weiß nicht mehr weiter.

Am nächsten Morgen begegne ich auf der Treppe unserem Hausmeister, der das wackelige Geländer repariert. Er kommt meist vor oder nach seiner Schicht in der Produktionsfirma in das Waisenheim und hilft hier aus.

»Noah!«, ruft Eva und er seufzt.

»Sie gibt einem keine Atempause, das Fräulein Eva«, sagt er und schlurft die Treppe runter.

Ich folge ihm und hoffe auf eine Tasse Kaffee. Doch leider ist das Pulver aufgebraucht und neues können wir uns nicht leisten. Also Tee.

»Noah, würdest du das bitte für mich unterschreiben.« Evas Stimme dringt aus ihrem Büro bis zu mir. Ungewöhnlich ernst.

»Was ist das?« Die Skepsis ist dem alten Mann anzuhören und ich gehe zu ihnen.

»Die Papiere, um das Waisenheim anzumelden, damit wir von der Grundversorgung bedacht werden. Die mit Aarons Unterschrift wurde abgelehnt. Vielleicht liegt es daran, dass er der Sohn eines Bürgers war. Mit deiner könnte es klappen.« Sie hält ihm mit einer Hand eine Datentafel hin und mit der anderen ein Stift.

»Mhm, wenn ich das unterschreibe, muss ich dann für irgendetwas geradestehen?«

»Du bist dann offiziell der Inhaber des Waisenheimes«, sagt Eva und setzt sich wieder hin.

Mir fällt auf, dass sie ihm nicht in die Augen sieht.

Noah lässt die Datentafel fast fallen. »Aber Fräulein Eva, ich kann das Heim nicht führen!«

»Das wirst du auch nicht. Alles bleibt beim Alten. Aber wir brauchen die Zulassung der Regierung, sonst sind wir von der Grundversorgung ausgeschlossen. Nur mit dem Essen, welches wir Erwachsenen zugeteilt bekommen, werde ich nicht alle ernähren können.«

»Aber das ist verboten«, stammelt er und taumelt rückwärts.

Ich trete näher, bereit Eva zu unterstützen, auch wenn ich nicht begeistert bin, Noah als Heimleiter einzustellen.

»Soll ich die Kinder auf die Straße setzen?« Ihre Stimme ist tonlos. Ihr Blick leer. Sie krallt sich an die Schreibtischkante und ihre Handknöchel sind weiß.

Noah wird blass. »Nein Fräulein Eva, aber …«

»Soll ich die Kinder verhungern lassen?« Ihre Augen schimmern feucht und ihre Stimme zittert. Sie gibt nicht nach.

»Nein, Fräulein Eva.« Noahs Worte sind nur ein Flüstern und er blickt auf seine Füße.

»Soll ich die größeren Kinder ins Bergwerk schicken, damit sie für ihren eigenen Unterhalt arbeiten können?«

Das ist fies. Eva muss mit dem Rücken zur Wand stehen, wenn sie so ein Argument bringt.

»Nein.« Noah sinkt zusammen und tritt an den Tisch zurück.

»Danke, Noah. Du rettest den Kindern damit das Leben«, erklärt Eva und legt ihre Hand auf seine.

Er nimmt den Stift und unterschreibt.

»Ich gehe dann wieder an die Arbeit, Fräulein Eva.«

»Ja, geh nur.« Eva fällt auf ihren Stuhl zurück und schließt die Augen. »Er hat sich freiwillig gemeldet. Es tut mir leid, ihn so auszunutzen. Aber ich weiß nicht mehr weiter. Unser Gespartes ist so gut wie aufgebraucht. Eure Gehälter reichen kaum für die nötigen Unterhaltskosten dieses Hauses. Dazu kommt, dass die Waren auf dem Markt immer teurer werden. Und nur von Steckrüben kann sich kein Kind ernähren.« Sie fingert an der Datentafel herum.

»Ich verstehe schon. In Zeiten wie diesen muss man tun, was getan werden muss.«

Ich erinnere mich an die Wahl. Wie Eva gejubelt hat. Von dieser Freude und Hoffnung ist nichts mehr übrig.

»Außerdem«, redet sie weiter, als ob sie mir nicht zugehört hätte, »wenn Abel uns die Zulassung nicht gewährt, weiß ich nicht, was er mit den Kindern machen wird. Ich habe Angst.« Sie lässt die Tafel sinken. Ihre Wangen sind feucht.

»Nichts wird er mit den Kindern machen! Wir werden dafür sorgen, dass er lernt, nach unseren Regeln zu spielen. In einem halben Jahr ist eine neue Wahl. Dann spätestens wird er abgesetzt!« Meine Stimme ist laut und ich spüre, wie die Wut in mir sich zu Entschlossenheit wandelt.

»Aber wie?«, fragt Eva.

Eine Antwort darauf bleibe ich ihr schuldig, denn ein lautes Piepen dringt durch den Flur. Meine Uhr. Wir haben uns angewöhnt, die Uhren in einer Kiste an der Eingangstür abzulegen. Ich muss mich fertigmachen, wenn ich den Bus erreichen will.

Bei meiner Rückkehr am Nachmittag ist das Heim still. Ich begrüße die Kinder mit Ruth im Spielzimmer.

Müde wanke ich die Treppe in die dritte Etage.

Ein kleiner Flur verbindet alle Zimmer, die kaum größer als eine Kammer sind. In ganz früheren Zeiten muss hier das Dienstpersonal gewohnt haben – bevor die Hochhäuser entstanden sind und diese in den Keller ziehen mussten.

Nicht alle Zimmer sind genutzt. Aaron und ich teilen uns eines.

Ich mache mich im Bad frisch und überrasche Aaron und Eva in unserem Schlafzimmer auf dem Bett. Er bemerkt mich und kommt zu mir. Eva schluchzt und ich befürchte schlechte Nachrichten. Wir treten zurück in den Flur und er zieht die Tür ein Stück ran.

»Ich habe heute erfahren, dass unsere Eltern gestorben sind, getötet beim Verhör.«

»Wie …?« Ich spüre, wie mir die Gesichtszüge entgleisen. »Ich meine, wie hast du es erfahren?«

Seine Mimik hat etwas Gequältes. Gibt er sich die Schuld daran? Weil er der Verräter war? Aaron ist zu den Rebellen gewechselt und Eva ist deswegen im Umerziehungslager gelandet. Sind seinetwegen ihre Eltern gestorben?

Ich sehe durch den Türschlitz zu Eva. Versteinert sitzt sie auf dem Bett und knetet ihre Hände.

»Ich habe gesucht, heimlich, und heute den Eintrag gefunden. Auch die Namen von Chamuels und Ariels Eltern. Die beiden wissen Bescheid.«

Ich nehme ihn in den Arm.

»Es war nicht deine Schuld«, flüstere ich ihm ins Ohr und küsse seinen Hals. Ich spüre, wie er erschaudert, und er drückt mich fest an sich. »Ich lasse euch allein. Ihr wollt bestimmt darüber sprechen.«

Aaron nickt und küsst mich auf den Mund.

»Danke«, flüstert er und schenkt mir sein typisch schelmisches Lächeln.

Die Beziehung zu ihren Eltern soll schwierig gewesen sein. Aaron ist fünf Jahre älter und war mehr Vater und Mutter für Eva. Er hat sie gefüttert, getröstet und ihr das Lesen beigebracht. Das hat mir Eva erzählt, weswegen sie auch so wütend war, dass er sich von ihr zurückgezogen hat und am Ende herauskam, dass er sie außen vorgelassen hat.

Die Sehnsucht nach meiner Mutter überfällt mich und ich presse eine Hand auf meine Brust. Sie hat den Wohlstand für ein freies Leben hinter sich gelassen und sich erniedrigt, um mir eine Mutter sein zu können. Wäre sie nicht in die schwarze Zone geflüchtet, wer weiß, wo ich jetzt stünde.

Dieses Opfer darf nicht umsonst gewesen sein!

Es hat sich gar nichts geändert.

Ich warte an der Bushaltestelle. Mir gegenüber steht ein Haus vollgeschmiert mit Karikaturen und Drohungen. Ich probiere, die Wörter zu entziffern, und lege den Kopf schief.

»GIB UNS UNSERE ARBEIT WIEDER!«

»WIR HABEN HUNGER!«

Die verzerrten Zeichnungen stellen Abel mit einer Peitsche und einem Sack dar, welchen er über die Fabriken stülpt. Ich schaue, ob ein Auto kommt, und gehe über die Straße. Ein längerer Text hat meine Aufmerksamkeit geweckt. In roter Farbe steht an der schmutzigen, grauen Häuserwand:

Der Handel bricht ein.
Du brichst uns das Genick.
Fabriken schließen,
Du kannst uns bald erschießen.

Ich denke an Aarons und Chamuels Meinung über das Führen der Fabriken. Die Produktion wird eingestellt und damit werden keine Arbeiter mehr gebraucht. Die Wut dieses Schreibers ist dieselbe wie meine über Abels Verrat an den Frauen.

Unsere Söhne graben nach Schätzen.
Du gräbst unser Grab.
Unser Blut und Schweiß
Dein Verdienst und Fleiß.

Was meint der Dichter damit? Die Bergwerke?

Wir Frauen sind schwach,
ist das deine Meinung?
Wir Frauen sind nichts wert,
ist das, was du denkst?

So furchtbar die Worte sind, ich bin so wach wie nie zuvor. Der Dichter ist eine Frau!

Und nicht nur das. Fakt ist, wir sind nicht die Einzigen, die wütend sind, und das muss Abel klar sein oder es muss ihm deutlich gemacht werden.

Ich knacke zufrieden mit den Fingergelenken. Das Feuer in mir wütet.

Ich setze mich wieder an die Haltestelle und warte. Unruhig wippe ich mit den Füßen und überlege, was wir tun können. Wie können wir die anderen Frauen finden und treffen, ohne das Abel uns direkt in die Quere kommt? Es kommt mir vor wie eine Wiederholung. Als hätte es die Rebellion gegen Präsident Adam nie gegeben.

Im Bus reden die meisten wieder von dem anstehenden Heiratsmarkt. Ein kluger Zug von Abel. Die perfekte Ablenkung von seiner Misere und dem Elend auf der Straße.

Die Frauen, die sich eine Sitzreihe vor mir über ihre Kleidung auf dem Heiratsmarkt unterhalten, rufen die alten Zweifel wieder hervor. Vielleicht sind die meisten zufrieden mit ihrem Schicksal?

Im Heim treffe ich auf Ruth. Sie scheucht die Kinder die Treppe hoch und singt ein Lied über eine Seeschlange. Ich lege meine Uhr ab.

Eva steht in der Küche und räumt auf. Ich gehe zu ihr und helfe.

»Glaubst du, die Frauen sind zufrieden mit Abels Politik?«, frage ich sie nach einem Blick auf ihr leeres Handgelenk.

Sie schaut auf. »Nein, auf keinen Fall! Die meisten sind unzufrieden mit ihrem Schicksal, als Frau auf der Insel zu leben. Sie werden sich versteckt halten wie wir.« Sie stellt den Besen an die Wand. »Warum fragst du und wie kommst du darauf?«

»Weil ich im Bus nur die andere Seite zu hören bekomme.« Ich wische die Arbeitsfläche ab.

Sicher, Eva und Ruth, die werden nicht zufrieden sein. Aber die anderen? Woher können wir das wissen?

Jemand betritt die Küche und ich drehe mich um.

»Wir spüren hier nur einen Bruchteil. In den Zonen dürfte es anders aussehen, auch wenn Abel uns was anderes glauben machen will.« Aaron greift sich eine Tasse und gießt sich Wasser ein.

»Was meinst du damit?«, frage ich.

»Es gibt Stimmen, die sich dagegen auflehnen, aber sie werden leise gehalten. Wer zu laut ist, verschwindet. Das macht Angst.« Er trinkt und beobachtet mich über den Rand seiner Tasse.

Der Spruch an der Häuserwand muss mehr bedeuten, als ich ahne.

»Es hat sich gar nichts geändert. Präsident Adam oder Präsident Abel. Da gibt es keinen Unterschied«, sagt Eva und setzt sich zu Aaron.

Meine Gedanken kreisen. Um die Frauen, die nicht auf den Heiratsmarkt gehen wollen. Es muss sie geben. Ich denke an Klara und Rahab aus dem Rebellenzentrum Südwest. Salome und Helene. Die Maßnahmen gegen die Bürger dürften nicht spurlos an Ihnen vorbeigegangen sein, auch wenn beide geschrieben haben, dass alles gut ist.

Ihre letzten Nachrichten sind schon etwas länger her.

Ich sollte ihnen noch einmal schreiben, aber erst erzähle ich Aaron und Eva von dem Gedicht.

Abends im Bett liege ich wach.

Wo sind die Frauen, die nicht mit Abels Politik einverstanden sind? Die Frauen, die ihre Arbeit in den Fabriken verloren haben? Die Frauen, die nun fürchten, ihre Töchter auf dem Heiratsmarkt verkaufen zu müssen? Die Frauen, die lernen und studieren wollten, und nun doch nicht dürfen?

Ich wälze mich neben Aaron hin und her. Er schnarcht und allein das Geräusch reizt mich. Die Gedanken um Abel reizen mich – wie die kratzige Matratze, auf der ich früher schlafen musste.

Ich hätte mich gern noch mit Aaron unterhalten.

Wie können wir uns mit den früheren Rebellen zusammentun? Wie mit den Frauen, die das Gedicht an die Häuserwand geschmiert haben?

Denn eins ist klar: Wir brauchen Hilfe. Wir müssen uns mit den anderen zusammentun.

Ein Zeichen der Veränderung.

Die Idee kommt mir, kurz bevor ich die Augen öffne. Mein Bewusstsein ist noch gefangen in der Welt zwischen Schlaf und Wachsein.

Eva.

Eva ist die Lösung. Eva und ihre Kolumne. Ihre Meinung versteckt zwischen Kochrezepten und Alltagsberichten.

Ich schlage die Lider auf und springe aus dem Bett. Hastig ziehe ich mir meine Kleider von gestern an. Jetzt muss mir nur einfallen, wie wir Abel dazu bewegen, Eva die Erlaubnis zu geben. Ich möchte lieber nicht mit der Regierung in Kontakt treten. Mein Gefühl sagt mir, dass ich Abel nicht auffallen darf.

Ich öffne die Tür und halte inne. Im Badezimmer höre ich jemanden singen. Ruth. Sie ist die Lösung!

Ruth ist eine Arbeitertochter. Alles den Arbeitern. Das ist doch Abels Motto. Sie muss einen Antrag stellen, damit Eva ihre Kolumne wieder schreiben darf.

Auf meinen Stuhl hin und her rutschend sitze ich beim Abendbrot. Geduld ist nicht meine Stärke. Wann wird die Abteilung für Presse sich melden?

Aaron isst, als ob er seit Tagen hungern musste. Eva stupst ihn immer wieder an und ermahnt ihn, langsamer zu kauen. Er ist bestimmt froh, dass Ruth die Kinder zu Bett bringt, sonst müsste er sich ebenso von ihr anhören, wie es um seine Tischmanieren steht.

Ich stochere in meinem Essen, zu nervös, um zu reden. Die Küche kommt mir heute noch beengter vor. Ich seufze und schneide ein Stück vom Ameisenschnitzel ab. Nicht, das Eva weiter mit mir schimpft.

Mir gegenüber sitzt Ariel. Ihre missmutige Miene sorgt nicht gerade dafür, dass es mir besser geht. Sie hat den Weg aus ihrem Zimmer gefunden und sitzt mit geblähten Nasenflügeln neben ihren Bruder. Einmal dachte ich, sie möchte etwas sagen, doch dann klappte sie unverrichteter Dinge ihren Mund wieder zu.

Hat sie Angst, dass alles wie früher wird? Wo ist ihr Kampfgeist geblieben? Ihre Haare hat sie seit Tagen nicht mehr gewaschen. Strähnig und fettig hängen sie ihr herunter, doch ich sage nichts. Das überlasse ich lieber Eva oder Chamuel.

»Ich habe heute eine seltsame Anordnung bekommen«, lenkt Eva die Aufmerksamkeit auf sich.

Ich bin sofort ganz Ohr.

»Was für eine Anordnung?«, fragt Aaron und die Skepsis ist seiner Stimme anzuhören.

»Ich soll die Kolumne wieder schreiben! Könnt ihr das verstehen?«

Chamuel legt sein Besteck zur Seite und hat mindestens so viele Fragezeichen im Gesicht wie Aaron. Beide schauen mit gerunzelter Stirn zu Eva.

»Das ist doch toll«, sage ich etwas zu enthusiastisch, dafür, dass ich die Kolumne nie vorher gelesen habe.

Eva legt den Kopf schief. »Wenn du meinst.«

»Du hast dadurch die Möglichkeit, die Frauen und Mädchen zu erreichen, die wir brauchen.« Ich stelle mir vor, wie sie sich alle melden. Neue Kritiker, frühere Rebellen. Frauen wie Männer. Abel wird nicht anders können, als sich zu beugen.

»Was meinst du?«

»Deine Kolumne wird doch von allen gelesen. Frauen und Mädchen, die keine Probleme mit Bürgerstöchtern haben, die gerne über ihren Tellerrand schauen und auf der Suche nach einem neuen Frauenbild sind.«

Das weiß sie doch. Ich habe auf mehr gehofft. Begeisterung. Hoffnung. Motivation.

»Genau diese Frauen suchen wir. Frauen wie Ruth, dich, Ariel und Klara. Du solltest sie direkt ansprechen. Eine Nachricht verpacken, dass wir den Heiratsmarkt nicht akzeptieren.«

Sie bekommt einen abwesenden Blick, während Aaron mir gegen die Schulter boxt.

»Das ist ja die Idee! Was für ein glücklicher Zufall mit dieser Anordnung.«

Ich bete, dass Eva ebenso Ja sagt wie Aaron.

Wir brauchen sie. Wenn sie dagegen ist, wird Chamuel ebenfalls dagegen sein und Aaron wird einknicken. Er wird seiner Schwester nicht noch einmal in den Rücken fallen und ich könnte es verstehen. Aber ich bin mir sicher. Mehr als das habe ich nicht zu bieten.

Ariel ruft: »Pah«, und schaufelt sich Püree in den Mund. Was hat sie? Findet sie die Idee dumm? Ist sie sauer, weil sie keine Rolle spielt?

»Nicht ganz so zufällig, wie ihr denkt.« Ich muss es sagen. Nicht, dass sie am Ende sauer auf mich sind. »Ich hoffe, das ist okay, Eva. Mit einer direkten Anordnung habe ich nicht gerechnet. Eher mit einer Anfrage. Ich hatte heute Morgen diese Eingebung und musste sie umsetzen. Ruth hat den Antrag gestellt. Ich wollte auf Nummer sichergehen und habe mich daher nicht getraut, groß darüber zu reden. Wegen den Uhren.«

Am Tag tragen wir hin und wieder unsere Uhren, um bei einer möglichen Überwachung nicht aufzufallen. Spätestens zum Abendbrot liegen unsere DV-Geräte aber in der dafür vorgesehenen Kiste an der Eingangstür.

»Das ist eine gute Idee. Da fällt mir sicher was ein. Du willst die Mädchen und Frauen, die gegen den Heiratsmarkt sind, versammeln? Wo und wann wäre die Frage?«

»Ich habe mir sagen lassen, dass der Heiratsmarkt auch lustig sein kann. – Warum sollten wir uns den entgehen lassen?« Ich grinse in die Runde.

Eva lächelt – immer noch verhalten, aber ein bisschen mutiger.

»Was hat das eine mit dem anderen zu tun?«, fragt Aaron und kratzt sich am Kopf.

Chamuel legt seinen Arm um Eva. »Ja, Mädels, ich denke, wir haben alle eine nette Feier verdient.«

»Oh!«, macht Aaron. Endlich hat er verstanden.

Nur Ariel sagt nichts. Im Gegenteil. Sie stemmt sich hoch und geht. Knallend fällt die Tür hinter ihr ins Schloss.

Was hat dieses Mädchen nur für ein Problem?

Chamuel seufzt und steht auf. »Ich glaube, ich sehe mal nach ihr. Ihr macht die Situation zu schaffen.«

Die Geduld von Chamuel ist mir manchmal unheimlich.

Mir geht Ariel nur auf die Nerven. Wir müssen alle mit dieser Situation klarkommen.

Eva braucht nicht lange, um dem Artikel zu schreiben.

Neugierig nehme ich ihre Datentafel entgegen. Ein Foto einer Wäscheklammer prangt über dem Text. Befremdet über dieses seltsame Bild rolle ich schnell zum ersten Satz.

Im Rebellenzentrum habe ich gelernt, Wäsche aufzuhängen. Wäscheklammern werden für mich immer ein Zeichen der Veränderung sein. Für die Ziele der Rebellion. Eine neue Welt nach Adam. Sie erinnern mich, wie alles geendet und angefangen hat. Das Ende von Adam und der Beginn von Abel.

Für mich begann ein neues Leben zwischen Wäscheleinen und Wäscheklammern. Die Wäscheklammer bedeutet für mich: Wir sind alle gleich.

Uns alle, egal, woher wir kommen, eint derselbe Wunsch nach Freiheit. Ich freue mich sehr, mit euch diese neue Freiheit auf dem Heiratsmarkt zu feiern.

Ich bin begeistert und drücke sie. »Er ist perfekt!«

Eva wird rot im Gesicht.

Die Hoffnung, dass sich endlich etwas bewegt und ich Abel Einhalt gebieten kann, wandelt meine Wut in ein Feuer, das Nahrung haben will. Es will brennen und Abel vernichten.

Entschlossenheit macht sich in mir breit. Abel mag eine erneute Herrschaft anstreben, doch er hat vergessen, wer an seiner Seite für die Freiheit gekämpft hat.

Und diese Freiheit lasse ich mir nicht von ihm nehmen. Ich will sie endlich schmecken. Leben, und zwar hier und nicht woanders.

Gleichheit, Freiheit ...

»Das ist keine gute Idee. Es wird den falschen Eindruck erwecken.« Ariel steht breitbeinig am Ende der Treppe und funkelt uns wütend an. »Dass wir Abel unterstützen. Dass wir das gut finden. Mit dem Heiratsmarkt und seinen Maßnahmen gegen die Bürger.« Ihr Gesicht ist eine verzerrte Fratze und ihre roten Haare stehen zu allen Seiten ab.

Sie ist leicht grau im Gesicht. Ist sie krank?

»Morgen kannst du uns gerne deine Ideen vorstellen, aber wir ziehen das jetzt durch«, sage ich.

Es ist zu spät, an unserem Vorhaben zu zweifeln. Ich will nicht schon wieder nichts tun.

Meine Hoffnung ist groß, Unterstützer auf dem Heiratsmarkt zu finden. Frauen wie die Dichterin, ehemalige Rebellen und Rebellinnen und Inselbewohner, die Abels Absichten, einen diktatorischen Staat zu errichten, erkennen und sich dagegen wehren wollen.

Ob sie unsere versteckte Nachricht verstanden haben, wird sich heute zeigen.

Chamuel geht auf Ariel zu, doch sie stößt ihn weg. Seufzend nimmt er Evas Hand und murmelt ihr etwas zu.

Ist Ariel sauer, weil sie nichts tun kann?

»Komm doch mit«, sage ich zu ihr.

»Niemals. Ich verkaufe mich doch nicht! Das werden alle denken. Ihr werdet gar nichts ändern!« Sie reißt den Kopf herum und verschwindet ins Haus.

Ich sehe ihr verdutzt nach. Wie kommt sie darauf? Warum befürchtet sie, dass niemand unseren versteckten Aufruf folgen wird? Ich schüttle den Kopf. Auf keinen Fall will ich mich von ihren Worten herunterreißen lassen.

»Lass sie. Ariel scheint mit ihren eigenen Dämonen zu kämpfen«. Aaron legt seinen Arm um meine Schultern und zieht mich mit.

Haben wir das nicht alle?

Eva tänzelt an Chamuels Hand in ihrem grünen Kleid vor mir her. Es endet knapp unter ihren Knien und ist am Oberteil mit gelben Nähten verziert. Ich schmunzle. Es sieht ihrem Kleid aus dem Rebellenzentrum ähnlich, ist nur etwas kürzer.

Ich schaue an mir hinab zu dem Hosenkleid-Ding, was Ruth mir genäht hat, und streiche den breiten roten Stoffgürtel glatt. Das Material ist angenehm weich und fließt nur so an mir herunter, betont meine Kurven, was völlig ungewohnt ist. Lieber würde ich wie die Jungs eine schwarze Hose und ein Hemd tragen, auch wenn mir mein Aufzug irgendwie gefällt.

Der Gedanke, dass ich mich schön finde, ist irritierend. Es kommt mir falsch vor, mich an einen so wichtigen Tag mit meinem Aussehen zu beschäftigen. Oberflächlich. Eitel. Unwichtig. Denn darum geht es heute nicht. Nicht um mich und unser Aussehen, sondern darum, Abel ein Zeichen zu senden.

Ich berühre die Wäscheklammer an meinem Ausschnitt. Wir tragen alle eine. Unser Symbol für Freiheit.

Die Aufregung pulsiert in meinen Adern. Nicht zu wissen, was uns erwartet, macht mich nervös und unruhig. Ich war selbst nie auf einem Heiratsmarkt und stelle mir das wie im Sündenhaus vor.

Ist es das nicht auch?

Die Frauen sollen sich präsentieren und die Männer dürfen wählen.

Mir ist etwas schwindelig und ich brauche meine gesamte Konzentration, um meinen Atem zu beruhigen. Tief atme ich ein und aus. Reiß dich zusammen, Martha! Es ist nur ein Fest. Heute geht es ums Gesehenwerden, nicht um einen Krieg.

Eine Farbenpracht schlägt mir entgegen.

Ich bin überwältigt, weiß nicht, wo ich zuerst hinsehen soll. Bunte Fahnen umspannen den gesamten Platz und flattern in einer leichten Frühlingsbrise. Die Stände sind mit farbenfrohen

Baldachinen geschmückt. Die aufgestickten Ornamente glitzern in der Sonne und erzählen Geschichten von der Insel: Drachen, die aus der Tiefe emporkommen. Ritter, die Prinzessinnen retten. Zwerge, die im Selvia-Gebirge nach Edelsteinen hacken.

Dazwischen die Auslagen der Händler mit Stoffen, Schmuck und Esswaren. Die Bilder vermischen sich mit den Gerüchen. Es ist wie das Eintreten in eines der Märchen, durch die ich früher lesen gelernt habe.

Ich bin umgeben von Menschen, werde angerempelt und hin- und hergeschoben. Um die anderen nicht zu verlieren, halte ich mich an Aaron fest und lasse mich von ihm leiten. Die Musik dröhnt in meinen Ohren und ich möchte mich dazu bewegen.

Eva läuft etwas steif, bleibt aber aufrecht.

Wir gehen in Richtung der Bühnen.

Vor einem Podest bleiben Eva und Chamuel stehen. Aaron und ich stellen uns zu ihnen und ich schaue zu, wie einige Mädchen tanzen.

Männer versammeln sich darunter und rufen ihnen Worte zu, die jedoch von der Musik verschluckt werden.

Ich glaube etwas wie »zieh dich aus« oder »schneller« zu hören.

»Die Männer sind jünger als letztes Jahr – und dreister«, sagt Eva. Sie ist blass und hält sich krampfhaft an Chamuels Oberarm fest.

»Die Anstandsregel, dass Männer erst ein finanzielles Polster haben müssen, gilt nicht mehr unbedingt. Wie auch, wenn die männlichen Arbeiter um ehemalige Bürgerstöchter buhlen dürfen.« Chamuel streicht ihr beruhigend über den Rücken.

Ich schüttle den Kopf. Mir ist schummrig. »Was machen wir jetzt?« Die Lust aufs Tanzen ist mir beim Anblick der Mädchen und Männer vergangen.

»Ich möchte einen Liebesapfel.« Eva wendet sich von den Bühnen ab und zieht Chamuel wieder in die andere Richtung.

»Ein Liebesapfel?«

Aaron grinst, packt mich bei der Hand und folgt den beiden.

Stolpernd laufe ich mit. »Was ist ein Liebesapfel?«

»Süß und lecker.« Aaron lacht und leckt sich mit der Zunge über die Lippen. Er erlaubt sich einen Spaß mit mir und weiß genau, dass ich es hasse, wenn ich nicht weiß, worum es geht. Die Nervosität hat sich in meinem Magen eingenistet und ich kann mir nicht vorstellen, auch nur einen einzigen Apfel zu essen. Aber meine Neugierde ist geweckt.

Wir schieben uns durch die Menge in die entgegengesetzte Richtung. Eva bleibt abrupt stehen und ich laufe in sie hinein.

»Schaut doch nur, die Mädchen!«, sagt sie.

Eine Gruppe von Mädchen in einfachen, grauen Kleidern steht eng beieinander und tuschelt.

Sie tragen Wäscheklammern.

»Eva, du bist ein Genie!« Ich glaube es nicht, es hat funktioniert. Und sogar die Wäscheklammer wurde verstanden. Ich umarme sie fest und küsse sie schmatzend auf die Wange. »Das mit der Wäscheklammer ist die Idee des Jahres gewesen.«

Sie lacht und wischt sich über die Wange. Ich gebe ihr gleich noch ein Küsschen. Die Jungs machen es mir nach.

»Hört auf!« Sie lacht und schlägt spielerisch mit den Händen nach uns.

Chamuel aber hält sie fest und drückt ihr noch einen Kuss auf den Mund.

Ich lehne mich an Aaron. Hochstimmung erfasst mich. Die Unruhe macht der Freude Platz. Die Nervosität weicht neuer Energie. Ich vibriere vor Tatendrang. Das könnte der entscheidende Schritt sein. Zu einer Veränderung. Zu einem Neuanfang.

Vielleicht bin ich voreilig. Aber genau das ist es, was ich gebraucht habe. Den Beweis, nicht die Einzige zu sein.

Gemeinsam gehen wir zu den Mädchen, um sie zu begrüßen.

Ich kann nicht anders und überkreuze den Zeige- mit dem Mittelfinger. Bilde das Zeichen für Schwesterlichkeit.

Die Mädchen schließen sich uns an und ich schlendere an Aarons Seite leichten Herzens über den Heiratsmarkt. Nichts kann mich aufhalten. Wie das Meer um einen Felsen teilt sich die Menge vor mir.

Von da an sehe ich die Wäscheklammer überall. An Mädchen, Frauen und sogar Männern. Ich recke jedem die Hand mit den gekreuzten Fingern entgegen und unsere Gruppe wird immer größer. Inmitten der Menge bewegen wir uns über den Heiratsmarkt.

Während die Musik laut von den Bühnen schallt und sich Mädchen auf der anderen Seite des Marktes den gierigen Blicken junger und alter Männer aussetzen, beginnt hier etwas Neues.

Ein uraltes Lied kommt mir in den Sinn, das mir meine Mutter beigebracht hat. Es ist ein Lied der Göttin. Ich fange an, den Text laut zu sprechen, bis mir die Melodie einfällt und mein Sprechen zum Gesang wird.

Laut singend folgen viele meinem Beispiel. Wer den Text nicht kennt, summt mit. Eine klingende und tönende Masse bewegt sich durch die Marktbesucher, die verwirrt an den Seiten stehen bleiben.

Immer wieder gesellen sich neue Anhänger zu uns und stimmen mit in unseren Chor ein. Schon bald übertönen wir das Orchester und die Mädchen auf den Bühnen hören auf, zu tanzen.

Dann trifft mich etwas. Ich schreie auf. Nass und stinkend rutscht es von meinem Gesicht. Ich wische mir über Augen und Nase. Prustend spucke ich weiche und salzige Stücke aus.

Ein Teigfladen liegt vor meinen Füßen auf dem Boden.

»Hinfort mit euch, ihr sündigen Dirnen!«

Aaron will sich auf den Mann stürzen, doch ich halte ihn zurück und singe stattdessen lauter. Von allen Seiten werfen Abels Anhänger Essensreste und anderes nach uns.

Das Gefühl der Hochstimmung verliert sich in Wut. Die Freude verschwindet und mein Feuer wütet. Ich balle die Fäuste und schreie das Lied hinaus. Meine Entschlossenheit weicht nicht. Ich werde es den Guppys zeigen. Wer sind sie schon? Sie glauben wohl, sie sind etwas Besseres. Sie haben es uns, den Rebellen, zu verdanken, dass sie mehr vom Kuchen abbekommen.

Ariels Worte kommen mir in den Sinn: Dass die Arbeitermänner genauso sind wie die Männer der Stadt.

Sie hatte recht.

Wir Frauen müssen weiterkämpfen. Unser Kampf ist noch nicht zu Ende. Das Lied ist vorbei. Ich aber habe gerade erst angefangen.

»Wir hören nicht auf, unsere Stimmen zu erheben. Bis wir erhört werden. Wir hören nicht auf, zu stehen. Bis wir gesehen werden. Wir hören nicht auf, zu kämpfen. Bis wir den Sieg errungen haben. Gleichheit. Freiheit und Schwesterlichkeit«, rufe ich die Parole der Rebellion, von der die meisten wohl das letzte Wort vergessen haben.

»Gleichheit, Freiheit Schwesterlichkeit«, antwortet ein Chor aus hundert Kehlen. Das fühlt sich gut an.

»Gleichheit, Freiheit Menschlichkeit«, rufe ich und fasse Aarons Hand. In diesem Moment liebe ich ihn noch mehr. Weil er an meiner Seite ist. Weil er Mann genug ist, die Frau zu stärken. Er immer für seine Schwester gekämpft hat. Sich dem System nie gebeugt hat.

Mit diesen beiden Sätzen, die wir abwechselnd in die Luft brüllen, scharen sich meine Freunde und Anhänger um mich.

An meiner linken Seite tauchen die Tanzpodeste auf. Die Mädchen stehen reglos da und schauen auf uns herunter.

Gut so.

Jemand stürzt an mir vorbei. Eva. Sie rennt zu einer Bühne, an der eine Frau mit einem Mann ringt. Dazwischen ein Mädchen, das weint. Ein Junge steht geduckt daneben.

Warum mischt sich Eva in den Streit ein?

Der Gesang schwillt erneut an. Ich werde nach vorne gedrückt und brauche meine gesamte Kraft, um mich aus der Menge zu lösen. Es ist kaum noch zu unterscheiden, wer Freund und wer Feind ist. Unverändert werden uns Schimpfwörter entgegengerufen, doch ich ignoriere sie.

Aaron und Chamuel folgen mir zu den Bühnen. Ich erkenne die Frau. Katrin. Sie war mit Eva im Umerziehungslager. Sie weint und zerrt an ihrer Tochter. Das Mädchen stemmt sich mit den Füßen gegen ihren Vater, doch dieser hält sie eisern am Oberarm fest.

Ich weiß nicht, was ich tun soll, und schiebe mich zu den Kindern durch. Eva stellt sich zu Katrin und schlägt auf ihren Mann ein. Die Jungs wehren sich gegen Umstehende, die sie von dem Streit wegziehen wollen.

»Lass sie los! Das ist unsere Tochter! Du kannst sie nicht verkaufen!«

»Sie wird heiraten, wie es sich für ein Mädchen in ihrem Alter gehört.« Der Mann schlägt Katrin ins Gesicht. Eva wirft sich auf ihn und prügelt ihm ihre Faust in den Nacken. Er lässt seine Tochter los.

Ich greife mir das Mädchen und reiße sie weg von ihrem Vater.

Dieser zieht Eva von sich runter und boxt ihr in den Magen. Sie stürzt zu Boden. Ich will zu ihr, doch das Mädchen krallt sich in meine Kleidung. Aaron und Chamuel kämpfen noch immer mit einer Gruppe fremder Männer. Anscheinend Freunde von Katrins Mann. Eva liegt keuchend auf den Boden und Katrin hilft ihr auf. Der Junge stürzt weinend zu seiner Mutter.

Ich kämpfe mich durch die Masse und halte Eva an der Hand, Katrin nimmt ihre Kinder in die Arme, doch es gibt kein Entrinnen.

Wir werden von umstehenden Männern gestoßen und geschubst und mit allerlei Essen beworfen. Ich schreie meine

Wut raus und lasse Eva los. Schlage zurück, ohne zu wissen, wen ich treffe.

Bis mich der erste Stein trifft.

Ich stolpere und immer mehr prasseln auf mich nieder. Geduckt schütze ich den Kopf mit meinen Händen.

Laute Sirenen ertönen und der Boden zu meinen Füßen wird nass.

Wasser prallt hart in meine Seite. Es drückt mich in die Menschenmasse und ich verliere die anderen aus den Augen. Um mich herum fliehen die Festbesucher vor der Schutzwehr. Erneut schlägt Wasser auf mich ein. Ich renne mit der Menge, Hauptsache weg von den Wasserwerfern.

Die Truppen sind unerbittlich und zielen auf jeden ungeachtet des Alters oder Geschlechts.

Mir klingeln die Ohren. Ich zittere am ganzen Leib, bin nass bis auf die Haut. Jede Stelle meines Körpers schmerzt. Ich suche zwischen fremden Gesichtern nach Eva. Erneut trifft mich etwas in den Rücken und ich falle. Mit den Knien lande ich in zertretenen Äpfeln. Fauliger Dampf steigt vom Boden auf.

Wie konnte das passieren? Wo sind die anderen?

Es sollte eine friedliche Kundgebung werden.

Wasser tropft auf den Asphalt, ich wische mir über das Gesicht und bemerke, dass ich weine.

Die Sorge um die anderen drückt mir auf die Brust und macht mir das Atmen schwer. Mühsam stehe ich auf. Den Platz habe ich längst hinter mir gelassen. Die Menschen strömen an mir vorbei weg vom Lärm. Meine Füße laufen wie von selbst mit. Immer weiter.

Ich will einfach nur, dass es vorbei ist.

Ich weiß nicht, wie ich nach Hause gefunden habe.

Ruth ist da und hilft mir ins Waisenheim. Nach einer warmen Dusche und eingepackt in Decken sitze ich unten bei den Kindern und warte auf die anderen. Die Tür zum Kinderzimmer wird aufgeschmettert und Ariel steht keuchend am Rahmen.

»Was ist passiert?« Ihre Hände krallen sich in den Türrahmen, als ob sie sich davon abhalten muss, sich auf mich zu stürzen.

»Die Schutzwehr hat den Heiratsmarkt gesprengt.« Ich wickle mich enger in die Decke. Die anderen hätten längst zurück sein müssen. Wo bleiben sie?

»Ich habe es gesagt. Das war eine total beschissene Idee!«

»Ariel!«, ermahnt Ruth sie. »Wie redest du vor den Kindern.«

Ich hätte auf Ariel hören sollen. Wenn Aaron oder den anderen was passiert …

»Ich …«

»Das ist alles deine Schuld, Martha!«, schreit sie weiter, als hätte sie Ruth nicht gehört. Sie baut sich vor mir auf und ich ducke mich. Ihr keuchender Atem riecht nach Schnaps. Ich erzittere. Für einen Moment bewegt sich keiner von uns.

Stockend dreht sie sich auf dem Absatz um. »Ich gehe Chamuel suchen!« Mit diesen Worten verschwindet sie.

Laut krachend fällt wenige Sekunden später die Haustür ins Schloss.

Ich sitze da und sage kein Wort, bin wie gelähmt. In meinen Ohren rauscht es.

Grausame Bilder schießen durch meinen Kopf. Eva zu Tode getrampelt. Chamuel festgenommen und gefoltert. Aaron …

Ruths beruhigende Stimme reißt mich aus der Starre. Sie tröstet ein weinendes Kind.

Ich muss etwas tun, darf nicht einfach hier sitzen und warten. Mit steifen Gliedern stemme ich mich auf die Füße. Die

Schmerzen ziehen den Nebel endgültig von meinem Verstand und ich mache mich los.

Auf dem Weg kommen mir viele Menschen entgegen, nass und gebeugt humpeln sie an mir vorbei. Die Schutzwehr fährt durch die Straßen und hält immer wieder an. Spricht die Verletzten an. Einige werden verhaftet.

Froh, trocken zu sein und frische Kleidung zu tragen, eile ich weiter. Hoffe, dass diese Tarnung ausreicht.

Wo könnten die anderen sein? Mein Herz rast. Ich muss zurück zum Markt.

In Gedanken sehe ich Eva, wie sie tot im Dreck liegt. Vielleicht haben sie Aaron schon ins Gefängnis gesperrt.

Ein Nieselregen setzt ein. Ich zittere sofort wieder. Die Niederlage nistet sich in meine schmerzenden Glieder.

Wie konnte ich nur glauben, dass sich so leicht etwas ändern lässt? Wie konnte ich Abel nur je vertrauen?

»Aaron!«, brülle ich gegen den Regen an, doch niemand antwortet.

Die Sonne wirft ihre letzten Strahlen durch die dichter werdenden Wolken auf die graue Stadt. Die Menschen um mich herum taumeln wie dunkle Schatten an mir vorbei.

Ich habe Angst. Trotz der Nässe schwitze ich.

Was, wenn ich niemanden wiederfinde?

Es ist alles leer.

Müde lehne ich meinen Kopf an die Fensterscheibe. Die letzte Schicht im Krankenhaus hatte es in sich. Das Surren des Busses lullt mich ein und ich schließe die Augen.

Mein Handgelenk vibriert und widerwillig hebe ich meine Lider. Die Uhr leuchtet rot auf. Eine weitere Pressenachricht vom Präsidenten. Ich kann sie auswendig. Er taucht über meiner Uhr sowie der meiner Mitfahrer auf. Abel in zehnfacher Ausfertigung. Geht es noch schlimmer?

»Wertes Inselvolk«, spricht er. »Der Heiratsmarkt sollte der Höhepunkt des Jahres werden, aber die Feinde des Sozialismus sind stark. Doch wir sind stärker. Denn ...« Er macht eine unpassende, aber theatralische Pause. »Die Feinde des Sozialismus sind die Feinde der Arbeiter, sind die Feinde der Insel.«

Seine Augen wirken kalt, selbst in der Projektion. Aber dennoch habe ich das Gefühl, hier den wahren Abel zu sehen.

Was muss es ihn an Kraft gekostet haben, in der schwarzen Zone den Unterstützer zu spielen. Einen Mann, der die Frauen als gleichberechtigt ansieht. Dem das Wohl aller wichtig ist, und nicht nur derer, die er braucht.

Abel schaut auf sein Blatt und hebt wieder den Kopf. »Wir lassen uns von den Feinden des neuen Sozialismus nichts gefallen. Ab sofort wird der Heiratsmarkt jedes Jahr stattfinden. Diese wunderbare Tradition unserer Insel darf nicht verloren gehen. Freuen wir uns an unserer Stärke. Gemeinsam werden wir Großes bewirken.«

Ich durchfahre die Darstellung seines Gesichtes wütend mit meiner Hand. »Widerlicher Lügenbarsch«, murmle ich.

Mit keinem Wort erwähnt er, was wirklich passiert ist. Kein Wort über die vielen Verletzten, sogar Tote hat es gegeben. Es kommt mir noch immer wie ein Wunder vor, das ich meine Freunde in der Nacht nach dem Heiratsmarkt gefunden habe. Nass und verletzt, aber frei und am Leben.

Meine Mitfahrer sind in Gespräche vertieft. Um mich von meinen eigenen Gedanken abzulenken, spitze ich die Ohren.

»Was für ein Blödsinn. Er sollte sich lieber um Arbeit kümmern.«

»Wieso, hast du keine?«, fragt ein grauhaariger Mann. »Ich wurde als Fabrikvorarbeiter verpflichtet. Dabei bin ich gelernter Bäcker. Aber weil der Markt eingebrochen ist, musste ich mir eine andere Arbeit suchen.« Sein Schnurrbart hat einen roten Schatten und hängt an den Mundwinkeln runter.

Die Frau vor ihm keift: »Sei froh, ich darf weiter am Fließband arbeiten. Obwohl ich dachte, es würde besser werden.«

»Halt den Mund, Weib, willst du, dass wir ins Gefängnis kommen?«, zischt ihr Sitznachbar.

»Ach, halt du doch den Mund, du ärgerst dich auch über die Situation.«

»Ihr solltet euch glücklich schätzen, Adam hat sich nie für unsereins interessiert. Abel tut es. Sorgt dafür, dass alle etwas vom Kuchen abbekommen«, widerspricht ein weiterer Mann, sein Schnurrbart glänzt wie in Butter getaucht. Er trägt eine Mütze, tief über die Stirn gezogen. Buschige Augenbrauen stehen an den Seiten heraus.

»Welcher Kuchen?«, fragt ein junger Mann.

»Du Verräter. Du solltest deine Zunge hüten.« Die Mütze wackelt auf seinem Kopf.

»Lass ihn doch, er sagt doch nur die Wahrheit. Die Grundversorgung, die wir erhalten, ist doch ein Witz. Davon wird kein Kind satt, geschweige denn ein Erwachsener, der hart arbeitet«, keift wieder die Frau.

Ein Mädchen mischt sich ein. »Abel hat versprochen, dass wir Mädchen zur Schule gehen können. Aber wie und von welchem Geld? Stattdessen arbeite ich als Erntehelferin und muss jeden Tag zweimal über die ganze Insel fahren, weil ich mir keine Wohnung in der Nähe leisten kann und deswegen bei meinen Eltern wohne, die aber in der Textilfabrik arbeiten. Dort haben sie meiner Mutter bereits gekündigt.« Ihrer langen

Erzählung folgt eine kurze Stille, dann sprechen alle durcheinander.

Meine Gedanken verknoten sich. Ich will nicht mehr kämpfen. Habe es mir nach meiner Niederlage auf dem Heiratsmarkt geschworen.

Ich sehe mich um. Die Gespräche hier rühren an meiner inneren Wut. Sie verzehrt mich von innen heraus, greift gierig nach dem Futter, das sich ihr bietet. Ich unterdrücke sie.

Ich habe genug angerichtet.

Der Bus hält an und ich steige aus.

Im Heim angekommen gehe ich in die Küche, um etwas zu essen. Ich versuche, die Busgespräche zu vergessen.

Konzentriere dich auf das, was wichtig ist, Martha!

Den Kühlschrank zu füllen zum Beispiel, damit die Kinder etwas zu essen haben. Mein Magen zieht sich vor Hunger zusammen. Leider war heute kein Zahltag im Krankenhaus.

Jemand betritt hinter mir die Küche und ich drehe mich um.

»Es ist alles leer. Herr Ebed hat heute keine Ware erhalten.« Eva klingt müde. »Im Keller sind keine Haferflocken mehr. Mandelsaft ist auch aus.« Ihre Stimme bricht. »Was soll ich den Kindern denn heute Abend zu essen geben?« Tränen fließen ihr das Gesicht herunter.

Ich greife nach einem Tuch und gehe zu ihr.

Ist es soweit? Lässt Abel uns verhungern? Ich stehe an einem Abgrund. Ein kleiner Schubs und ich falle.

Niemals! Ich presse meine Handballen auf meine Schläfen. »Alles wird gut. Ich lasse mir etwas einfallen!«

Sie legt ihren Kopf an meine Schulter und weint.

Ich schlucke. Wie soll alles gut werden? Habe ich nicht schon genug versprochen!? Was davon habe ich gehalten?

Nichts. Ich mache alles nur schlimmer. Unser Geld ist aufgebraucht. Von was soll ich einkaufen?

Eva löst sich von mir und schnäuzt in das Taschentuch.

»Ich koche uns einen Tee«, schnieft sie und geht zurück zur Spüle. Für Eva ist Tee die Antwort auf jeden Kummer.

»Vielleicht geben uns die Nachbarn etwas ab«, überlegt Eva und holt die Teekanne aus dem Schrank. Zitternd füllt sie Teeblätter rein.

Das glaube ich nicht. Alle haben zu wenig.

Ich denke an Helene und Salome aus der Lerngruppe. Ob sie jeden Tag zur Uni gehen und hoffen, dass irgendwann ein Professor kommt, der sie unterrichtet?

»Wann war die Flugdrohne mit der Grundversorgung das letzte Mal da?« Ich gehe Eva zur Hand und gieße das Wasser in die Teekanne.

»Vor zwei Wochen. Und nur mit Lebensmittel für uns Erwachsene. Auf den Antrag, Noah als Heimleiter einzusetzen, hat niemand geantwortet. Meine Kolumne wurde auch wieder abgesetzt. Hab heute ein Schreiben bekommen, dass die Resonanz so schlecht war, dass ein Weiterführen nicht rentabel wäre. Weiß die Regierung, dass wir hinter der Demo stecken?« Eva stellt zwei Tassen auf den Tisch.

Abel versteckt sich hinter Lügen. Er dämmt die neuen Freiheiten der Frau wieder ein.

Ich gieße ihr Tee ein und sie löffelt Zucker hinein. Nach dem fünften Schub halte ich ihre Hand fest. Sie zuckt zusammen und rührt um.

Mir fällt auf, wie dünn und blass sie ist.

»Ich denke, die Grundversorgung wird bald kommen. So lange sollten wir alle, die wir kennen, um Spenden bitten.«

Oder uns anderweitig aushelfen …

»Hoffentlich haben wir Glück, und Abel wird unser Heim endlich die Berechtigung erteilen. Ich warte immer noch auf eine Antwort.«

Ich setze mich und schweige, befürchte eher das Gegenteil.

Nach dem Tee mit Eva gehe ich vor die Tür. Ich brauche frische Luft und muss nachdenken.

Es regnet – passend zu meiner Stimmung – und ich setze mich auf die Treppe. Die Nässe des Steines dringt durch meine Hose.

Natürlich ist Klauen eine gute Alternative, aber die Schutzwehr ist sehr präsent und ich muss es gut planen. Keine gute Idee, es kurzfristig umzusetzen. Bleibt also die Frage nach dem Essen für heute Abend. Ich hasse den Gedanken, den Kindern nur Tee zu servieren.

Also Spenden.

Wer ist reich und könnte genug abzugeben haben? Wie sehr ich auch grüble, mir fällt nur eine ein.

Helene.

Sie zu bitten, ist eine ganz andere Sache. Aber habe ich eine Wahl? Sie wird mir vorwerfen, mit meiner vorschnellen Kritik an Abel und meiner Demo auf dem Heiratsmarkt die Gleichberechtigung im Keim erstickt zu haben. Genau das brauche ich gerade überhaupt nicht. Ich mache mir genug eigene Vorwürfe.

Ich höre ein Kind weinen und ich drehe mich um. Das Fenster zum Spielzimmer ist offen.

Das Geräusch versetzt mir einen Stich und lässt meinen Stolz unwichtig erscheinen. Auf meiner Uhr suche ich den Kontakt von Helene und drücke auf anrufen.

Eine Stunde später stehen Helene und Salome vor der Haustür. Elegant wie immer betreten sie unser Heim.

Die Kinder schauen verzückt auf die beiden Frauen in hochgeschlossenen, grauen Kleidern. Für sie ein ungewöhnlicher Anblick.

Helene stellt einen Korb mit Essen auf den Boden und für die Kinder gibt es kein Halten mehr.

Sie rennen auf die Frauen zu und begrüßen sie laut.

»Was hast du da mit?«

»Ist das für uns?«

»Darf ich etwas haben?«

»Das sind doch getrocknete Aprikosen? Die liebe ich.«

Ruth geht dazwischen. »Schluss jetzt! Begrüßt man so Gäste?« Sie zieht die Kinder von Helene und Salome weg und zeigt den Kleinen streng den Zeigefinger.

Sofort schütteln sie ihre Köpfe, ohne einen Schritt zurückzugehen.

Salome lächelt und hockt sich hin. »Ja, das ist alles für euch!« Die Kinder jubeln laut auf.

»Aber vorher Hände waschen!«, ermahnt Ruth ihre Schützlinge und scheucht sie ins Badezimmer.

Ich nehme unseren Besuchern die Uhren ab und hebe den Korb hoch. Er ist schwer und ich schaue staunend auf den Inhalt. Obst, Brot und diverse Dips, die ich nicht kenne. Ich lotse sie in die Küche und stelle die Spende auf den Tisch. Eine unangenehme Stille macht sich zwischen uns breit.

Ich räuspere mich.

»Herzlich willkommen!« Eva rettet mich und ich atme erleichtert aus. Sie schaut auf den Korb und neigt ihren Kopf. »Ich weiß nicht, was ich sagen soll.«

»Das ist doch selbstverständlich.« Salomes Wangen röten sich. »Was zur Zeit da draußen passiert …« Sie verstummt kurz. »Ist einfach nur furchtbar. Ich habe das Glück als Tochter eines Wissenschaftlers gut dazustehen. Mein Vater hat mich mit allem versorgt, was er mir geben konnte, ehe er von der Schutzwehr abgeholt wurde.« Salome seufzt und lächelt uns steif an. »Seitdem wohne ich bei Helene.«

»Sie wollten mich ebenfalls aus der Stadt jagen.« Helenes Stimme klingt verbittert. »Zum Glück konnte ich meinen Beitrag zahlen. Er lag für uns Frauen gnädigerweise etwas niedriger als bei den Männern. Mein Mann wurde aber abgeführt.« Ihre Falten werden so tief wie Meeresschluchten.

»Wo wohnt ihr jetzt?«, frage ich die beiden. Musste Helene ihre Wohnung nicht verlassen?

»In einer Dienstbotenwohnung«, antwortet Salome zerknirscht.

»Es ist furchtbar.« Helene blickt starr auf einen Punkt an der Wand, um nicht zu zeigen, wie sehr sie sich erniedrigt fühlt.

Nachvollziehbar. Von einer Bürgersfrau aus dem inneren Ring in eine Dienstbotenwohnung zu ziehen, ist ein gewaltiger Abstieg.

»Von meinen Kindern habe ich seitdem nichts mehr gehört. Meine Tochter ist verheiratet und schwanger. Mein Sohn musste in die Bergwerke wie mein Mann. Zum Glück konnte ich vieles an Guthabenchips verstecken«, erzählt sie weiter. »Sonst würden uns die elenden Verräter verhungern lassen.« Ihre Stimme klingt hasserfüllt und ich bin erschrocken. So kenne ich Helene gar nicht.

»Und woher habt ihr das Essen? Ich dachte, der Markt wäre so gut wie ausverkauft«, sagt Eva.

Sie will es bestimmt wissen, um die Quelle für die eigenen Einkäufe nutzen zu können. Der Korb wird nicht ewig reichen.

»Es gibt Bürger, die die wenigen Waren, die es noch gibt, direkt vom Lieferanten kaufen und zu teuren Preisen wiederverkaufen. Sie ziehen heimlich durch die Dienstbotenwohnungen, wo wir ehemaligen Bürgerinnen wohnen.« Helene stützt sich auf einem Stuhl ab.

»Wir sollten gehen, die Kinder haben Hunger«, sagt Salome.

»Bleibt doch, bitte!« Eva schiebt einen Stuhl zur Seite und lächelt. »Wenigstens auf eine Tasse Tee. Von dem haben wir noch reichlich.«

Helene und Salome wenden sich mir zu.

»Bleibt. Mich würde interessieren, was ihr noch zu berichten habt.«

Wenig später sitzen wir im Esszimmer vor einer Tasse Tee und einer köstlichen Suppe, die Eva gezaubert hat.

Hungrig tunke ich das Brot, das etwas hart ist, in die Brühe.

Die Kinder verbrennen sich reihum die Zunge, obwohl Ruth sie gewarnt hatte, dass die Suppe heiß ist.

Gierig schlürfen viele Mäuler das warme Essen in ihre leeren Bäuche und ich tue es ihnen nach.

Nach dem Essen legt Ruth die Kleinsten zum Mittagsschlaf und liest den Älteren eine Geschichte vor.

Es sieht so gemütlich aus, wie sie zusammengekuschelt auf der Couch im Spielzimmer sitzen, dass ich mich am liebsten dazugesellen möchte.

Aber meine Neugierde siegt über meine Müdigkeit. Ich bringe das schmutzige Geschirr in die Küche und setze neues Wasser für die zweite Teerunde auf.

Heute habe ich gelernt, dass Informationen wichtig sind. Ich muss Bescheid wissen, wenn wir Abel besiegen wollen.

Eva sitzt mit Helene und Salome noch immer im Esszimmer zusammen und redet angeregt.

Mir kommt in den Sinn, dass sie alle drei aus einer Schicht stammen. Dem Stadtring. Vor einiger Zeit wäre das hier niemals möglich gewesen. Dass ich, ein Kind der schwarzen Zone, mich zu ihnen setze und mit den Damen Tee trinke. Ich schiebe mir einen Stuhl zurecht und lasse mich darauf fallen.

Ja, Abel, die Zeiten haben sich geändert. Und daran wirst auch du nichts mehr drehen können.

Ich balle die Fäuste. Es fühlt sich an, wie ein Versprechen.

Eva lacht über etwas, das ich nicht mitbekommen habe, und Salome steigt ein. Das Lachen passt nicht zu ihrer steifen Kleidung.

»Geht ihr zur Uni?«, falle ich ins Gespräch ein.

»Nein, die Studenten und die Professoren haben uns furchtbar gedemütigt. Das haben wir nicht mehr ausgehalten«, antwortet Salome.

Oha. Das muss aber deftig gewesen sein.

Helene legt die Hände übereinander auf den Tisch und schaut mir in die Augen. »Du hattest Recht, Martha.«

Jetzt hat sie mich überrascht. Helene sagt, dass ich Recht habe?

»Abel will uns keine Rechte geben. Und von unserem Wert hat er auch keine Ahnung. Wir Frauen müssen kämpfen oder wir werden untergehen.«

»Woher kommt der Sinneswandel, Helene?«, frage ich und suche nach Anzeichen, dass sie mich demütigen will. Wir waren von Anfang an unterschiedlicher Meinung.

»Ich habe keinen Kontakt mehr zu meiner Tochter. Ich werde meine Enkeltochter vielleicht nie sehen. Sie wird in eine Welt geboren, in der sie wie Dreck behandelt wird. Ich dachte, wenn wir Frauen unseren Nutzen darstellen, würden die Männer erkennen, was wir wert sind. Doch sie benutzen uns nur als Auffangbecken. Ich lag falsch mit der Idee von kleinen Schritten. Wir werden in die kalte Flut springen müssen, um die Strömung zu verändern.«

»Na sieh mal einer an, ein bisschen Hunger und schon ändert die graue Dame ihre Meinung.«

Ich fahre erschrocken zusammen. Ruckartig drehe ich mich zu der Stimme um.

Ariel steht im Türrahmen. Müde und in schmutziger Kleidung.

»Wo warst du?« Eva steht auf und eilt zu ihr.

Doch Ariel schüttelt sie ab und schnauzt sie an. »Lass das! Ich brauche deine Fürsorge nicht. Ich bin euch doch sowieso egal!« Mit diesen Worten dreht sie sich um und stampft die Treppen hoch.

Ich frage mich auch, wo sie war. Arbeiten und Einkaufen kann es nicht gewesen sein.

»Was hat sie denn bloß?«, fragt Eva leise.

»Lass sie in Ruhe«, sage ich. »Vielleicht kann Chamuel zu ihr durchdringen.« Sieht Eva nicht, dass sie allein genug Sorgen hat? Sie kann sich nicht auch noch um Ariel kümmern.

»Was sie braucht, ist eine Freundin.«

»Sie weiß, dass du ihre Freundin bist. Aber manchmal muss man sich selbst herauskämpfen.«

»Du weißt nicht, wie ihr Leben vor der Rebellion war.«

»Nein. Aber du hast es auch geschafft, oder?« Ich denke an ihre Zeit im Umerziehungslager.

Aaron hat mal angedeutet, dass Ariel von ihrem Vater jahrelang misshandelt wurde. Ist sie deshalb so deprimiert? Mich lässt das Gefühl nicht los, dass es noch etwas anderes ist.

Eva seufzt und geht mit mir zurück zum Tisch.

»Ich denke, es wird Zeit, das wir gehen.« Helene steht auf und glättet ihren Rock.

»Ihr könntet bei uns wohnen!«, sagt Eva und ich schaue sie verdutzt an. Wie kommt sie denn auf die Idee? Und wieso glaubt sie, dass die beiden Frauen das wollen? Will ich das?

»Wir haben ein Zimmer frei und wir könnten Hilfe gebrauchen. Um die Kinder zu unterrichten ... und mich und Ruth.« Die letzten Worte kommen leiser über ihre Lippen. »Wir wollten in einem Jahr das Abitur machen. Ariel ist bestimmt dabei, sobald es ihr besser geht.« Eva hält inne und schaut von einer zur anderen. »Das wäre doch in Ordnung für dich, oder Martha? Es sind deine Freundinnen.«

Sind sie das? Meine Freundinnen?

Helene war bisher eher ein Hindernis. Eine Frau, die nicht das Gleiche wollte wie ich, aber Salome mag ich. Für einen kurzen Moment sehe ich die Hoffnung in ihrem Gesicht aufleuchten.

Beide haben oft gezeigt, dass sie an mich denken. Sei es in der Uni oder heute. Ohne lange zu überlegen, sind sie hergekommen. Das nennt man wohl Freundschaft.

»Wir wollen euch auf keinen Fall Umstände machen«, sagt Salome.

»Natürlich könnt ihr hier wohnen«, sage ich. »Es gibt genug Platz. Und wenn wir unser Essen teilen, haben die Kinder auch mehr.« Den letzten Satz betone ich, damit den beiden klar wird, was von ihnen erwartet wird. Ich bin unsicher, was die beiden angeht. Ich beiße mir auf die Innenseite meiner Wangen. Hoffentlich bereue ich das nicht.

»Ja, natürlich. Wir können weiterhin bei unserem Schwarzhändler einkaufen.« Salome lächelt über das ganze Gesicht und kommt einen Schritt auf mich zu. Möchte sie mich umarmen?

Helene steht stumm da. Ich warte ab.

»Das ist ein sehr freundliches Angebot, Fräulein Eva.«

Allein diese Sprache ist absurd.

»Unter anderen Umständen würde meine Erziehung mich dazu zwingen, solch ein Angebot abzulehnen, doch die Zeiten haben mir bewiesen, dass ich diese ablegen muss, und ich möchte Ihre Einladung gerne annehmen. Die Dunkelheit und die Kälte der Dienstbotenwohnung setzen meinen Knochen arg zu und es wird mir eine Freude sein, Sie und die Kinder zu unterrichten.«

Ein kurzes Ja hätte meiner Meinung nach gereicht, aber es fühlt sich gut an, neue Unterstützer im Haus zu haben. Und das gibt Kraft für den nächsten Schritt.

Die Insel kümmert sich um jeden.

Ich trinke auf der Treppe vor dem Heim eine Tasse Kaffee, der dank unserer neuen Mitbewohnerinnen wieder vorrätig ist. Ein paar Sonnenstrahlen haben sich durch die graue Wolkendecke gekämpft und lassen mich auf endlich wärmere Frühlingstage hoffen.

Mir fällt ein Mann auf der anderen Straßenseite auf. Ich bin mir sicher, ihn zu kennen, kann mich aber nicht daran erinnern, woher. Seine graue Kleidung sieht wie eine Mischung aus Arbeiterkleidung und Uniform aus. Mit Knöpfen an der Jacke und steifem Kragen. Soll das die neue Inselmode sein? Ehe ich darauf komme, woher ich ihn kenne, blinkt meine Uhr auf. Eine weitere Nachricht von unserem Präsidenten.

»Die Insel kümmert sich um jeden. Auch um die Schwachen. Wie die Kinder.

Kinder, deren Eltern verstorben oder in Strafarbeit sind, werden in staatlichen Institutionen für Kinderfürsorge untergebracht.

Alle Inselbewohner werden gebeten, Kinder, die nicht von ihren leiblichen Eltern betreut werden, zu den Institutionen zu bringen. Nichtleibliche Kinder in Fremdfamilien werden nicht mit der Grundversorgung der Insel beliefert. Diese erhalten die Kinder ausschließlich in den für sie zugewiesenen staatlichen Institutionen für Kinderfürsorge.«

Mein Herz setzte einen Schlag aus.

Hatte mich gestern neue Zuversicht gepackt, ist sie mit dieser Nachricht wieder zerronnen. Ich weiß, was mich erwartet. Drinnen. Bei Eva. Bei Ruth.

Am liebsten würde ich wegrennen. Und zwar weit weg. Das wird die beiden Frauen brechen. Was soll ich ihnen sagen? Wie soll ich sie beruhigen? Sie bestärken, dass wir uns nicht beugen? Dass wir Abel stürzen?

Ich verkrampfe … Abel stürzen?

Mir läuft ein kalter Schauer über den Rücken.

Die Rebellion gegen Adam hat Jahre gedauert, doch Abel will die Kinder jetzt holen. Die Kinder brauchen jetzt eine Lösung.

Ich widerstehe meinen eigenen Gedanken, das Weite zu suchen, und gehe rein. Meine Uhr werfe ich in die Kiste neben der Tür. Lauschend durchquere ich die Eingangshalle. Es ist verdächtig ruhig.

Eva sitzt am Küchentisch und dreht eine Teetasse in ihren Händen.

»Wissen es die Kinder schon?« Ich gehe vorsichtig zu ihr. Traue der Ruhe nicht. Ich habe erwartet, sie würde weinen und schreien.

»Nein, ich glaube nicht. Ich denke, Helene ist der Unterricht wichtiger als die Nachrichten.« Eva blickt nicht auf, starrt weiter auf ihre Uhr.

Das Symbol für ›Nachricht versendet‹ leuchtet auf ihrem kleinen Bildschirm auf. Wem hat sie geschrieben?

Ich stelle meine leere Tasse in die Spülmaschine und setze mich zu ihr.

»Wie lange soll das gut gehen, Martha? Wer weiß, wie lange Salome und Helene auf dem Schwarzmarkt einkaufen können. Wer weiß, ob wir in diesem illegalen Heim in Ruhe gelassen werden. Und was für eine Zukunft steht den Kindern bevor? Werden sie bestraft, weil sie bei uns aufgewachsen sind?« Eva schluchzt und schlägt die Hände vor das Gesicht.

»So weit wird es nicht kommen. Wir werden Abel stürzen.«

Eva reißt den Kopf hoch und hält ihre Hand über die Uhr. »Ich dachte, wir wollten ihm zum Umdenken bewegen. Eine weitere Rebellion? Ein weiteres Mal einen Herrscher stürzen?«, flüstert sie.

Mist. Ich habe ihre Uhr vergessen. Diese blöden Dinger.

»Ja, sieht ganz so aus«, antworte ich mit gedämpfter Stimme. »Ich weiß, was das bedeutet. Für uns. Aber was ist die Alternative?« Ich beuge mich zu ihr. »Sich beugen? Anpassen?

Du heiratest Chamuel, spielst die brave Ehefrau und gehst jeden Tag in einer Fabrik arbeiten? Als Näherin?«

Eva steht auf und geht in den Flur. Verwirrt bleibe ich sitzen. Wo will sie denn hin?

Ohne Uhr am Handgelenk kommt sie zurück und setzt sich wieder.

»Aber die Kinder! Es ist jetzt schon zu gefährlich für sie. Wir leben in einem illegalen Waisenheim. Ohne Genehmigung und Zulassung. Wäre es besser, wir würden sie in die staatliche Betreuung geben? Dort bekommen sie genug zu essen und sind in Sicherheit.« Sie streicht sich über den Kopf. Lange habe ich diese Geste nicht mehr bei ihr sehen. Diese Situation ist zu viel für sie, doch wir können nicht nachgeben.

Das würde Aufgeben bedeuten und das bricht sie genauso. Weiterzukämpfen bedeutet, wenigstens die Aussicht auf etwas Besseres.

»Wie machen es die anderen? Wie machen es die Pflegeeltern?«, frage ich.

Ich meine die Kinder, von denen Ruth und Eva geglaubt haben, sie hätten gute Chancen, sich an eine neue Familie zu gewöhnen. Kinder, die noch keine Probleme mit sich und ihrer Umwelt hatten. Wie Peter, der mit dem Kopf gegen die Wand schlägt, wenn ihm was nicht passt, und jede Nacht nach seiner Mutter schreit. Ihn hätte keiner aufgenommen.

»Sie mussten sie alle abgeben, weil sie nichts zu essen für sie bekommen haben«, antwortet Eva und schluchzt.

In meinem Kopf rattert es.

Die Kinder in ein Fürsorgeheim abgeben? Arbeiten da Frauen wie Ruth und Eva und ziehen sie zu liebevollen Erwachsenen groß? Werden Jungs zu Männern, die Frauen respektieren?

Wohl kaum. Nein, eine Pflegeeinrichtung kommt nicht infrage!

Es muss etwas geschehen.

Ich habe eine lange Schicht hinter mir, in denen es darum ging, die Patienten zu beaufsichtigen und ihnen auf die Toilette zu helfen.

Die Arbeit wird immer anspruchsloser und weniger. Die neuen Stadtbewohner können sich die teuren Behandlungen nicht mehr leisten.

Ich ziehe mich um und überprüfe mein Guthaben. Es ist viel zu wenig. Mein Magen knurrt prompt und zeigt mir, was er davon hält. Unser Essen im Heim reicht kaum, mit noch weniger Geld kann ich nicht nach Hause kommen.

Die DV-Uhr liefert mir eine Erklärung für die Gehaltsminderung. Ich wurde degradiert und bin nur noch als Aushilfe angestellt.

Wie tausend Nadelstiche setzt mir der Hass zu. Das Ausgeliefertsein tut ihr Übriges. Ich bin gefangen. Kann mich nicht dagegen wehren. Ohne Arbeit kein Essen. So hat es Abel bestimmt. Für Frauen und Männer. Das ist sein Verständnis von Gleichberechtigung.

Mit der Faust schlage ich gegen meinen Spind. Die anwesende Kollegin schaut erschrocken zu mir. Ich weiche ihrem Blick aus und schlucke einen Fluch herunter. Ich kann mir keine Abmahnung erlauben. Was wäre die nächste Stufe? Die Toiletten putzen?

Missmutig ziehe ich die Schultern hoch und verlasse das Krankenhaus. Lose Steine vor mir her tretend, eile ich zur Haltestelle.

Verbitterte und müde Gesichter blicken mir entgegen, als ich in den Bus einsteige. Keine Gespräche lenken mich von meinen eigenen Gedanken ab, die sich nur darum drehen, was ich tun kann, um Abel aufzuhalten. Die Angst, erneut mit der Schutzwehr aneinanderzugeraten und deren Aufmerksamkeit auf das Heim zu lenken, sorgen dafür, dass ich vor allem zurückschrecke, was mir in den Sinn kommt. Am liebsten würde ich jetzt sofort in Abels Büro eindringen und ihn mit Gewalt zum Rücktritt zwingen, aber das wäre größenwahnsinnig.

Die verbitterten Gesichter verfolgen mich, während ich von der Haltestelle nach Hause gehe.

Arbeitslose. Hungernde. Verzweifelte.

Das System bricht zusammen und schwemmt sie in die Stadt wie Muscheln an den Strand. Worauf hoffen sie? Essen? Arbeit? Hier gibt es genauso wenig wie in den Zonen. Ein weiteres Problem, welches Abel willentlich in Kauf nimmt.

Die Arbeit wird weniger, weil weniger gekauft, weniger produziert wird und damit weniger Arbeiter gebraucht werden. Aber Abel behauptet, dass diese Menschen nicht arbeiten wollen.

»Arbeit gibt es genug. Wer vorgibt, keine zu bekommen, lügt.« So seine Worte in den wöchentlichen Nachrichten.

Am Heim angelangt, fällt mir der Mann auf der anderen Straßenseite auf. Die Kleidung erkenne ich auf Anhieb wieder. Es scheint immer derselbe zu sein. Seit einer Woche.

Aaron kommt mir entgegen. Er folgt meinem Blick und zieht mich rein, den Finger auf die Lippen gelegt.

Die Kühle unserer Eingangshalle empfängt mich und Aaron nimmt mir meine Jacke und die Uhr ab. Dankbar küsse ich ihn auf die Wange. Unser jüngster Heimbewohner krabbelt mutig aus dem Spielzimmer und begrüßt mich quietschend.

Ich unterdrücke ein Gähnen und gehe dem Kleinen entgegen. Aaron winkt mich nach oben. In diesem Moment leuchten unsere Uhren in der Kiste auf.

Eine neue Nachricht wird verlesen und mit Baby Klöpschen, wie ich ihn insgeheim nenne, auf dem Arm höre ich zu.

Abel möchte die Unterstützung der Inselbürger. Wer Inselfeinde an die Regierung ausliefert, erhält eine Belohnung in Form von Chip-Guthaben.

Mir wird schlagartig kalt im Nacken. Was das bedeutet, ist mir sofort klar. Wer hungert, ist bereit, seinen besten Freund zu verraten. Das weiß ich aus eigener Erfahrung. In der schwarzen Zone gab es die Säuberung durch die Drohnen und durch Verräter in den eigenen Reihen, die andere gegen Essen an die Schutzwehr ausgeliefert haben.

Ich bringe Klöpschen zurück zu Ruth und folge Aaron nach oben.

Er wartet in unserem Schlafzimmer auf mich.

»Wir werden beobachtet.« Aaron fährt sich durch die Haare und setzt sich auf unser Bett.

»Das ist offensichtlich, Aaron. Aber warum?« Ich setze mich zu ihm und lehne mich an ihn.

»Das verstehe ich auch nicht. Er könnte uns verhaften, wenn er glaubt, wir haben die Demo angezettelt.«

»Will er herausfinden, ob es andere gibt, die uns unterstützen?«, überlege ich.

»Das könnte gut sein. Die Falschnachrichten häufen sich. Gestern kam eine Nachricht, dass die Grundversorgung zusammenbricht, und jeder, der noch Geld hatte, war auf dem Markt, auf dem es bereits kaum etwas gibt. Heute Morgen kam eine Nachricht, dass das Festland die Insel unter Kontrolle hat. Im Zentrum ist ein Seebeben ausgebrochen. Ich durfte gehen. Was auch immer das heißt ...« Aaron legt einen Arm um mich. Kurz wanken wir, dann finden wir das Gleichgewicht wieder.

»Mein Freund im Zentrum meint, Abel weiß, dass wir es nicht sein können, aber er glaubt, wir hätten Kontakt zu den Urhebern. Hast du was von Éli und Felix gehört?«

Ich öffne den Mund und vergesse, ihn wieder zu schließen. Dann schüttle ich den Kopf. »Nein.«

»Und Lillit?«

»Auch nicht. Glaubst du, einer von ihnen könnte die Falschnachrichten verschickt haben?«

»Es würde passen und ehrlich gesagt, hoffe ich es.«

Er hofft. Wie ich. Es ist ein verzweifeltes Hoffen. Nicht mehr und nicht weniger.

»So oder so«, sagt er, »uns sind die Hände gebunden.«

Müde strecke ich mich. Ich habe das Gefühl, nur Sekunden geschlafen zu haben. Aber der Hunger hat mich geweckt.

Ich gehe runter in die Küche. Ein würziger Duft weht mir entgegen.

Eva bereitet das Mittagessen vor. Die Nachtschichten bringen meinen Biorhythmus völlig durcheinander. Ich weiß nicht einmal, welcher Tag heute ist.

Ich helfe ihr und schäle die Kartoffeln.

Wir sagen nichts. Die Stille fühlt sich an wie die Ruhe vor dem Sturm.

Wann wird Abel auf unser Heim aufmerksam? Was wird als Nächstes passieren? Wie lange wird das Essen reichen?

Ein Läuten schreckt uns auf. Ängstlich schauen wir uns an. Ich hätte meine Gedanken zügeln sollen. Ist es so weit? Kommt die Schutzwehr, um uns zu verhaften? Habe ich unseren Untergang heraufbeschworen? Mein Herz schlägt heftig in meiner Brust und ich bekomme keine Luft.

Seit der großen Presseerklärung haben wir keinen Besuch mehr gehabt und bis gerade eben, wusste ich kaum noch, wie sich die Türklingel anhört.

Ich starre auf das Messer, das vor mir auf der Anrichte liegt. Meine Hand umschließt den Griff.

»Nicht, Martha!« Evas Hand legt sich auf meine.

Als hätte ich mich verbrannt, lasse ich es los. Mit einem schleifenden Geräusch rutscht es von der Arbeitsplatte und fällt klirrend zu Boden.

Was denke ich mir? Dass ich jemanden abstechen könnte?

Wenn es sein muss, flüstert meine innere Stimme mir zu und ich denke an die Kinder.

Gemeinsam gehen wir in die Eingangshalle. Ich kann meinen Atem hören. Selbst die Kinder sind still.

Aaron ist auf den Weg zur Wohnungstür. Ruth geht ins Spielzimmer zu den Kindern und verschließt dieses.

Langsam öffnet Aaron die Tür, die rechte Hand zur Faust geballt.

Als ob er etwas ausrichten könnte.

Ich stelle mich auf die Zehenspitzen. Draußen steht ein verweintes Mädchen, das mir entfernt bekannt vorkommt. Ich eile an Aarons Seite.

»Anna!«, ruft Eva hinter mir, zieht das verstörte Mädchen zwischen uns hindurch in die Wohnung und nimmt es in die Arme.

Mein Blick fällt auf einen ängstlichen Jungen, der hinter Anna gestanden hat.

Jetzt erkenne ich die beiden. Das sind die Kinder von Katrin.

»Was macht ihr hier?« Ich ziehe den Jungen herein und suche die Straße ab, doch es ist niemand zu sehen.

»Sie haben Mutter verhaftet. Vater hat sie verraten. Verkauft«, schluchzt Anna und weint heftig an Evas Schulter. »Vater hat behauptet, dass Mutter für die Demo verantwortlich war.« Ihre schmalen Schultern beben und Eva drückt sie an sich. »Die Schutzwehr war da und hat sie mitgenommen.« Sie murmelt unverständliche Worte.

»Alles wird gut. Ihr bleibt erstmal bei uns«, redet Eva den beiden zu.

»Ihr Vater wird sie suchen kommen«, gibt Aaron zu bedenken.

»Wenn er von dem Waisenheim weiß.« Will er die Kinder wieder wegschicken?

»Wenn die Kinder davon wussten, er sicher auch.« Aaron schließt die Tür und folgt Eva in die Küche.

Er hat recht, aber wo sollen sie sonst hin?

Ein lautes Surren durchbricht am Nachmittag die lähmende Stille.

Flugdrohnen? Sofort rast mein Herz.

In meinen Kopf habe ich die Säuberung in der schwarzen Zone vor Augen. Bevor ich die anderen aufhalten kann, rennen sie raus.

Mit zittrigen Beinen folge ich ihnen.

Erleichtert erkenne ich die Flugroboter mit der Grundversorgung. Sie fliegen von Tür zu Tür und liefern Pakete aus. Überall, nur nicht bei uns.

Evas Uhr blinkt auf und ein ungutes Gefühl macht sich in meiner Brust breit.

Eine Nachricht. Eva liest und ich halte den Atem an: »Mit sofortiger Wirkung ist das Heim aufzulösen.« Ihre Stimme ist tonlos. »Mir wird eine Dreitagesfrist gesetzt und alle Bewohner werden aufgefordert, sich beim Arbeitsamt zu melden. Die Minderjährigen sind in die Kinderfürsorge abzugeben.«

Es ist so weit. Abel hat die Waffen gezückt und zielt auf uns. Kurz zieht es mir den Boden unter den Füßen weg.

Der Blick auf Evas Gesicht rüttelt mich wach. Sie schaut aus wie ein Geist. Wie damals nach dem Lager. Aaron nimmt seine Schwester in den Arm und flüstert ihr was ins Ohr. Sie nickt und wischt sich die Tränen aus den Augen.

Jetzt findet der Rest der Heimbewohner zu uns. Um Salomes Beine wuseln die Kinder. Ruth trägt Klöpschen auf den Arm und Helene tröstet ein weinendes Mädchen. Chamuel geht zu Eva. Er und Aaron brauchen keine Worte. Ihre entschlossene Mimik sagt alles. Aufgeben ist nicht drin.

Ich bin nicht allein. Das hier ist meine Familie.

Es muss etwas geschehen.

Mitten in der Nacht wache ich auf. Ich habe das Gefühl, jemand ist bei uns im Raum. Aaron schnarcht leise neben mir. Es ist stockduster. Der dicke Vorhang vor dem Fenster blendet jegliches Licht von draußen aus. Ich taste zitternd nach meiner Uhr am Handgelenk. Sie bleibt dunkel. Atmet da jemand?

Ich rüttle Aaron vorsichtig an der Schulter. Murrend dreht er sich weg.

»Hallo?« Meine Stimme zittert und ich räuspere mich. »Wer ist da?« Was bin ich doch für ein Feigling.

Neben mir bewegt sich Aaron erneut.

»Tut mir leid, dass ich euch wecke. Es wäre nett, wenn ihr nicht schreien würdet.«

Sofort sitzt Aaron kerzengerade neben mir im Bett. Es wird hell und ich blinzle gegen das Licht einer Taschenlampe.

Nur vage erkenne ich einen ungepflegten Mann in zerschlissenen Kleidern. In den Händen hält er eine seltsame eckige Kiste mit dünnen Antennen.

»Ich musste eure Uhren ausschalten, damit Abel nicht merkt, dass wir bei euch sind.«

Ich nicke, unentschlossen, was ich tun will. Eigentlich ist mir nach Schreien. Vor Freude. Stattdessen springe ich aus dem Bett und umarme meinen alten Freund.

»Éli!« Ich glaube es nicht. Er ist es wirklich. Hat die Göttin meine Gebete erhört?

Schmutziger und dünner, als ich ihn in der Erinnerung habe, steht er vor mir. Seine braunen Haare stehen zu allen Seiten ab, doch sein Lächeln ist das alte.

»Schön dich zu sehen. Felix ist unten.« Éli hebt die kleine Kiste hoch. »Ich habe eure Uhren zurückgestellt. Wir haben eine Stunde, dann zeichnen sie eure Bewegungsmuster weiter auf.«

Ich schaue auf meine Uhr, die mir immer unheimlicher wird.

Aaron weckt alle Erwachsenen im Haus und wir versammeln uns im Esszimmer.

Felix' Gesicht ist eingefallen, die blonden Haare liegen platt um seinen Kopf. Er kam mir immer so unbezwingbar vor, doch auch ihm scheint die letzte Zeit zugesetzt zu haben. Zum Glück ist das rebellische Funkeln in seinen Augen nicht verschwunden. »Abel ist ein ehemaliger Bürger.«

Dieser Satz von Felix sitzt. Ich starre ihn mit offenen Mund an. Ich wusste, dass er ein Verräter ist. Aber dass er uns so sehr belogen hat?

»Unser vermeintlicher Rebellenführer von früher ist angeblich ein ehemaliger Bürger, der von Adam aus der Regierung geschmissen wurde, weil er ihn betrogen hat. Verbannt blieb ihm nichts anderes übrig, als in der schwarzen Zone unterzutauchen. Dort hat er mit unserer Hilfe die Rebellion gegen Adam aufgebaut. Jetzt ist er am Ziel seiner Pläne angelangt. Er ist Präsident und er wird diesen Platz nicht mehr abgeben.« Felix redet schnell und ich kann ihm kaum folgen.

Abel ein Bürger. Unsere Rebellion hatte nur den Zweck, ihn wieder in den inneren Ring zu bringen? Ich glaube, mir ist schlecht. Der ganze Raum scheint sich zu drehen.

»Wir haben kleine Demos in den Zonen abgehalten. Aber die meisten von uns wurden direkt verhaftet und arbeiten nun im Bergwerk. Daher sind wir untergetaucht«, erzählt Felix hastig zu Ende.

»Woher wisst ihr, dass Abel ein Bürger sein soll?« Eva schaut entgeistert von einem zum anderen. Die Frage ist berechtigt. Nur ein weiteres Gerücht oder wirklich die Wahrheit?

»Wir haben jemanden gefunden, der Abel von früher kennt.«

Ich springe beinahe auf. »Wieso hat derjenige Abel nicht an den Pranger gestellt?« Damit wäre er erledigt!

Éli schüttelt den Kopf. »Er ist ermordet worden. Und wir haben abgesehen von seiner mündlichen Aussage keine Beweise.«

Ich sacke zusammen.

Aaron reibt sich die Augen. »Warum seid ihr nicht früher zu uns gekommen?«

»Ihr standet unter Beobachtung. Von euch hat Abel am ehesten Widerstand erwartet, aber ihr seid erstaunlich ruhig geblieben – bis zum Heiratsmarkt.«

»Ich hatte gehofft, er würde seine Versprechen einlösen.« Ich knete meine Finger, weil sie eiskalt sind. Gleichzeitig wird mir unendlich heiß. Meine Wangen glühen. Ich traue mich nicht, meinen alten Freunden in die Augen zu schauen.

Was denken sie von mir? Erst große Töne spucken und dann nichts anderes im Kopf haben als sich selbst. Am Ende ist die mit der größten Klappe auf ihn hereingefallen.

Die Scham in mir ist so klebrig wie der Teer, der unsere Hütten in der schwarzen Zone zusammenhielt.

Das Piepen des Weckers rettet mich vor der Antwort meines besten Freundes. Die geschenkte Stunde ist vorbei.

Ich gehe mit dem Gefühl ins Bett, auf ganzer Linie versagt zu haben.

Eine Frau trägt keine Hose.

Ich habe den Bus zur Arbeit verpasst oder er ist gar nicht erst gekommen. Die Sonne ist bereits untergegangen und ich bin froh um die lauen Frühlingsnächte. Ich wollte unbedingt noch mit Felix und Éli sprechen. Ihre Erzählung und die Offenbarung über Abel ging mir den ganzen Tag nicht aus dem Kopf. Hass wallt in mir auf.

Die Männer, die mir die Straße entgegenlaufen, fallen mir erst auf, als ich an ihnen vorbeigehe.

»Mädchen, was bist du so spät unterwegs? Du solltest lieber zu Hause sein. Für deinen Mann und deine Kinder kochen.«

Ich drehe mich um und schaue die Gestalten an. In ihrer grauen Kleidung und mit den gezwirbelten Schnurrbärten sehen sie wie die typischen Anzugträger aus.

Sie bauen sich vor mir auf und umstellen mich, sodass ich in ihrer Mitte stehe.

»Kümmert euch um euren eigenen Kram!«, fauche ich sie an.

»Wir kümmern uns um die verlorenen Seelen, die den Weg nicht in die göttliche Führung finden«, erklärt der eine und ich werde von hinten nach vorne geschubst, falle gegen einen anderen Mann, der mich wiederum zurückschubst.

So geht es endlos weiter. Ich spanne meinen Körper an und Hitze steigt in mir auf. Mit den Fäusten schlage ich wütend um mich, um aus dem Kreis zu entkommen.

Die Männer werden immer brutaler. Treten und prügeln auf mich ein. Ich stolpere von einem zum anderen. Ihre Fäuste und Füße treffen mich von allen Seiten. Tränen verschleiern mir die Sicht und Sterne tanzen in meinem Blickfeld. Mir wird schwarz vor Augen und ich falle auf die Knie. Etwas Hartes trifft mich am Rücken und ich sacke auf den kalten Boden.

Meine Tränen vermischen sich mit dem Blut an meinen aufgeschürften Händen. Mein Körper ist ein einziger Schmerz. Ich drücke zitternd die Notruftaste auf meiner Uhr und rufe mit heiserer Stimme: »Hilfe.«

Niemand antwortet.

»Sag, dass du gesündigt hast und zurückkehrst zum Einzigen und Wahren!«

»Sag, dass du Sünde bist!«

Einer reißt an meiner Bluse, ein anderer an meiner Hose, bis ich mich nicht mehr halten kann und auf die Seite knalle.

»Eine Frau trägt keine Hose.«

Ich strample mit meinen Füßen, doch sofort sind zwei Männer auf mir drauf und halten mich fest. Klebrige Hände drücken auf meine Kehle und ich bekomme kaum Luft. Ich spüre, wie der Stoff reißt, und um meine Beine wird es kalt. Dann ist meine Bluse dran. Weinend halte ich meine Hände vor meine Brust. Liege entblößt und blutend auf den Boden.

»Du denkst doch nicht, wir würden dich anfassen, du Dirne. Du bist Sünde und schmutzig.« Ein Fuß trifft mich im Bauch.

Ich drehe mich auf die andere Seite, rolle mich zusammen. Sofort prasseln weitere Tritte auf meinen Rücken ein. Die Schmerzen umgeben mich wie eine Wolke. Meine Kehle ist zugeschnürt und ich wimmere.

Die Stimmen verschwimmen zu einem Tenor. Etwas Hartes trifft meine Beine, immer wieder.

»Bleib zu Hause. Beichte deine Sünden und sei eine Frau, wie sie der Einzige und Wahre will.«

»Sonst finden wir dich und erteilen dir eine neue Lektion.«

Ich weiß nicht, wie lange ich auf dem harten Stein liege. Niemand kommt vorbei. Niemand hilft mir auf. Mein Anruf an die Schutzwehr wurde beendet, obwohl sie gehört haben müssen, wie ich verprügelt wurde.

Ich hieve mich hoch. Frierend und zitternd taumle ich den Weg entlang und rufe Aaron an.

Ehe ich mich versehe, trägt er mich nach Hause und legt mich in unser Bett.

Eva und Ruth kleiden mich aus und versorgen meine Verletzungen.

Ich nehme alles wie durch einen Nebel wahr. Mein Denken ist träge wie Sirup und ich fühle mich leer.

Ruth streicht mir übers Haar, ihr Gesicht ist gerötet. »Diese Männer gehören ins Gefängnis«. Ihre zischende Stimme schmerzt in meinem Kopf und ich schließe die Augen.

Ich will etwas sagen, doch mein Hals tut weh.

»Alles wird gut!«, wird mir zugeflüstert. Die Schmerzen an meinem Körper lassen die Worte wie eine Lüge erscheinen.

Helene taucht vor meinem Gesicht auf, aber was sie sagt, verstehe ich nicht. Mein Bewusstsein verabschiedet sich.

Ist das meine gerechte Strafe?

Den nächsten Tag verbringe ich im Bett. Mir tut alles weh. Am liebsten würde ich mich auf die Seite drehen, aber die Schmerzen in meinem Rücken lassen das nicht zu. Ist das meine gerechte Strafe, weil ich Abel vertraut habe?

Auf meinem Nachtschrank steht ein Tablett mit Wasser und einer Tablette. Dankbar greife ich zu und schlucke sie hinunter.

Auch wenn ich es mir nur ungern eingestehe, hätte ich jetzt gerne die Regenerationslösung. Es sind doch nur blaue Flecken. Ich atme durch und stöhne vor Schmerz. Nein, ich brauche die Regenerationslösung.

Ein paar Beutel müssten noch vorhanden sein. Ich erhebe mich, halte mir die Rippen, und schwenke die Beine wie in Zeitlupe aus dem Bett. In diesem Moment kommt Aaron mit einer Infusion in den Händen herein.

»Martha, wieso stehst du auf? Du musst liegenbleiben. Deine Verletzungen sind schlimm.«

»Ist schon gut«, antworte ich ihm. »Gib mir das verdammte Zeug, damit ich hier raus kann. Ich will den Kerlen in ihren fetten Hintern treten und …« Ächzend sinke ich zurück ins Bett. Selbst reden tut weh.

Aaron hantiert alles andere als vertrauenserweckend an der Infusionsapparatur herum.

»Ich hab' das noch nie gemacht.« Er öffnet seine Datentafel. Will er erst eine Anleitung lesen?

Ich würde es am liebsten selbst machen, aber ich kann kaum einen klaren Gedanken fassen. Bei jedem Atemzug brennt mein Brustbein. Mir ist schummrig und schwarze Punkte tanzen in meinem Blickfeld.

Im nächsten Augenblick schwebt die Nadel zitternd über meinem Arm. Aaron hat Mühe, seine Hand ruhig zu halten. Ich hebe schwerfällig meine freie Hand, um es selbst zu machen, da sticht er schon zu, ritzt aber nur meine Haut auf.

Ein Tropfen Blut verlässt meinen Körper.

Ich will Aaron anranzen, da sehe ich, wie er leichenblass wird und umkippt. Was für eine Hilfe … Die Nadel ist hinüber, kullert über den Boden und ich traue mir nicht zu, sie aufzuheben.

Meine Uhr liegt neben dem Wasserglas. Zum Glück. Mir ist so schwindlig, ich kann mich kaum noch aufrecht halten. Blind greife ich nach der Uhr und versuche, die Kontaktliste zu entziffern. Mein Sichtfeld verengt sich und mir wird schwarz vor Augen. Ein Piepen ertönt. Ich habe irgendeinen auf der internen Kurzwahlliste angewählt.

Gefühlt Stunden später öffnet sich die Tür.

»Was ist los?«

Mühsam richte ich mich auf. Ariel. Das wird ja immer besser.

Sie kommt herein, lacht in Aarons Richtung und schiebt ihn mit ihren Füßen zur Seite. Ihre Augen wandern über das Desaster. Sie bleiben an Aarons Datentafel hängen.

»Aha, das wollte ich schon immer mal machen.« Und mit dieser Ankündigung schnappt sie sich die medizinischen Utensilien, zieht Handschuhe an, reißt eine neue Nadel aus einer Verpackung und legt mir mehr oder weniger gekonnt eine Infusion.

»Vielleicht gehst du doch in die Medizin, Ariel«, flüstere ich ihr zu und schlafe ein.

Das ist nicht das Ende.

Ein dumpfes Klopfen weckt mich. Doch nicht von meiner Zimmertür. Es ist ein seltsames Geräusch, das von unten zu mir nach oben heraufdröhnt. Ich blinzle und erkenne, dass Aaron weg ist. Alles ist aufgeräumt. Nur der leere Beutel hängt über mir an einem Haken in der Wand. Die Nadel steckt in meinem Arm.

Entschlossen reiße ich sie heraus und drücke die kleine Wunde zu.

Mir geht es besser. Mein Kopf fühlt sich nicht mehr vernebelt an, auch wenn mir das Denken schwerfällt.

Meine Uhr leuchtet rot auf. Das kann nichts Gutes verheißen. Das Warum fällt mir nicht ein. Träge formt sich der Gedanke, dass etwas passiert sein muss.

Das Klopfen hört auf und ein neuer Lärm dringt zu mir hoch. Ich setze mich abrupt auf und Sterne blinken vor meinen Augen. Noch immer schwindlig ziehe ich mich an.

Die Geräusche werden lauter. Nur langsam begreife ich, dass unten Kinder weinen und Frauen schreien. Dunkle, verärgert klingende Stimmen ertönen und andere, die dagegenhalten. Was geht da vor sich?

Meine Hände zittern, und ich spüre, wie ich schwitze.

Ich nehme die Uhr und lese die Nachricht: »Illegale Einrichtungen wie ›Evas Waisenheim‹ werden strafrechtlich verfolgt. Wir lassen nicht zu, dass die Feinde unserer Insel die Kinder mit ihrer sozialfeindlichen Saat bepflanzen.«

Ich vergesse zu atmen und schnappe nach Luft. Der Lärm, die Nachricht … ich muss … runter. Mein Gehirn befiehlt meinen Beinen, sich zu bewegen. Ich fühle mich wie fremdgesteuert und zwinge meinen Kopf, sich zu fokussieren.

Ich wanke aus dem Krankenlager und stolpere die Treppe runter. Hoffe, dass ich mich täusche.

Unten angekommen, muss ich mich am Treppengeländer festhalten. In meinen Kopf dreht sich alles.

Das Geschrei kommt aus dem linken Schlafzimmer der Kinder und aus der Eingangshalle, doch zu der ist die Tür verschlossen. Ich taumle in das Spielzimmer.

Ruth trägt noch ihr Nachthemd und hat Klöpschen auf dem Arm. Schützend beugt sie sich über das Baby.

Wovor hat sie Angst?

Ein Arm umfasst mich an der Taille und hält mich fest. Ich habe das Gefühl, meine inneren Organe werden zusammengequetscht. Ich trete keuchend nach hinten aus, um mich aus dem Griff zu befreien.

Was ist hier los? Angst vermischt sich mit dem Schmerz und höhlt mich aus.

Mein Blick trifft auf Susi, ein sechsjähriges Mädchen, das im Griff eines Schutzmannes hängt.

»Lasst sie los!«, brülle ich.

Aufheulend streckt sie mir ihre dürren Arme entgegen.

Der Mann hebt sie hoch und wirft sie sich über die Schulter. Ihre kleinen Fäuste trommeln auf seinen Rücken ein, ohne dass er darauf reagiert.

Das Feuer in mir sucht sich seinen Weg ins Freie und die Hitze verschlingt mich. Die Wut übernimmt die Kontrolle.

Der Mann, der mich festhält, drückt mich nach unten. Meine Beine knicken ein. Schmerzhaft bohren sich seine Knie in meinen Rücken und ich lande mit dem Gesicht auf dem Boden.

»Unten bleiben!«, zischt er mir ins Ohr und der Geruch nach Knoblauch steigt mir in die Nase. Ich muss würgen und drücke mich gegen den schweren Körper. Er bewegt sich kein Stück. Ich schreie, zapple, obwohl mir alles wehtut, doch es bringt nichts.

Abel hat zum nächsten Schlag ausgeholt.

»Er ist noch ein Baby«, schreit Ruth.

Ich hebe meinen Kopf. In meinem Nacken zieht es schmerzhaft und kurz wird mir schwarz vor Augen.

Ruth rennt dem Schutzmann hinterher, der Klöpschen im Arm hält.

Mir kommt die Galle hoch. Mein Körper vibriert, mein Verstand ist unfähig, einen Gedanken zu fassen.

Ruth fällt zu Boden und Klöpschen kreischt ohrenbetäubend.

»Halt's Maul, du Balg!«, schreit der Schutzmann und ein dumpfer Schlag ertönt.

Sofort ist es still.

Entsetzen packt mich. Klöpschen! Rasend vor Angst drücke ich mich gegen den Mann über mir, aber er presst mir mit Leichtigkeit die Luft aus der Lunge. In meinen Ohren rauscht das Blut.

Ist Klöpschen tot? Etwas anderes kann ich nicht denken.

Der Schutzmann lässt mich los und ich springe auf. Ich spüre einen kräftigen Tritt in meinem Rücken und falle erneut.

»Bleibt unten, wo ihr hingehört, Weiber«, befiehlt der Mann. Er grunzt und eine Schuhspitze trifft mich in die Seite.

Ich schlucke die Worte und den Schmerz hinunter, auch wenn die Tränen nur so aus meinen Augen schießen.

Die erneute Niederlage vor der männlichen Gewalt frisst mich innerlich auf.

Mit letzter Kraft raffe ich mich hoch. Ruth rennt den Männern nach und ich folge ihr auf dem Fuße.

In der Eingangshalle sind mehrere Schutzmänner positioniert und halten die Kinder und jungen Mädchen fest. Sechs Männer zerren Aaron und Chamuel an nach hinten verdrehten Armen in Richtung Ausgang.

Ich sehe mich hektisch auf der Suche nach einem Plan um. Meine Brust schnürt sich zusammen und ich brauche meine gesamte Willenskraft, um weiter zu atmen.

Mein Inneres fühlt sich wie im freien Fall an. Unten wartet nur der Abgrund.

Mühsam unterdrücke ich die aufsteigende Panik.

Ich muss etwas tun! Wo sind Éli und Felix?

Eva weint und hängt dem Befehlsgeber am Kragen. Sie bittet verzweifelt um Nachsicht. »Es sind doch noch Kinder!«

Er schubst sie nur zur Seite.

Die Kinder schreien meinen Namen. Ich hechte auf einen Schutzmann zu. Bevor ich auch nur eines der Kinder erreiche, werde ich gepackt und an eine Wand gedrückt.

Für diese Männer bin ich nicht mehr als eine lästige Seepocke.

Aarons Stimme erklingt, aber das rauschende Blut in meinen Ohren übertönt jedes Wort. Ich drehe den Kopf zur Seite, sehe über den ausgestreckten Arm des Schutzmannes, wie seine Kollegen Aaron und Chamuel in die Autos zwängen. Beide bluten aus Nase und Ohren und können sich kaum auf den Beinen halten.

Wut kriecht mir die Kehle hoch. Ich muss mich befreien.

»Wo bringen sie die Kinder hin?«, schreit Helene. Sie scheint ebenso mit der Fassung zu ringen. Beinahe kreischt sie.

»Weit weg von Ihnen und dem anderen Gesindel«, brüllt jemand.

Die Schutzmänner krallen sich die Kinder und tragen sie nach draußen. Nicht die Kinder, oh Göttin!

Ich reiße mich los und will hinterherrennen. Die Männer heben drohend ihre Schlagstöcke und ich bleibe mitten in meiner Bewegung stehen. Vorsichtig trete ich zur Seite. Zwei Hände krallen sich in mein Hemd. Salome hält mich zurück. Ich öffne den Mund, will sie anschreien, dass wir kämpfen müssen.

Helene greift nach einem Kind. Ein Schutzmann stößt sie nach hinten. Sie knallt gegen einen Türrahmen und lässt das Kind los.

Statt anzugreifen, ziehe ich Helene weg von den Schutzmännern. Sie blutet am Kopf und hat Tränen in den Augen.

»Wie konnte es nur soweit kommen«, murmelt sie immer wieder.

»Weil ich Abel unterschätzt habe«, sage ich mehr zu mir als zu ihr.

Das Feuer meiner Wut frisst sich durch meine Eingeweide. Das Brennen ist die Strafe für mein Versagen. Kein Laut verlässt meinen Mund. Wie gefesselt stehe ich da und sehe zu, wie die Kinder herausgetragen werden.

Jemand anderes schreit. Eva. »Nein, ich flehe Sie an. Bitte!«

Ihre Stimme dringt mir durch Mark und Bein. Sie rüttelt an den Türgriffen des Schutzwehrautos.

»Eva, geh! Lass sie!«, schreit Aaron durch das offene Fenster.

Die Schutzwehr trägt die schreiende und um sich schlagende Eva zurück ins Gebäude und die Jungs werden weggefahren wie Verbrecher.

Ruth nimmt Eva an die Hand und kommt zu mir.

Die Kinder sitzen in einem Bus und klopfen weinend gegen die Scheiben.

Ich halte Salome im Arm. Ihre Tränen sammeln sich zu meinen Füßen. Ich zwinge das Feuer in mir, sich zu gedulden. Bringe es unter Kontrolle. Ich werde euch zurückholen, verspreche ich stumm. Das ist nicht das Ende.

Abel will einen Krieg?

Den kann er haben.

Sie sind weg.

Die anderen hören auf zu weinen, aber ich bin noch nicht fertig. Ich bin umgeben von umgestürzten Möbeln und dem Geruch nach Schweiß.

Das ist alles, was von unserer Rebellion gegen Adam und seine Herrschaft übrig ist? Dafür habe ich gekämpft? Dafür ist Isaak gestorben?

Das Gefühl, alle im Stich gelassen zu haben, bricht über mir herein. Ich trete gegen einen Stuhl, der ein zerbrochenes Bein hat. Zertrample ihn in seine Einzelteile, nur die Lehne will einfach nicht auseinanderbrechen, egal, wie fest ich zutrete.

Der Verrat von Abel füllt mich aus. Endlich findet mein Schrei seinen Weg aus meiner Kehle.

Ein Schatten tritt an meine Seite. Eva hebt ein Stuhlbein, welches zersplittert sein Inneres präsentiert, und schlägt damit auf die Lehne ein, so oft und fest, bis sie zerbricht.

Entschlossen gehe ich in den Keller. Für einen Moment taucht Aaron in meinen Gedanken auf und ich stolpere. Schnell schiebe ich jede Sorge um ihn weg. Das würde mich zerstören. Ich brauche die Wut, um Gerechtigkeit walten zu lassen. Rache zu üben. Abel zu vernichten.

Éli und Felix hocken hinter einem Kellerregal auf dem Boden. Bei meinem Auftauchen stehen sie auf.

»Martha? Alles in Ordnung? Wir konnten nicht nach oben, sie hätten uns sofort verhaftet.« Felix wirkt zerknirscht, wie er mit hängenden Schultern vor mir steht.

Éli rückt dicht an ihm und nimmt seine Hand. »Wir wollten nicht riskieren, dass die Arbeit der letzten Monate für die Flut war.«

»Aaron und Chamuel wurden verhaftet. Die Kinder sind abgeholt worden.«

Die beiden werden noch kleiner. Sinken geradezu ein.

»Abel hat uns offiziell den Krieg erklärt.« Ich halte inne. »Jetzt wird sich zeigen, ob sich eure Arbeit gelohnt hat.« Ich schmeiße ihnen meine Uhr zu und gehe wieder nach oben.

Genug ist genug. Abel hat es zu weit getrieben. Jetzt kann er was erleben. Éli und Felix haben gut daran getan, sich zu verstecken.

Sie sind meine Geheimwaffe.

Im Essensraum treffe ich auf die anderen. Selbst Ariel ist da. Ich erinnere mich nicht, sie in der Eingangshalle gesehen zu haben.

Sie sitzen am Tisch und jeder hat eine Tasse Tee vor sich stehen. Ruth weint und ihre Tränen tropfen in ihr Getränk.

»Was machen wir denn jetzt?«, fragt Eva mich. Sie kämpft auch mit den Tränen, aber sie hält sie tapfer zurück. Bestimmt hat sie den Tee gekocht.

»Mädels«, sage ich. »Es ist Zeit, dass ihr euch entscheidet.« Dabei schaue ich Helene an. »Abel hat uns den Krieg erklärt. Ihr müsst die Seite wählen. Wer bleibt, kämpft. Wer geht, dem wünsche ich alles Gute.«

Eva schluchzt auf, aber sie strafft die Schultern. »Die erste Rebellion hat ein Mann angeführt. Ich denke, es wird Zeit, dass wir Frauen die Führung übernehmen.« Sie verschränkt die Arme vor der Brust und bleibt sitzen.

Ruth wirkt gespalten. Sie knetet ihre Hände, überlegt offensichtlich. Dann seufzt sie. »Ich hasse es, erneut kämpfen zu müssen, aber ich lasse nicht zu, dass auch nur einem meiner Schützlinge etwas angetan wird. Ich will sie wieder zurück. Habt ihr verstanden?«

»Ja, die Kinder holen wir zurück.«

Ich schaue Ariel an. Blass und mit dunklen Schatten unter den Augen sitzt sie da und rauft sich die Haare.

»Wo warst du?«, frage ich.

»Ich hab' mich versteckt. Und das hättet ihr auch tun sollen. Dann wären Chamuel und Aaron jetzt nicht verhaftet worden!« Ihre laute Stimme hallt drohend im Raum.

»Und die Kinder?«, fragt Ruth entsetzt. »Hätten wir sie den Männern einfach überlassen sollen?«

»Was hat euch eure Gegenwehr denn gebracht? Außer blaue Flecken. Und wer muss nun leiden? Mein Bruder! Wer weiß, was sie mit ihm anstellen. Sie werden bestimmt gefoltert!«, schreit Ariel.

Für einen Moment habe ich Angst, dass sie etwas Dummes tut.

»Wir holen sie raus!«, redet Eva auf sie ein. »Wir lassen sie nicht im Stich.«

»Ach ja, indem wir Tee trinken und dumme Pläne schmieden? Ihr habt alles nur schlimmer gemacht!« Ariel springt auf und wirft ihre Teetasse gegen die Wand. Spritzend verteilt sich die Flüssigkeit über die graue Farbe. Dunkle Flecken, die wie altes Blut aussehen.

»Du musst dich beruhigen!« Ich stelle mich ihr in den Weg.

»Ich habe nicht vor, hier im Heim zu versauern. Ich wollte mehr. Mehr als nur ein Hausmütterchen sein wie du, Eva. Mehr als nur eine Mutter sein, wie ihr.« Sie spuckt in Ruths und Helenes Richtung.

Ihr Speichel trifft den Boden vor ihren Füßen. Angewidert schauen beide auf den Fleck und dann wieder zu Ariel.

Das geht zu weit! Ich befürchte, dass Helene etwas entgegnen wird und ich weiß, wie wortgewandt sie ist.

Ariel redet weiter, ohne eine Reaktion abzuwarten. »Ich bin schlauer als mancher Mann. Glaubst du etwa, Martha, nur du hattest Wünsche und Ziele? Ich wollte Mathematik studieren. Informatik.«

»Das hatte ich nicht gedacht«, sage ich bemüht, einen ruhigen Ton zu treffen. Ich möchte Ariel irgendwie besänftigen. »Mir und uns allen ist klar, dass jeder von uns Wünsche hatte. Nicht nur du. Aber deswegen sitzen wir hier. Um etwas zu ändern. Gemeinsam schaffen wir das. Wir halten zusammen. Wir sind füreinander da.« Ich halte ihrem fiebrigen Blick stand. Hoffe, zu ihr durchzudringen. Ich hätte früher mit ihr sprechen sollen. Vielleicht hätte ich etwas für sie tun können.

»Tut, was ihr wollt, aber ich mache da nicht mit. So werden wir meinen Bruder nicht befreien.« Sie fährt herum und geht.

Eva springt auf und rennt ihr hinterher. »Ariel!«

Mit zusammengepressten Lippen schaue ich die zwei Frauen am Tisch an, die bisher nichts gesagt haben.

»Ich bin dabei«, kommt, ohne zu zögern, von Salome.

Helene faltet ihre Hände auf dem Tisch. »Der neue Präsident ist nicht das, was wir erwartet haben«, sagt sie leise.

Ich spanne jeden Muskel an.

»Ich werde nicht erneut in die Rolle der sündigen Frau zurückkehren. Diese Ariel denkt falsch. Jede Aufgabe ist gleich wichtig. Ich möchte Respekt für meine Arbeit ernten und nicht bespuckt werden.«

Mag sein, dass Helene und ich auf zwei verschiedene Seiten stehen, aber wir sitzen am selben Tisch. Ich bin erleichtert.

Und dankbar.

»Sie ist weg!« Eva stürmt in den Essensraum. Leichenblass und heftig atmend. »Sie will die Jungs befreien. Auf eigene Faust!«

Ich schlage mit der Hand gegen meine Stirn. »Wie will sie das anstellen? Zu Fuß den Autos hinterherrennen? Jedes Gefängnis auf der Insel abklappern?«

»Sie ist weggelaufen, hat mir nur entgegen geschrien, das sie nicht auf uns dumme Weiber warten will, bis wir mit unserem Teekränzchen fertig sind.« Evas Schultern beben, ihre Lippen zittern. Sie schlingt ihre Arme um sich, als ob sie Angst hätte, auseinanderzufallen.

Diese Ariel!

»Glaub mir, in ein Gefängnis einzubrechen, ist keine Schönwetterbootstour!«, sage ich.

Ich bin in ein Gefängnis und in ein Umerziehungslager eingebrochen. Zwei gute Leute mussten damals sterben, um Felix zu befreien. Evas Rettung war nur durch die Unterstützung vieler Rebellen möglich. »Aaron und Chamuel würden das ganz sicher nicht wollen.«

Ich hadere. Am liebsten würde ich wie Ariel sofort los. Aber mein Verstand warnt mich. Für einen Moment wanke ich, spüre meinen Herzschlag bis in meinen Kopf. Ich drücke meine Hand auf den Bauch und atme tief durch.

Reiß dich zusammen!

»Wer weiß, ob sie überhaupt in ein Gefängnis gebracht werden.« Ruths Augen sind gerötet.

»Vielleicht werden sie wie die anderen Bürger ins Bergwerk verschleppt. Wir sollten hinterher …« Eva tippelt nervös von einem Fuß auf den anderen. »Je mehr Zeit vergeht, desto geringer die Chancen, sie zu befreien!«

»In das Bergwerk? Wir wissen doch gar nicht, wo das genau liegt.« Ich schüttle den Kopf, muss meine Gedanken sortieren. Jetzt ist nicht die Zeit, überhastet zu reagieren.

Ruth springt auf. »Stopp. Was ist mit den Kindern? Aaron und Chamuel sind erwachsen. Aber Klöpschen und Susi, und …« Sie fängt an, zu weinen. »Es sind Kinder«, schluchzt sie und sinkt auf dem Stuhl zusammen.

Können wir sie aus dem Fürsorgeheim befreien? Was dann? Wo verstecken wir sie? Ich massiere mir die Schläfen. Ich bin total erledigt, aber ich muss durchhalten.

Eva geht zu Ruth und nimmt sie in den Arm.

»Ich habe diese Kinder hierbehalten. Ich bin für sie verantwortlich. Aber Aaron ist mein Bruder und ich liebe Chamuel. So oder so, wir müssen was tun!« Eva wischt sich über das verweinte Gesicht.

Ich muss nachdenken. Einen kühlen Kopf bewahren. Nicht die Nerven verlieren. Was leichter gesagt als getan ist. Mein Körper schmerzt, meine Augen brennen vor Müdigkeit und in meinen Kopf schwimmt ein Hammerhai.

Egal. Schlafen kann ich, wenn ich tot bin.

Ich straffe die Schultern. »Fakt ist, wir müssen etwas tun. Aber einfach aus dem Haus stürzen, funktioniert nicht. Wir müssen uns was überlegen. Die Kinder befreien? Mit was? Die Jungs befreien? Wo und wie? Ich spreche mit Felix und Éli. Vielleicht kann Éli herausfinden, wohin sie gebracht werden.«

»Aber was ist mit Ariel?« Eva steht im Türrahmen. Abwartend. Sie will sie doch nicht suchen gehen?

»Ariel wird schon wiederkommen. Spätestens wenn ihre Füße weh tun und sie Hunger hat«, beruhige ich sie. »Wahrscheinlich hat sie ein schlechtes Gewissen. Sie konnte nichts tun und ihr Bruder wurde verhaftet.« Das erklärt nicht ganz Ariels Verhalten, aber ich brauche Eva und kann jetzt nicht zulassen, dass sie ihr hinterherrennt.

»Aber sie hätte nichts ändern können!«

»Das wissen du und ich. Und sie wird es auch bald erkennen.«

Aber ich hätte etwas tun können. Wenn ich nicht verletzt gewesen wäre. Und die Angst, dass mir genau das jemand an den Kopf wirft, ist groß. Eiskalt kühlt sie die Wut in meiner Brust zu einem Klumpen voller Schuldgefühle.

Mir ist schwindlig, und ich muss mich setzen. Betont langsam trinke ich meinen Tee. Lasse mir meine Schwäche nicht anmerken.

5. Teil

DUNKEL

dunkel
hängt die Dämmerung
im glänzenden
Mondlicht
voll und schwer

Rauschen
erfüllt die Luft

in mir vibriert
alte – neue – Wut
zu finsteren Schatten
auf

@LUGA FAUNUS

Der Angst keinen Raum geben.

Éli und Felix sitzen seit Minuten stumm über eine Datentafel gebeugt und versuchen das Unmögliche: Herauszufinden, wohin die Kinder und die Männer gebracht werden.

Wir haben uns zu viert im Keller eingefunden. Eva und Ruth sind mit Salome oben geblieben.

Ruth und Eva meiden seit jeher die unterste Etage. Sie löst Erinnerungen an das Umerziehungslager aus, das sie gern vergessen möchten. Auch ohne ihre Vergangenheit könnte ich es verstehen. Der Raum ist zu stickig und zu eng für uns alle. Eine vor sich hin wackelnde Glühbirne beleuchtet unsere kleine Versammlung. Von der Treppe her zieht es. Aber ich harre hinter den Jungs aus und hoffe, dass Élis technisches Talent ausreicht.

Ich massiere mein leeres Handgelenk. Die Uhren sind oben sicher verwahrt. Abel mag wissen, wo ich mich aufhalte, aber er wird blind sein und sich fragen, was ich vorhabe oder glauben, ich habe aufgegeben. Dieser Gedanke hält mich aufrecht.

Felix regt sich als erster. »Wir brauchen einen Datenrechner. Die Datentafel hat nicht genug Leistung, um an irgendwelche Informationen zu gelangen.«

»Wie will er das überhaupt machen?«, flüstert Helene in meinem Nacken.

Ich bin auch irritiert. Die Regierung wird den Überfall auf unser Heim ja wohl kaum in den Nachrichten bringen.

»Éli will sich in das Inselnetz einspeisen und die Kommunikation der Schutzwehr lesen«, erklärt Felix und kramt in den Kisten, die herumstehen. Die beiden haben einiges an Technik wie Kabel, Datentafeln und Akkus mitgebracht. Ausgemusterte Mangelware, haben sie nach ihrer Ankunft erklärt.

»Aber kann das nicht zu uns zurückverfolgt werden?« Ich beuge mich über Élis Schulter, kann aber nichts mit diesen Zahlenkolonnen anfangen.

»Diese Tafeln sind wirklich eine Katastrophe! Völlig unbrauchbar für das, was ich machen soll!« Éli schlägt mit der flachen Hand auf den Tisch. »Keinerlei Verbesserung zu dem, was ich mir aus Müll in der schwarzen Zone zusammenbasteln musste!«

Élis Missmut über die Technik erschreckt mich. Ich habe ihn noch nie laut werden hören.

»Alles gut!« Felix streicht Éli über den Rücken. »Ich besorge dir einen größeren Rechner.« Er wendet sich zu mir.

»In der Redaktion von Chamuel stehen feste Rechner. Bedeutet aber stehlen.«

Felix zieht eine Augenbraue hoch. »Bekommen wir hin, oder?«

»Klar.« Sieh es als Strafgeld für deine Verbrechen als Bürger, Abel!

»Die nächste Frage ist, bleiben wir hier?« Helene scheint der Keller nicht zu behagen. Verständlicherweise. Er ist schmutzig, kalt und feucht.

»Ja. Abel wird damit rechnen, dass wir fliehen, aber das tun wir nicht. Der Keller ist das perfekte Versteck«, antwortet Éli, der sich von der Tafel gelöst hat und aufsteht. Er drückt den Rücken durch und streckt die Arme nach oben. Der Keller ist so niedrig, dass er die schmutzige Decke berührt und Spinnweben sich lösen.

Ich schüttle mich und trete zur Seite, um keine abzubekommen.

»Wieso sollte das hier das perfekte Versteck sein.« Helene verzieht angewidert den Mund.

»Kommt euch hier nicht irgendwas komisch vor?« Éli schiebt sich an mir vorbei.

»Es ist eng und schmutzig.« Helene hält Abstand zu den verstaubten Wänden und hat den Kopf eingezogen. Bei ihrer Größe – sie überragt mich ein Stück – ein sichtlich anstrengendes Unterfangen.

»Eng, da habt ihr Recht. Dabei sollte dieser Raum in etwa die Größe des gesamten Erdgeschosses haben.«

Stimmt, jetzt wo Éli darauf aufmerksam macht, fällt es mir auf.

Ich taste die Wände ab. Doch bis auf die Tür zu den weiteren Kellerräumen der anliegenden Häuser ist hier nichts Auffälliges zu erkennen.

»Ist hinter einer der Wände die Heizungsanlage verbaut?«, fragt Helene.

»Nein, an der seid ihr vorbeigegangen.«

»Sag schon, Éli. Wir haben keine Zeit und keine Nerven für deine Spielchen«, antworte ich gereizt und knacke mit den Fingerknöcheln. Ich will nach oben. Hier unten habe ich das Gefühl, mehr Staub als Luft zu atmen.

Éli schlurft zu der gegenüberliegenden Wand. Er drückt an einer abgegriffenen Stelle neben dem Regal, bei dem ich die beiden nach dem Überfall der Schutzwehr gefunden habe, und eine Tür schwingt auf. Dahinter erscheint ein weiterer Raum.

»Danke an die vorherigen Bewohner, die anscheinend paranoid waren und einen Bunker eingebaut haben.« Éli verbeugt sich und präsentiert uns das Versteck mit einer ausladenden Handbewegung.

Staunend gehe ich hinein.

»Bunker?«, fragt Helene und schaut entsetzt in das Zimmer aus Beton.

»Ja, das ist eine Art Schutzraum. Wir haben ihn gefunden, als wir uns versteckt haben. Der ganze Raum ist mit einem bestimmten Metall überzogen, das macht es unmöglich, Signale von hier drinnen aufzuspüren.«

Ich halte mir die Nase zu. Es mieft und ich muss laut niesen. So muss es sich anfühlen, lebendig begraben zu werden. Ich will nur noch raus.

»Aber dann könnt ihr auch keine Signale empfangen?« Helene hat sich ebenfalls in den Bunker getraut. Sie wischt mit ihrer Hand über ihre Haare und schaut sich mit vor Ekel verzerrtem Gesicht um. Die Zeit hat dem Raum zugesetzt. Staubflusen schweben in der Luft und hängen in den Ecken samt dicken Spinnen fest.

»Wir müssen Kabel bis nach oben zum Verteiler ziehen. Chamuel hat so etwas bestimmt auch in seiner Redaktion.«

Für einen kurzen Moment erlaube ich mir, zu hoffen, und nicke.

Wir können es schaffen. Wir können die Jungs finden, Abel stürzen, die Kinder befreien. Oder?

Was ist, wenn ich zu schwach bin? Nicht die Kraft habe, ihn zu besiegen?

Mit jeder Sekunde, die wir hier vertun, wird Abel stärker. Wie ein Küstensturm schlägt die Angst über mir ein.

Felix kommt auf mich zu, doch ich stürme aus dem Schutzraum und durch den Keller wieder nach oben.

Wir können es schaffen. Ich darf der Angst keinen Raum geben.

Während wir darüber brüten, wie wir ungesehen in die Redaktion kommen, betritt Noah, unser Hausmeister, das Heim. Er bricht in Tränen aus, als wir ihm erzählen, was geschehen ist.

Ich bitte ihn, wieder zu gehen, damit er und seine Familie nicht in Gefahr geraten. Er bekommt nicht einmal Geld von Eva, aber er will bleiben und helfen, wenn er kann.

Felix hat die Idee. Er borgt sich die Uhr von dem Hausmeister.

Noah riskiert damit seine Arbeit in der Fabrik, wenn wir erwischt werden und ich bin ihm unendlich dankbar.

Ich suche mir, passende, graue Kleidung zusammen und nehme die Uhr von Salome. Wir hoffen, dass die Schutzwehr sie nicht markiert hat und wir bei einer Kontrolle unbehelligt davonkommen.

Im Schutz der Dunkelheit machen wir uns mit Noahs Wagen los. Sollten wir angehalten werden, sind wir auf dem Weg zur Fabrik. Nachtschicht. Nichts Ungewöhnliches.

Wir warten an der Straßenecke zwischen einer Bushaltestelle und der Redaktion, bis die Straße menschenleer ist. Unsere Gesichter haben wir verhüllt, um auf den Überwachungskameras nicht erkannt zu werden.

Meine Beine werden schwer. Mir steckt die Prügel noch immer in den Knochen und die gewonnene Energie durch die Infusion hat sich verflüchtigt. Geblieben ist eine tiefe Müdigkeit.

Nur die Wut über Abel und seinen Verrat hält mich aufrecht. Das Feuer in mir ernährt sich von der Sorge um die Jungs und Kinder. Wir haben keine Zeit zu verlieren.

Langsam schleichen wir auf das Gebäude zu, immer wieder schaue ich über meine Schulter. Wir sind die Einzigen, die unterwegs sind. Doch die Anspannung vergeht nicht.

Felix versucht mit Élis Hilfe, über die Uhr den Türcode zu knacken.

Ich halte die Luft an und beobachte aufmerksam die Straße. Das Surren der Tür schreckt mich auf und ich japse nach Luft.

»Psst!« Felix legt einen Finger auf die Lippen. Ich nicke unwirsch und ärgere mich über mich selbst.

Die Gesichter nach unten haltend, treten wir ein. Die Überwachungskameras sind auf die Mitte des Raumes ausgerichtet. Unser Glück. Dennoch ziehe ich die Kapuze tief in mein Gesicht.

Ohne groß nachzudenken, greift Felix sich den erstbesten Rechner und ich sammle an Kabeln ein, was ich finde. Keine Ahnung, was die Richtigen sind.

Sollte der Einbruch morgen gemeldet werden, könnte Noah verhaftet werden, weil seine Uhr-Signatur hier aufgenommen wurde. Éli will die Daten umschreiben, aber wir dürfen nicht erwischt und vor allem nicht gesehen werden.

Felix schleicht mit dem schweren Kasten an der Wand entlang wieder hinaus. Ich sehe ihn an der Fensterscheibe vorbeigehen in Richtung unseres Transporters. Nervös, weil ich allein bin, zerre ich an einem weiteren Kabel, um es aus seiner Dose zu lösen. Meine Finger sind ganz rutschig, was die Sache nicht einfacher macht.

Sirenen ertönen und mein Herz setzt vor Panik aus. Ich werfe mich auf den Boden und halte den Atem an. Scheinwerfer fahren langsam an den Fenstern vorbei. Mein Herz rast. Ich spüre es bis tief in meinen Magen. Wurden wir bemerkt? Ich rutsche Zentimeter für Zentimeter unter einen Schreibtisch und quetsche mich zwischen einen Mülleimer und weitere Kabel. Durch eine Lücke linse ich zu den Fenstern.

Das Licht des Autos entfernt sich. Ich bleibe dennoch still. Wo ist Felix? Wurde er gefasst? Schweißtropfen laufen mir die Stirn entlang. Ich wische sie weg und horche, ob jemand kommt.

Schwere Schritte erklingen. Mein Puls beschleunigt sich ins Unermessliche. Ich mache mich ganz klein. Vor Angst schließe ich die Augen. Als ob das etwas hilft, aber ich kann nichts dagegen tun.

»Martha?« Es ist Felix, der mich leise ruft.

Vor Erleichterung pinkle ich mir fast in die Hose.

»Du kannst rauskommen. Falscher Alarm.«

Ich stehe hastig auf und knalle prompt mit dem Kopf gegen den Schreibtisch. »Au!« Leise fluchend drücke ich mit der Hand auf meinen Scheitel. Das musste ja passieren.

»Hast du dir wehgetan?«, fragt mich Felix leise. Ich ignoriere ihn und schnappe mir eine Kiste mit irgendwelchen Gerätschaften. Oben drauf stopfe ich die Kabel, die ich zusammengesucht habe. Hoffentlich ist was Brauchbares dabei.

Wir laufen mehrmals. Noch einmal werden wir nicht zurückkommen.

Jedes Mal, wenn Scheinwerfer auftauchen, glaube ich, mein Herz bleibt stehen.

Bevor wir ins Auto steigen, um zurückzufahren, schlägt Felix die Fenster ein, um es wie einen Raubüberfall aussehen zu lassen.

Als ich ein paar Minuten später das Heim vor uns erblicke, bin ich so erleichtert, dass ich weinen möchte.

Bist du dir sicher?

Unten im Keller bauen Felix und Éli die Rechner auf.

Ich sitze oben bei den Frauen. Wir diskutieren, wie wir die Kinder am besten zurückholen können.

Ich spreche die unangenehme Wahrheit aus. »Wir können die Kinder nicht ohne einen guten Plan aus der Fürsorge-Institution befreien. Erstens haben wir nichts, womit wir sie rausholen können, und zweitens, was ist danach? Wohin mit den Kindern?«

»Was soll das heißen?« Ruth faltet gerade die Kleidung der Kleinen. Besser, als nervös die Fingerknöchel knacken zu lassen, wie ich es tue.

»Willst du die Kinder in Abels Hand lassen? Du weißt nicht, was sie mit ihnen anstellen!« Wie eine mahnende Erinnerung hält Ruth einen Pullover von Klöpschen hoch.

»Nein, ich will sie eben nicht in Abels Hand lassen«, widerspreche ich barsch. »Wir können sie aber nicht zurück ins Heim holen. Abel würde sie sofort wieder abholen lassen und uns diesmal direkt mitnehmen. Es ist sowieso schon seltsam, dass er uns auf freiem Fuß lässt.«

»Wir sind doch nur Frauen. Er nimmt uns nicht ernst«, sagt Eva und klingt resignierend. Eingesunken sitzt sie da und streicht ununterbrochen mit den Händen über ihre nackten Beine.

»Was schlägst du vor?«, fragt Helene und ich bin ihr dankbar, dass sie die Diskussion wieder auf das eigentliche Thema lenkt.

»Wir müssen Abel dazu bringen, abzutreten, oder eine Neuwahl herbeizwingen. Und dafür brauchen wir Unterstützung.«

Jetzt habe ich ihre Aufmerksamkeit.

»Aber wie?«, fragt Salome.

»Das muss ich mir noch überlegen.«

Es gibt genügend Menschen, vor allem Frauen, die nicht mit Abels Regierung einverstanden sind. Das hat der Heiratsmarkt bewiesen und auch Felix und Éli haben das berichtet. Sie noch einmal zu vereinen, wird das Schwierige sein.

Doch wenn Éli es schafft, Nachrichten zu lesen, könnte er dann nicht auch Nachrichten verschicken?

Ich habe eine Idee, aber das bespreche ich erst mit Felix und Éli.

Eine unangenehme Stille legt sich über unsere Runde.

Eva ist die Erste, die aufsteht. »Gut, mach das! Ich schau derweil, ob ich etwas zu essen auftreiben kann.«

»Bleib von den Fenstern weg«, rufe ich ihr zu, während ich in den Keller gehe.

Am sichersten wäre es, wenn wir alle im Keller bleiben würden.

Allein der Gedanke daran macht mich verrückt. Eingesperrt in einen dunklen Raum, ohne Fenster, nur von Staub und Grau umgeben. Das kann ich Eva und Ruth nicht antun.

Felix kommt mir auf halbem Wege entgegen, eine Rolle Kabel in den Händen, die er langsam auslegt.

»Irgendwo müsste ein Netzzugang sein. Vielleicht in der Eingangshalle?«

»Oder das ehemalige Herrenzimmer«, überlege ich laut in Erinnerung an Aarons und Evas Wohnung.

Ich helfe ihm und bringe ihn dabei auf den neuesten Stand.

»Das ist die einzige Möglichkeit. Tut mir leid um die Kinder und die Jungs. Aber Abel muss aufgehalten werden«, bestätigt er mich.

»Aber wie?«, frage ich und kann die leise Verzweiflung in meiner Stimme nicht unterdrücken.

»Wir müssen auf die Straße und wir brauchen Unterstützung. Hast du mal daran gedacht, Kontakt mit dem Festland aufzunehmen?«

Langsam verlegen wir das Kabel über den Flur.

»Das Festland? Auf keinen Fall. Die machen gemeinsame Sache mit Abel!«

»Bist du dir sicher? Die haben sich von der Zusammenarbeit in der Rebellion bestimmt mehr erhofft.« Felix lässt das Kabel los und richtet den Blick nach unten. Er sucht die Wände nach der passenden Steckdose ab. Ich hocke mich hin und warte hinter meinem Freund.

»Aber sie bekommen doch alles von ihm. Die Produktionsgeheimnisse werden ihnen auch verraten. Handeln tun sie auch nicht mehr mit der Insel, diese Verräter.« Ich stehe auf und strecke meinen Rücken durch. Nein, dem Festland ist nicht zu trauen. Ich habe einmal nicht auf Lillit gehört. Wie oft hat sie Abel kritisiert und angezweifelt? Bei dieser Sache werde ich nicht noch einmal einen Fehler begehen und den Falschen mein Vertrauen schenken.

»Die geflohenen Bürger werden Wissen verkauft haben. Aber du glaubst doch nicht, dass der Textilfabrikinhaber die Geheimnisse der Variabilispflanzenzüchtung kennt? Wir haben dem Festland noch viel zu bieten. Aber ich glaube nicht, dass sie noch mit Abel einverstanden sind.«

Felix' Argumente sind einleuchtend.

»Aber dennoch Felix, ich weiß nicht. Das Festland?« Warum sollten sie uns helfen wollen? Warum nicht weiter mit Abel auf gut Freund machen? »Erstmal muss ich wissen: Kann Éli Nachrichten verschicken, ja oder nein?«

»Das musst du ihn schon selbst fragen.«

Der beleidigte Ton meines Freundes irritiert mich. Er scheint nicht zufrieden mit meiner Antwort, doch ich will nichts überstürzen. Ich kann mir keinen weiteren Fehler leisten.

»Ah, da ist ja die Steckdose.« Felix verschwindet im Spielzimmer. Dort muss das frühere Herrenzimmer gewesen sein. Er schließt das Kabel an und eilt wieder hinunter in den Keller.

Ich folge ihm und passe auf, dass ich nicht über das neue Hindernis stolpere.

Könnte das Festland die Lösung sein? Oder hatte Lillit Recht und wir sollten uns lieber fernhalten? Sie würden Forderungen stellen, nicht wahr? Unsere Forschungsgeheimnisse haben wollen und wer weiß was damit anstellen? Sie sind nicht die Guten. Das weiß ich.

Sie kennen genauso Krieg und Gewalt, zerstören die Natur und quälen Tiere.

Ich habe Fotos von ihren Tieranlagen gesehen. Millionen Wesen eingepfercht, um gegessen zu werden. Das ist eklig. Es gibt Nächte, da habe ich noch immer Alpträume davon.

Wer weiß, was sie für ihre Unterstützung fordern? Ich bin nicht aus der schwarzen Zone raus, um mich jetzt zu verkaufen.

Trotzdem frage ich mich, ob wir es ohne ihre Hilfe schaffen können. Ob wir nicht einen noch höheren Preis für unsere Freiheit, unseren Frieden zahlen müssen.

Ich will fliehen.

Im Krankenhaus empfängt mich die gewohnte Stille. Die Eingangshalle ist leer. Nur das Wartezimmer vor der Rettungsstelle ist voll. Ich schaue auf meine Uhr.

Nein, natürlich bin ich nicht dort eingeteilt. Ich bin eine Frau ohne Schulbildung. Den Nachweis über mein Abitur hat der Krankenhausleiter gekonnt ignoriert. Er würde es prüfen, sobald er Zeit dafür fände. Das ist Wochen her. Und jetzt mache ich mir auch keine Hoffnungen mehr. Mein Magen zieht sich schmerzhaft zusammen. Vielleicht sollte ich Tabletten gegen meine Krämpfe klauen?

Im Schwesternzimmer atme ich durch und ziehe mich um. Ich habe kaum geschlafen. Die leere Betthälfte hat mich nicht zur Ruhe kommen lassen. Die Sorge um Aaron zerreißt mich innerlich. Die Frage, wo er ist und was mit ihm geschieht, treibt mich um. Ich stelle mir die schlimmsten Dinge vor und gleichzeitig kann ich nichts tun, außer abzuwarten, was Felix und Éli herausfinden. Ich muss mich verhalten, als wäre alles normal und außerdem brauchen wir mein Gehalt. Sauer stößt es mir auf und ich presse meine Hand auf den Magen.

Schade, dass es keine Tabletten gegen Angst gibt.

Seufzend erkundige ich mich auf der Datentafel, welche Arbeit mir zugewiesen wurde.

Ich sortiere Medikamente, doch ich kann mich nicht konzentrieren. Immer wieder muss ich die Pillendosen ausschütten und von vorne anfangen. Nicht auszudenken, wenn ein Patient wegen mir stirbt, weil ich immer wieder an Aaron denke.

Und an Klöpschen.

Die Schwere meiner Schuld zieht mich nach unten.

»Hilfe!« Eine kreischende Frauenstimme reißt mich aus meinen Sorgen. Vor Schreck lasse ich die Pillendose fallen und renne hinaus.

Schwester Léa schlittert den Flur entlang. »Der Doktor. Er bekommt keine Luft mehr!«

Im Flur ist niemand zu sehen. Nur sie und ich.

»Wo ist er?« Ich drücke auf meiner DV-Uhr den Notknopf. Er leuchtet bereits, aber wo bleibt das Rettungspersonal?

»In seinem Büro.« Weinend schaut meine Kollegin über ihre Schulter.

Ich renne los. Es ist keine Zeit, auf jemand anderes zu warten.

Im Zimmer finde ich einen blau angelaufenen Arzt auf dem Boden. Sofort reiße ich ihm die Kleidung von der Brust.

»Hol das Beatmungsgerät!«, schreie ich Schwester Léa zu und bete, dass sie mir gefolgt ist.

Ich lege meine Hände auf seine Brust und fange mit der Herz-Kreislaufmassage an. Immer wieder drücke ich seinen Brustkorb rhythmisch zusammen und meine Augen wandern zu seinem Schreibtisch. Eine Schüssel mit Nudeln und Würmern steht dort und ich ahne, was passiert ist.

Schwester Léa kommt mit dem Beatmungsgerät.

»Ich brauche einen Absaugschlauch und eine Lampe!«

Sie legt das Beatmungsgerät an und springt sofort wieder auf. Ich massiere weiter den Brustkorb.

Einen Moment später fällt sie neben mir auf die Knie und reicht mir das Gerät.

Ich übergebe ihr die Massage und nehme das Atmungsgerät von seinem Gesicht. Dann schiebe ich ihm den Schlauch in den Mund tief hinunter, bis ich auf einen Widerstand stoße. Ein schlürfendes Geräusch ertönt. Ich bewege den Kunststoff leicht hin und her.

Ein Gurgeln erklingt und ich ziehe den Schlauch langsam heraus.

Ein Wurm hängt dran.

Schnell setze ich das Beatmungsgerät wieder auf seinen Mund. Eine andere Schwester kommt an meine Seite. Sie legt eine Infusion und wenige Minuten später kehrt Farbe in das

Gesicht des Mannes zurück. Der Brustkorb hebt und senkt sich von allein.

Vorsichtig setzen wir die Atemmaske ab. Zwei Pfleger drängen sich zu uns und hieven den Arzt auf eine Trage.

Ich stehe auf und strecke meine schmerzenden Knie. Jetzt hätte ich gerne die Atemmaske. Ich habe das Gefühl, mir wird der Sauerstoff knapp.

Was mache ich hier? Ich sollte jetzt eigentlich Pläne schmieden, wie ich die Jungs befreien kann, wo und wie ich Unterstützung finde, um eine Neuwahl von Abel zu verhindern, ich sollte … nicht hier sein und einen von denen retten.

Ich taumle gegen den Schreibtisch und kralle mich fest, darf mein Feuer, meine Energie nicht hier verschwenden.

Aber was hätte ich denn tun sollen? Ihn sterben lassen?

Nein.

Ich wollte nie und werde nie sein, wie diese selbsternannten Herrscher. Adam und Abel.

Sie machen einen Unterschied. Ich nicht.

Ich melde mich an der Datentafel ab und will die Schicht beenden, da leuchtet meine DV-Uhr auf. Eine Nachricht von dem Arzt, den ich gerettet habe: »Frau Kappes, ich erwarte Sie sofort in meinem Büro!«

Ein ›Bitte‹ hätte er ruhig anfügen können. Diese arroganten Ärzte.

Müde mache ich mich auf den Weg zu ihm.

Er ist wieder auf den Beinen und sitzt an seinem Schreibtisch, wenn auch etwas blass um die Nase.

»Fräulein Kappes«, begrüßt er mich. »Ich habe gehört, was Sie heute geleistet haben.«

Ich erwarte ein Danke, aber seiner Miene nach wird er mir gleich einen Vortrag halten.

»Sie haben heute Handlungen vollzogen, zu denen Sie keine Berechtigung hatten. Geschweige denn die medizinische Ausbildung. Ich mag mir gar nicht vorstellen, was alles mit mir hätte passieren können.« Bei diesem Satz fasst er sich an den Hals.

Wie bitte? Ist das sein Ernst? Ich würde ihm am liebsten den Absaugschlauch erneut in den Hals rammen. Ich habe ihm das Leben gerettet. Wenn ich nicht gekommen wäre …

Verschwendete Mühe … Ich beiße die Zähne zusammen.

Er schiebt einen Chip zu mir. »Das ist Ihr Gehalt für Ihre letzten Dienste. Zu Ihrem Schutz und um einer Klage zu entgehen, rate ich Ihnen dringend, heute zu kündigen. Sonst garantiere ich für nichts.« Er schaut mich aus seinen kleinen, braunen Augen an, faltet die Hände vor der Brust und lehnt sich zurück. Seine Mundwinkel zucken.

Freut er sich?

Ich kann es nicht fassen. Wieso? Warum? Weshalb?

»Ich habe Ihnen das Leben gerettet«, flüstere ich.

»Oh nein, Sie haben mir beinahe das Leben genommen. Meiner starken, männlichen Gesundheit ist es zu verdanken, dass ich noch lebe!« Seine Spucke fliegt mir entgegen und ich stehe auf, um ihr auszuweichen.

»Sie gemeines, arrogantes Arschloch! Hätte ich Sie doch bloß sterben lassen!« Ich balle die Fäuste und bebe vor Wut.

»Sie sollten jetzt lieber gehen, Fräulein Kappes!«, antwortet er mit zischender Stimme.

Ich schlucke. So viele Wörter liegen mir auf der Zunge. Idiot! Arschloch! Lusche! Meine Brust brennt und ich glaube, gleich einen Herzinfarkt zu bekommen. Gefühlt jede Zelle meines Körpers steht in Flammen und ich kann nicht mehr denken. Bevor ich mich auf ihn werfe, um ihn zu erwürgen, fahre ich herum, stampfe zur Tür und reiße sie auf.

Ich will fliehen.

Fliehen vor der Demütigung.

Fliehen vor meinem Hass.

Fliehen vor meiner Wut auf mich selbst, ihm geholfen zu haben, obwohl irgendwas tief in mir weiß, dass es richtig war.

Trotzdem verharre ich. Ich will mich nicht so leicht abfertigen lassen!

Bedrohlich langsam drehe ich mich um, spüre, dass mein Gesicht zu einer Grimasse verzerrt ist.

»Packen Sie das Doppelte von meinem Gehalt drauf, ansonsten werde ich bekannt machen, was wirklich vorgefallen ist!« Ich weiß, dass ich nicht die Mittel habe, vor Gericht gegen ihn zu bestehen, doch ich baue darauf, dass er nicht weiß, wie sehr Abel mir misstraut.

Die Hand des Arztes schwebt über dem Schreibtisch. Er leckt sich mit der Zunge über die Lippe.

»Das Doppelte und ich sehe und höre Sie nie wieder!«

Ich kann es kaum glauben und grinse ihn von oben herab an. Ihm muss sein Ansehen sehr wichtig sein.

Dass die Rettung durch eine ungebildete Frau dieses zerstören kann, ist unbegreiflich für mich.

Das muss sich ändern. Das wird sich ändern.

Wenn Abel weg ist.

Ich nicke und er tippt auf seine Uhr, hält den Chip darüber und gibt ihn mir. Ich kontrolliere das Guthaben und verschwinde ohne ein weiteres Wort.

Widerlicher Fetzenfisch!

Mit dem Chip in der Hand sitze ich im Bus. Ich bin früh dran und der Bus ist fast leer. Heute riecht es nicht nach Schweiß und Elend.

Der Bus fährt an den grauen Häusern vorbei und ich sehe immer mehr Bettler am Wegesrand. Was für eine Ironie. Vor einem Jahr haben wir uns hier mit goldenen Masken versammelt und auf unsere Rebellion aufmerksam gemacht. Ich erinnere mich an die Reihen voller Frauen, die mutig rausgegangen sind, um sich endlich von der Unterdrückung durch den Mann zu befreien.

Und heute? Ich kann es noch immer kaum glauben. Gekündigt, weil ich ihm das Leben gerettet habe. Gekündigt, weil ich eine Frau bin. Letztlich läuft es darauf hinaus. Hätte ein Mann ihm geholfen, sähe die Sache anders aus.

Am besten ist es, ich gebe das Geld sofort aus, bevor die Bank es zurückwill. Ich traue diesem Arzt alles zu.

Am Marktplatz steige ich aus. Nur wenige Stände stehen hier. Die Preise übertreffen meine Vorstellungen. Im Kopf rechnend gehe ich langsam in eine Richtung, kann mich nicht entscheiden, was am dringendsten gebraucht wird.

Auf dem Rückweg fülle ich den Beutel mit haltbaren Nahrungsmitteln wie Haferflocken, Zucker und Mehl. Ich denke an die Mädels im Heim und suche nach Süßigkeiten. Mein letztes Geld gebe ich für eine kleine Tüte getrocknete Datteln aus.

Zufrieden bemerke ich, wie schwer die Tasche ist. Das wird uns eine Weile über Wasser halten.

Mein Blick fällt auf die Lucretia-Statue.

Die graue Plane ist weg. Ich betrachte die Skulptur genauer und reiße den Mund auf. Das ist nicht Lucretia, sondern Abel.

Saure Spucke füllt meinen Mund.

Ich nähere mich der Steinfigur und finde ein metallenes Schild: ›Unser Präsident Abel. Befreier der Insel‹.

Das darf doch nicht wahr sein … Ich könnte kotzen!

Er lässt sich wie ein Gott feiern und verehren. Mir ist übel und ich will nach Hause. Das muss ein Ende haben. So viel ist sicher. Hier gilt es nicht nur, einen unfähigen Präsidenten abzusetzen. Jetzt geht es darum, eine neue Herrschaft zu vereiteln.

Keine Herrschaft mehr!

Mein Kopf fühlt sich an, als ob angeschwemmte Algen sich dort ausgebreitet hätten. Wie durch einen Schwamm prasseln die Gespräche der anderen auf mich ein. Ich kann mich kaum konzentrieren. Meine Gedanken schweifen immer wieder ab.

Hier unten habe ich das Umerziehungslager vor Augen. Ich sehe zu Ruth und Eva. Sie sitzen kalkweiß in einer Ecke und halten sich gegenseitig an den Händen fest.

Wie die Tage zuvor hocken wir an diesem Abend gemeinsam im Schutzraum. Ich lehne an einem Tischbein. Er knarrt bei jeder meiner Bewegung und ich befürchte, er bricht unter der Last der vielen Technik bald zusammen.

Alle kauern auf dem Boden. Außer Helene. Sie sitzt auf dem Stuhl, von dem aus Éli noch vor wenigen Minuten am Rechner gearbeitet hat. Mit überschlagenen Beinen schaut sie auf uns herab.

Eine fehlt. Ariel. Niemand hat eine Nachricht von ihr erhalten. Ihre Uhr hatte sie nicht dabei. Ich hoffe, sie hat sich versteckt und braucht nur etwas Zeit. Ihr Stolz lässt sie wahrscheinlich nicht zurückkehren.

Ich massiere meine Schläfen und lenke meine Aufmerksamkeit auf das Gespräch.

»Wir könnten Nachrichten verschicken, aber sie müssen verschlüsselt sein. Wie die damals in Evas Kolumne.« Éli stützt sich am Türrahmen und trinkt einen Schluck Wasser aus einer Tasse. Seine Haare sind zu lang und verknotet, er sieht aus, als ob er in eine Steckdose gefasst hätte.

»Die Wäscheklammer«, wirft Eva ein. »Das sollten wir als Wiedererkennungswert behalten.« Ihre Stimme ist leise, fast ein Flüstern, aber sie hält sich aufrecht.

Tapferes Mädchen.

»Wenn wir ein Bild von einer Klammer verschicken, sollten unsere Befürworter verstehen, worum es geht.« Ich tippe mit meinen Fingernägeln unruhig auf den Boden.

»Ja und dann? Sobald du ein Termin im Netz nennst, weiß die Schutzwehr, worum es gehen könnte. Nennen wir mehrere, wissen unsere Befürworter genauso wenig, welcher Tag für eine Demonstration gemeint ist.« Felix massiert sich den Nacken und starrt zur Decke. Er hat sich in eine Ecke gesetzt, um Platz für seine langen Beine zu haben.

»Und was bringt eine Demo?« Ruth sitzt neben Eva, so weit weg wie möglich von den Wänden, als ob jeglicher Kontakt sie verletzen könnte. »Sie wird Abel nicht stürzen und die Kinder und Aaron und Chamuel nicht wiederbringen.«

Da hat sie Recht. Éli hat trotz Rechner keine Aufzeichnungen über ihren Verbleib gefunden. Wir gehen davon aus, dass die Jungs im Bergwerk gelandet sind, aber sicher sind wir nicht und das macht mich verrückt. Meine Nerven vibrieren und ich habe das Gefühl, dass selbst meine Haare zittern.

Jede Entscheidung könnte die Falsche sein. Was ist, wenn wir ins Bergwerk eindringen und sie dort nicht finden? Dann haben wir Zeit und Mühe umsonst aufgebracht. Von der Gefahr, in die wir uns begeben, ganz abgesehen.

Ich raufe mir die Haare.

»Wir bitten das Festland um Hilfe«, schlägt Felix vor.

»Was?« Eva erhebt sich. »Auf keinen Fall, die haben Abel doch die ganze Zeit unterstützt! Warum sollten sie uns helfen und zu welchem Preis bitte?«

»Abel wird seine Schulden nicht bezahlen können.« Felix reibt seine Finger aneinander.

Ich teile Evas Bedenken, aber Felix' stoische Geduld bei diesem Thema irritiert mich.

Uns fehlen die Möglichkeiten. Das stimmt. Wer sind wir schon? Abel hat Adam auch nur mit Hilfe des Festlandes stürzen können.

»Die werden wir dann auch noch begleichen müssen. Nein, danke. Das müssen wir alleine schaffen«, beharrt Eva auf ihrer Meinung.

Ich weiß nicht, was ich denken soll. Da kann mich Felix anstarren, so viel er will. Ich sage nichts und weiche seinem Blick aus, in dem ich einen imaginären Fussel auf meinem Hemd entferne.

»Wir müssen Prioritäten setzen«, versucht Helene, die Diskussion voranzubringen. »Die Kinder sind nicht in Lebensgefahr. Ich weiß, Ruth, dass es ihnen nicht gut geht, aber sie bekommen Essen und haben ein Dach über dem Kopf. Wie lange uns das Vorbehalten ist, ist eine andere Frage. Keiner von uns verdient Geld, wir leben von der Hand in den Mund und daher sollte unser Ziel vorrangig sein, Abel zu stürzen.«

Helene überrascht mich und ich gebe ihr Recht. Mein Herz will Aaron befreien, aber mein Verstand weiß es besser. Ich muss mein Feuer im Zaum halten, um keine vorschnellen Entschlüsse zu fassen. Es ist noch nicht an der Zeit, sich einfach in den Kampf zu stürzen. Ich kenne Abel. Er hat jeden Schritt gut überlegt. Wir dürfen uns nicht von ihm in eine Falle führen lassen, denn das will er, da bin ich mir sicher.

Die Verhaftung der Jungs und die Wegnahme der Kinder sollen uns aus der Reserve locken. Er glaubt nicht, dass wir die Drahtzieher für die Demos waren. Aber er wird hoffen, über uns an diesen vermeintlich Unbekannten heranzukommen.

Tja, du liegst ausnahmsweise falsch, Abel.

»Wir müssen auf die Straße. Nichts anderes haben wir in der Hand. Wir müssen den Menschen da draußen zeigen, dass sie nicht allein sind. Wir sind nicht die Einzigen, die gegen Abel sind. Ja, die Menschen sind müde. Aber die Menschen sind auch hungrig. Wie lange will Abel Nahrung vom Festland kaufen?« Mein Mund ist trocken und ich lecke mir über die Lippen. »Wir müssen ihn stürzen. Das geht nur, wenn sein Thron wackelt. Sein Thron aber wird vom Inselvolk getragen. Wenn dieses ihn fallen lassen …«

»Also planen wir die nächste Demo?«, fasst Eva zusammen.

»Die nächsten«, präzisiere ich. »Wir dürfen Abel gar nicht erst zu Atem kommen lassen. Die Straßen müssen brennen!« So wie mein Innerstes brennt, um ihn endlich aus seiner Muschel zu werfen.

Felix setzt sich aufrecht hin. »Dafür brauchst du Waffen.«

»Ich meinte das eher sinnbildlich, Felix«, antworte ich genervt. Ich will doch keinen bewaffneten Krieg anfangen. Und außerdem – sieht er hier irgendwo irgendjemanden, außer sich selbst, der mit Waffen umgehen kann?

»Aber was sollen wir gegen die Schutzwehr machen?«, mischt sich Salome ein. »Ich meine, wenn sie die Waffen gegen uns richten?«

»Wir müssen friedlich bleiben. Sonst provozieren wir einen offenen Krieg. Außerdem haben wir keine Waffen.« Ich spüre, wie mir die Sache über den Kopf wächst.

Sie haben Recht.

Wenn die Demonstration eskaliert, wird die Schutzwehr uns auseinandernehmen und wir hätten unzählige Tote zu verantworten, nur, weil wir nichts für ihre Sicherheit getan haben. Mein Magen zieht sich zusammen. Ich balle die Hände. Will ich das wirklich durchziehen? Wenn den Frauen was passiert, ist es meine Schuld!

»Abel hat nie gerne Demonstrationen abgehalten. Ihm war das Risiko zu groß, von der Schutzwehr übermannt zu werden. Das müssen wir ausnutzen. Er wird nicht mit Demos rechnen. Wir blockieren wichtige Kreuzungen und ziehen die Arbeiter in den Fabriken auf unsere Seite. Ihnen geht es nicht besser. Wir machen ihnen klar, dass der Kampf nicht vorbei ist.«

Wir brauchen nur genügend Unterstützer und die gibt es. Die Bettler. Die ehemaligen Bürger. Die Frauen. Die Arbeiter, die kein Teil der neuen Ordnung von Abel geworden sind.

»Was versprechen wir ihnen?« Helene sieht fragend zu mir runter.

»Was meinst du?« Ich verstehe nicht. Sie sollen freiwillig auf die Straßen gehen und nicht, weil ich ein Geschenk für sie habe.

»Was kommt nach Abel, wenn er weg ist?«

»Freiheit«, antworte ich. »Keine Herrschaft mehr!«

»Freiheit. Anarchie. Aha.« Helene legt die Stirn in Falten. »Aber wer organisiert diese Freiheit? Anarchie schlägt schnell in Chaos und Gewalt um. Willst du das?«

Unter ihrem stechenden Blick falle ich zusammen. »Äh …« Jetzt komme ich ins Stocken. Das ist die Schwachstelle.

»Eine Frau als Präsidentin?«, schlägt Ruth vor.

»Ja, aber doch nicht irgendeine?« Eva reibt sich die Oberarme und schaut immer wieder in Richtung Tür. Auch Ruth wankt hin und her.

Die beiden wollen raus. Das ist offensichtlich.

»Mehrere. So ähnlich wie das Parteiensystem des Festlandes. Eine Arbeiterpartei, eine Frauenpartei, eine Landwirtepartei, eine …«, zählt Salome ihre Idee an den Fingern auf.

Der Vorschlag gefällt mir. Dafür brauchen wir Leute, die sich damit auskennen. Meine Gedanken landen bei Aaron und mein Herz zieht sich zusammen. Er wäre der geborene Politiker. Er sollte jetzt hier sein und diese Idee ausarbeiten. Die Sorge durchwühlt meinen Magen und ich krümme mich.

Es wird alles gut, rede ich mir ein und atme durch.

Wir haben einen Plan. Eine Idee von einem Plan. Und wir haben einen Vorteil: Die jahrelange Vorbereitung von Abel, die Menschen gegen ein autoritäres System aufzuwiegeln. Er mag versuchen, sie mit netten Worten, Essen und einem vermeintlichen Feind einzulullen. Die Menschen werden aber nicht vergessen haben, weswegen sie vor wenigen Monaten gekämpft haben und was ihnen versprochen wurde.

Ich hoffe, dass das reicht, sie erneut auf die Straßen zu holen.

Damals haben Anschläge und Aktionen dafür gesorgt, dass Adams System ins Wackeln kam. Die Streiks haben seine Festung endgültig zum Einstürzen gebracht. Bei Abel werden wir die Straßen füllen. Nicht zu übersehen und laut, sodass er keine Möglichkeit bekommt, etwas zu vertuschen und schön zu reden.

Von Eva weiß ich, dass die wenigsten Bürger die Streiks mitbekommen haben. Das war erschütternd für mich. Diesmal aber steht nur ein Mensch zwischen uns und der Freiheit – kein ganzes Regime.

»Die Frage aber ist, wie planen wir die Demos, ohne dass Abel uns direkt morgen verhaftet, weil wir ihm zu gefährlich sind?« Élis braune Augen ruhen auf mir.

Was will er?

»Wir müssen ausnutzen, dass er jemand Bestimmtes nicht einfach verhaften kann, ohne unangenehme Fragen beantworten zu müssen.« Éli bleibt mir weiter zugewandt. Er sieht kaum älter aus, als damals an der Bar im Sündenhaus. Ein Mann mit dem Gesicht eines Jungen. Ernst war er schon damals. Auch das hat sich nicht geändert.

Mir wird ganz mulmig zumute. Ich befürchte, ich weiß, worauf er hinauswill. Die Männer, die Abel um sich geschart hat, sind Männer derselben Rebellion, der ich angehört habe. Er mag sie täuschen, aber sie werden auch der Grund sein, warum er mich bisher nicht offen angegriffen hat. Er kann ohne Grund nicht einfach eine ehemalige Rebellin öffentlich beschuldigen. Ich war da, überall. Auf dem Kriegsfeld und im Operationssaal. Die Rebellen kennen mich.

»Ich schlage vor, dass wir diesen Vorteil nicht ungenutzt lassen sollten.« Éli wendet sich endlich von mir ab und nimmt eine Datentafel. Sofort ist er wieder in etwas vertieft, was nur er zu verstehen scheint.

Auch wenn es mir widerstrebt, seine Argumente beantworteten die Frage, wer diese Rebellion anführen muss.

»Und wer soll das jetzt sein?«, fragt Salome mich.

»Ich.«

Wie eine Präsidentin.

Die Auswirkungen, mich als Aushängeschild zu nehmen, lassen sich nicht voraussehen. Die Hoffnung ist, dass vor allem die früheren Rebellen und die Frauen angesprochen werden.

Wir haben uns oben im Esszimmer versammelt, Eva und Ruth wollten auf keinen Fall wieder nach unten. Éli arbeitet nach einer kurzen Nacht erneut am Rechner.

Trotz der frühen Stunde ist der Raum dunkel und nur von einer Stehlampe und der Datentafel, die vor Eva liegt, beleuchtet. Wir haben die Rollläden unten gelassen, um den Anschein zu wahren, nicht zu Hause zu sein. Ob das, was bringt, keine Ahnung.

Die Uhren hat Éli so präpariert, dass sie zufällige Bewegungsmuster aufnehmen. Das kann leicht vom Sicherheitszentrum der Insel durchschaut werden, wie er uns eindringlich warnte.

Aber was anderes bleibt uns nicht übrig. Wir müssen weitermachen.

Ich überlege mit den anderen, wie wir die Nachricht schreiben müssen, damit unsere Anhänger erfahren, wo und wann die Demonstrationen stattfinden, und Abel im Dunkeln tappt. In meinen Augen eine unmögliche Aufgabe.

»Unsere Freunde da draußen haben bereits beim Heiratsmarkt bewiesen, dass sie sehr wohl zwischen den Zeilen lesen können«, sagt Eva und starrt auf das Foto von mir. Sie hat recht, wir brauchen wieder etwas Subtiles.

»Du siehst aus wie eine Präsidentin.« Eva reißt mich aus meinen Gedanken. Sie reicht die Datentafel mit meinem Foto weiter. Das haben wir bereits vor dem Frühstück geschossen. Ich finde es furchtbar. Ich sehe nicht aus wie ich selbst.

Wie eine unbekannte Frau. Diese Martha ist mir suspekt. Fremd.

Die anderen sind Feuer und Flamme.

Ich in Jeans und einer roten Bluse. Rot. Die perfekte Farbe für mich. Mit erhobener Hand und überkreuztem Mittel- und Zeigefinger stehe ich vor einer grauen Häuserwand. Eine Pose, die laut Abel nicht verboten ist. Wer genau hinsieht, findet die metallene Wäscheklammer. Sie ist das eigentliche Zeichen.

So arrogant, wie er sich verhält, wird er sie nicht einmal bemerken.

»Gut, wir haben ein Foto, wir wollen auf die Straße, aber wann und wo und wie teilen wir das den Menschen mit?« Salome reibt sich die Schläfen. Von einem Mädchen, das geträumt hat, bahnbrechende Forschungen zu betreiben, hin zu einer Rebellin. Das zu verarbeiten, kann einen müde machen.

»Irgendwas mit der Wäscheklammer.« Ruth nimmt mehrere graue Klammern aus einem Wäschekorb und legt sie auf den Tisch.

Ich überlege angestrengt. Die Wäscheklammern könnten der Schlüssel sein. Nie im Leben wird Abel solche Haushaltswaren als gefährlich ansehen.

»Die nächste Demo soll in fünf Tagen stattfinden, richtig?« Ich nehme fünf Klammern und lege sie zur Datentafel, die wieder bei Eva gelandet ist. »Heute fünf. Morgen verschicken wir ein Foto und vier Wäscheklammern. Übermorgen mit drei, und so fort. Am Tag x keine. Abel wird nicht einmal erahnen, was es damit auf sich hat. Aber die Frauen.« Ich schaue begeistert zu den anderen.

Eva nickt heftig und Helene glättet ihre Stirn. Sie scheinen überzeugt.

»Das ist die Lösung, Martha.« Eva fotografiert sofort die fünf Klammern und fängt an, zu tippen.

Die erste Botschaft wird verschickt.

Das Foto wird wenige Stunden nach dem Erscheinen im Netz entfernt. Eine allgemeine Warnung blinkt auf: Ungenehmigt.

Ich sitze bei Eva in der Küche und schaue ihr zu, wie sie ein paar mickrige Kartoffeln schält.

Mir läuft nicht unbedingt das Wasser im Mund zusammen. Wir sind ohne Ariel sieben Leute und es gibt nicht mal für jeden eine ganze Kartoffel.

Ich habe Hunger. Beinahe habe ich das Gefühl vergessen, wie das Denken immer schwerer fällt, weil der Körper nur eins will. Etwas zu essen. Bisher sind es nur Kopfschmerzen, die mich quälen, und eine Müdigkeit in den Gliedern, die nicht mehr verschwinden will.

Es gibt nichts mehr einzukaufen. Selbst die letzten Stände auf dem Markt sind verschwunden. Abel hat die komplette Essensversorgung über die Flugdrohnen angeordnet – die uns nicht beliefern.

Felix und ich haben gestern Nacht das Essen im inneren Ring besorgt. Wir haben den Eingang über den Keller genutzt, um unbemerkt das Heim zu verlassen. Die Häuser der Ringe sind alle so dicht aneinandergebaut, dass man für die Notfälle Verbindungstüren zwischen den Untergeschossen geschaffen hat. So kann man sich bei einem Brand ins andere Haus retten. Diese Architektur kommt uns in dieser Zeit gelegen.

Wir waren nicht die einzigen Diebe. Die Flugdrohnen beliefern anscheinend auch viele andere nicht. Die Menge an Menschen, die unterwegs war, um sich Essen zu beschaffen, sorgte dafür, dass die Schutzwehr die Gegend durchkämmte. Das machte es schwer für uns, die Uhren zu überlisten, dem Beobachter vor dem Heim und der Schutzwehr zu entgehen und nicht von den Versorgten in ihren Häusern erwischt zu werden. Am frühen Morgen bestand unsere Beute aus diesen mickrigen Kartoffeln und Haferflocken.

Ich lege den Kopf auf der Tischplatte ab. Heute Abend werden wir das Kabel erneut ausrollen und die nächste Botschaft verschicken. In vier Tagen findet die Demo statt. Abel wird Leute darauf angesetzt haben, Fremdnachrichten aufzuspüren. Ich hoffe die Zeit, in der diese im Netz zu lesen sein wird, reicht aus, um genügend Aufständische zu erreichen.

Meine Uhr bleibt dunkel und stumm. Abel zeigt keine Reaktion. Um nicht noch mehr Aufmerksamkeit auf uns ziehen, tragen wir die Uhren wieder vermehrt. Das wird nicht helfen. Abel wird mir Einhalt gebieten wollen. Aber wann und wie, ist die Frage. Hoffentlich nicht vor der nächsten Demonstration.

Ich erwarte keine große Menge, nur so viele, um Aufsehen zu erregen. Vielleicht animieren wir so weitere ehemalige Rebellen, die von Abel enttäuscht sind und sich verraten fühlen.

Vielleicht sorgt diese Demo dafür, dass sich uns bei der nächsten mehr anschließen. Wie ein Dominoeffekt, würde Aaron sagen.

Mein Herz stolpert. Er fehlt mir. Das Gefühl von Panik überkommt mich. Ich erstarre, weil ich nicht weiß, was ich tun soll. Wie eine aufsteigende Welle will die Angst mich in die Tiefe reißen.

Ein Klopfen an der Wohnungstür schreckt mich auf. Ein Knallen ertönt. Ich fahre in die Höhe und stoße mir die Knie an der Tischplatte.

Eva und ich rennen in den Eingangsbereich. Schlitternd bleibe ich stehen, als ob mich jemand mit kaltem Wasser übergossen hätte. Eva krallt sich an meinen Oberarm.

Unsere Befürchtung ist wahr geworden. Die Schutzwehr steht im Eingang.

»Wir haben einen Durchsuchungsbefehl. Anlass Code 1345«, brüllt uns einer entgegen. »Stellen Sie sich in einer Reihe an der Wand auf und verschränken Sie die Arme über ihren Köpfen.« Mehrere Schutzmänner heben ihre Waffen. Ich erkenne Gewehre von der Rebellion gegen Adam. Schusswaffen vom Festland.

Eva japst nach Luft und bohrt ihre Finger schmerzhaft in meinen Arm. Ich taumle zurück. Sie zittert wie Meeresschaum im Wind. Wir stellen uns mit dem Gesicht zur Wand. Mein ganzer Körper ist angespannt, ich habe das Gefühl zu vibrieren. Wie ein Seil, das unter einem übermächtigen Gewicht zu reißen droht.

Die Schutzmänner verteilen sich.

Sie brüllen und die Schreie der anderen folgen.

Ruth stolpert aus dem Waschraum zu uns. Helene und Salome eilen von oben herbei.

Bitte. Hoffentlich haben Felix und Éli sich verbarrikadiert. Hoffentlich! Bitte …

»Fräulein Kappes, Ihnen wird vorgeworfen, systemfeindliche Nachrichten zu verschicken.«

»Was für … systemfeindliche Nachrichten?« Meine Stimme zittert und ich hasse mich dafür, dass ich ihnen meine Angst zeige.

»Das steht hier nicht zur Debatte.«

Hitze überflutet mich. Denk nach!

Jemand tippt mich mit einem Gegenstand gegen die Schulter und ich zucke zusammen.

»Schauen Sie … auf meine Uhr. Ich habe nichts Verbotenes verschickt!«

Ob sie von dem Foto sprechen? Wieso kommen sie erst jetzt? Glaubt Abel immer noch, es gibt weitere, größere Drahtzieher im Hintergrund? Bin ich für ihn nur das Aushängeschild? Vermutet er Éli bei mir?

Jemand reißt die Uhr von meinem Handgelenk. Endlose Sekunden vergehen und ich halte den Atem an. Was hofft er, zu finden? Habe ich etwas auf meiner Uhr gespeichert, was uns gefährlich werden könnte? Ich könnte mir vor den Kopf schlagen, weil ich mich nicht daran erinnere, dass Éli meine Uhr kontrolliert hat.

Achtlos landet sie vor meinen Füßen.

Ich sehe aus dem Augenwinkel, wie jemand Eva die Uhr vom Handgelenk reißt. Mehr kann ich nicht erkennen, ohne meinen Hals zu verdrehen. Sie suchen etwas. Nur was?

»Verteilen Sie sich und kontrollieren Sie jeden Zentimeter dieses Hauses. Auch das Dachgeschoss und den Keller«, gibt der Schutzmann, der zuerst gesprochen hat, den Befehl.

Etwas Kaltes wird an meinen Hinterkopf gedrückt. Ich bin mir sicher. Es ist der Lauf einer Waffe. Ich presse die Beine zusammen. Bilder zucken durch meinen Kopf. Erinnerungen an Verletzungen der ersten Rebellion. Löcher im Körper, zerfetzte Adern und Organe.

In meinen Ohren dröhnt es. Mein Herz will aus der Brust springen.

Lass die Angst nicht gewinnen, Martha. Abel darf nicht gewinnen.

Er kann dich nicht einfach erschießen … oder?

Er will dir nur drohen.

Wenn er dich erschießen wollte, hätte er es gleich getan.

Mein Atem beschleunigt sich. Es hilft nicht!

Eine schwere Tür quietscht. Ich halte den Atem an. Felix und Éli. Konnten sie den Schutzraum rechtzeitig verschließen? Wird den Männern auffallen, dass ein Raum fehlt? Vielleicht kennen sie solche Verstecke?

Mein Magen ist ein brennender Schlund und auf meiner Zunge liegt ein saurer Geschmack. Mein Blick ist aber starr auf die Wand vor mir gerichtet. Entweder sie oder ich zittere wie Meeresschaum.

Reiß dich zusammen! Sie dürfen meine Angst nicht sehen. Eine Fliege landet links von mir und ich verfolge ihre Route, zwinge meine Brust, sich langsam auf und ab zu bewegen.

Endlich ertönen Schritte von unten. Die Männer kommen die Treppe wieder hoch.

»Nichts, Schutzleiter Marcus. Nicht eine Datentafel oder sonstige technische Geräte mit denen man diese Nachrichten hätte verschicken können.«

Der Druck auf meinen Kopf verschwindet und ich drehe ihn kaum merklich zur Seite.

»Bis auf die Uhren, die die Frauen bei sich trugen«, ergänzt ein anderer überflüssigerweise.

Der Schutzleiter sieht nicht zufrieden aus. Missmutig verzieht er das Gesicht und legt seine Stirn in Falten. Er tritt die Uhren zur Seite und winkt seine Männer raus.

Ich entferne mich von der Wand und drehe mich bebend zu ihm.

Im Türrahmen bleibt er stehen. »Wir haben Sie im Blick. Niemand fällt auf Ihre Farce herein. Wir wissen, dass Sie nicht allein sind.« Langsam hebt er seine Waffe und ich erstarre. Sofort rücken die Frauen zu mir.

»Beim nächsten Besuch geht es nicht so glimpflich für Sie aus!« Der Mann senkt das Gewehr und verschwindet.

Ich höre, wie Autotüren klappern und Reifen quietschend losfahren.

Zwischen meinen Beinen wird es nass. Alle Anspannung fällt von mir und ich brauche meine gesamte Kraft, um aufrecht zu stehen. Auf keinen Fall darf ich vor den Anderen Schwäche zeigen.

Ich muss stark bleiben.

Für uns. Für Aaron.

Ohne ein Wort renne ich nach oben ins Badezimmer.

Du bist die Retterin.

Wir hängen die Wäsche auf dem kleinen Hinterhof auf. Er ist kaum größer als unser Esszimmer, Vielleich drei mal vier Meter. Dicke Mauern umgeben uns. Dennoch schaue ich immer wieder in den Himmel und halte Ausschau nach Drohnen.

Ruth hat es sich in den Kopf gesetzt, alles für die Wiederkehr der Kinder hübsch zu machen.

Da wir nichts anderes zu tun haben, außer zu warten und zu hoffen, dass Éli und seine Fähigkeiten uns voranbringen, putzen wir das Haus.

Besser, als Löcher in die Luft zu starren.

Besser, als vor Sorge um Aaron zu vergehen.

Ein weiteres Betttuch landet auf der Leine. Ich befestige die Klammern und greife nach einem Laken.

»Was für ein hübscher Anblick.«

Eine mir bekannte Stimme dringt durch die feuchten Tücher und ich springe hervor, um dem Eindringling ins Auge zu blicken.

Lillit.

Leibhaftig in Jeans und Pullover. Ich fasse es nicht.

Eva fällt ihr in die Arme. Ich gehe, nein, ich renne fast zu ihr. Reiße Eva von ihr weg.

»Au …«, japst sie, aber ich ignoriere es.

»Bist du des Wahnsinns?« Ich will Lillit ins Gesicht schlagen.

»Nein, ich bin bei ziemlich klarem Verstand«, antwortet sie und verzieht ihren Mund zu einem breiten, unverschämt überlegenen Lächeln. Ihre weißen Zähne blitzen mich an.

Wie sehr ich ihr Lillit-Grinsen auch vermisst habe, jetzt gerade macht es mich unendlich wütend. »Wir werden beobachtet!«

»Die haben gerade ihren Posten verlassen.« Sie zuckt mit den Schultern und wirft ihren Zopf nach hinten.

Ich bin sprachlos und meine Wut verpufft.

»Stehen jetzt vor dem Heim. Ich habe extra abgewartet.«

Ruth schiebt sich vor mich und drückt Lillit an sich. »So toll, dass du da bist.«

Wieso habe ich nie darauf geachtet, wann sie wo stehen? Natürlich wusste ich, dass sie alle Eingänge des Hauses beobachten. Ich habe aber keinen Rhythmus erkannt, wann sie vor welchem stehen. Abel scheint nicht genügend Leute zu haben, um jeden Eingang gleichzeitig zu überwachen. Gut, dass die Straße so lang ist und unser Haus eins von über zwanzig, durch die wir auf die Straße gelangen können. Ich umarme sie ebenfalls, damit sie meinen heißen Kopf nicht bemerkt. »Wir haben schon befürchtet, Abel hätte dich eingesackt.«

Sachte tätschelt sie meinen Rücken. »Da müsste schon mehr passieren. Kommt, ihr könnt ausladen helfen.«

Lillit löst sich von mir, nimmt Eva an die Hand, zieht sie wie selbstverständlich in den Keller. Ruth wartet kurz und geht den beiden dann achselzuckend hinterher.

Ich folge ihr wesentlich langsamer und wachsamer durch die Keller bis zu einem weiter hinten liegenden Hauseingang, und halte Ausschau nach unseren Beschattern.

Lillit steuert ein Tor auf der gegenüberliegenden Straßenseite an, welches zu den Tiefgaragen führt.

Es ist mittags, doch niemand ist unterwegs. Die Häuser stehen zum Teil leer. Die Bürger vertrieben und die Arbeiter können sich die Miete nicht leisten. Geisterhaft kommt es mir vor.

Ich husche Lillit hinterher und finde sie vor einem Bus stehend. Sonst ist niemand zu sehen.

»Wo hast du das alles her?« Ruths heisere Stimme weckt meine Neugier und ich eile zu ihr.

»Erzähle ich euch später. Jetzt schnell, damit Ruben den Wagen wieder wegfahren kann.«

»Ruben?«, flüstert Eva.

»Guten Morgen die Damen«, begrüßt uns leise ein alter Freund aus dem ehemaligen Rebellenzentrum Süd-West, der um das Fahrzeug herumkommt. Eva strahlt über das ganze Gesicht und umarmt ihn.

Ruben ist wie Éli Techniker und in der Rebellion gegen Adam einer der ersten Unterstützer aus den Stadtringen gewesen. Einen Glücksfund hat Abel ihn genannt. Ich beiße die Zähne zusammen. Sein Talent, die richtigen Menschen um sich zu scharen, hat die Rebellion maßgeblich vorangetrieben. Ich hasse diesen Gedanken.

Ruben greift in den Bus und holt ein Karton mit Kabeln heraus.

Lillit trägt eine Kiste mit Möhren.

Ich packe einen großen Sack Haferflocken.

»Du bist die Retterin«, ruft Eva und ich zucke zusammen. Ängstlich schaue ich mich um. Wir sind noch immer allein. Eva sieht in das Wageninnere und kreischt auf.

Erschrocken lasse ich den Beutel fallen. »Sei leise, Eva!«

Sie hat die Hände vor dem Mund geschlagen, aber ihren Blick nicht abgewendet.

Rahab und Klara kommen aus dem Bus geklettert und umarmen Ruth und Eva. Mein Herz macht einen Sprung.

Klara war auch im Umerziehungslager für Frauen. Ihre Haare sind gewachsen und sie ist nicht mehr so dünn. Auch ihr ist die Zeit im Lager kaum noch anzusehen. Trotzdem werde ich die kahlrasierten Köpfe und leeren Augen nie vergessen.

Rahab war die Wäscherin im Rebellenzentrum und Eva hat mit ihr zusammengearbeitet. Sie und Klara sind eine noch größere Überraschung als die vielen Lebensmittel.

Ich hebe einen Karton mit technischen Geräten hoch und packe den Sack mit der anderen Hand. Datentafeln und Essen. Mir ist nach Lachen und Weinen gleichzeitig zumute. Ist das der entscheidende Funke, der endlich alles in Rollen bringt?

Lillit wird nicht ohne Grund gerade jetzt auftauchen. Vielleicht wissen sie oder Ruben eine Lösung. Ich erlaube mir, zu hoffen, und ignoriere die Angst, die mir einreden will, dass alles vergebens ist.

Mir tun die Arme weh und ich knete und lockere meine Finger. Dutzende Kisten haben wir in Windeseile ins Heim geschleppt.

Eva reicht mir eine Tasse Tee und Ruth verteilt Brote. Ich genieße den Duft von Kräutern aus meinem Becher und atme tief ein. Wir haben uns im Esszimmer versammelt und ich will endlich wissen, was Lillit getrieben hat.

»Ich habe mich ins Gebirge zurückgezogen. Nur ab und zu bin ich ins Versorgungszentrum Südost zurück, um Nachrichten zu hören.«

Rahab und Klara erzählen, dass sie schnell Probleme mit der neuen Regierung bekamen.

»Mein Sohn, Daniel«, an dieser Stelle werden Rahabs Augen nass, »hat sich kritisch über Abel geäußert. Jemand hat ihn verraten und die Schutzwehr kam noch am selben Tag und hat ihn abgeführt!« Der Schmerz hat tiefe Furchen in ihr Gesicht gezeichnet. Sie hat ihre Tochter in der ersten Rebellion verloren. Nun auch noch ihren Sohn.

»Ich habe seine Wäsche gewaschen und dieser Halunke glaubt, mich mit Füßen treten zu können?« Rahab haut mit den Fäusten auf den Tisch. Sie wirkt zäh und ihre grauen Haare wirbeln um ihren Kopf. Ihre Augen haben aber das freudige Sprühen verloren, die Mundwinkel den Weg nach unten gefunden.

Helene legt ihre Hand auf Rahabs Faust. »Er wird sich noch wünschen, sich nie mit uns Frauen angelegt zu haben.«

Ich haue ebenfalls auf den Tisch. Die anderen machen es mir nach.

»So soll es sein!«, ruft Klara. »Ich gehe auf keinen Fall zurück in die Fabrik.« Sie schaut kämpferisch in die Runde und beugt die Arme, um ihre nicht vorhandenen Muskeln spielen zu lassen. Ihre dunkelblonden Haare hängen glatt herunter und umrahmen ein rundes Gesicht.

Eva strahlt bis über beide Ohren. Klara ist bestimmt zwei Köpfe kleiner als sie, aber eine Frohnatur mit großem Herzen. Die Kleine wird ihr guttun und ihr Temperament uns behilflich sein.

»Wie bist du zu Lillit gekommen?«, fragt Eva ihre alte Freundin. Trotz ihrer Unterschiede sind sie ein Herz und eine Seele. Gemeinsames Leid schweißt zusammen. Ein warmes Gefühl überkommt mich. Es berührt mich, die beiden so zu sehen.

»Ich habe sie zufällig getroffen. Ich wohnte bei Rahab in der Wäscherei, weil ich mir keine Bleibe leisten konnte. Und wen treffe ich auf den Plantagen beim Stehlen von Äpfeln?« Sie grinst Lillit zu.

»War es nicht so, dass ich dich beim Stehlen erwischt habe?«, entgegnet Lillit.

»Ich hab' mir nur meinen Teil der versprochenen Grundversorgung genommen«, sagt Klara schulterzuckend.

Jetzt richten sich alle Blicke auf Ruben. Er wird rot im Gesicht und schaut auf die Tischplatte, wo er mit seinen großen Händen Krümel zusammenfegt. »Ich wollte erst in der Regierung arbeiten, aber ich bin im Versorgungszentrum Südwest hängengeblieben und habe Reparaturen für DV-Technik angeboten. Da alle diese Technik haben wollten, aber sich nicht jeder ein neues Gerät leisten konnte, war diese Arbeit sehr lukrativ.«

»Das war gut für mich. Er hat dafür gesorgt, dass ich nicht gefunden werden konnte.« Lillit zeigt wieder ihre Zähne. Sie wirkt in diesem Moment rebellischer, als ich mich je gefühlt habe.

Éli darf endlich schlafen. Ruben übernimmt seinen Dienst. Beide haben sich am Anfang argwöhnisch beschnuppert. Wie zwei Haie, die sich ein Revier teilen müssen.

Wir gehen wieder nach oben und ich bringe Lillit auf den neuesten Stand. Kaum zu glauben, dass seit der Verhaftung von Aaron erst eine Woche vergangen ist. Es kommt mir wie eine Ewigkeit vor und für ihn könnte eine Woche bereits zu viel sein. Eva war zehn Tage im Lager und ist beinahe gebrochen worden.

Ich gehe in den Hinterhof und Lillit folgt mir.

»Wo ist Ariel eigentlich?«

Sie zieht ihre Jacke enger um sich. Der Abend ist ziemlich kühl.

Diese Frage musste ja kommen.

»Weg.« In knappen Worten erzähle ich von dem Streit, und dass Ariel nicht warten wollte, bis wir einen Plan haben.

»Seitdem haben wir nichts mehr von ihr gehört. Aber vielleicht hat sie unsere Nachrichten gelesen und versteht, dass wir demonstrieren wollen. Das wird sie hoffentlich aus ihrem Versteck locken.«

Lillit kickt einen Stein weg, sagt aber nichts.

Ich setze mich auf den Boden und schaue in den sternenübersäten Nachthimmel. Aaron, denke ich sehnsüchtig. Um mich herum wehen die Laken und Kleider. Vergessene Geister im Wind. Ohne Trost und Hoffnung.

Lillit lässt sich an meiner Seite nieder. »Wann soll die Demo stattfinden?«

»In zwei Tagen.«

»Und du willst, dass alle kommen und durch die Straßen marschieren, mit Fahnen winken und rufen ›Abel, weg mit dir‹?«

Ich senke den Kopf und spüre, wie mein Gesicht warm wird. Vor Lillit ist mir mein Plan irgendwie peinlich. Er kommt mir mit einem Mal lächerlich vor. »Ja. Mehr haben wir nicht. Nicht einmal die Garantie, dass viele kommen werden. Die meisten haben nicht die Möglichkeit, uns verschlüsselte Botschaften zu senden. – Ich weiß, der Plan ist lahm, unausgegoren und Felix und Éli sind der Meinung, zumindest ein paar

Waffen sollten dabei sein. Ich überlege schon hin und her, wo wir Abel am empfindlichsten treffen könnten, aber er hat bereits eine Rebellion angeführt. Es ist skurril, dass wir erneut kämpfen müssen. Ich bin müde, Lillit.«

»Dein Plan ist gut, was anderes bleibt uns auch nicht übrig, wenn du ihn nicht umbringen willst.«

Ich schaue sie an. »Wie bitte? Nein, ich will Ärztin werden, keine Mörderin!« Nicht, dass ich diesen Gedanken nicht auch schon hatte.

»Ist ja gut. Ich will auch keine Mörderin sein. Nur ich finde, wir sollten deine Demo nutzen.« Lillit lässt feine Körner durch ihre Hand rieseln. Der ständige Wind hat unseren kleinen Hof mit Küstensand bedeckt. Ein Trost dafür, dass das Meer so weit entfernt ist.

»Nutzen für was?«

»Sobald die ersten Menschen durch die Straßen laufen, wird die gesamte Schutzwehr anrücken. – Was fehlt uns, um Abel zu stürzen?«

»Informationen oder ein Druckmittel«, sage ich prompt. Ich denke an Felix' und Élis Vermutung, dass Abel ein Bürger ist. Was uns fehlt, ist ein Beweis dafür. Wir können dadurch zwar Zweifel säen, aber er wird es als lächerlichen Versuch, ihn anzuschwärzen, darstellen.

»Lass uns die Ablenkung nutzen und einsteigen. Ins Zentrum. Lass Ruben oder Éli ein paar Daten klauen. Das ein oder andere kaputt machen.«

Ich denke nach. Auf diese Idee bin ich noch gar nicht gekommen. Natürlich. Die gesamte Schutzwehr wird auf die Menschen in den Straßen schauen. Das Regierungszentrum wird weniger bewacht sein. Das könnte unser Glück sein. Aber wer sollte das tun?

Schritte ertönen aus dem Kellereingang zu uns hoch und ich drehe mich um. Eva und Klara betreten lachend den Hof. Beide bleiben wie ertappt stehen.

Ich dachte, sie wären schon schlafen gegangen, aber sie haben sich bestimmt viel zu erzählen.

»Was gibt es Neues?« Eva legt den Kopf schief. Sie sieht uns wohl an, dass wir was aushecken. Mit ihrem blauen Kleid ist sie das komplette Gegenteil von Klara, die wie ich und Lillit eine Hose trägt. Sie gesellt sich mit Klara zu uns und setzt sich auf den sandigen Boden. Trotz ihres Kleides.

»Du musst eine Demo anführen«.

Sie schnappt nach Luft wie ein Fisch an Land und fährt mit den Händen über ihre Haare. Ihr Blick ist fragend. Zweifelnd. Entsetzt. Alles gleichzeitig.

»Ich muss zu Abel.«

Lillit hat Recht. Jemand muss ins Zentrum einsteigen und dort nach den Informationen suchen. Ich werde dazu Éli oder Ruben brauchen. Auch wenn es mir widerstrebt, einen von ihnen dieser Gefahr auszusetzen. Mich allein mit dem Technikkram rumzuschlagen, ist jedoch so unsinnig, wie Abel höflich zu bitten, die Insel zu verlassen.

»Ich und einer der Jungs gehen ins Zentrum und versuchen, herauszufinden, was Abel plant, wo die Kinder versteckt sind und wo die Jungs hingebracht wurden.« Und ich muss einen Verweis auf seine Herkunft finden.

Ich kann ihr kaum in die Augen schauen, verlange viel von ihr. Sie ist jung und sie ist keine Lillit, aber Eva ist beliebt bei unseren Unterstützern. Das muss ich ausnutzen. Sie wird die Menschen am ehesten dazu bringen, ihr zu folgen und auf die Straße zu gehen.

Eva regt sich für einen kurzen Moment kein Stück. Klara nimmt ihre Hand.

Dann atmet Eva aus und sagt: »Ich führe die Demo an.«

Wenn Aaron seine kleine Schwester jetzt sehen könnte. Er würde es als zu gefährlich für sie erachten, aber er wäre stolz.

Mein Herz zieht sich zusammen.

Bald ist er wieder an meiner Seite.

Alle schauen zu Lillit.

»Ich gehe mit Martha ins Regierungszentrum, ist doch klar!« Sie zuckt mit den Schultern. »Bin neugierig, was er so treibt.«

»Gut, also du und ich, und Ruben oder Éli.«

»Éli und ich«, bekomme ich die Antwort hinter mir.

Ich fahre herum, bete, mich verhört zu haben.

Felix. Éli steht direkt hinter ihm. Natürlich. Er lässt Éli nicht allein losziehen. Mein Herzschlag beruhigt sich und sofort habe ich ein schlechtes Gewissen.

Ich will schreien. Schreien, dass ich meine besten Freunde an meiner Seite brauche. Und schreien, dass sie gefälligst hierbleiben sollen, aber ich schaffe keins von beidem.

»Aber jetzt geht schlafen. Morgen planen wir«, fordere ich sie auf.

Felix grinst mich an und streckt mir die Zunge raus. »Ist gut, Mama.«

In meiner Brust sticht es und ich denke an Isaak. Wenn ich sie auch noch verliere …

Stopp! So darf ich nicht denken. Im Gegenteil. Ich muss alles tun, alles riskieren, um dem Ganzen ein Ende zu bereiten, denn sonst ist niemand jemals sicher.

Zeit für Anarchie.

Der Tag ist da. Wir sind grau gekleidet. Lillit und ich tragen Männerkleidung. Frauen im Regierungsgebäude würden auffallen.

Allein dieser Umstand lässt mein Blut heiß werden. Diese Ungleichbehandlung muss beendet werden.

Éli und Felix packen ihr Werkzeug. Ich kratze meinen ganzen Mut zusammen und verstaue meine Wut. Die hebe ich mir für Abel auf.

Helene und Rahab bleiben im Heim. Helene hat als Arzttochter genug medizinische Kenntnisse, um mögliche Verletzte zu versorgen.

Das beruhigt mich. Die Schutzwehr hat gezeigt, dass sie nicht zimperlich ist, auch wenn wir friedlich bleiben. Nicht auf die Straße zu gehen, ist jedoch keine Option.

Lillit steht wie immer gelassen da und zeigt ihr typisches Grinsen.

Ruben schaut sie wie ein winselnder Seehund an.

Ich bin sicher, er ist verliebt in sie und würde sie gerne hierbehalten. An der Seite meiner Freunde fühle ich mich am stärksten und die Sache ist zu wichtig, daher kann ich auf die Gefühle einzelner keine Rücksicht nehmen.

Eva und die anderen betreten in Hosen und weißen Blusen den Keller. Sie sind ein bewegender Anblick.

Selbst Lillits Gesicht wird für einen Moment weich. Ihre Lippen pressen aufeinander.

Ruth hatte eine entscheidende Idee. Sie haben sich Platten aus der Variabilispflanze in die Kleidung genäht, um etwaigen Steinen etwas entgegenzusetzen. Wir haben sie von einem parkenden Lastwagen geklaut. Keine Ahnung, für was sie gebraucht wurden.

An einer Brusttasche ist die legendäre Wäscheklammer mit einem Zettel befestigt, auf dem nur ein Wort steht: Freiheit.

»Zeit für Anarchie«, sage ich.

So hat Helene meinen Wunsch genannt.

»Anarchie?«, fragt Klara.

»Die Abwesenheit von Herrschaft.«

Wir marschieren die Straße hoch in Richtung Zentrum. An jeder Kreuzung kommen uns kleine Gruppen entgegen. Ich bin einfach nur fassungslos. Die Nachrichten haben funktioniert.

Singend führen wir die immer größer werdende Masse Richtung Zentrum. Aus dem Gesang wird Geschrei. Schreie, die von Ungerechtigkeit und Hunger erzählen. Wir halten uns, so gut es geht, am Rande der Menge, damit wir nicht eingekesselt werden.

Die Masse wird immer dichter. Ich befürchte, wir werden es nicht rechtzeitig herausschaffen, aber vor dem Stadtzentrum öffnet sich die Straße und die Menschen verteilen sich.

Ich renne auf das Regierungszentrum zu. An die Säulen gepresst, atme ich tief durch. Dann finde ich mich in Evas Armen wieder.

»Viel Glück«, flüstert sie in mein Ohr. »Dir auch!« Sie umarmt Lillit.

Dann geht sie. Verschwindet mit den Mädchen in der Menge. Zerlumpte, wütende Gestalten, die ihren Zorn in die Luft brüllen.

Die Schutzwehr formatiert sich und zieht die Ersten heraus. Doch sie sind zu wenig. Es sind so viel mehr, als ich erwartet habe. Selbst wenn die Schutzwehr wollte, könnte sie nicht viel tun. Die rollende Masse an wütenden Menschen drängt sie zur Seite und sie haben keinen Bewegungsspielraum. Ich höre Fenster zersplittern, doch das sind nebensächliche Schäden, die in Kauf genommen werden.

Mein inneres Feuer lodert auf. Wie gerne würde ich mit ihnen marschieren, aber meine Aufgabe liegt woanders. Ich wende mich dem Gebäude in meinem Rücken zu. Ab jetzt sind Eva und die Mädels auf sich gestellt.

Wir warten noch einen Augenblick und dann herrscht Chaos. Die Menschen strömen aus dem Regierungsgebäude, flüchten beim Anblick des Mobs jedoch wieder ins Innere.

Es ist ein Leichtes für uns, hineinzugelangen.

Sicherheitsmänner stehen vor Abels Trakt. Wir wenden uns nach links und gehen mit der Menge.

Éli meinte, es sei nicht nötig, in sein Büro zu gelangen. Irgendeines reicht.

Die Menschen verlassen das Gebäude durch einen Hinterausgang. Meine Hoffnung steigt, einen freien Raum zu finden.

Wir biegen in einem langen Flur. Am Ende des Ganges gehen weitere Türen ab.

Alles ist weiß. Nach dem Grau der Stadt blendet mich die Farbe. Büros stehen offen und mein Blick streift viele Anzugträger.

Entschlossen gehe ich in das erstbeste Zimmer. Hinter einer weißen Tür erwartet uns ein leerer Arbeitsplatz. Éli und Felix sind mir dicht auf den Fersen. Lillit betritt als Letzte den Raum. Sie zwinkert mir zu.

Woher nimmt sie die Gelassenheit? Ich schließe die Tür und überlege, wie ich sie absperren kann. Mein Blick fällt auf ein Regal. »Felix, hilf mir mal!«

Gemeinsam schieben wir das Möbelstück vor die Tür.

Ein kahler Raum in Grau umschließt uns. Schreibtisch und Stuhl sind alles, was hier steht. Keine Fenster.

Éli setzt sich an den Rechner. Lillit stöbert im Regal. Dort sind seltsame, kleine Ordner abgelegt, in denen sich Chips tummeln.

»Eine Aktenablage«, erkläre ich. »Damit der Rechner nicht mit unnötigem Ballast gefüttert sind.« Obwohl ich mich bei Aarons Erzählungen aus dem Büro oft gelangweilt habe, ist dieses Wissen jetzt wichtig. Lillit nimmt eine Handvoll Chips und stopft sie sich in die Taschen.

»Ich schau mal, was in den anderen Büros zu finden ist«, ruft sie und wendet sich der Tür zu.

»Das ist zu gefährlich!« Felix springt auf und quetscht sich zwischen sie und das Regal.

»Ich pass schon auf.« Lillit tritt an ihm vorbei und schiebt es zur Seite. Es quietscht ohrenbetäubend laut und ich packe mit an. Nicht, dass die Anzugträger noch auf uns aufmerksam werden. Durch einen Türspalt lasse ich Lillit hinaus. Abhalten kann ich sie sowieso nicht.

Soll ich ihr folgen oder bleiben? Behalte den Fokus, Martha. Finde die Jungs und die Kinder und sorge dafür, dass Abel verschwindet.

Abel. Ich will ihm ins Gesicht sehen. Das wird von diesem Büro aus nicht gehen. Leider.

Ich laufe auf und ab. Warte ungeduldig. Frage Éli immer wieder, wie weit er ist. Felix steht an der Tür und horcht nervös, was draußen passiert.

»Das dauert, Martha, bis das Programm alles hochgeladen hat. Und dann muss ich einen Weg ins interne Netz finden.« Éli fixiert die ganze Zeit den Bildschirm. »Ich unterbinde erstmal jegliche Kommunikation. Das ist läppisch.« Er redet mehr mit sich selbst. Seine Erklärungen verlieren sich in unverständlichem Murmeln.

Irgendwann halte ich es nicht mehr aus. Ich muss hier raus. Ich muss etwas tun. Hier bin ich nutzlos.

Felix weiß sofort, was los ist. »Ich kann Éli nicht allein lassen.«

»Das sollst du auch nicht. Allein kann ich besser untertauchen. Lass mich raus. Ich versuche, mehr herauszufinden. So eine Chance bekommen wir nicht noch einmal.«

»Was willst du denn herausfinden, Martha? Die Informationen, die wir brauchen, befinden sich im Netz.«

Ja, genau das ist es eben! Nutzlos bin ich!

»Ich könnte Lillit behilflich sein. Das Archiv finden.« Die Ausrede ist lahm und ich kann Felix dabei kaum anschauen.

»Wozu?«

»Damit ich hier nicht blöd rumstehe!« Ich kann nicht verhindern, dass meine Stimme motzig klingt.

»Tut mir leid, Martha, aber das ist keine gute Idee. Du bringst uns damit alle in Gefahr. Es reicht, wenn Lillit uns gefährdet.« Er baut sich vor mir auf. Spielt sich wie mein großer Bruder auf und ich muss zugeben: Er hat recht.

Wenn ich jetzt gehe, gefährde ich unsere ganze Mission. Und wofür? Um Abel persönlich zu treffen? Mich nützlich zu fühlen?

»Ich bin drin!« Éli's Stimme ist der Rettungsanker, den ich gebraucht habe.

»Was, so schnell?« Felix ist sofort an seiner Seite.

»Das wundert mich auch. Die Sicherheitsnetze waren total lasch und löchrig.« Éli hält inne.

»Das ist doch keine Falle, oder?«, frage ich nervös und stelle mich hinter ihn. Auf dem Bildschirm sehe ich die rätselhaften Zahlenkolonnen, die sich aneinanderreihen.

»Ich befürchte ja.«

»Wir müssen weg!« Felix stemmt das Regal zur Seite und winkt uns hinaus. Draußen kommt der Wachschutz auf uns zu. Wir rennen sofort in die entgegengesetzte Richtung. Ich schlittere einen Flur entlang und folge Felix, der mit seinen langen Beinen einen guten Vorsprung hat. Das rettende Treppenhaus mit dem Fahrstuhl kommt in Sichtweite.

Ich drehe mich nach Éli um. Ein Wachmann ist ihm dicht auf den Fersen. Er wird es nicht schaffen.

Eine Tür öffnet sich hinter Éli und der Mann prallt mit einem heftigen Knall dagegen. Die anderen Verfolger stolpern über ihren fallenden Kameraden und wir haben lebensrettende Sekunden gewonnen. Felix erreicht den Fahrstuhl als Erster. Keuchend hechte ich ihm hinterher, dicht gefolgt von Éli.

Lillit, die Retterin in Not, springt als Vierte hinein und in letzter Sekunde schließt der Fahrstuhl – den Finger eines Wachschutzes dazwischen. Felix kickt ihn weg.

Sein Schmerzensschrei folgt uns, während wir in die Tiefe sausen. Ich sacke zusammen.

»Hat nicht geklappt?«, fragt die Ausreißerin.

»War eine Falle. Und bei dir?«

»Hab mich nur umgesehen. Von Datenrechnern habe ich nicht so viel Ahnung. Hab nur weitere Chips mitgenommen. Man weiß ja nie. Also müssen wir den Hauptzugang finden?«

Ich nicke. »Aber sind wir da nicht auf dem falschen Weg?«

Éli studiert den Lageplan an der Fahrstuhlwand.

»Ich glaube, wir sind sogar auf dem richtigen Weg. Nach unten. Überlegt mal, wo sollte sonst so ein riesiger Rechner stehen, wohl kaum in Abels Büro.«

»Dann müssen wir uns auf einiges gefasst machen.«

Unten angekommen steigen wir in einen düsteren Keller aus. Grau gekleidete Arbeiter laufen uns entgegen.

»Was wollt ihr hier? Zutritt nur für Techniker!«, weist uns einer von ihnen zurecht.

»Habt ihr es nicht mitbekommen? Das Zentrum wird evakuiert. Es herrscht Ausnahmezustand. Die Feinde greifen die Insel an. Bald wird alles in die Luft fliegen!«, rufe ich ihnen zu. Es ist ein gewagtes Spiel, aber was anderes fällt mir auf die Schnelle nicht ein.

Die Männer fangen an zu diskutieren.

»Was?«

»Hast du eine Nachricht erhalten?«

»Ihr sollt eine Sicherheitskopie anfertigen und die wichtigsten Informationen für Präsident Abel auf diese Chips kopieren. Nicht wundern, sie sind mit alten Sachlagen gefüllt. Dient zur Tarnung, wenn sie in falsche Hände geraten«, rede ich weiter.

»Ich bin hier, um den Ablauf zu kontrollieren«, mischt sich Éli ein und geht zielstrebig mit den Chips von Lillit an den

Männern vorbei in einen riesigen Raum, in dem es summt und surrt. Ich folge ihm, ohne zu zögern.

Dutzende Rechner in den verschiedensten Größen reihen sich aneinander, und ein staubiger, verbrannter Geruch liegt in der Luft. Der Wachschutz reagiert verspätet und stellt sich uns in den Weg.

»Wir wurden von Präsident Abel geschickt«, erklärt Felix.

»Eure DV-Uhren und Marken«, verlangt der eine Wachmann.

»Wir haben keine. Sind inkognito, damit wir nicht auffliegen, sollten wir in die Hände des Feindes geraten. Haben sie keine Informationen von oben erhalten?«

»Wen glaubt ihr damit …«

»Verflixt, die Bürger müssen im Hausnetz sein und die Verbindung gestört haben! Können sie nach oben funken?«, fragt Felix und wirkt ernst und erbost darüber. Er baut die Lügengeschichte weiter aus.

Der Wachmann nimmt seine Uhr an den Mund. Er kann natürlich keine Verbindung nach oben aufbauen. Die Kommunikation hatte Éli als Erstes unterbunden.

Der Wachschutz wird nervös. Leicht trippeln sie von einer Seite auf die andere und tuscheln miteinander. Ich kann wegen des Lärms der Rechner und Arbeiter kein Wort verstehen. Plötzlich knallt es.

»Es fängt an«, sagt Lillit.

Was meint sie? Ich drehe mich im Kreis.

Der Wachmann ist ganz weiß im Gesicht und die Arbeiter fliehen, ohne sich um weitere Befehle zu scheren.

Es kracht erneut. Die Alarmanlagen kreischen schrill bis hierher nach unten. Meine Gedanken überschlagen sich. Ich weiß nicht, was los ist. Was sollen wir machen?

»Keine Angst. Die Büros waren alle leer«, flüstert Lillit mir zu.

Der Wachdienst versucht erfolglos, die Männer davon abzuhalten, den Kellerraum zu verlassen. Gleichzeitig probiert einer von ihnen über seine Uhr eine Verbindung nach oben herzustellen.

»Schafft ihr es, die Informationen auf die Chips zu laden?«, fragt ein Wachmann Felix. Zwei Wachmänner hindern die restlichen Arbeiter, den Fahrstuhl zu überfüllen.

»Ja klar«, sagt Éli.

»Warum hast du mir nichts erzählt?« Ich flüstere und ziehe Lillit von den anderen weg.

»Weil du dagegen gewesen wärst. Und weil ich nicht wusste, ob die Minibomben funktionieren. Wollte es erst ausprobieren. War doch hilfreich oder?«, erklärt sie und klingt so unbekümmert, als ob sie über Süßigkeiten spricht.

Ich schweige.

Éli sitzt am Rechner und nimmt einen Chip nach den anderen in die Hand. Er drückt Knöpfe und wischt auf dem Bildschirm herum.

Ich fasse es nicht. Es klappt. Egal was. Es klappt und ich kann nur hoffen, Éli findet hier, was wir brauchen.

Der Wachschutz wird ungeduldig. Sie wollen weg. Die Chips gehen aus und Éli steht auf.

»Hast du die Jungs?«, flüstere ich ihm fragend zu.

»Ich denke schon. Ich habe eine Liste, auf denen die Verhaftungen aufgezählt sind. Dort müssten wir sie finden. Sowie die staatlichen Institutionen, wozu die Heime zählen.«

»Wir sind fertig«, bemühe ich mich mit tiefer Stimme zu sagen.

Der Wachschutz macht sich sofort auf den Weg.

»Ich könnte noch etwas für Ablenkung sorgen?«, sagt Lillit und ich befürchte sofort eine weitere explosive Überraschung.

Felix nickt und rennt zum Fahrstuhl, damit der Wachschutz nicht alleine hochfährt.

Lillit holt eine kleine Röhre aus ihrer Tasche und Éli gibt ihr Anweisungen, wo sie diese bei den Rechnern platzieren soll.

Ich stehe in der Mitte des Ganges, sehe hin und her. Rechts von mir der Fahrstuhl. Felix hält die Tür auf. Éli und Lillit auf der anderen Seite bei den Rechnern. Erst jetzt spüre ich, wie heftig mein Herz gegen meine Rippen pulsiert.

Endlich sind sie fertig und sprinten auf mich zu. Wir stürzen gemeinsam in den Fahrstuhl. Zischend schiebt sich die Tür zu. Erleichtert lehne ich mich an die Fahrstuhlwand und atme durch.

Der Wachschutz beäugt uns und die Chips. »Wir bringen euch lieber zu Präsident Abel.«

Zu Abel? Das ist jetzt keine gute Idee mehr. Wir müssen weg. Die Chips sichern.

»Alles klar«, antwortet Felix.

Er versucht, die Geschichte aufrecht zu halten. Auf keinen Fall darf der Wachmann misstrauisch werden.

Ich überlege fieberhaft, wie wir das Gebäude auf dem schnellsten Wege verlassen können.

Der Wachschutz schaut blass zu der Fahrstuhltür. Völlig überfordert mit dem Lärm, der uns entgegenkommt.

Die Kabine bremst und die Tür gleitet auf. Wir steigen aus. Unterwegs stecken mir Éli und Felix die Chips unauffällig zu.

Ein Knall von unten ertönt. Der Boden unter unseren Füßen bebt und wir stürzen auf die Knie. Ich achte darauf, alle Chips bei mir zu behalten. Hastig rapple ich mich auf und folge dem Wachschutz mit den anderen aus dem Trakt.

In der Eingangshalle steuern Abels Männer den rechten Korridor an. Lillit zieht mich am Arm und wir lassen uns zurückfallen.

Einer der Wachmänner sieht über seine Schulter und bemerkt, was wir vorhaben. »Stopp!«

In dem Moment zieht Lillit mich in Richtung des Eingangs und wir rennen. Viele Menschen harren im Foyer aus, doch der Weg zum Ausgang ist frei. Dahin will niemand.

Ich frage mich, was mich auf den Straßen erwartet. Ohne zu überlegen, wuchte ich die Eingangstür auf und sprinte die Treppe hinunter, immer zwei Stufen auf einmal nehmend.

Schreie und das Heulen von Sirenen schmerzen in meinen Ohren.

Es herrscht Krieg.

Ich drehe mich immer wieder nach Felix und Éli um, doch ich kann sie nirgends entdecken. Bei der Masse an Menschen und fliegenden Steinen ist es auch unmöglich. Die Demonstration ist im vollen Gange.

Nicht stehenbleiben! Ich zwinge meine Beine vorwärts, obwohl ich die anderen suchen will, laufe gegen eine Wand von Menschen, die mich sofort verschluckt.

Ellenbogen bohren sich in meine Seiten. Steine zischen über meinem Kopf hinweg. Panisch sehe ich mich nach Lillit um. Sie ist verschwunden wie die Jungs.

Hin und her geschubst, habe ich bald nur noch ein Ziel: Auf den Beinen bleiben.

Ich erkenne nicht, wohin ich mich bewege und was genau vor sich geht. Neben mir hat jemand einen Stein in der Hand. Eine Lücke tut sich auf und er schmeißt ihn gegen ein Fenster, das klirrend zerspringt. War das ein Wohnhaus?

Ich spüre, dass es bergab geht. Hoffentlich Richtung Süden und nicht Norden. Das wäre die entgegengesetzte Richtung zum Heim. Ein Ziehen in meinen Fingern bringt mir das Gefühl für meinen Körper zurück. Krampfhaft halten meine Hände die Taschen mit den Chips. Ich linse an mir herab. Meine Uhr leuchtet orange.

Ein Anruf der Mädels oder von Éli und Felix?

Ich habe keine Möglichkeit, den Anruf anzunehmen. Ich darf die Taschen mit den Chips nicht loslassen. Meine Kehle schnürt sich zu.

Zerschunden und müde erreiche ich das Waisenheim. Keine Ahnung, wie ich es aus der Menge geschafft habe.

In der Eingangshalle versorgt mich Rahab. Zum Glück habe ich nur blaue Flecken und Prellungen, die die Kühlsalbe schnell heilen wird.

Ich bekomme kaum mit, was Rahab redet. Spricht sie mit mir? Ich kann nur daran denken, wo die anderen sind.

Wenig später sitze ich im Kinderzimmer. Die Zeit dehnt sich ins Unendliche. Am liebsten würde ich losgehen, um die Jungs und Mädels zu suchen. Aber wohin sollte ich schon gehen? Also starre ich nur aus dem Fenster.

Salome ist die Erste, die nach mir den Weg zurückfindet. Hustend und nach Atem ringend stolpert sie ins Heim und wird sofort von Helene empfangen. Eva und Ruth betreten kurze Zeit später mit Klara in den Armen die Eingangshalle. Ihre Gesichter sind in weißgraue Asche getaucht.

»Es brennt«, flüstert Eva und klappt zusammen.

Rahab ist sofort zur Stelle und flößt den Mädchen Wasser ein.

Ich untersuche Klara, die fürchterliche Verbrennungen hat. Für einen Moment weiß ich nicht, was ich tun soll. In meinem Kopf herrscht Totenstille. Keinen einzigen Gedanken kann ich zu Ende denken. Eine erdrückende Leere lähmt mich und ich brauche alle meine Kraft, um mich nicht abzuwenden, nicht einfach zu gehen.

»Ich weiß nicht, was ich tun soll, Rahab« flüstere ich.

Sie greift nach meiner Schuler. »Du tust, was du tun musst.«

Ich nicke und schalte in den Überlebensmodus. Verbanne die ohnmächtige Stille in mir, meine Angst und meine Fassungslosigkeit. Ich habe Patienten. Klara braucht mich. Ich kann das. Ich kann sie retten.

Gemeinsam tragen wir Klara in eins der oberen Zimmer. Ich ziehe ihr die Kleidung aus. Manche Stücke muss ich vorsichtig von ihrer blasenübersäten Haut zupfen.

Eva wankt an meine Seite, taumelnd, aber sie bleibt aufrecht. »Was soll ich tun?«

»Sie braucht die Regenerationslösung.«

Ruth ist ebenfalls wieder auf den Beinen. Mein Blick streift die Blasen an ihren Körpern.

Rahab bringt mir alles Nötige und ich lege eine Infusion.

»Was ist passiert?«, frage ich, nachdem ich Klaras Brandwunden behandelt habe.

»Die Schutzwehr treibt die Menschen mit Hilfe von Feuer aus der Stadt«, erzählt Ruth.

In mir macht sich eine seltsame Kälte breit. Eine Namenlose. Eine, die sich von Entsetzen nährt. Was habe ich getan? Ich habe die Menschen dazu aufgerufen, auf die Straße zu gehen. Ich bin schuld an jedem einzelnen Tod.

Nach zwei Stunden verändern sich die Schreie der Menschen draußen. Ich gehe vor die Haustür, um die Ursache dafür zu sehen.

Aus der wütenden Masse sind vereinzelte, fliehende Menschen geworden. Jeder kämpft für sich allein.

Der Geruch nach verbranntem Fleisch ist übermächtig und ich muss würgen. Immer wieder fallen Menschen hin. Ihr Schreien und Stöhnen erreicht mich und ich denke nicht weiter nach. Einen nach dem anderen trage ich mit Hilfe der Mädchen ins Heim und behandle sie, so gut es geht.

Nach kurzer Zeit ist unser medizinischer Vorrat aufgebraucht. Nur die provisorischen Verbände bleiben uns, um die schlimmsten Verletzungen zu behandeln. Das ist bei weitem nicht genug. Immer mehr Menschen strömen am Heim vorbei.

Irgendwann taucht Lillit im Esszimmer auf. Müde und abgekämpft. Ohne Éli und Felix. Sie verschwindet, bevor ich dazukomme, sie aufzuhalten.

Ich sehe ihr nach, wie sie die Treppe in den Keller hinuntergeht. Langsamer als sonst.

Der Mann, den ich behandle, stöhnt auf und zieht mich wieder zurück in den Alptraum aus Blut und Tränen.

Am Ende des Tages stehe ich als Verliererin auf einem Schlachtfeld. Um mich herum liegen Leichen, verbrannt, verwundet. Der Strom an Demonstranten, der am Heim vorbeizieht, nimmt nicht ab. Weinend, klagend, vor Schmerzen wimmernd kämpfen sie sich vorwärts. Die Sirenen der Schutzwehr läuten ununterbrochen. Laut heulen sie aus dem inneren Ring zu uns herüber. Ihr blaues Licht strahlt in den Abendhimmel.

Abel hat gewonnen.

Und ich?

Ich habe eine Menge Leid verursacht. Die Menschen werden mich hassen. Wenn Klara stirbt, wird Eva mich hassen. Und Aaron? Er wird sterben, weil ich nichts für ihn tun konnte. Weil ich alles nur schlimmer gemacht habe.

Sind wir die Feinde?

Ich liege unter einer Decke. Wo bin ich? Im Spielzimmer?

Langsam wird meine Sicht klar und Gedanken prasseln auf mich ein. Die Bilder vom Ende unserer Demonstration haben sich in meine Netzhaut eingebrannt.

Abends strahlen die Nachrichten andere Bilder aus. Unser Präsident behauptet, ehemalige Bürger hätten eine Gruppe feiernder Menschen angegriffen. Die Schutzwehr jagte sie erfolgreich mit Feuer aus der Stadt.

Menschen, die gefeiert haben? Ich bin sprachlos. Und müde.

Was kann ich jetzt noch tun?

Éli und Felix sind nicht zurück. Ruben und Lillit prüfen die Chips.

Meine Nutzlosigkeit fesselt mich auf dem harten Sofa. Ich will schlafen und kann doch kein Auge zumachen. Meine Gedanken driften in Absurditäten ab. Ich habe anscheinend einen Hang dazu, Jungs, die ich liebe, zu verlieren.

Ich blinzle, hole ein paar Mal tief Luft und setze mich auf. Ich muss nach den anderen sehen. Vor allem nach Klara. Ich stemme mich hoch und gehe nach oben.

Die Blasen auf ihrem Körper wässern stark. Sorgenvoll erneuere ich die Verbände. Die Infusionslösungen sind leer und Medizin gegen Brandwunden habe ich auch nicht mehr. Selbst hier bin ich nutzlos.

Klaras Gesicht ist heiß und nass. Sie fiebert und wirft sich hin und her. Ich tupfe ihr mit einem lauwarmen Waschlappen die Stirn ab und erneuere die Wadenwickel. Zuletzt hole ein Glas mit Wasser und benetze ihre Lippen.

Mehr kann ich nicht tun. Ruhe ist das Einzige, was ihr bleibt. Ich bete zur Göttin, dass sie es schafft.

Ich trotte die Treppe hinunter. Was sage ich Eva, wenn sie mich nach ihrer Freundin fragt? Mitten auf der Treppe halte ich inne. Meine Uhr leuchtet auf. Was kommt jetzt? Eine weitere Erklärung von der Regierung?

Rahab müht sich hinter mir die Treppe runter. »Was hat er jetzt vor?«, murmelt sie.

Ich gehe mit ihr in den Essensraum, wo die anderen sich versammelt haben. Während ich mir lustlos ein Frühstück zusammenstelle, hören wir gemeinsam die Nachrichten. Es ist eine Videoaufzeichnung.

Ein Sprecher im grauen Anzug erscheint. Er hat eine näselnde Stimme und ich muss mich zwingen, ihm zuzuhören.

»Präsident Abel ist hocherfreut, zu verkünden, dass die Verantwortlichen für den Aufstand gefasst sind. Zwei Männer und zwei Frauen haben gestanden, die Unruhen angezettelt, die Brände gelegt und die Menschen angegriffen zu haben. Sie werden bereits morgen ihre gerechte Strafe erhalten.«

Die Schüssel mit den Haferflocken fällt mir aus den Fingern. Die Schale zerspringt auf dem harten Fußboden in Einzelteile und die Scherben verteilen sich mit dem Inhalt zu meinen Füßen.

Ich kann nicht atmen.

Zwei Frauen und zwei Männer. Von wem redet er? Felix und Éli? Aaron und Chamuel? Welche Frauen? Wer könnte gemeint sein? Irgendjemand? Jemand Bestimmtes? Mein Herz zieht sich zusammen und Übelkeit bahnt sich mit aller Macht den Weg meinen Hals hinauf.

Die anderen reden durcheinander, aber ich stehe nur da wie zu Stein erstarrt. Sorge durchflutet meine Venen und mein Herz schlägt so schnell, dass mein gesamter Körper bebt. Mein Verstand drängt mich, wegzurennen, diesem Albtraum endlich zu entkommen.

Wann ist es so eskaliert? Ich wollte doch nicht, dass Menschen sterben! Wäre es besser gewesen, wir hätten Waffen gehabt, um uns zu verteidigen? Wäre ein direkter Angriff leichter gewesen? Ich hätte zu Abel gehen sollen, als die Möglichkeit bestand. Ihm sein arrogantes Lächeln aus dem Gesicht schlagen sollen, als ich die Gelegenheit dazu hatte. Warum habe ich es nicht getan? Wieso bin ich geflohen?

Ich schluchze auf und meine Finger krallen sich in meine Brust. Ich will mir das Herz rausreißen, damit es nicht mehr so schmerzt.

Wir sitzen am Tisch im Esszimmer. Zu müde, einen Plan, zu schmieden. Zu müde, eine Idee zu haben. Mein erster Gedanke war, rauszugehen und sie zu befreien. Wen auch immer. Wo auch immer.

»Ruben braucht noch etwas Zeit. Er hat die Hälfte der Chips durch, aber die Liste mit den Gefängnissen haben wir nicht gefunden. Die Fürsorgeheime dagegen schon«, sagt Lillit.

Wie betäubt starre ich einen Punkt auf dem Boden an.

»Wir können die Kinder nicht holen«, sagt Ruth und weint.

Verwirrt starre ich sie an. Die Kinder? Wir müssen die Jungs befreien! Was, wenn Aaron hingerichtet werden soll?

Ich bleibe stumm, habe keine Kraft, mich zu streiten. Solange niemand weiß, was Abel vorhat, sind mir die Hände gebunden. Ich habe meine Möglichkeiten verspielt.

In der schwarzen Zone. Im Regierungszentrum.

Was will er mit diesem Krieg erreichen? Nach der gestrigen Demonstration werden die Menschen zu ihm überlaufen. Sie werden nicht noch einmal auf die Straße gehen.

Haben wir eine neue Herrschaft begründet? Sind wir die Feinde und nicht er?

Wir sind die Flut.

Der Tag geht vorbei. Versunken im Küstennebel.

Ich suche zum Schlafen das Spielzimmer auf. Das leere Bett ertrage ich nicht.

Ich liege da, will dem Dunst in meinem Kopf entkommen.

Irgendwann falle ich in einen diffusen Schlaf, aus dem ich immer wieder aufschrecke. Ich träume von Aaron, er schreit, dass ich laufen soll. Felix und Éli sitzen beisammen, neben ihnen Abel, und sie stoßen an. Chamuel brennt und dazwischen tauchen immer wieder die Kinder auf und schreien »Hilfe!«

»Martha! Wach auf!«

Eva. Ihre Stimme holt mich in die unwirkliche Realität.

»Alles ist gut. Du hast nur geträumt.«

Ich bin schweißgebadet und fühle mich so elendig wie damals, als ich das Seefieber hatte. Damals in der schwarzen Zone. In meinem vorherigen Leben. Das mir genauso surreal erscheint wie dieses hier.

Ich schalte sofort die Datentafel ein, doch es ist nur ein schwarzes Rauschen zu sehen und zu hören. Es ist unerträglich.

»Hat Ruben etwas herausgefunden?«, frage ich und reibe mir den Schlafsand aus den Augen.

»Nein.« Eva setzt sich neben mich. Das graue Kleid, das sie heute trägt, hängt an ihren Schultern.

Ich schüttle den Kopf. Um wach zu werden und um meine Gedanken zu sortieren.

Wir wissen weder, was Abel vorhat, noch, wo die Bestrafung stattfinden soll und was für eine Strafe die angeblichen Aufrührer erhalten. Der Präsident ist uns immer einen Schritt voraus.

So oder so, wir müssen ihn aufhalten. Es hat keinen Zweck, auf ein Wunder zu warten.

Das Wunder können nur wir sein.

Ich wuchte mich hoch. Ein ruckartiger Schmerz durchzieht meinen Rücken. Der Boden wäre besser zum Schlafen gewesen.

»Ich muss nach Klara sehen«, murmle ich und drücke meine Hände in die Lendenwirbel.

»Salome ist bei ihr.« Eva reicht mir ein Glas Wasser. Ihre Augen sind gerötet. Sie hat geweint. Das ist eindeutig. Ich muss nicht fragen, warum.

Klaras Zustand hat sich nicht verbessert.

Ich will mich wieder hinlegen. Mir die Decke über den Kopf ziehen und ebenfalls weinen. Stattdessen knacke ich mit den Fingerknöcheln. Wenn ich aufgebe, wird Klara auch nicht gesund. Die Mädchen verlassen sich auf mich. Aaron verlässt sich auf mich.

Ich habe es angefangen. Ich bringe es auch zu Ende.

»Wir gehen.«

»Wohin?« Eva steht auf. Sie ist blass und wickelt sich unablässig Haarsträhnen um die Finger.

»Zu Abel. Wir halten ihn auf. Befreien, wen auch immer er in seiner Gewalt hat.«

Ich habe keinen Plan. Keine Idee. Egal. Vom Schlafen und herumsitzen wird es jedenfalls nicht besser. Ich stampfe hinaus in den Flur und treffe auf Lillit.

»Wir müssen eine Verurteilung verhindern«, ist alles, was ich sage, und verschwinde im Badezimmer.

Wieder zurück, warten die anderen mit ernsten Mienen auf mich. Lillit, Eva, Ruth, selbst Helene und Rahab. Alle in der schwarzen Kleidung der letzten Rebellion.

Noah steht mit einem Kopfverband und Krücke da. Er wird wohl nicht mitkommen können. Salome und Ruben sind nicht zu sehen. Er wird am Rechner sitzen und sie bei Klara sein.

Abel will einen Krieg? Den kann er haben.

Während ich mich ankleide, überlege ich fieberhaft, wo die Verurteilung stattfinden könnte. Vor dem Regierungszentrum? Vor dem Gericht?

»Er wird nicht zum Gericht fahren«, beantwortet Lillit meine unausgesprochene Frage.

»Aber sie wollen eine Strafe verkünden«, meint Rahab.

»Das werden sie entweder auf dem Marktplatz oder auf dem Tempelvorplatz tun. Abel liebt die Inszenierung, wie uns seine Statue beweist. Er wird daraus eine Vorstellung machen.«

Das Gerichtsgebäude wird ihm zu klein sein, da gebe ich Lillit Recht. »Marktplatz oder Tempel?«

»Es wird der Tempel sein«, sagt Eva. »Dort sitzt die Herrschaft der Männer. Er wird die Strafe mit Hilfe des Einzigen und Wahren verkünden wollen. So kann er den Schein wahren, nicht Alleinherrscher zu sein.«

»Wie kommst du darauf?« Ich blinzle. Das ist ein interessanter Gedanke.

»Die Kirche hat auch damals unter Präsident Adam alles legitimiert. Niemand hat sich getraut, dem Einzigen und Wahren zu widersprechen.« Eva zuckt mit den Schultern, schaut mir aber nicht in die Augen.

Ist es ihr noch immer unangenehm, dass sie die Unwissende war? Die die Augen verschlossen hat vor der Wahrheit?

Das muss sie nicht. Sie beweist jeden Tag aufs Neue, aus welchem Wasser sie wirklich kommt.

»Auf zum Tempel«, folgert Lillit, ehe ich reagieren kann. Sie weiß, uns bleibt keine Zeit.

Vor uns liegt die Straße in Richtung innerer Ring. Wir betreten den grauen Asphalt und ich atme tief ein. Ohne sich abzusprechen, findet jede von uns den Weg in die Mitte der Straße.

Umgeben von meiner neuen Familie fühle ich mich stark und unbezwingbar. Es nährt mein inneres Feuer, das hungrig ist.

Ich komme mir vor wie ein Hai, den die Jagdlust treibt. Das Feuer in mir hat meine Müdigkeit verbrannt und jetzt will es vor allem nur eins: Abel.

Will ihn anschreien, schlagen und vernichten.

Ich sehe bereits, wie er im Bergwerk arbeitet. Wie er sich beim Inselvolk entschuldigen muss. Immer mehr Bilder fallen mir ein und ich spüre das grimmige Lächeln auf meinen Lippen.

Um uns herum schlagen Fenster zu und die Stadtbewohner auf den Straßen verstecken sich in den Hausfluren oder flüchten in die Seitengassen.

Wir sind unter uns. Der harte Kern der neuen Rebellion. Abel, fürchte dich vor uns Frauen!

Von irgendwoher erklingt eine Sirene der Schutzwehr, doch sie ist zu weit entfernt, als dass ich mir Sorgen machen würde. Jetzt ist nicht die Zeit, Angst zu haben.

Sollen sie nur kommen. In diesem Moment fühle ich mich unsterblich.

Unbeirrt gehe ich weiter.

Unsere Füße stampfen im Gleichschritt über die Straße. Autos müssen anhalten und wir teilen uns um sie herum wie das Meer um einen Felsen.

Schwarz gekleidet und mit einer Wäscheklammer sind wir eindeutig zu erkennen. Wir sind die Feinde von Abel. Unsere Botschaft: Freiheit.

Ich fühle die Hoffnung, wie eine Welle in mir aufsteigen, und sammle meine Wut, um sie mit voller Wucht gegen Abel zu schlagen, wenn ich dann vor ihm stehe.

Die Straßen sind geräumt. Keine Scherben und keine Steine liegen herum. Wir werden ihm beweisen, dass es egal ist, wie oft die Ebbe uns zurückreißt: Wir kommen zurück.

Wir sind die Flut. Unaufhaltsam. Erbarmungslos. Eine Naturgewalt. Der Staub zu unseren Füßen wirbelt und bäumt sich zu einer Sturmwolke auf. Ohne mit der Wimper zu zucken, gehe ich weiter. Fühle die Kraft der Frauen um mich herum. Ihre Nähe gibt mir die nötige Zuversicht. Ich spüre ihre Wut, als wäre sie meine.

Abel, wir kommen.

Vor dem Tempel bleiben wir stehen.

Um den Platz herum wacht eine Reihe aus Schutzmännern. Sie halten Waffen in den Händen. Eindeutig vom Festland. Ich erkenne sie sofort an dem Visier und dem Abzug. Meine Knie schlottern bei dem Anblick. Die Unsterblichkeit ist vergessen.

Felix wollte das Festland mit ins Boot zu holen. Er lag falsch, wie man sieht. Sie arbeiten mit Abel zusammen.

In meinem Augenwinkel bewegt sich etwas. Eine große Plane ergießt sich vom Tempel hinunter und ein Lastwagen fährt vor. Lautsprecher werden aufgebaut. Die ersten Zuschauer versammeln sich. Sie laufen hin und her und werden durch Anweisungen über ein Megaphon gebeten, eine bestimmte Stelle aufzusuchen.

Von Abel ist keine Spur. Ist er im Tempel?

Der Lastwagen wird aufgedeckt. Eine Direktübertragung. Die Plane ist der Bildschirm, damit die Menschen von weiter hinten zuschauen können.

Ruben meldet sich auf meiner DV-Uhr. Es gibt eine offizielle Ankündigung. In einer Stunde wird das Gericht vor dem Tempel tagen und die Anführer des Aufruhrs von gestern verurteilen. »Der Priester des Tempels wird zugegen sein und das Urteil des Einzigen und Wahren verkünden. Mit diesem Tag möchte Abel das Band zwischen Staat und Kirche wieder festigen. Der Priester begrüßt diese Vereinigung sehr. Er glaubt, nur unter dem Schutz des Einzigen und Wahren wird die Insel erneut erblühen«, gibt Ruben die Worte des Nachrichtensprechers wieder.

Abel wird ein neuer Adam.

Meine Brust zieht sich zusammen und ich zwinge meine Lungen, Luft zu holen.

Wir rücken voneinander ab und nähern uns der Schutzwehr. Die Menschenmenge um uns herum bietet eine gute Deckung.

Irgendwo müssen wir doch vorbeikommen. Ich muss in den Tempel gelangen. Ich sehe eine Lücke und steuere darauf zu, aber ein Wachmann hält mich fest.

»Halten Sie Abstand!«, brüllt er mir entgegen und drängt mich zurück. Bedrohlich hebt er seine Waffe.

Ich taumle mit erhobenen Händen nach hinten.

Das funktioniert nicht.

Eva schreit auf. Ein Wachmann hat sie gepackt und schmeißt sie zu Boden. Sie fällt auf die Seite und hält sich den Bauch. Ihre Hand färbt sich rot. Ich helfe ihr hoch und wir ziehen uns zurück. Die Wachmänner stellen sich enger zusammen.

Mein Verstand windet sich wie in einer Schlinge.

Was können wir tun? Nichts. Rein gar nichts. Ich bin machtlos.

Panik bahnt sich ihren Weg.

Ich laufe immer wieder die Reihen der Schutzwehr ab. Die Megaphone schreien unentwegt: »Bitte begeben Sie sich auf die ausgewiesenen Zuschauertribünen.« Männer in grauer Arbeiterkleidung wedeln mit Fahnen, auf denen die Buchstaben A, B, und C zu sehen sind.

Ich habe ganz bestimmt nicht vor, mich auf einen Zuschauerplatz zu begeben. Nein, ich muss in den Tempel!

Ich halte mich an meinen eigenen Oberarmen fest. Meine Beine laufen immer weiter, ohne zu wissen wohin. Ich kenne mich hier nicht aus. Weiß nicht, was ich tun soll, renne wie im Wahn hin und her. Was soll das bringen? Bin ich dazu verdammt, zuzusehen? Nichts ändern zu können?

Mittlerweile ist es so voll, dass ich einige der Frauen aus den Augen verliere. Ich reiße mich zusammen und bleibe dicht bei Eva. Das würde mir jetzt noch fehlen – sie und die anderen suchen zu müssen. Helene und Ruth kommen uns entgegen und auch Lillit taucht aus der Menge auf. Wir bleiben dicht zusammengerückt stehen. Wie eine Insel, um die sich die Zuschauermenge teilt.

Wie können sie nur? Kommen sie freiwillig? Um zuzusehen?

Das sind keine reichen Bürger. Viele Arbeiterklüfte laufen herum. Nur wenige Anzugträger. Ich bin fassungslos. Habe ich mich so in den Menschen getäuscht?

Eine Stunde später kommt die erste erlösende Nachricht. Aaron und Chamuel sind in den Bergwerken gelandet. Eva sinkt erleichtert zusammen.

Bei mir mischt sich Angst zur Freude. Kalter Schweiß bricht auf meiner Stirn aus. Zwei Männer. Und ich ahne, wer sie sein werden. Sie sind zu Abel gegangen. Nicht geflohen. Und sie haben es nicht geschafft.

Ich bin nur noch auf den Beinen, weil ich dicht zwischen Eva und Ruth stehe.

Eva schlingt die Arme um mich.

Ich hoffe inständig, dass Abel jemand anderes meint. Sofort fühle ich mich schlecht. Ein Klumpen in meinem Magen poltert umher und die Krämpfe wandern durch meine Gedärme. Ich krümme mich an Evas Schulter.

Das bringt mich auch nicht weiter. Es hilft Éli und Felix nicht, wenn ich zusammenbreche.

»Wir müssen rein«, sage ich zu den anderen und gehe los.

Jemand folgt mir. Eva und Lillit.

»Gibt es einen Hintereingang in den Tempel?« Ich renne an der Reihe von Schutzmännern vorbei und suche hektisch nach einer Möglichkeit, hineinzukommen.

»Nicht, dass ich wüsste«, antwortet mir Eva keuchend.

Was aber nicht heißt, dass es keinen gibt. Wir laufen um den Tempel herum, und die Anzahl der Schutzmänner verringert sich und eine große Lücke tut sich zwischen ihnen auf.

Erleichterung überflutet mich. Hoffnung.

Ich renne los und erstarre nach wenigen Metern.

Dort, wo die Reihe der Schutzmänner sich auflöst, steht ein riesiger Zaun mit Stacheldraht umwickelt. Hinüberklettern ist unmöglich. Er ist zu hoch, und der Stacheldraht zu dicht.

Ich sprinte weiter, aber das Metallgitter findet kein Ende.

Abel nimmt die Bedrohung ernst. Wieso ist er dann nicht ins Heim gekommen, um uns zu verhaften? Weil wir Frauen sind? Ist es für ihn unvorstellbar, dass die anderen Mädchen und ich die Drahtzieher sind?

»Denkst du, Abel weiß, dass wir die Demonstration angeführt haben und ins Zentrum eingestiegen sind?«, frage ich Lillit.

»Ich denke ja, und ich denke nein. Er glaubt bestimmt, wir haben einen Mann im Hintergrund, und den will er hervorlocken.«

»Der wird sein Wunder erleben«, sagt Eva wütend. Sie läuft schneller und umrundet den Tempel, so dass wir auf der anderen Seite stehen.

Auch hier prangt der Zaun und der Stacheldraht hindert uns daran, einzudringen.

»Es gibt kein Reinkommen.« Mein Herz setzt einen Schlag aus.

Ein Schutzmann läuft hinter dem Zaun auf und ab. Seine Miene ist finster. Ich sehe, wie sein Griff um seine Schusswaffe fester wird.

»Wir sollten uns zurückziehen. Der Mann ist mir nicht geheuer«, flüstere ich und ziehe die beiden mit mir. Ich will und kann sie nicht erneut in Gefahr bringen. Evas blutdurchtränkte Kleidung erinnert mich an meine Verantwortung und daran, dass ich einen kühlen Kopf bewahren muss. Ich kann nicht einfach in der Hitze des Gefechts unser aller Leben riskieren.

Der Platz füllt sich weiter und mir wird übel. Sie kommen, um zuzusehen.

Glauben die Menschen, was Abel sagt? Waren sie vorgestern nicht auf den Straßen?

Die Mienen der Zuschauer sind verkniffen. Einige tragen schmutzige Verbände oder humpeln. Sie müssen dabei gewesen sein. Doch ihre Stille ist erdrückend und meine Nerven sind zum Zerreißen gespannt. Warum sind sie hier? Um Abel zu feiern?

Dann ist alles verloren.

Der Priester erscheint auf dem Tempelvorsprung wie auf einer Bühne. Gekleidet in eine rote Robe. Er faltet die Hände und fängt an, zu sprechen, doch ich kann ihn nicht hören.

Unsere Uhren sind nicht mit dem Inselnetz verbunden und wir stehen außerhalb der Zuschauertribüne. Es bleibt uns nichts anderes übrig, als abzuwarten.

Meine Sicht ist verschleiert. Mein Atem geht hektisch und in meinen Ohren dröhnt es. Das alles hier macht mich wahnsinnig.

Meine Gedanken arbeiten fieberhaft. Wie komme ich hinein? Hunderte von Männern mit Waffen sichern das Gelände ab. Wie weit würde ich kommen? Sie würden mich erschießen, bevor ich in die Nähe von Abel gelange.

Meine Knie vibrieren. Bereit, loszurennen. Mein Verstand hält sie zurück. Der Schmerz in meinem Magen schwillt an. Heiß lodert er auf.

Ich kann doch nicht einfach nur hier rumstehen und zusehen!

Meine Beine geben nach. Ich sacke zusammen. Wir haben keine Chance.

Abel betritt die Bühne und redet. Ein Mann mit einer grauen Kapuze über dem Kopf kommt dazu.

Die Schutzwehr bringt vier weitere Personen.

Zwei Männer. Zwei Frauen.

Sie stolpern über die Bühne. Die Schutzmänner binden sie an vier Pfähle, treten zur Seite und für eine Sekunde erhasche ich einen Blick auf sie.

Ich erkenne sie sofort.

Meine Angst hat sich bewahrheitet.

In meinen Ohren rauscht es. Mein Herz stolpert und setzt aus. Der Priester tritt vor sie und verdeckt ihre Gesichter. Ich vergesse, zu atmen, und japse nach Luft. Heiß schießen mir Tränen in den Augen.

Eva schreit auf. Sie hat den Blick auf ihre Uhr gerichtet.

Ich sehe auf meine.

Ruben schickt uns die Worte, die der Priester auf der Bühne verkündet.

»Tod durch einen Schuss in die Herzen für die Frauen. Tod durch Verbluten für die Männer. Weil sie Feinde der Insel sind und Sünde. Der Einzige und Wahre hat die Liebe zwischen demselben Geschlecht verboten. Diese beiden Männer haben sich den Geboten des Einzigen und Wahren widersetzt und ihre abscheulichen Neigungen öffentlich ausgelebt.«

Ich verfluche den Mann im roten Kleid, dass er mir den Blick auf die beiden verwehrt. Ich will sie sehen!

Öffentlich ausgelebt? Was meint er damit?

Felix und Éli haben sich immer versteckt. Niemand außer mir wusste es. Sie waren so vorsichtig.

Meine Tränen verschleiern mir den Blick. Sie werden sich umarmt haben. Oder geküsst – weil sie wussten, dass sie sterben werden.

Der Mann mit der Kapuze tritt vor und hebt seine Waffe. Ich kann nicht erkennen, was für ein Fabrikat es ist. Er stellt sich vor Katrin und Ariel. Der Priester entfernt sich.

Ich denke an meine ersten Begegnungen. Katrin, wie sie sich nach dem Lager um Eva und die anderen gekümmert hat. Wie eine Mutter. Ihre Kinder! Lässt Abel das hier ausstrahlen?

Ich verdränge den grausamen Gedanken und sehe zu dem Mädchen mit dem feuerroten Haar. Ariel. Ich erinnere mich daran, wie Chamuel sie vorgestellt hat. An ihren Wissensdurst. Ihren Elan. Ihre energische Art. Ihre qualvolle Sehnsucht, endlich wichtig zu sein. Ihre Wut.

Warum bin ihr nicht hinterhergerannt? Ich schluchze auf und presse eine Hand vor dem Mund. Ich sehe abwechselnd in Katrins und Ariels Gesichter. Mein Kopf ist leer.

Der Mann in Grau feuert. Einmal.

Evas Schrei dringt mir durch Mark und Bein.

Katrin sackt zusammen.

Er feuert ein zweites Mal.

Evas langgezogenes »Nein« hallt durch die Luft, ohne dass es jemanden erreicht.

Ariel sackt zusammen.

Ich kann den Blick nicht abwenden. Es kommt mir so unwirklich vor. Das passiert nicht wirklich. Ich träume nur. In Wahrheit sind Éli und Felix im Keller und Katrin und Ariel schlafen. Und ich schlafe auch.

Die Gestalt in grauer Kapuze geht an den Frauen vorbei, richtet seine Waffe auf Felix, der seinen Blick fest auf Éli gerichtet hat. Der Henker schießt.

Ich zucke zusammen.

Der Bauch von Felix färbt sich rot und sein Gesicht bleibt mir abgewandt.

Die Waffe richtet sich auf Éli. Ein weiterer Schuss. Er bricht sofort zusammen.

Der Henker tritt zurück.

Ich öffne den Mund, um zu schreien. Nichts geschieht.

Es ist leise. So leise.

Ich starre weiter zur Tempelbühne. Warte darauf, dass die vier sich wieder bewegen. Hege den irrationalen Wunsch, dass das alles nur Theater war.

Doch niemand regt sich.

Steif wende ich den Kopf ab. Der Wind lässt die Fahnen mit Abels Gesicht darauf flattern.

Die Schutzwehr um den Platz erhebt die Waffen.

Die Zuschauer sinken in die Knie oder verbeugen sich.

Ich begreife nicht …

Die Gewehre richten sich auf uns. Kleine Drohnen steigen auf und schweben über unseren Köpfen.

Meine Uhr leuchtet auf. Ruben meldet sich. »Verbeugen sie sich vor Ihrem Befreier«, steht da. Mein Verstand erkennt die Worte, ohne sie zu verstehen.

Ich lasse den Arm sinken, fühle mich wie zu Eis erstarrt. Ein Eisbrocken, der im Meer schwimmt – ohne die Möglichkeit, sein Ziel zu ändern. Ich wende den Kopf nach links und rechts, doch die Szenerie ändert sich nicht. Ich bin immer noch hier.

Um mich herum kommt Bewegung auf. Rahab und Helene knien. Ruth macht es ihnen nach. Eva fällt auf alle viere. Lillit drückt meinen Arm, beugt langsam die Knie und zerrt an mir, ehe die Drohne uns erfasst.

Ich stürze zu Boden.

Wie ich jemals wieder hochkommen soll, weiß ich nicht.

Ich kann nicht mehr.

Ich funktioniere wie ein Roboter. Lege Türme aus Verbandsmaterialien und schiebe die Medikamente in unserem Vorratsschrank von einer Ecke in die andere. Die Stimmen der Frauen, die von Befreiung und Explosionen sprechen, rauschen an mir vorbei.

Die Nachrichten, die Abel uns aufzwingt, plagen mich und ich möchte die Uhr zerstören, aber dazu fehlt mir die Kraft.

Schwach fällt meine Hand auf den kleinen Bildschirm, aus dem Abels Stimme ertönt und sein Antlitz sich als Video in meine dunkle Welt bohrt. Die Uhr spielt die Aufnahme weiter, ohne auf meinen Befehl zu reagieren. Ich habe keine Kontrolle mehr. Abel hat die Macht.

Er faselt von Rückkehrern und Erleuchtung.

Es ist mir egal. Ich habe alles verloren, falle durch unendliche Einsamkeit und sie ist mir willkommen. So erträgt sich die Schwärze in meiner Brust am besten.

Selbst die Aussicht, Aaron wiederfinden und befreien zu können, vermag es nicht, den Nebel aus meinem Kopf zu vertreiben.

»Irgendjemand hat mal behauptet, es soll leichter werden. Aber wenn sich die Dunkelheit in dein Herz nistet, geht sie nicht mehr so schnell.« Evas Stimme dringt durch die dicke Wolke in meinem Kopf. Auch das ist mir egal.

»Ich weiß, dass du Felix und Éli geliebt hast wie Brüder. Aber mein Bruder lebt.«

Sie berührt mich leicht an der Schulter und ich unterdrücke den Drang, sie abzuschütteln.

»Ich glaube nicht, dass ich es ohne dich schaffe. Wenn du nicht kämpfst, hören die anderen auch auf. Mag sein, dass ich nette Worte finde, aber leider fehlen mir die Worte, um Abels Amtsenthebung durchzusetzen. Ihm den Kampf anzusagen. Ich brauche dich. Wir brauchen dich. Aaron braucht dich.

Chamuel braucht dich. Die Kinder von Katrin brauchen dich. Wir brauchen uns. Allein schaffen wir das nicht.« Evas Stimme bricht.

Es ist mir nicht möglich, mich umzudrehen und sie anzusehen. Tränen laufen meine Wangen hinunter. Ich verachte Mich – und Eva, weil sie recht hat.

Aaron. Ich sehne mich so nach ihm. Ich will, dass er hier bei mir ist. Mich in den Arm nimmt. Ich brauche ihn. Wieso rettet er mich nicht? Mein Herz ist so schwer und mein Körper müde.

Ich schüttle den Kopf. »Ich kann nicht mehr.«

»Also hat Abel gewonnen?«

6. Teil

OHNE ENDE

Vorbei.
Für immer oder für jetzt.
Vorbei.
Kein richtiges Ende ist denen beschert
Die gehofft haben.
Kein Ende denen
Die fürchteten.

@Marie Leic

Es ist noch nicht vorbei.

Ich sitze im Zimmer und starre die Wand an. Meine Füße wippen am Bettende und meine Finger klopfen einen unbekannten Rhythmus auf der Decke. Ich fühle mich unruhig. Mein Herz rast.

Ich habe heute Nacht von Felix geträumt. Er hat mich grimmig angeschaut und geschrien: »Nun zünde es endlich an!«

Er hat mich nie angeschrien und ich musste beim Klang seiner Stimme weinen.

Meine Wangen sind noch nass und wieder sammeln sich Tränen in meinen Augen. Ich kann mich nicht erinnern, was ich anzünden sollte. Was soll ich nur tun?

Ich verbiete mir, an Aaron zu denken. Das ist keine Hilfe. Ich bin wütend auf ihn, weil er nicht hier ist, obwohl ich ihn brauche.

Diese Wut ist so ungerecht wie der Tod meiner Freunde.

Eva hatte Recht. Die Dunkelheit bleibt gerne und verschwindet nicht, nur, weil ein neuer Tag angebrochen ist.

Draußen dämmert es und ich stehe auf.

Das salzige Wasser aus dem Wasserhahn brennt in meinen Augen wie die Trauer in meiner Brust. Für das blasse Gesicht im Spiegel habe ich nur ein müdes Seufzen übrig.

Im Zimmer zurück öffne ich das Fenster und mache seit Tagen zum ersten Mal wieder das Bett. Ich klopfe Aarons Kissen auf, und die Wut bricht heraus. Schreiend schlage ich immer wieder darauf ein. Wie von Sinnen.

Die kühle Luft von draußen holt mich aus dem Wahn. Bibbernd schließe ich das Fenster. Der Frühling scheint eine Pause zu machen, erinnert noch einmal an den Winter.

Über den Dächern der Hochhäuser geht eine orangerote Sonne auf. Ihr Licht bricht sich weich durch die milchigen Kunststofffenster. Ich fühle mich von ihr ausgelacht. In mir ist nur Dunkelheit und Triste. Ihr Licht ist reiner Hohn. Die Kälte kann auch sie nicht vertreiben.

Etwas Dunkles fährt auf der Straße und hält vor unserem Heim. Ein Auto? Argwöhnisch öffne ich leise erneut das Fenster: Eine Person verschwindet im Eingang. Wer … Sofort zieht sich meine Brust zusammen. Ich bin zu spät. Abel hat den nächsten Schritt gemacht. Durch die Dunkelheit frisst sich eine rote Flamme aus Wut.

Ich befehlige meine Füße, sich zu bewegen, und renne die Treppe hinunter.

Mehrere Stufen auf einmal nehmend, stürze ich in die Eingangshalle und bin auf das Schlimmste gefasst. Abel, der die anderen festnimmt. Oder werden meine Freunde gerade in diesem Moment erschossen?

Wie angewurzelt bleibe ich stehen.

Unten haben die anderen sich um jemand Fremdes versammelt. Eine Frau. Edel gekleidet in einen langen, lila Mantel und – ich glaube es kaum – Hosen und Stiefel. Der Reichtum springt mir aus jeder Faser ihrer Kleidung entgegen.

Lillit durchsucht sie.

»Sie hat keine Waffe bei sich«, sagt sie über die Schulter zu mir und drückt die Frau in den Sessel der kleinen Sitzgruppe.

Die Frau dreht sich um. Ihr Blick wandert meinen Körper entlang. »Sind Sie Martha?«

»Äh ja«, antworte ich verwirrt. »Wer will das wissen?«

Die Frau mustert mich weiter. Stark geschminkte Augen, und eine perfekt aufgetürmte Frisur umrahmt ein schönes Gesicht. Ein Hauch blonder Locken umspringen ihre akzentuierten Wangen.

Diese Person kommt eindeutig vom Festland.

»Rhode mein Name. Ich habe Ihr Foto in den Nachrichten gesehen.«

»Welche Nachrichten?«, frage ich argwöhnisch.

»Auf dem Festland. Da ist man sehr interessiert an Ihren Tätigkeiten hier auf der Insel.«

»Aha.« Keine Ahnung, von was diese Frau redet.

Sie macht Anstalten, aufzustehen.

Lillits Hand schnellt vor und hält sie an der Schulter zurück. »Sitzen bleiben.«

Ich stelle mich neben Helene. Sie schaut mit zusammengepressten Lippen auf die Frau, die in ihren Augen wohl der Inbegriff von Sünde ist. Helene kleidet sich noch immer wie zu Adams Zeiten. Sie und die Fremde bilden den größten Widerspruch im Raum.

»Das erklärt nicht, wer du bist«, sage ich zu Rhode.

»Ich bin die Nichte von Abel. Aber er weiß nicht, dass ich lebe, geschweige denn, dass ich aufs Festland fliehen konnte.«

Wie bitte? Was? Habe ich mich verhört?

Ich wiederhole ihre Antwort in meinen Gedanken. Hat Abel je von seiner Familie erzählt? Natürlich nicht, das hätte ihn verraten. Mir entgeht etwas Wichtiges. Aber egal. Später.

Ich konzentriere mich wieder auf die Frau im Sessel.

»Und was willst du jetzt hier?«

»Abel hat mich, weil ich eine Bürgerstochter war, genauso davongejagt wie jeden anderen Bürger. Dabei ist er doch selbst einer. Er braucht die Macht zum Leben wie die Luft zum Atmen. Darum hat er die Rebellion gegen Präsident Adam angefangen.«

Das ist es. Der Beweis. Dass Felix und Éli recht haben. Abel ist ein Bürger.

Ehe ich den Gedanken weiterspinnen kann, fällt mir auf, dass Rhode meine Frage nicht beantwortet hat. Ich muss aufpassen und darf ihr nicht zeigen, wie sehr wir im Trüben fischen, was Abel angeht.

»Das wissen wir«, antworte ich betont genervt.

»Entschuldige, wenn ich dich langweile, oder abhalte von …« Ihr Blick huscht wieder provokativ über meinen Körper und mit einem Mal bin ich mir bewusst, wie ich aussehe.

Verfilzte Haare, dreckige Kleidung und Augenringe, die von schlaflosen Nächten erzählen.

»Was willst du?«, wiederhole ich meine Frage und streiche mir die Haare hinter die Ohren.

»Euch helfen.« Sie bewegt keinen Gesichtsmuskel. Ihre Selbstbeherrschung hätte ich gerne.

»Wobei?« Ich versuche, ihre kühle Mimik nachzuahmen.

»Abel zu stürzen. Es ist Zeit für etwas Neues.«

»Wieso verkündest du nicht, dass Abel ein Bürger ist? Das dürfte reichen, um ihn abzusetzen.« Mein Fuß zuckt. Meine Finger auch. Es fällt mir schwer, meine Anspannung nicht zu zeigen.

»Du glaubst doch nicht im Ernst, dass Abel abgesetzt wird, nur, weil er ein Bürger war? Er ist ein Feind von Adam und damit auf der richtigen Seite.« Sie blickt entgeistert zu mir.

Mein Gesicht wird heiß. Natürlich. Adam hat ihn verbannt. Abel hat sich auf die andere Seite gestellt. Er kann alles so hinbiegen, wie er es braucht. Wie peinlich, dass sie mich so vorführen konnte.

»Und wie willst du uns dann Bitteschön helfen?«

Rhode greift in ihre kleine Tasche und holt einen Chip heraus. »Damit. Den habe ich mitnehmen können, als ich fliehen musste. Zuerst wollte ich ihn dem Festland verkaufen, aber dann habe ich Evas Kolumne gelesen und eure Aktionen im Fernsehen verfolgt. Ihr müsst wissen, das Festland würde eine Menge für diese Informationen zahlen. Aber als ich erkannte, dass ich nicht die einzige Frau bin, die bereit ist, zu kämpfen …« Sie schaut uns an. Erwartet eine Reaktion. Die sie nicht bekommt.

Wie, ein Chip? Ich verstehe gar nichts mehr.

Rhode lässt die Hand mit dem Chip wieder sinken. »Diese Waffe in den Händen vom Festland wäre fatal. Ich will Abel zerstören, nicht die Insel. Sie ist mein Zuhause und ich möchte sie wieder zurück. Vorzugsweise ganz und mit einigen Verbesserungen. Wie Hosen tragen zu dürfen oder studieren zu können.« Sie hält inne. »Außerdem glaube ich, dass es an der

Zeit wird, den Männern zu zeigen, wer das Sagen haben sollte.«

»Du?«, fragt Eva – leise, aber dennoch verständlich.

»Wenn ihr das wollt.«

Ich bin sofort in Alarmbereitschaft. »Nein! Wir wollen keine Herrschaft mehr, weder durch einen Mann noch durch eine Frau«, spucke ich ihr die Worte entgegen.

Wie kann sie hierherkommen und glauben, dass wir uns einer fremden Frau unterordnen? Dass wir immer noch einen Herrscher wollen? Es wird also doch nicht so einfach, wie ich gehofft habe. Wer ist sie?

»Gut. Was dann? Jeder macht, was er will? Das wird der Untergang der Insel sein.« Sie windet sich aus Lillits Griff, erhebt sich und macht zwei Schritte auf mich zu, bis sie direkt vor mir steht. Ich rieche ihr süßliches Parfüm. Mir wird schlecht.

»Nein, ein System, das alle an den Tisch holt. Es gibt nicht einen, der entscheidet, sondern viele. Ähnlich dem Festland, nur besser. Keine Parteien, die etwas versprechen und nicht halten. Sondern direkt gewählte Menschen. Menschen, die die Situation ihrer Wähler kennen. Menschen die Ahnung haben und nicht wegen ihrer Herkunft, ihrer Zuwendungen oder ihres Reichtums in der Regierung sitzen.«

Ich studiere ihre Züge, mustere sie von oben bis unten, suche nach Anhaltspunkten, was sie davon hält und ob sie uns einfach an der Nase herumführen will.

»Ich bin also die Böse, weil ich schöne Kleider liebe?« Sie stemmt eine Hand in die Hüfte und streicht mit der anderen über ihren Mantel.

»Nein, weil du glaubst, der neue Abel sein können.« Ich lasse mich nicht von ihr einschüchtern, nur, weil sie die Schöne ist.

»Willst du lieber der neue Abel sein?«

»Nein!«, schreie ich. »Ich wollte nur studieren! Eva wollte studieren! Felix und Éli wollten studieren! Katrin wollte sehen, wie ihre Kinder studieren! Ariel wollte studieren! Aber das geht nicht mehr! Weil Katrin tot ist, weil Felix und Éli tot sind, weil Ariel tot ist, weil Abel dafür sorgt, dass sich nichts, aber auch rein gar nichts ändert!« Mein Herzschlag pulsiert in meinem Kopf. »Obwohl er es versprochen hat und ich so doof war, ihm zu glauben!« Ich spüre die Tränen auf meinen Wangen und in meiner Brust drückt es schmerzhaft. Ich umschlinge mich mit den Armen, um innerlich nicht zu zerbrechen. Das Feuer in mir ist unstetig, einen Moment rasend, bestärkend, und im nächsten quälend und zerstörerisch.

Ich darf nicht zusammenbrechen. Nicht vor ihr.

»Wir beide wollen dasselbe. Abel loswerden und eine neue Insel erschaffen, auf der wir frei sind. Unabhängig unseres Geschlechts und unserer Herkunft. Ich habe hier als Mädchen in einem goldenen Käfig gelebt.« Ihr Blick streift Eva. »Es war ein Leben, doch ein Leben ohne Freiheit. Ich habe gejubelt, als die Rebellen stärker wurden und mir dafür Schläge eingehandelt. Mit meiner Flucht habe ich diese Freiheit zum ersten Mal schmecken dürfen. Doch dort drüben ist sie fad. Ich war dort ein Niemand, aber ich bin kein Niemand. Ich will hier auf meiner Insel leben als freie Frau. Als Teil einer neuen Ordnung auf der Insel Selvia. Ich will zu dieser neuen Ordnung beitragen. Ich will jemand sein. Ich will etwas bewirken. Etwas verändern! Was willst du, Martha?« Ihre Augenbrauen zucken. Für einen Moment glaube ich, die wahre Rhode gesehen zu haben. Nicht diese Zurschaustellung von Glanz und Protz.

»Dasselbe!«

Die anderen rücken näher zu mir.

Ist sie wirklich auf unserer Seite? Will sie uns helfen? Ich entspanne mein Gesicht, mein Kiefer ist steif und meine Stirn schmerzt.

»Aber wie kannst du uns helfen?«, frage ich. Vorsichtig, weil ich nicht weiß, ob ihr zu trauen ist. Sie könnte ein Spitzel von Abel sein. Sie könnte es aber auch ernst meinen.

»Habt ihr einen Großrechner hier?« Rhode lässt den Chip durch ihre Finger wandern.

Ich wende mich den anderen zu. Vertrauen oder rausschmeißen? Keiner sagt ein Wort. Ruth ist die Einzige, die Rhode zulächelt. Ich frage mich, wie sie immer noch auf mein Urteilsvermögen setzen können.

Dann drückt jemand meine Hand. Ich sehe hinab. Eva.

»Ja, wir haben einen. Gib mir den Chip und ich bringe ihn unserem Techniker.« Unserem Einzigen.

Der Gedanke schmerzt und ich unterdrücke ein Schluchzen.

Rhode reicht mir den Chip, ohne zu zögern.

Ich gehe los in Richtung Keller, die Hand fest um das runde Plättchen geschlossen. Rhode folgt mir, obwohl ich sie nicht darum gebeten habe.

Vor dem Kellereingang bleibe ich stehen. »Warte hier!«, fordere ich sie auf.

Sie seufzt, bleibt aber, wo sie ist.

Im Schutzraum erzähle ich Ruben von unserem Besuch und was es mit dem neuen Chip auf sich hat. Um einer möglichen Falle zu entgehen, schiebt er ihn erstmal in eine kleine Datentafel, die aber sofort unter der Menge der Informationen zusammenbricht.

»Es scheint zumindest kein Virus drauf zu sein. Aber die Tafel schafft es nicht, alles auszulesen. Soll ich es wagen?«

Heute ist wohl der Tag der Risiken. Ich will schreien und um mich schlagen, aber ich beherrsche mich. Was haben wir für eine Wahl? Was habe ich für eine Wahl? Ich denke an Aaron, Chamuel und die Kinder und nicke knapp.

Etliche Sekunden vergehen und ich zwinge mich, zu atmen.

»Das sind Zugangscodes«, stellt Ruben fest, ohne seine Arbeit zu unterbrechen.

»Wofür?«

»Zum internen Netz der Insel. Eine Hintertür direkt zum Kommunikationszentrum der Insel.«

Auch mit meinem wenigen Wissen über die Technik und das Inselnetz weiß ich, dass dieser Zugang uns Vorteile bringen kann. Diese Frau wird mir unheimlich.

»Nun, das verändert wohl einiges«, murmle ich. »Wenn du schon drin bist, versuche, etwas über eine Frau namens Rhode herauszufinden, die eine Nichte von Abel sein soll.« Ich warte seine Antwort nicht ab und renne zurück in den Flur zu Rhode.

Bei meinem Erscheinen senkt sie ihren Arm. Hat sie mit jemanden kommuniziert? Ihr Handgelenk ist leer.

»Woher hast du den Chip?«, ist alles, was ich frage.

»Ich war eine Bürgerin. Mein Vater hatte Zugang und ihm habe ich den Chip geklaut.« Ihre Antwort wirkt wie einstudiert.

Mein Misstrauen wird größer. Abel hat uns verraten. Wieso sollte die Nichte anders sein?

»Wieso bist du nicht früher gekommen?«

»So einfach ist das nicht. Zu fliehen und dann wieder zurückzukommen. Ich habe einen Freund im Kommunikationszentrum, der mir letztlich helfen konnte. Ich musste außerdem sichergehen, dass wir für dieselbe Sache kämpfen. Was ich nicht will, ist nur eine gemäßigte Form dessen, was unter Präsident Adam existierte. Gleichwertigkeit ist keins meiner Lieblingswörter. Ich will die gleichen Rechte. Nicht mehr und nicht weniger.« Sie betrachtet ihre Fingernägel, als ob meine Reaktion nicht wichtig wäre. Sie sind bunt angemalt und lang. Wie Krallen. Sollte mir das nicht Warnung genug sein?

Aber was die Gleichberechtigung angeht, bin ich Rhodes Meinung.

Gleichwertigkeit ist nur eine Fassade. Was hilft es mir, wenn die Männer Danke sagen, weil ich koche und das Haus putze. Ich will wie sie entscheiden können, als was ich arbeite. Egal, ob ich Ärztin oder Techniker sein möchte.

Ich nicke. Zu mehr bin ich nicht in der Lage.

Mein Kopf tut dermaßen weh, dass ich glaube, er zerspringt gleich. Ich brauche Ruhe. Außerdem eine Dusche, frische Kleidung und einen Plan.

Ein Gedanke schält sich aus der Ohnmacht und Trauer in meinem Kopf.

Es ist noch nicht vorbei.

Es gibt noch Hoffnung.

Ich muss stark sein.

Es ist mitten in der Nacht und wir sitzen im Esszimmer. Selbst Ruben habe ich aus dem Keller locken können, aber er hat den Blick auf einen Datenrechner geheftet, mit dem er den Hauptrechner kontrolliert.

Salome ist bei Klara. Ihr Zustand macht mir Sorgen und zeigt, wie ernst die Lage ist.

Rhode ist abgereist, weil sie einen anderen Schlafplatz hat. Ist ihr wahrscheinlich nicht fein genug hier. Lillit ist froh darüber, sie traut ihr nicht und möchte sie am liebsten loswerden.

Ich bin durcheinander. Gestern lag ich im Bett, sicher, dass alles vorbei ist. Heute spüre ich so etwas wie Hoffnung. Rhode war wie ein Weckruf. Eine kalte Dusche. Egal, ich bin wieder da und habe nur ein Ziel.

Aaron!

Die Blicke der anderen ruhen schwer auf mir. Ich bilde mir ein, Unsicherheit und Skepsis in der Luft zu schmecken. Es sind wahrscheinlich meine eigenen Gefühle, die aus mir herausbrechen wollen.

Es ist keine Zeit. Ich muss stark sein und meinen Verstand auf das Wesentliche fokussieren.

»Fakt eins. Wir müssen die Jungs befreien. Aaron, Chamuel und Daniel«, fasse ich zusammen. »Fakt zwei. Abel muss weg. Fakt drei. Wir haben endlich einen Vorteil.«

Ruths unterbricht ihre Arbeit. Sie hat sich angewöhnt, zu stricken. Das Klappern ihrer Nadeln geht mir auf die Nerven. Aber ich verstehe, dass sie eine Beschäftigung braucht. Das Warten auf nichts, macht verrückt.

»Wie können wir mit Zugangsdaten Abel stürzen?«, fragt sie zweifelnd.

»Indem wir in das Netz eindringen und ihre Technologien ausschalten«, antwortet Ruben. »Kommunikation, Drohnen und im schlimmsten Fall Strom … da muss ich aber schauen, ob ich das hinbekomme. Die Sicherheitsmaßnahmen sind schwer zu überwinden. Selbst mit den Codes. Aber zumindest das Netz könnten wir abschalten. Was aber auch zu unserem Nachteil ist. Keine Kommunikation für sie bedeutet keine Kommunikation für uns.« Er reibt sich den Nacken und widmet sich dann wieder seiner Arbeit.

»Schlauer wäre es, wir nutzen sie für unsere Zwecke«, denke ich laut nach.

»Ja, das klingt gut«, sagt Eva. »Wir ändern die Gesetze.«

Entgeistert hebe ich meinen Kopf. »Das ist grandios, Eva. Wenn wir ins Kommunikationszentrum eindringen könnten, uns mit den Codes einspeisen und Falschnachrichten in Namen von Abel verschicken, das würde ein Chaos anrichten. Ohne Gewalt, ohne Waffen. Ruben, was brauchst du dafür?« Ruben hat im Kommunikationszentrum gearbeitet, bevor er sich Abels Rebellion angeschlossen hat, er müsste doch etwas machen können.

Natürlich ändern wir dadurch nicht wirklich die Gesetze, aber Abel wird alle Hände voll zu tun haben, um die Vorgänge zu erklären, und irgendwann wird er Fehler machen und sich verraten.

Wir können den Menschen klarmachen, wer er in Wahrheit ist. Rhode muss auf die Bühne und Abel als Bürger entlarven. Wir greifen von so vielen Seiten wie möglich an.

Ruben reibt sich über das Gesicht. »Die Nachrichten müssen authentisch wirken und wir bräuchten direkten Zugang im Kommunikationszentrum. Ich könnte etwas vorbereiten, aber ich werde etwas brauchen, um mich einzuarbeiten, vor allem, weil ich allein ...«

Sein letzter Satz sticht wie ein heißes Eisen in meine Brust. Mir wird kalt und meine Hände zittern wie auf Kommando. Tief durchatmen, Martha. Ein und aus ...

Die anderen verlassen sich auf mich. Ich muss stark sein. »Erst müssen wir die Jungs aus dem Bergwerk befreien. Wir dürfen Abel nicht die Möglichkeit geben, uns erpressen zu können. Dann zum Kommunikationszentrum.«

Das Bergwerk liegt in der schwarzen Zone. Ich kehre zurück. In meine alte Heimat. Mein Magen zieht sich zusammen.

»Was ist mit Rhode?«, fragt Helene.

»Die muss sich beweisen«, erklärt Eva.

»Mehr beweisen als mit dem Chip?« Ich bin über Evas ernste Miene verwundert. Traut sie ihr nicht?

»Ja, sie soll mit zum Bergwerk. Entweder ist sie auf unserer Seite und macht sich die Hände schmutzig oder sie ist nicht auf unserer Seite«, bestimmt Lillit.

Die Last der Verantwortung.

Es fühlt sich an, wie nach Hause kommen. Es sieht aus wie früher. Es riecht wie früher. Das schwarze Gestein und die Hütten, die zufällig verstreut herumstehen. Alles ist vertraut.

Zum Glück hatten wir Lillits Bus. So war die Reise hierher kein unmögliches Unterfangen. Zu Fuß hätten wir Tage gebraucht.

Rahab wollte unbedingt mit. Ihren Sohn retten. Die Stimmung war kaum zu ertragen. Lillits Misstrauen gegenüber Rhode hat unsere Fahrt zu einem unangenehmen Gemisch aus verstohlenen Blicken und Schweigen gemacht. Eva und Ruth haben das einzig Richtige getan und die Fahrt verschlafen. Wir haben den Berufsverkehr genutzt, um ungesehen durch Selvia zu fahren, und sind wie geplant abends angekommen.

Ich schüttle die Müdigkeit aus meinen steifen Gliedern und greife nach dem Rucksack, den Ruben mir mit allem Nötigen für den Einbruch ins Kommunikationszentrum gepackt hat.

Tief atme ich den Geruch nach Meer und Müll ein und lausche dem Kreischen der Möwen über mir. Wie habe ich das vermisst. Ich habe nicht mit diesem Gefühl gerechnet. Ich bin wieder ich. Wie von selbst werden meine Schritte größer.

Eva eilt an meine Seite. »Hier bist du aufgewachsen?«

Ich versuche, die Gegend mit ihren Augen zu sehen. Geröll, Blechhütten und am Straßenende ein riesiges Gebäude, das alles dominiert. Das Sündenhaus.

Ekel überkommt mich. Auch vor mir selbst. Weil ich mich hier so wohl fühle.

»Ja.«

Ich wünschte einmal mehr, Felix und Éli wären bei mir. Ich vermisse sie so sehr, dass meine Brust weh tut. Halte mich an dem Gedanken fest, dass ich zumindest Aaron retten kann.

Rhode stakst in stabilen Schuhen, die wie perfekt für eine Wanderung im Gebirge aussehen, an uns vorbei.

Ein gewaltiger Knall lässt das Gestein unter mir erzittern und sofort liege ich mit den Händen über meinen Kopf auf dem Boden. In meiner Erinnerung stürzen die Hütten um mich herum zusammen. Die Menschen schreien und rennen um ihr Leben. Ich fühle den Verlust von Isaak noch einmal. Die Steine unter meinen Händen werden zu dem Schutt der eingestürzten Rebellenhütte. Die Schwere meiner Glieder zu der Last der Brocken, die ich mit dem Wissen abtrage, dass ich zu spät bin.

Auf das Krachen der Bomben folgt eine dröhnende Stille.

Ich schiele hoch. Die anderen starren mich wie erschrockene Heringe an.

Peinlich berührt stehe ich wieder auf. Mein Herz rast noch immer. Manche Angewohnheiten vergisst der Körper wohl nie. »Ich dachte … eine Drohne … eine Säuberung …«

»Ich denke eher, wir haben die Bergwerke gefunden«, erklärt Rhode. Sie zeigt auf eine graue Wolke, die über den Bergen aufsteigt.

Der Himmel färbt sich orangerot vom Licht der untergehenden Sonne. Morgen früh steigen wir in die Bergwerke ein.

Jetzt brauchen wir einen Unterschlupf. Eine Hütte muss ausreichen. Es gibt immer eine, die leer steht, weil die Bewohner verstorben sind oder sich etwas anderes gesucht haben. Das wird sich nicht geändert haben.

In der fünften Hütte, in die ich hineinschaue, scheint niemand zu wohnen. Es riecht muffig und sauer. Zwei Matratzen liegen zerknautscht in der Ecke und Eimer und Schüsseln stehen umgekippt und verstreut auf dem Boden. Es gibt einen kleinen verbeulten Kocher. Mit etwas Glück bekommen wir ihn an.

Zu sechst quetschen wir uns hinein. Es ist dreckig und kläglich. Die Matratzen verströmen einen Geruch nach Schweiß und Urin und die dünnen Wände schaffen es nicht, die Kälte der Nacht draußen zu halten. Wer auch immer hier wohnt oder gewohnt hat, scheint eine Version meines früheren Ichs zu sein.

Ich wende mich der Kochnische zu und bin dankbar, in dem kleinen Kocher Gas vorzufinden. Dem Rest dieser ehemaligen Behausung versuche ich, nicht so viel Aufmerksamkeit zu schenken.

Das Gefühl von Zuhausesein verschwindet. Das Elend ruft schlimme Erinnerungen hervor. Die Kälte. Der Hunger. Isaaks Tod. Nein, das will ich nie wieder erleben.

Die anderen bereiten sich provisorische Sitzgelegenheiten und lassen sich nieder. Ich habe das Gefühl, unter mir bebt der Boden und eine Faust zerquetscht mir das Herz.

Ich muss raus aus dieser Hütte.

»Ruth, kannst du den Kocher übernehmen?«, frage ich heiser in den Raum hinein. Es raschelt hinter mir.

»Ja sicher.«

»Es ist ein Gaskocher.«

»Ich kenne mich damit aus.«

Damit habe ich gerechnet.

»Alles okay?«, fragt Ruth.

»Ich muss nur kurz frische Luft schnappen«, sage ich schnaufend und verlasse fluchtartig die Hütte. Draußen atme ich ein und aus.

Die mir bekannte innere Unruhe erfasst meinen Körper und ich gebe dem Drang nach Bewegung nach.

Im Halbdunkeln wandere ich zwischen den Hütten und fühle mich zurückversetzt in meine Jugend.

Meine Füße finden von allein den Weg ins Sündenhaus.

Die Eingangshalle ist leerer, als ich es von früher gewohnt bin. Dafür ist es sauberer. Das heutige Zimmermädchen ist gründlicher, als ich es war.

Ich sehe eine alte, tief gebeugte Frau hinter dem Tresen. Frau Chogla. Kaum wiederzuerkennen. Ich gehe an den Männern, die sich wie verloren hier eingefunden haben, vorbei, spüre ihre lüsternen Blicke und möchte ihnen am liebsten direkt in die Fresse schlagen. Ihre Kleider sehen völlig verstaubt aus und ich weiß sofort, wer sie sind. Männer aus dem Bergwerk.

»Guten Abend«, begrüße ich meine frühere Dienstherrin. Sie hebt den Kopf und hält inne, ein Glas mit einem schmutzigen Tuch auszuwischen. Ihre Augen werden zu schmalen Schlitzen. Ein milchiger Schleier hat sich über ihre Linsen gelegt und ich bezweifle, dass sie genug sieht, um mich wiederzuerkennen.

»Sie ist fast blind.«

Ich fahre herum.

Ada. Da steht sie. In einem grauen, schlichten Kleid. Meine Brust zieht sich heftig zusammen, zu dem Herzschmerz gesellt sich Atemnot. Tränen tropfen von meinem Kinn. Ich bin wie erstarrt. Erinnere mich an unsere gemeinsamen Tage. Voller Liebe und Wärme. Trotz Hunger und Angst. Dann stolpere ich ihr entgegen. Ihre Arme fangen mich auf und ich sage nur fünf Wörter. »Felix und Éli sind tot.«

»Ich weiß. Die Nachrichten liefen auch hier. Komm, lass uns rausgehen.« Ihr Arm umfasst meine Hüfte und sie wendet sich zur Tür.

Ich schluchze und kann die Tränen nicht mehr aufhalten. Ich bebe so stark, dass ich kein Wort herausbringe.

Irgendwann, nachdem mein Vorrat an Tränen aufgebraucht ist, frage ich: »Warum bist du hier?«

»Wo hätte ich sonst hingehen sollen?« Sie bleibt auf dem Parkplatz stehen. Ihr Haar leuchtet im Mondlicht.

»Wieso bist du nicht im Versorgungszentrum geblieben?«

»Die haben alle rausgeschmissen, die nicht nötig waren. Ich hatte keinerlei Wissen oder Erfahrungen, die brauchbar waren. Die Beine breitmachen, das kann ich.« Ihre Stimme klingt verbittert.

»Du hättest zu mir kommen können.«

»Ach, und dann was …?«

»Zur Schule gehen …«

»Ich bin alt, Martha. Ich habe hier Freunde. Hier ist mein Zuhause. So elendig es auch ist. Und ich konnte Frau Chogla nicht alleine zurücklassen. – Ich wollte eigentlich nur zurück, um etwas zu holen. Sie war ganz allein. Da bin ich geblieben.«

Ich schüttle den Kopf. »Und machst weiter, wo du aufgehört hast?«

»Nein. Ich wohne jetzt im Sündenhaus. Habe es mir nett gemacht. Es gibt genügend Frauen, die nicht wissen, wohin, und Geld verdienen müssen. Ich kümmere mich um sie. – Und etwas wird es immer geben: Männer, die ihre Bedürfnisse nicht an ihren Partnerinnen ausleben können oder wollen.«

Ich sage nichts. Zu dankbar, diesem Schicksal entkommen zu sein. Zu erschüttert, dass meine beste Freundin wieder hier gelandet ist.

»Du kannst bei mir schlafen«, sagt sie.

»Ich bin nicht allein.«

Ein frierender Haufen, der um den kleinen Kocher herumsitzt, erwartet mich. Ich stelle Ada vor und sie bietet auch den anderen an, bei ihr zu übernachten. Bei der Aussicht auf ein Haus mit einer Heizung zögern sie keine Sekunde, sondern kommen sofort mit.

Im Sündenhaus greift Eva nach meiner Hand. »Hast du Aaron hier kennengelernt?«, fragt sie mit zitternder Stimme.

»Ja.« Ich fürchte, dass meine Hand blau anlaufen wird. »Du brauchst keine Angst haben. Keiner wird dir etwas tun.«

Ihre großen, grauen Augen schauen mich an. »Schon gut. Ist nur etwas viel.«

»Ja, irgendwie ist es einer der trostlosesten Orte auf der Insel.«

»Nun, er hat dich hervorgebracht. Also ist es auch ein guter Ort, irgendwie …«

Ich schmunzle. »Eva, die Poetin.«

Sie sagt nichts mehr, ist auf die Stufen konzentriert. Sie knarren und quietschen, geben einem das Gefühl, gleich einzubrechen.

Die Wohnung von Ada ist groß und gemütlich. Beinahe beneidenswert, wenn man vergessen könnte, wo sie liegt.

Rahab legt sich in eine Ecke und schläft augenblicklich ein.

Mir fällt auf, wie vorsichtig Lillit ihren Rucksack behandelt. Auf meine Frage bei der Abreise, was drin ist, hat sie nur geantwortet: »Ein Ablenkungsmanöver.«

Sollte mir das Sorgen machen?

Wir klären Ada auf und erzählen ihr von unserem Vorhaben. Irgendwann drohen mir, die Augen zuzufallen, aber ein Plan tut sich auf.

Rhode und ich haben am längsten diskutiert. Ich will es vor ihr nicht zugeben, aber ich bin froh, dass sie da ist. Sie nimmt mir die Last der Verantwortung.

Wie sieht euer Plan aus?

Der nächste Morgen schwindet dahin in einer angespannten Stimmung. Keiner verliert große Worte. Das Wichtigste haben wir nachts besprochen.

Ada kennt die Bergwerke. Sie hatte einem Schutzmann eine Karte gestohlen, auf der die Schächte zu sehen sind. Hineingelangen kann nur, wer dort arbeitet.

Ich habe mir die Karte lange angeschaut und vor allem den Verbindungsgang zwischen den Minen eingeprägt. In die eine Mine werden wir reingehen, in der anderen arbeiten die Gefangenen.

Ada meinte, im Bergwerk arbeiten keine Frauen. Also bleibt uns nichts anderes übrig, als erneut in Männerkleidung zu schlüpfen. Das wird langsam zu einer schlechten Gewohnheit.

Die Kleidung haben wir von den Freiern genommen, die gestern Abend zu müde waren, nach Hause zu gehen. Das bereitet mir Bauchschmerzen. Ihren Ärger wird Ada abbekommen. Aber sie meinte, das sei kein Problem. Diebstähle sind an der Tagesordnung.

Rhode verwandelt sich vor meinen Augen von einer feinen Dame in einen jungen Kerl. Die Schminke ist ab und die Nägel kurz. Doch ihre Mine spiegelt mein Befinden wider.

Die Kleidung stinkt und kratzt. Ich reibe meinen Rücken an der Wand. Ohne je im Bergwerk gewesen zu sein, quält mich der Staub. Äußerlich und innerlich. Ich befürchte das Schlimmste.

Ich warte im Flur auf die anderen, damit wir loskönnen. Meine Nervosität spielt Wellenreiten mit meiner Ungeduld. Die Angst vor dem, was uns erwartet, ist mein Gegner.

»Ruth, man sieht deine Haare. Damit gehst du nie als Mann durch«, fauche ich sie an, als sie vor einem kleinen Spiegel ihre Kleidung richtet. Eva zieht mich zur Seite. »Den Jungs geht es gut! Und ob Rahab gerade läuft oder Ruth sich die Mütze vors Gesicht hält, ändert nichts.«

»Ich kann nicht noch jemanden verlieren«, sage ich heiser.

»Das werden wir nicht! Deswegen sind wir hier. Alles wird gut!« Sie legt eine Hand auf meine Schulter und sieht mich eindringlich an. »Abel hebt die beiden bestimmt als Trumpf auf, aber er hat nicht mit uns gerechnet. Nach allem, was geschehen ist, unterschätzt er uns Frauen noch immer.«

Wir nähern uns der Absperrung. Ein Wachschutz blockiert den Eingang und eine lange Schlange an Arbeitern wartet vor ihm. Weiter entfernt knallen Peitschen. An uns vorbei zieht eine Reihe aneinander geketteter Männer. Eine Staubwolke hüllt sie ein, so dass ich keine Gesichter ausmachen kann.

Wir müssen uns an den Plan halten. Vorsichtig fasse ich die Kapsel an einem Ende.

Heute Morgen hat Lillit den Inhalt ihres Rucksacks gelüftet. Bomben. In den unterschiedlichsten Größen und Formen: Kapseln, Knete und Kugeln. Hoffentlich machen sie keine Taschendurchsuchungen.

Die Waffen verunsichern mich. Sie verschaffen uns Vorteile, aber mit ihnen schlagen wir einen neuen Weg ein. Ich verschiebe meine Prinzipien und ich bin nicht sicher, ob mir das gefällt.

Die kleine Bombe in meiner Hand soll niemandem schaden, aber für Ablenkung sorgen, rede ich mir selbst gut zu.

Eine Bewegung lenkt meine Aufmerksamkeit wieder auf das Geschehen. Wir rücken vor. Immer einen kleinen Schritt auf das Tor zu, welches uns vom Bergwerk trennt.

Das größte Problem sind unsere fehlenden Uhren und dass wir untereinander nicht kommunizieren können. Trifft einer von uns eine falsche Entscheidung, ist es vorbei.

Ich bin dran, gehe direkt zum Wachmann vor.

»Uhr!«, blafft dieser mich an.

Das ist das Zeichen. Kaum merklich wende ich meinen Kopf zur Seite und es knallt. Lillit hat die erste Bombe geworfen. Die Schnelligkeit, mit der der Wachmann seine Waffe hochreißt, habe ich ihm nicht zugetraut. Er richtet sie in Richtung des Lärms und ich atme auf.

Es knallt erneut und der Wachmann rennt mit einem knappen »Stehen bleiben« davon.

Ich höre, wie er Verstärkung ruft, drehe mich zur Absperrung, öffne das kleine Gitter und hoffe, dass die anderen mir folgen.

Jetzt kommt alles auf den richtigen Zeitpunkt und eine Menge Glück an.

Ich sprinte vorbei an verwirrt aussehenden Arbeitern und lasse kleine Kapseln fallen. Dann erreiche ich den Mineneingang und stürme, ohne zu zögern, hinein.

Nur wenig Licht erhellt die Gänge. Eva ist direkt hinter mir. Schreie und Explosionen vermischen sich zu einer Geräuschkulisse, was ein Gespräch unmöglich macht.

Ich dränge sie in eine Nische und sehe fasziniert zu, wie der erste Teil unseres Plans aufgeht. Die Arbeiter flüchten Hals über Kopf. Wenn es knallt, will keiner unter dickem Gestein begraben werden.

Ruth stößt zu uns, genauso wie Lillit. Rhode kommt keuchend angerannt. »Rahab wird es nicht schaffen. Sie ist in der Menge der Arbeiter gefangen. Sie sorgt für Ablenkung. Wir sollen weiter«, erklärt sie außer Atem und hält sich die Seiten.

Das gefällt mir nicht, ist aber nicht zu ändern. Ich eile tiefer in die Mine und winke, damit sie mir folgen.

Ziel ist es, die Gefangenen zu finden.

Um auch die letzten Männer aus dem Bergwerk zu treiben, schmeißen wir größere Sprengkapseln in scheinbar verlassene Gänge. Hustend haste ich vorwärts auf der Suche nach dem Verbindungsgang in die andere Mine, wo die Gefangenen sich befinden sollen.

Das Gestein und der Boden beben. Eine Druckwelle erreicht uns. Mein Schrei geht im Lärm unter. Ich falle nach vorne und scheuere mir die Hände und Knie auf. Mühsam stehe ich auf und halte mir den Kopf. Warmes Blut sammelt sich unter meinen Fingern. Ich sehe mich um. Die anderen stemmen sich mit wackligen Knien hoch.

»Wir müssen weiter!«, rufe ich und ziehe jemand an der Hand mit. Es ist so dunkel, dass ich die einzelnen Gesichter meiner Gefährtinnen nicht unterscheiden kann. Viele Lampen sind ausgefallen. Im nächsten Lichtkegel erkenne ich Ruth an meiner Seite. Ein Blick über die Schulter verrät mir, dass die anderen uns dicht auf den Fersen sind.

Endlich erreichen wir einen Gang, der nach links abbiegt und mit einer Kette abgesperrt ist. Ich klettere hinüber und renne weiter.

Drei Detonationen später habe ich das Gefühl, dass die Welt sich dreht, aber ich zwinge mich weiter. Und dann …

Wir prallen gegen ein eisernes Tor.

»So ein Mist!« Ich rüttle kräftig daran. Mist!

Verschlossen.

Der Gang auf der anderen Seite ist leer. Sind alle geflohen? Kaum vorzustellen, dass die Wachmänner im Notfall die Gefangenen retten. Ich hatte auf Chaos gehofft. Sind wir zu spät?

»Lass mich mal ran.« Lillit drängt sich zu mir durch. Sie stopft etwas Knete in das Schloss. »Ohren zu halten, kann laut werden!«

Die anderen und ich springen zur Seite. Das Schloss explodiert. Eine unangenehme Stille legt sich auf meine Ohren, so als würde ich sie mir zuhalten. Ich hoffe, mein Trommelfell hat keinen Schaden davongetragen.

»Wir müssen uns aufteilen!« Meine Stimme klingt seltsam und hallt in meinem Kopf nach.

Lillit verteilt den Knetgummi. »Aufpassen!«, warnt sie. »Sobald ihr ihn knetet, wird es brenzlig. Dann habt ihr nur ein paar Sekunden.«

Beinahe lasse ich die harte Masse fallen.

»Hat sie die Form einer Welle!?«, schreit Eva.

»Ja, Adam hat Wert auf Stil gelegt!« Lillits Brüllen klingt ironisch.

»Damit bist du die ganze Zeit rumgerannt?«, fragt Ruth entsetzt.

»Ja klar! Wie gesagt, ihr dürft sie nicht weichkneten! Dann passiert auch nichts!«

»Was heißt weich kneten?«, fragt Rhode. »Komplett oder reicht schon ein Fingerdruck?«

Verdammt, wir haben keine Zeit für Diskussionen!

»Komplett natürlich. Nur, weil es runterfällt, explodiert es nicht gleich.« Sie rollt mit den Augen. »Können wir jetzt oder soll ich euch noch die Sicherheitsregeln im Umgang mit Explosionsstoffen erklären?«

»Ist ja gut, Lillit. Hättest du uns das vorher erklärt, wären wir nicht so überrascht!« Ich weiß gar nicht, wieso ich Rhode in Schutz nehme.

»Du hättest nicht gewollt, dass wir sie mitnehmen!«

Woher willst du das wissen?, liegt mir auf der Zunge, aber wir haben keine Zeit für so ein Gespräch.

»Ich kenne deine moralischen Skrupel, andere zu verletzen«, sagt Lillit.

»Was ist daran falsch?« Ich kann nicht verhindern, dass ich mich verteidigen will.

»Nichts, sind nur hinderlich!«

»Ich bin nicht Abel.«

Eva geht mit mir. Rhode mit Ruth und Lillit wie immer alleine. Ich nehme den erstbesten Gang nach rechts. Allmählich höre ich wieder etwas und der Lärm des Chaos nimmt ab. Ein stetes Klopfen ertönt und wir folgen ihm.

»Das erinnert mich an ein Märchen mit Zwergen. Im Lager war auch ein Zwerg«, redet Eva vor sich hin.

Ich habe keine Zeit, nachzufragen, was sie mit Zwergen meint, denn es wird heller und Stimmen dringen zu uns durch.

Vor uns in einer kleinen Höhle steht eine Gruppe von Gefangenen und diskutiert. Metallische, stabile Zäune umgeben sie. Von dem Wachschutz ist nichts zu sehen. Wie erwartet, sind sie geflohen und haben die Männer eingesperrt zurückgelassen.

Ich suche die Gestalten ab, aber Aaron oder Chamuel sind nicht dabei. Dafür sind ihre Körper zu bullig und riesig. Daniel, Rahabs Sohn, kenne ich nicht.

»Wollen wir sie befreien?«, fragt Eva.

»Ist einer von euch Daniel?«, frage ich laut.

Zwölf Augenpaare ruhen auf mir. Einer lacht.

»Ich glaube, da hat uns jemand eine Freude machen wollen und uns zwei Dirnen geschickt.«

Die anderen lachen mit.

Ich will mich umdrehen und gehen. Jede Faser meines Körpers schreit danach.

Scheiße!

»Ja, wir befreien sie!« Sie werden für Ablenkung sorgen, rede ich mir ein.

Ich quetsche etwas von dem Gummi in das Schloss des Tores, packe Eva und renne davon. Ich hoffe, die Idioten machen sich an dem Tor zu schaffen. Zumindest die Ohren sollen ihnen klingeln.

Im Hauptgang stoßen wir auf Ruth und Rhode.

»Nichts, nur armselige Trottel zusammengepfercht in einem Käfig«, teile ich ihnen mit.

»Bei uns auch.«

»Also weiter.« Eva schleift mich vorwärts.

Die Gänge werden immer schmaler und niedriger. Um mich herum befindet sich grob gehauener Stein. Wir müssen uns tief in den Minen befinden.

Stimmen kommen uns entgegen. Ich werde langsamer und versuche, herauszufinden, von wo sie kommen. Das Echo wirft die Laute von allen Seiten zurück.

Im nächsten Moment stürmt eine Gruppe Gefangener direkt auf uns zu. Wir haben nicht einmal mehr die Gelegenheit, auszuweichen. Ich knalle gegen einen Mann und japse. Mein Schädel dröhnt schmerzhaft, doch ich stehe aufrecht. Spüre mit einigen Sekunden Verzögerung, dass ich gehalten werde. Der Staub, den der Mann an sich trägt, brennt in meinen Augen, meiner Nase und meinen Mund.

Ich versuche, mich aus den seltsam vertrauten Armen zu winden.

»Martha«, höre ich meinen Namen und ich lasse mich fallen. Auf einmal ist der Staub egal, und dass wir fliehen sollten. Dass um uns herum geschrien wird und Steine von der Decke fallen. Explosionen den Boden, auf dem wir stehen, erschüttern und andere meinen und seinen Namen rufen.

Aaron. Zu schnell und zu plötzlich lässt er mich los, ergreift meine Hand und zieht mich herum. Es knallt erneut und nur, weil wir uns gegenseitig halten, fallen wir nicht.

Ich renne, ohne Aaron loszulassen. Oder ist es andersherum?

Wie viel hat Lillit gezündet? Sie weiß doch gar nicht, ob wir alle gefunden und gerettet haben.

Eine Druckwelle nach der anderen, schiebt mich voran. Ich verliere Aarons Hand. Panik durchflutet mich. Hustend vom Staub erkenne ich nur wirre Gestalten.

Eva stolpert dicht an mir vorbei und ich folge ihr. Kurz vor dem Ausgang finde ich Aaron wieder. Er greift mich am Arm und gemeinsam stürzen wir hinaus.

Vor dem Bergwerk herrscht komplettes Chaos. Meine Beine krampfen, wollen zusammenbrechen. Meine Lunge schreit nach frischer Luft und meine Zunge sehnt sich nach Wasser.

Wohin? Ich drehe mich hektisch hin und her. Aaron ist bei mir und Eva. Chamuel ist auch da. Jemand kommt an meine

Seite. »Wir müssen weg. Du kennst dich aus. Wo können wir uns verstecken?« Rhode packt mich an den Armen und zwingt mich, sie anzusehen.

Sie hat recht. In dieser Masse an Menschen kann ich nichts ausrichten. Die Pfeifen der Schutzwehr erklingen.

»Wir sollten zur Mülldeponie.«

»Wo ist Rahab?«, ruft Ruth.

»Wir müssen weg! Keine Zeit, jemanden zu suchen. Sonst landen wir im Gefängnis!« Rhode löst sich von mir und zieht Ruth am Arm mit.

Aaron nimmt meine Hand. »Wie sieht euer Plan aus?«

»Äh«, ich drücke die seine, »weiter haben wir nicht gedacht.«

»Das sind die besten Pläne.« Er grinst. Ein müdes und schmerzverzerrtes Lächeln.

Mit ihm quetsche ich mich seitwärts durch die Masse, um dem ankommenden Wachschutz zu entgehen. Ich erreiche den Rand der Masse und renne los. Meine Finger, mit denen ich Aaron festhalte, brennen. Die andere Hand hält den Rucksack eisern am Riemen fest. Ich hoffe, dass die anderen uns folgen. Denke an Rahab und Daniel.

Ich führe die anderen bergab durch Löcher in Zäunen, zwischen Felsspalten hindurch und um ein paar wenige Hütten herum.

Endlich umgeben uns Hügel von Müll und nahende Staubwolken kündigen die Müllfresser an. Ich spüre meine Beine nicht und breche zusammen.

Ich darf nicht stehen bleiben!

Die Atemzüge der anderen dringen zu mir durch und ich sehe mich um. Wer hat es nicht geschafft? Aaron ist direkt neben mir. Bei ihm sind Eva und Chamuel. Beinahe seufze ich erleichtert auf. Ruth hockt neben Rhode.

»Wo ist Lillit?«, frage ich laut und rapple mich mit Aarons Hilfe auf. »Hat sie euch befreit?«, frage ich ihn.

»Das Tor ist explodiert und wir waren frei. Lillit habe ich nicht gesehen. Es ging alles so schnell, ich hatte gar keine Zeit zum Nachdenken. Dass ich dich gefunden habe, grenzt an ein Wunder.«

»Wir müssen zurück«, ruft Eva, doch Chamuel hält sie fest.

Rhode sitzt schwer atmend auf einem kleinen, grauen Kasten und kämpft sich hoch. »Wir können nicht zurück!«

»Und Sie sind?«, fragt Aaron und fährt sich durch seine Haare.

»Das ist Rhode und sie hilft uns, Abel zu stürzen«, antworte ich statt ihrer. Ich will noch mehr sagen, doch der Hustenreiz wird unerträglich. Aaron klopft sachte auf meinen Rücken. Es hört auf und ich kann wieder atmen. »Wenn jemand klarkommt, dann Lillit!«, krächze ich.

Der Abend naht. Meine Gedanken überschlagen sich. Ist es ratsam, zurück ins Waisenheim zu gehen, oder wird Abel uns dort als Erstes suchen?

»Ich habe einen Freund im Norden.« Rhodes Vorschlag kommt überraschend. Sie klopft sich den Staub von der Hose. »Wir können uns bei ihm verstecken und von dort ins Kommunikationszentrum einbrechen.« Sie fixiert mich auffordernd. Oder sogar herausfordernd?

Zurück ist keine Alternative. Nicht nach dieser Aktion. Abel ist nicht doof. Irgendeine Drohne wird uns erfasst haben und es wird nicht lange dauern, bis er mich oder einen anderen erwischt.

»Der Freund von dir, wo wohnt der genau im Norden?« Ich wanke und lehne mich an Aaron. Oder er sich an mich?

»Er arbeitet in der Energieversorgungszone.«

Das ist ein weiter Weg. Ohne den Bus kaum zu schaffen. Vor allem in unseren Zustand. Ich sehe die Männer an. Blut vermischt sich auf ihrer Haut mit dem Staub des Bergwerkes. Ich taste nach meinem Kopf. Wir brauchen Wasser und Medizin.

Zurück zu Ada ist zu gefährlich. Das Sündenhaus würde Abel als Nächstes durchsuchen. Hoffentlich geschieht ihr nichts.

Ich straffe die Schultern. »Auf in den Norden«, krächze ich und macht den ersten Schritt.

Wir gehen stumm. Ich bleibe dicht an Aarons Seite. Meine Hand umschließt seine. Er lebt! Das ist alles, was im Moment zählt. Die Stille um mich herum ist mir willkommen. Eine Pause.

Bis eine Frage unsere Wortlosigkeit durchschneidet.

Obwohl Chamuel leise spricht, übertönt seine heisere Stimme das Dröhnen der Müllfresser. »Wo ist Ariel?«

Spürt er, dass die Antwort ihm nicht gefallen wird? Vielleicht bilde ich mir das auch nur ein, und er hat einen genauso trockenen Mund wie ich.

Ich bleibe stehen und drehe mich zu ihm. Meine Augen treffen Evas. Tränen kullern über ihre Wangen und hinterlassen eine schmutzige Spur. Chamuel hebt seine Hand und wischt sie mit seinem Daumen weg.

»Deine Schwester. Sie … ist tot.« Eva schluchzt, aber ihre Worte waren klar und deutlich.

Seine Hand ruht auf ihrem Gesicht, dann sacken seine Schultern zusammen. »Wie …?«

»Sie wollte euch retten. Allein. Abel muss sie gefasst haben. Er hat sie und Katrin und …« Sie weint und Ruth springt für sie ein.

»… Éli und Felix hingerichtet. Wegen unserer Demo. Er hat gelogen und die Priester … es war furchtbar … und es tut mir so leid.« Ihre Stimme bricht.

Ich möchte nur weg. Chamuel weint still und Eva umarmt ihn.

»Éli und Felix?«, fragt Aaron mich leise. Ich nicke und spüre schon wieder diese verfluchten Tränen. Er legt seinen Arm um mich und küsst mich auf den Scheitel. Ich kralle mich an ihm fest, um nicht zusammenzubrechen.

»Eure Verluste tun mir ehrlich leid«, unterbricht Rhode uns. »Aber wir müssen weiter, wenn nicht noch mehr sterben sollen.«

Sie hat recht. Ich wische mir die Augen und nehme Aaron an die Hand. Chamuel läuft stumm an Evas Seite los.

Wir wandern durch die staubige, ekelerregende Wüste, weichen Müllfressern und riesigen Bergen an Abfall aus. Nach schier unendlichen Schritten tauchen vor uns die ersten Häuser am Horizont auf.

Die Arbeitersiedlung.

»Wir könnten uns einen Lieferwagen besorgen«, sagt Ruth.

Ein Wagen? Fahren? Nicht mehr laufen? Eine grandiose Idee.

»Wie willst du das anstellen?«, fragt Eva.

»Die Lastwagen werden auf einem Sammelparkplatz abgestellt. Von Fahrern, die nach Hause gekommen sind oder die Waren in die Siedlung geliefert haben.« Sie zeigt auf die gewaltigen Hochhäuser.

Ob sie hier gelebt hat?

Langsam aber zielstrebig gehen wir weiter und erreichen mit dem Erscheinen des Mondes am Nachthimmel die Arbeitersiedlung.

Die Häuser hier übersteigen zum Teil die zwanzig Stockwerke aus den Randringen. Wie Türme ragen sie in den Himmel und verdunkeln ihn. Für mich sieht ein Haus wie das andere aus. Ruth aber führt uns zielsicher, und ohne dass wir gesehen werden, zu besagtem Parkplatz.

Aaron braucht nicht lange und bricht die Autotür eines kleinen Transporters auf. Er startet den Motor ohne Probleme und wir steigen ein. Ich hoffe, dass wir schnellstmöglich durchkommen. Mein Mund fühlt sich an, wie mit Pelz überzogen.

Ich quetsche mich zwischen die anderen auf die Ladefläche und linse durch eine Lücke in der Plane, die uns umgibt. Die Verbindungsstraße ist um diese Zeit fast ausschließlich von Transportern befahren. Ich spitze die Ohren, erwarte jederzeit, die Sirenen der Schutzwehr zu hören. Mein Herz pocht so laut, dass ich Angst habe, es könnte mir aus der Brust springen. Der Wagen rumpelt und ich muss mich mit den Händen an den Haltestangen festhalten. Vom Sitzen auf dem harten Untergrund schmerzt mein Po.

Meine Lider werden schwer. Die Geräusche des Wagens und die schüttelnden Bewegungen tun ihr übriges. Ich spüre, wie meine Augen zufallen. Rhode redet irgendwas, aber ich schlafe ein.

Kurz vor dem Ziel

»Martha!«

Meine Augenlider heben sich träge. Wie durch einen Schleier dringen staubige Lichtstrahlen zu mir durch. Ich blinzle und reibe mir den Schlafsand aus den Augen.

»Was ist?«, frage ich müde und würde am liebsten wieder einschlafen.

»Wir sind da«, erklärt mir Rhode. Ich schlage vollends die Augen auf und erhebe mich. Taumelnd. Meine Beine fühlen sich wie Blei an. Meine Arme hängen wie Fremdkörper an mir herunter. Ich stolpere vom Lastwagen und Chamuel fängt mich auf.

»Tschuldige …« Verlegen fahre ich mir durch die Haare. Ich bräuchte einen Eimer kaltes Wasser, stattdessen strecke ich mich, um endgültig wach zu werden.

Wir stehen auf einer Hochebene inmitten des Selvia-Gebirges. Wir müssen uns weit im Norden befinden, denn ich kann das Meer von hier aus sehen. Verdeckt unter einem Felsvorsprung steht ein kleines, graues Gebäude.

»Bei meinem Freund können wir uns ausruhen«, verspricht Rhode und geht auf den grauen Klotz zu.

Sie gewährt uns Eintritt und ich ziehe überrascht die Luft ein. Ich habe eine Art Keller oder Bunker erwartet, stattdessen betreten wir einen großen, hellbraun gestrichenen Raum mit einer Couch, fließend Wasser aus dem Wasserhahn und einem festen Rechner. Am liebsten würde ich für immer hierbleiben.

Mein Blick bleibt an einer dicken Säule mit einer Tür hängen. Die quadratische Betonsäule steht mitten im Raum und ist zu modern für den Rest der Einrichtung. Ich gehe einmal herum.

»Ist das ein Schutzraum?«, fragt Eva.

»Nein, ein Zugang zu einer Röhrenbahn.«

»Eine was?« Ich drücke auf den Knopf an der Seite der Tür, doch nichts geschieht.

»Stellt euch das Ganze als eine Art Fahrstuhl vor, der durch unterirdische Röhren fährt. Ist ein Sicherheitssystem, fast die ganze Insel ist untertunnelt«. Rhode kommt zu uns und hebt eine kleine Platte am Rande dieses sogenannten Fahrstuhls hoch. »Präsident Adam war sehr paranoid.« Tasten mit Nummern erscheinen und sie gibt eine Zahlenkombination ein.

Ich weiche zurück. Das Misstrauen ihr gegenüber ist wieder da.

»Woher kennst du den Code?«, fragt Chamuel. Er stellt sich an die Seite von Aaron und ich habe das Gefühl, die Luft lädt sich auf.

»Ich habe ihn von meinem Freund.«

Die Tür rattert auf.

Ruth geht hinein. »Kommt ihr oder wollt ihr warten, bis die Schutzwehr euch findet?«

Die anderen folgen ihr. Ich zögere, dann gehe ich in die Kabine. Noch habe ich mehr Angst vor Abel als vor Rhode.

Eng stehen wir aneinander und der Geruch von Schweiß und Dreck lässt mich würgen. Der Gestank von Elend. Früher vertraut. Heute abstoßend.

Wir fahren sehr weit hinunter, bis wir abrupt stoppen. Eine Tafel blinkt auf. Rhode tippt darauf herum und wir bewegen uns waagerecht nach links.

Ich halte mich an den Wänden fest.

»Ihr habt doch nicht geglaubt, dass Präsident Adam durch dunkle Tunnel geht und sich die Schuhe schmutzig macht?«

Mir gefällt der überlegene Ton in Rhodes Stimme nicht.

»Weiß Abel von dem Tunnelsystem?« Aaron offenbar auch nicht. Seine Worte klingen drohend.

»Keine Ahnung. Ich glaube nicht. Er wurde erst nach seiner Verbannung gebaut.« Rhode lässt sich nicht beirren. Sie wirkt trotz unserer Flucht adrett. Ihre Haare sind zu einem straffen Zopf gebunden und ihr Gesicht ist sauber.

Wie macht sie das bloß?

Ich wische über meins und mache damit alles bestimmt nur schlimmer, so staubig, wie meine Hände sind.

Die Röhrenbahn hält mit einem Ruck an und fährt im nächsten Moment nach oben. Ein flaues Gefühl macht sich in meiner Magengegend breit und ich bin froh, nichts gegessen zu haben.

Wenig später erreicht die Bahn surrend ihr Ziel und die Tür öffnet sich.

Ein großer Raum erwartet uns und mein Blick fällt sofort auf eine Gruppe einladender Sitzgelegenheiten. Mein ganzer Körper bäumt sich auf und möchte sich dort ausstrecken. Mühsam erwacht mein Überlebensinstinkt und ich halte inne. Ich sehe mir den Raum näher an. Reichtum schreit mir aus jeder Ecke entgegen. Das Mondlicht scheint so hell durch die Fenster, dass die Scheiben aus Glas sein müssen. Trotz des Gebotes unter Adam, Unnützes von der Insel zu verbannen, hängen bunte Bilder an weißen Wänden und seltsame Skulpturen stehen in den Ecken.

Rhode geht zielstrebig auf eine Datenanlage an der Wand zu.

»Ich habe diesen Bereich abgeschaltet. Diese Wohnung verfügt zum Glück über ein eigenes Sicherheitssystem, welches von außen nicht überwunden werden kann.«

»Ich werde immer neugieriger auf deinen Freund«, sagt Aaron.

Ich stehe weiterhin mit ihm und den anderen in der Kabine wie ein paar vergessene Sardinen.

Sie hält inne. »Vielleicht werdet ihr ihn kennenlernen.«

Ich stutze. Wieso glaube ich ihr das nicht? Ihre Art ist schwer einzuschätzen. »Wo befinden wir uns eigentlich?«

»In einem abgelegenen Haus in der Nähe der Wasserturbinen. Mein Freund arbeitet im Forschungszentrum.« Die Antwort kommt schnell und ohne ein Zögern. Definitiv nicht gelogen oder auswendiggelernt.

»Wenn ihr mich entschuldigen wollt. Dort hinten befindet sich ein kleines Bad, wo ihr euch frisch machen könnt. Wir sollten schlafen und essen. Morgen reisen wir ins Kommunikationszentrum.« Mit diesen Worten lässt sie uns stehen und steigt eine große Wendeltreppe hinauf, die frei im Raum angebracht ist.

»Das ist ein guter Plan.« Eva tritt aus der Kabine.

»Eva, bleib hier. Ich traue der Frau nicht.« Aaron greift nach ihrer Schulter, aber sie weicht aus.

»Musst du ja auch nicht. Aber wo willst du jetzt hin? In der Kabine stehen bleiben? Zurück kommen wir ohne sie doch sowieso nicht.« Eva geht zielstrebig auf das Bad zu und Ruth folgt ihr eilig.

»Aaron, wir müssen das jetzt zu Ende bringen. Abel muss weg. Ich lasse ihm nicht durchgehen, uns dermaßen verraten zu haben.« Ich weiß, dass ich nicht allein Schuld dran habe, dass Abel jetzt Präsident ist. Ich gebe sie mir aber trotzdem. »Außerdem habe ich sonst das Gefühl, aufzugeben. Kurz vor dem Ziel«, ergänze ich. Ich habe es beim letzten Mal bereits versäumt, es zu Ende zu bringen. Dass Felix und Éli tot sind, ist meine Schuld. Ich hätte nicht wegrennen dürfen.

Ich steige ebenfalls aus und folge den Mädchen in das Bad.

Ich hasse diese Abhängigkeit.

Rhode meinte es ernst, als sie behauptet hat, die Insel ist komplett untergraben. Wir fahren in der Kabine unterirdisch von Nordwesten in den Nordosten, wo das Kommunikationszentrum liegt. Sie hat jeden Code parat, den es braucht, um die Röhrenbahn in die richtige Richtung zu schicken. Es ist beinahe gruselig.

Obwohl die Kabine groß ist, ist sie für uns sechs zu eng. Dafür kann ich nicht fallen, wenn sie abrupt die Richtung ändert.

»Wieso sind wir eigentlich nicht gleich unterirdisch ins Kommunikationszentrum gefahren?«, fragt Aaron in die Stille rein.

»Der Tunnel führt nicht in die schwarze Zone oder in die Mülldeponie. Was hätte der Präsident da gesollt? Wenn's nach Adam gegangen wäre, hätte er diese Orte hinter einer Mauer versteckt«, gibt Rhode ihm schnippisch zur Antwort.

»Dein Onkel hatte sich mit Präsident Adam zerstritten? Worum ging es in ihrem Streit?«, frage ich Rhode, um mich abzulenken. Vom Gestank und der Angst, was uns erwartet.

»Keine Ahnung.«

Was? Ihr Onkel überwirft sich mit dem Präsidenten und wird verbannt und sie weiß nichts darüber? Wer soll ihr das abnehmen? Ich versuche, mich zu erinnern, was Felix und Éli mir über Abel erzählt haben. Warum er verbannt wurde. Aber sie wussten es auch nicht. »Und deine Eltern? Haben sie sich auch mit Abel zerstritten?«

Sie schaut mich an. »Meine Familie hat ihn gehasst.«

Ihr Gesicht ist verzerrt. Hasst sie ihren Onkel auch so sehr?

Die Röhrenbahn hält an und wir steigen aus.

Um uns herum ist es dunkel und die Kabine ist die einzige Lichtquelle. Ich zittere. Wir müssen uns metertief unter der

Erde befinden. Die Vorstellung von der Masse an Gestein, die von Betonwänden zurückgehalten wird, erdrückt mich.

»Wie gelangen wir zur Konsole, von der wir die Nachrichten schicken können?«, fragt Aaron.

»Das könnte ein Problem werden. Es gibt einige Schleusen, die wir durchqueren müssen.« Rhode geht vor. Bei ihrer Bewegung flammen surrend Lichter an den dunklen Wänden auf. Ein langer, niedriger Tunnel erwacht vor uns zum Leben.

»Ruben meinte, es sollte kein Problem sein, dass er uns vom Waisenheim freischaltet, ich habe dafür alles dabei.« Ich klopfe auf meinen Rucksack. »Wir müssen hoffen, dass er an seinem Rechner sitzt und wir Momente erwischen, in denen wir allein sind.«

Wir rennen durch den spärlich beleuchteten Tunnel. Es ist kalt und mein Atem bildet Kondenswolken in der Luft. Rhode weist uns hin und wieder auf etwas hin. Noträume, eingelassen in den Wänden. Alarmknöpfe und Notlichter.

Ein Tor beendet unseren Marsch. Neben einer grauen Metalltür ist ein kleines Gerät angebracht.

»Wir müssen den Chip an eine blaue Platine legen. Wenn bei Ruben ein Signal ertönt, löst er den Öffnungsmechanismus aus.« Ich betaste das kastenartige Teil und suche die Stelle, wo ich den Chip auflegen muss.

»Woher wissen wir, dass Ruben das Signal erhält?«, fragt Aaron und überprüft den Kasten nach mir.

»Weiß nicht.«

Ich packe meinen Rucksack aus. Mit einem Schraubenzieher drehe ich einen Deckel ab, auf dem sich der DV-Uhren-Sensor befindet, und schaue in das Innere des kleinen Kästchens. Aarons Kopf schiebt sich vor mein Gesicht.

»Mensch Aaron, so kann ich doch nichts sehen.«

»Lass mich das machen.«

»Ich mach das, Ruben hat es mir gezeigt!«

»Jetzt streitet euch nicht. Beeilt euch lieber!«, ruft Ruth und ihre Stimme hat einen nervösen Unterton.

»Wir streiten uns nicht«, blaffe ich zurück und setze den Chip auf die Platine, die Aaron mit dem Finger angetippt hat.

Ich kann ihn nirgends befestigen und nur hoffen, dass Ruben an seinem Rechner sitzt.

Ich warte, doch es passiert nichts. Keine Ahnung, ob er nicht da ist oder es nicht hinbekommt. Vielleicht geht auch kein Signal durch … wir sind meterweit unter der Erde.

»Soll ich halten?«, bietet sich Chamuel an. Ich nicke und lächle. Will mir nicht anmerken lassen, dass meine Hoffnung sinkt.

Wir wechseln uns der Reihe nach ab. Eva ist zum zweiten Mal dran und tänzelt von einem Bein auf das andere.

»Du musst es ruhig halten, Eva.« Aaron hockt auf dem Boden und rauft sich das Haar.

»Halt die Klappe, Aaron.« Eva tritt mit dem Fuß nach ihm.

Aaron springt auf und weicht ihr aus. »He, pass auf! Sonst machst du noch etwas kaputt!«

In diesem Moment wechselt eine Lampe oberhalb der Tür die Farbe von weiß auf gelb.

»Was hast du getan?« Aaron eilt zur Tür.

»Gar nichts!« Evas Hand zuckt zurück und sie lässt den Chip los.

Hastig drücke ich ihn wieder auf die Platine.

Ein surrendes Geräusch ertönt und die Tür teilt sich in der Mitte.

Erleichtert atme ich aus, warte bis das Tor komplett geöffnet ist, und nehme den Chip an mich.

Auf der anderen Seite geht der Tunnel steil nach oben. Wir kämpfen uns keuchend hinauf. Ich spitze die Ohren, damit mir nichts entgeht.

Das nächste Tor öffnet sich schneller. Ruben scheint an seinem Platz zu sitzen. Ich stehe angespannt davor und warte darauf, durchgehen zu können. Die größer werdende Lücke gibt dunkle Flecken frei, und ich winke die anderen wild mit der Hand hinter mich.

»Stopp!«, zische ich. Die Türren verharren in ihrer Bewegung, aber zu spät.

Die Männer haben uns bemerkt. Sofort stürmen sie auf mich zu.

»Wer seid ihr? Was wollt ihr hier?«, ruft ein grau Uniformierter und hebt einen Knüppel.

Mehrere Hände ziehen mich zurück.

Einer der vier Männer beginnt, sich durch die Lücke zu quetschen. Mit jeder Sekunde wird die Öffnung breiter.

Die Jungs werfen sich auf den Feind. Innerhalb kürzester Zeit liegen die Wachmänner auf dem Boden.

»Weiter geht es.« Rhode Stimme hallt von den Wänden und sie wendet sich zielgerichtet nach links.

»Wir sollten sie fesseln und verstecken.« Eva bückt sich und betrachtet einen der Männer genauer.

»Dafür ist keine Zeit«, widerspreche ich.

Doch sie zerrt bereits an einem von ihnen. »Ich bleibe hier und sorge dafür, dass der Rückweg frei bleibt.«

Chamuel und Aaron wollen sie davon abhalten, doch Ruth steht Eva bei. Ich muss ihnen recht geben. Wir sind zu viele und zu auffällig. Aber ob die Trennung eine gute Idee ist? Ich bin mir nicht sicher.

»Alles geklärt?«, fragt Rhode, die stehen geblieben ist und nervös auf den Füßen wippt.

Aaron und Chamuel verharren. Sind sie damit einverstanden, Eva und Ruth zurückzulassen?

»Im schlimmsten Fall rennt zurück zur Röhrenbahn und versteckt euch in einem der Noträume, die ich euch gezeigt habe«, sagt Rhode zu den Mädels.

Die Jungs geben nach und rennen los. Ich folge ihnen. Immer weiter in ein Gewirr aus Räumen. Mir fällt auf, dass hier nicht viele arbeiten. Läuft hier alles automatisch?

»Wir müssen den Hauptserverraum finden und einen Chip installieren. Über diesen kann Ruben auf das Netz zugreifen«, erkläre ich keuchend. Ich habe das Gefühl, dass wir ewig rennen.

Ein weiteres Mal kommen uns zwei Wachmänner entgegen. Den ersten knockt Chamuel mitten im Lauf mit einem Schlag gegen seine Kehle aus. Dem Zweiten trete ich gegen die Kniekehlen und Aaron schlägt ihn mit der Faust nieder.

Dann endlich erhebt sich eine Tür mit dem Namen ›Serverraum‹ vor uns. Es dauert endlose Minuten, bis Ruben uns Zugang verschafft. Ich trete mit pochendem Herzen und zitternd vor Anspannung ein.

Vor mir reihen sich dünne Türme aus leuchtenden Lichtern und Kabeln.

»Was ist das?«, frage ich und bin fasziniert von dem Wald aus Technik.

»Die Server«, erklärt Aaron. »Sie bauen das Netz auf.«

»Aha.« Ich verstehe nichts. Deswegen sind die Jungs hier. Ich hasse diese Abhängigkeit.

»Was hat dir Ruben genau erklärt, Martha?«, fragt Chamuel und geht auf einen der Türme zu.

Ich krame in meinem Gedächtnis. »Wir müssen den Turm mit der Kombination INR2000 finden«, antworte ich erleichtert darüber, dass ich mir die Buchstaben und Zahlen gemerkt habe.

Wir laufen die Server ab.

Ich bin sprachlos. Diese Türme bilden unser gesamtes Inselnetz. Sie sind nicht vollständig verhüllt und wie Schuppen eines Fisches an einigen Stellen überlappend. Dazwischen ragen Kabel heraus oder es ist eine Lüftung angebracht. Alle unsere Daten, jegliche Kommunikation und Bewegung wird hier erfasst und weitergeleitet. Was würde passieren, wenn ich etwas kaputt mache?

»Hier ist er«, ruft Rhode und unterbricht meinen Gedankengang.

Ich gehe zu ihr und krame den Chip und eine graue Tube heraus.

»Ruben meinte, die Verbindungsstelle wäre eine kupferne Platte, dort müssten wir den Chip mit einem speziellen Kleber befestigen.«

Sofort machen sich die Jungs auf die Suche.

Meine Nervosität steigt, je tiefer sie in den Raum eintauchen. Es dauert zu lange.

»Hier ist sie«, ruft Aaron endlich.

Ich gebe ihm Kleber und Chip. Vorsichtig macht er sich an die Arbeit. Minuten später atme ich aus. Der Chip klebt fest.

»Jetzt aber weg«, sagt Rhode und ich höre ihre Erleichterung deutlich heraus.

Wir rennen zurück. Vorbei an den eingesperrten Männern. Sie klopfen laut gegen die verschlossene Tür. Ob sie Hilfe angefordert haben? Egal. Keine Zeit, darüber nachzudenken. Wir müssen weiter.

Endlich erreichen wir das letzte Tor.

Schlitternd komme ich zum Stehen. Wo sind Ruth und Eva? Nur wenige Meter trennen uns von der rettenden Röhrenbahn.

Aus einem Nebengang höre ich Schritte. Ich sehe durch die Öffnung im Tor, kann Eva und Ruth aber nicht entdecken.

Fünf Männer marschieren uns entgegen und umklammern seltsame Geräte, aus denen Blitze schießen.

»Wir dürfen sie nicht zur Bahn locken«, sage ich zu den anderen und hoffe, die Mädchen haben sich in Sicherheit gebracht.

»Keine Bewegung«, ruft uns einer zu.

Ich mache mich bereit, anzugreifen, aber Chamuel stellt sich vor mich. Was soll das?

Er hebt die Hände. »Ist gut, wir ergeben uns.«

Wie bitte? Warum? Ich starre ihn mit offenen Mund an.

»Hände nach hinten«, bellt uns ein dicker Kerl an. »Fesselt sie«, befiehlt er seinen Leuten, ohne den Blick von uns abzuwenden.

Zwei junge Männer in der Uniform der Schutzmänner kommen hinter seinem Rücken hervor.

Chamuel dreht sich zu mir. Er nickt mir unmerklich zu. Wieso gibt er so schnell auf? Kennt er die Waffen?

Mir werden die Hände auf den Rücken gefesselt. Rhode und Aaron scheinen begriffen zu haben, was Chamuel von uns will, und lassen sich ebenfalls bereitwillig fesseln. Dann werden wir abgeführt. Einen langen Gang entlang hinaus in die Nacht.

Ich höre, wie die von uns eingesperrten Männer befreit werden.

Draußen bugsiert mich einer der Wachmänner zu einem Lastwagen und fordert mich auf, auf die überdachte Ladefläche zu steigen. Aaron, Chamuel und Rhode stolpern nach mir rein.

Die beiden Schutzmänner eilen zur Fahrertür. »Ihr seid euch sicher, dass keine weiteren Eindringlinge mehr im Zentrum sind?«

»Wir verstehen unsere Arbeit, Bursche!«, knurrt der Wachmann sie an.

Eva und Ruth!

Ich hoffe, die beiden konnten fliehen. Aaron sieht blass aus. Er denkt gewiss dasselbe. Aus Angst, dass sie uns durch die dünne Plane hören können, sage ich nichts. Sobald die Wachleute auch nur einen Hinweis auf die beiden erhalten, haben sie gar keine Optionen mehr.

Eine kalte Faust umschließt mein Herz. Wir hätten uns nicht von ihnen trennen dürfen.

Die Plane wird verschlossen und die stampfenden Schritte der Wachmänner entfernen sich.

Türen knallen zu und der Motor wird gestartet. Durch das Brummen glaube ich, jemanden schreien zu hören, aber ehe ich darüber nachdenken kann, falle ich nach vorne und pralle mit dem Kopf gegen Rhode. Ruckelig fährt der Lastwagen an und holpert vorwärts.

Oh meine Göttin, was für eine Straße ist das hier … Wenn die Reise so weitergeht, kotze ich den anderen vor die Füße.

Die Jungs stemmen sich mit dem Rücken gegen die Fahrerkabine. Ich rolle hin und her, befreie meine Hände und halte mich an Aaron fest.

Rhode löst ihre Fesseln ebenfalls und klammert sich an eine Stange, die die Plane strafft.

Die Sorge um Eva und Ruth verschwindet durch die Übelkeit. Egal, wie sehr ich mich festhalte, ich werde durchgeschüttelt. Mein Kopf donnert immer wieder auf den Boden. Ich kann an nichts denken, außer daran, dass die Fahrt endlich enden soll.

Etliche Kurven später erbreche ich. Sofort macht es mir Rhode nach. Aaron und Chamuel sehen so aus, als ob auch sie es nicht mehr lange aushalten.

Mir ist so elend zumute, dass ich sterben möchte. Wir werden langsamer und ich bete inständig zur Göttin, dass wir unser Ziel erreicht haben.

Quietschend kommt der Lastwagen zum Stehen und ich knalle erneut auf den Untergrund, mitten hinein in mein Erbrochenes.

Wankend richte ich mich auf. Meine Sinne fühlen sich an, wie durch einen Wasserstrudel gewirbelt, und ein flaues Gefühl pocht in meinem Magen.

Die Plane wird gelüftet.

»Autofahren ist gar nicht so schwer«, sagt eine mir bekannte Stimme.

Alles dreht sich und ich sinke in die Knie. »Eva?«

»Wen hast du denn erwartet?« Evas rosige Wangen passen nicht zu meinem Gemütszustand. Mir ist so schlecht, dass ich glaube, noch einmal erbrechen zu müssen.

Ruth taucht auf. Sie sieht so elend grünlich im Gesicht aus, wie ich mich fühle. »An deinem Fahrstil kannst du noch etwas arbeiten«, sagt sie und hält sich den Bauch.

»Eindeutig«, bestätigt Rhode.

»Wann hast du denn Autofahren gelernt?« Aaron stolpert vom Lastwagen.

Ich steige auch aus und schaue mich um.

»Na, gerade eben! Hab dir oft genug zugeschaut.« Eva kichert.

Das darf doch nicht wahr sein! Eva hat ihre erste Fahrstunde mit uns auf der Ladefläche bei einer Flucht absolviert?

»Ich will darüber lieber nicht weiter nachdenken.« Chamuel beugt sich vornüber und spuckt auf den Boden.

Ich auch nicht. Was alles hätte passieren können … Aber es ist nichts passiert. Mein Herz stolpert und ich kann wieder atmen. Ein Beben entweicht meiner Kehle und ich brauche einen Moment, bis ich registriere, dass ich lache.

Wir haben es geschafft! Der Chip ist an Ort und Stelle und wir sind heil aus der Sache rausgekommen!

Ich bemerke die Blicke der anderen und verstumme.

»Das war die Alternative zum Schreien«, erkläre ich.

»Auch wenn ich nicht nochmal hinein will«, Rhode zeigt auf die Ladefläche, aus der es erbärmlich nach faulen Quallen und sauren Gurken stinkt, »wir müssen weiter.«

Wir verfolgen dasselbe Ziel.

Seit meiner Rückkehr schlafe ich mit den anderen im Keller.

Die Situation im Zentrum hat sich verschlimmert. Jede Nacht fliegen Steine oder brennende Sachen durch die Fenster. Helene hatte daher alles vorbereitet. Matratzen bedecken den Kellerboden und die Spinnweben sind verschwunden.

Rahab und Lillit sind leider nicht wiederaufgetaucht. Ich befürchte das Schlimmste, will gar nicht darüber nachdenken.

Klaras Wunden haben sich trotz der Bemühungen von Salome und Helene nicht gebessert. Die Verbände reichen nicht aus und sie nimmt kaum etwas zu sich. Sie braucht die Regenerationslösung und das schnell.

Es wird Zeit, dass ich der Herrschaft Abels und seinen Anhängern Einhalt gebiete.

Mein Verstand findet keine Ruhe und ich stehe auf.

In der Küche treffe ich auf Rhode. Ich stelle ein karges Frühstück zusammen. Sie schaut entsetzt auf das Mahl. Mehr als Haferflocken und Wasser haben wir nicht. Sie dreht sich um und verschwindet. Hofft sie, in einem anderen Raum mehr essen zu bekommen?

»Wo willst du hin?«, höre ich Ruth fragen.

Verdutzt gehe ich in den Empfangsraum. Rhode hat sich eine Jacke übergezogen und marschiert in Richtung Ausgang.

»Zu einem Freund.«

»Du hast viele Freunde in der Stadt«, sagt Aaron, der die Treppe hochkommt. Er geht an ihr vorbei und stellt sich vor die Haustür.

»Ja das habe ich«, antwortet sie mit spitzer Stimme und streckt ihm ihr Kinn entgegen.

»Bei so vielen Freunden fragt man sich, warum du uns brauchst.« Chamuel taucht aus einem Klassenzimmer, einem Raum ohne Fenster, auf.

Ich sehe zwischen Aaron und Rhode hin und her.

»Wie gesagt, wir verfolgen dasselbe Ziel.«

Ist es ratsam, sie in die Ecke zu drängen? Brauchen wir sie nicht mehr als sie uns?

»Wieso bringst du deine Freunde nicht mit?« Aaron geht einen Schritt auf sie zu.

Rhode weicht zurück. »Sie können es sich nicht erlauben, aufzufliegen. Ihr steht unter Beobachtung. Vergessen?«

»Sag uns wenigstens ihre Namen!«, fordert Chamuel, hält aber gleichzeitig Aaron am Arm zurück.

»Das ist zu gefährlich. Geratet ihr in Abels Hände, könnte er euch foltern und ihre Namen erfahren.« Sie drängelt sich an ihnen vorbei.

»Lasst sie!« Ich packe Aarons Hand.

Ich sehe Rhode nach, wie sie das Waisenheim verlässt. Kein Beobachter steht auf der anderen Straßenseite. Woher weiß sie immer, wo die gerade stehen?

Aaron schließt die Eingangstür. »Wir können ihr nicht trauen, Martha!«

»Wir haben keine Wahl. Wir brauchen sie.« Ich verschwinde nach unten.

Ich habe keine Kraft, mit Aaron zu diskutieren. Meine Argumente sind so hohl, wie mein Bauch leer ist. Ich habe Abel vertraut und damit falschgelegen. Ich vertraue Rhode nicht, aber mir fehlt die Alternative. Oder ist es die Hoffnung, dass wir Frauen zusammenhalten?

Unten im Keller sitzt Ruben tief gebeugt vor seinem Rechner und haut in die Tasten. Ein stetes Klackern füllt den Schutzraum. Seine Haare sind lang geworden und verfilzt, sodass ich befürchte, einige Tiere könnten sich dort eingenistet haben. Seit dem Lillit weg ist, kümmert er sich noch weniger um sich. Ich setze mich auf den Tisch neben ihn und warte ab. Nicht, dass ich ihn aus einer wichtigen Sache herausreiße und alles zunichtemache. Wer weiß das schon.

Éli hat immer gesagt: »Vorsicht, Martha. Die Rechner sind kleine Anemonen«. Die Erinnerung daran schmerzt wie eine offene Wunde, die blutet und bis tief zum Knochen reicht.

»Ich bin drin.« Rubens leise Stimme holt mich in die Gegenwart zurück. Ich wische eine Träne weg und schaue über seine Schulter.

»Wo drin?«, frage ich und runzle die Stirn.

»Im Netz des Präsidenten. Ich verschleiere unsere Spur. Unsichtbar kann ich uns aber nicht machen.«

»Das bedeutet, wir können Nachrichten verschicken?«, frage ich. Vielleicht hat mein Gefühl recht. Ohne Rhode stünden wir jetzt nicht hier.

»Genau, und die Menschen werden denken, sie kämen direkt vom Präsidenten.«

Die anderen gesellen sich zu uns in den Keller und ich teile ihnen die Neuigkeiten mit. Ruben bekommt einige Schulterklopfer ab, aber er starrt nur auf den Rechner und reagiert nicht.

»Was wollen wir als Erstes versenden?«, fragt Aaron, der seine gute Laune wiedergefunden hat.

»Lasst uns nach oben gehen«, wendet Helene ein. »Hier unten wird die Luft zum Atmen knapp.«

Ich sehe ihre gerümpfte Nase, als ihr Blick Ruben streift.

Die anderen strömen hinaus und noch auf der Treppe entbrennt eine Diskussion. Ich höre die Wörter Bergwerk, Lebensmittelversorgung und Gleichstellung der Frau.

»Wir müssen es geschickt anstellen«, meint Chamuel.

»Die Worte und seine typischen Floskeln müssen passen«, stimmt Aaron zu.

»Was ist mit dem Bergwerk? Das ist aktuell.« Ruths Stimme ist weiter entfernt.

Das wird dauern, bis wir uns geeinigt haben.

Ich sehe zu unserem Techniker und entscheide mich, ihnen zu folgen. Hier unten bin ich keine Hilfe.

Eva liest noch einmal laut vor: »Das Bergwerk ist eine Goldgrube. Das seltene Material wird das Einkommen der Insel immens steigern und der Gewinn wird auf alle verteilt.«

An dieser Stelle bin ich immer noch irritiert. »Habe ich was missverstanden? Wir wollen ihn denunzieren. Nicht anpreisen!«

»Glaubst du das? Dass Abel teilen will?«, fragt mich Aaron mit einem Funkeln in den Augen.

»Nein, deswegen ist die Nachricht ja Blödsinn«, erwidere ich genervt, dass er in seine überhebliche Art verfällt.

»Genau, er wird völlig von den Wellen sein. Und die Suche nach den Schuldigen wird schwer sein. Denn er kann selbst vor seinen Anhängern nicht behaupten, dass es eine Lüge ist. Aber es gibt kein Gold. Er wird eine verdammt gute Ausrede brauchen.« Aaron klopft Chamuel auf die Schulter.

Das war wohl seine Idee. Ich bin beeindruckt.

Eva liest weiter vor: »Dank der Arbeit der unbezahlten Menschen vor Ort sind die Kosten niedrig. Es braucht lediglich Wachpersonal und Spitzhacke.«

Es klingt so professionell, dass es schon wieder absurd ist.

Auf einer kleinen Datentafel verfolgen wir, wie der Nachrichtensender der Regierung die Nachricht veröffentlicht. Der Anfang ist gemacht.

Wir nähren die Hoffnung auf mehr Einkommen und neue Arbeit.

Wir nähren die Rachegelüste der kleinen Arbeiter.

Wir nähren die Zweifel.

Hoffentlich.

Aber wird es ausreichen?

Ich muss dringend mit Rhode über Abels Vergangenheit sprechen. Diese Enthüllung wird ihm den Rest geben. Irgendetwas sagt mir aber, dass Rhode von dieser Idee nicht begeistert sein wird.

Am nächsten Tag folgt prompt eine Antwort von Abel. Eine, mit der wir nicht gerechnet haben. Kein Wort über die gestrige Nachricht und das Bergwerk.

Stattdessen entschuldigt sich Abel für das Absetzen von Evas Kolumne. »Leider gab es zwischen ihr und der Regierung unüberbrückbare Differenzen«, gesteht er. »Ich kann die Frau nicht als gleichberechtigt anerkennen, wie sie es fordert. Die Frau ist wissenschaftlich nachgewiesen schwach und ihr Intellekt minderentwickelt.«

Ich sitze völlig perplex vor der Tafel. Mein Mund steht offen und lässt sich nicht wieder schließen. Was will er damit bezwecken?

»Er will die Männer auf seine Seite ziehen. Ein interessanter Schachzug«, sagt Aaron und macht sich Notizen auf einer von Rubens Datentafeln.

Im Esszimmer geht eine neue Diskussion los. Was soll in der neuen Nachricht stehen?

Quietschende Bremsen schrecken uns aus unseren Überlegungen. Das Knallen von Autotüren direkt vor dem Heim reicht als Aufforderung. Sofort springe ich auf. Die Jungs greifen sich das Kabel im Flur und rollen es in Windeseile zusammen. Ich schleppe mit Salome und Eva Klara hinunter. Dicht gedrängt verschanzen wir uns zu neunt im Schutzraum.

Ich lehne an einem Rechner und versuche, meinen Atem regelmäßig zu halten.

Sie können uns hier nicht finden. Dieser Satz geistert unablässig durch meinen Kopf wie ein Mantra, um mich selbst davon zu überzeugen.

Die Luft ist stickig und erfüllt von den Geräuschen der anderen.

Der Bauch von jemanden macht sich Luft. Es ist die Aufregung. Der Gestank vermischt sich mit den alten und den neuen Gerüchen. Saurer Schweiß, abgestandene Raumluft, Staub und faule Fischeier.

Niemand sagt etwas.

Das Problem: Wir können die Schutzwehr genauso wenig hören wie sie uns.

Endlose Minuten vergehen. Ich spüre Eva an meiner Seite zittern und lege einen Arm um sie. Spreche beruhigende Worte in ihr Ohr, die ihren Verstand wahrscheinlich nicht erreichen. Klara liegt heiß zu meinen Füßen. Ich bete zur Göttin, dass diese Umlagerung ihr nicht die letzten Kraftreserven genommen hat.

Meine Gedanken strudeln. Die Dunkelheit jagt mich, Bilder flirren in meinen Kopf. Die Befreiungsaktion aus dem Umerziehungslager. Ich erinnere mich an die Frauen eingepfercht in ihrer Zelle. Zusammengekauert auf nacktem Boden.

Halten die drei das durch? Was mache ich, wenn sie Panik oder einen Schock bekommen? Klara, wird kaum wissen, wo sie sich befindet. Aber Eva und Ruth?

Ich hätte Beruhigungsmittel aus dem Krankenhaus stehlen sollen, als ich es noch konnte. Sanft streiche ich im steten Rhythmus über Evas Rücken. Hoffe, dass es Ruth gut geht.

Wenn wir raus müssen, finden sie uns.

»Sie können uns nicht finden«, wispert eine tiefe Stimme. Aaron? »Die Tür von außen sieht aus wie die Mauer. Man müsste den Grundriss kennen, um zu wissen, dass dem Keller ein paar Quadratmeter fehlen.«

Vielleicht hat die Schutzwehr einen Grundriss, will ich sagen, doch mein Mund ist trocken. Ich lehne meinen Kopf an Evas und harre aus.

Nach ein paar Minuten schluchzt sie und das gibt den Ausschlag. Sie muss raus. Sofort!

Ich entscheide, ohne die anderen zu fragen, stehe auf und ziehe sie einfach zum Ausgang.

Quietschend schwingt die Tür auf und ich spitze die Ohren.

Kühle Luft strömt mir entgegen. Alles ist still.

Eva rennt an mir vorbei die Treppe hoch. Laut atmend und keuchend. Ruth ist hinter ihr. Ich folge ihnen aus Angst, dass sie in die Arme der Schutzwehr rennen.

Erst oben wird mir klar, dass wir allein sind, dass die Schutzwehr fertig hier ist.

Der Flur ist das reinste Chaos. Ich durchforste das Heim. Alles ist zerstört, unsere Matratzen und das Mobiliar auf jeder Etage, auch im Keller, unser Tisch mit den Stühlen im Esszimmer und unsere letzten Vorräte.

Trostlos liegen die Haferflocken auf dem Boden.

Ich hocke mich hin und sammle sie auf. Salome bückt sich und hilft mir.

Aaron betritt die Küche. »Haltet euch ab jetzt noch strikter von den Fenstern fern!« Er wirft jedem einen Blick zu. »Wir schreiben sofort die nächste Nachricht. Er scheint eine Ahnung zu haben, dass wir es sein könnten, aber er weiß nicht, wo wir sind. Das müssen wir ausnutzen.«

Ich eile wieder zurück in den Keller. Helene hockt bei Klara.

»Wir lassen sie am besten hier unten«, murmle ich. Dann muss sie nicht unnötig bewegt werden.

Waffen sind nicht die Lösung.

Unruhig stehe ich in der Küche und sammle ein, was sich noch gebrauchen lässt. Ohne dabei die Möbel wieder zurechtzurücken. Ab jetzt heißt es: Im Keller leben, um den Anschein zu wahren, dass das Heim verlassen ist.

»Martha«, höre ich jemanden rufen und gehe verwirrt in die Eingangshalle.

Eine Frau steht am Treppenaufgang. Rhode.

»Ich habe wichtige Nachrichten«, ruft sie mir zu.

Ich raffe alles zusammen und folge ihr hinunter in den Keller.

Rhode hat uns Essen mitgebracht und mein Magen knurrt beim Anblick von Brot und Obst. Es ist bereits mittags und wir haben seit gestern Abend nichts gegessen. Selbst an Verbände hat sie gedacht. Für diesen einen Moment kommt sie mir vor wie ein Engel. Ich ermahne mich, dass die Engel des Einzigen und Wahren meist etwas für ihre Gaben haben wollen.

Salome versorgt Klara mit frischen Verbänden und ich greife zu einem Brötchen und esse.

Die anderen machen es mir nach. Nachdem mein Magen sich beruhigt hat, schaue ich gespannt zu Rhode. In dem kalten Licht des Kellers wirkt sie blass und grau. Wahrscheinlich ist es ihr unangenehm, auf einer benutzten Matratze zu sitzen. Oder hat sie Angst?

»Was für Nachrichten hast du für uns?«

»Das Festland hat sich an mich gewandt.«

Der Satz sitzt. Mir bleibt das Brötchen im Hals stecken. Zwanghaft würge ich es herunter.

Rhode legt die Hände aneinander und räuspert sich. »Sie haben von dem Bergwerk gehört und sind mit Abel ins Gehege geraten. Sie wollen, dass er seine Schulden von den neuen Einnahmen bezahlt. Das kann er natürlich nicht. Aber zugeben, dass er infiltriert wurde, will er auch nicht. Jetzt unterstützen sie mich. Ich habe euch nicht erwähnt, denn ich wollte abwarten, was ihr dazu sagt.« Ihr Blick wandert durch den Raum. Graue, dunkle Wände mit Wasserflecken umgeben uns. Rohre, aus denen es gluckert, bilden ein wirres Muster an der niedrigen Decke.

Ich öffne den Mund, da redet unsere Verbündete weiter.

»Außerdem haben sie mir zu verstehen gegeben, dass sie mich als neue Präsidentin für die Insel wollen.«

Meine Brust bebt. »Rhode, wir haben dir erklärt, dass wir keine neue Herrschaft – egal, ob Mann oder Frau – wollen!« Ich schreie.

»Erstmal geht es doch nur darum, dass wir die Unterstützung vom Festland kriegen. Ich möchte nicht die neue Präsidentin und damit eine Marionette vom Festland werden.«

»Warum nehmen sie die Insel nicht ein?«, will ich wissen und versuche, meinen Atem zu beruhigen.

»Einen Krieg wollen sie vermeiden. Sie wollen die Insel nicht zerstören. Aber was passiert, wenn ich nicht mit ihnen kooperieren will …« Rhode hebt die Hände, ohne den Satz zu beenden.

»Wir arbeiten mit ihnen zusammen oder riskieren einen Krieg?« Aaron hat seine Stimme wiedergefunden.

»Sieht so aus«, ist alles, was sie dazu sagt.

Was für ein Spiel treibt sie mit uns?

»Das ist genau das, wovor Lillit immer gewarnt hat«, sagt Eva und streicht sich über ihre Haare.

»Sie werden uns etwas liefern«, erklärt Rhode weiter, ohne auf Evas Einwand einzugehen.

»Was?«, frage ich skeptisch.

»Waffen.«

»Wofür?« Ich balle die Fäuste.

»Um Abel und seine Anhänger zu besiegen.«

»Das ist doch nicht dein Ernst!«

»Waffen sind nicht die Lösung«, sagt Helene und ich bin ihr dankbar.

»Mit den Nachrichten habt ihr ihn aus seinem Bau gelockt. Aber das reicht nicht aus!«, entgegnet Rhode.

»Uns wird was einfallen. Wir müssen uns zusammentun – mit allen Gegnern von Abel!«

»Welchen, Martha? – Du hast doch gesehen, die einen wollen nicht dasselbe wie wir und die anderen haben nicht ausgereicht, um der Schutzwehr entgegenzutreten«, erwidert Eva.

»Und mit Waffen wird alles besser?«, frage ich.

»Zumindest können wir uns wehren«, stimmt Ruth zu.

Ruth will eine Waffe benutzen? Vielleicht sogar auf jemanden schießen?

»Ja, wir rufen zur Demo auf. Abel wird nicht damit rechnen, dass wir Waffen haben. Wenn er erneut die Schutzwehr auf uns hetzt, wird er eine Überraschung erleben.«

Was redet Aaron da? Er scheint vergessen zu haben, dass er Rhode nicht traut.

Ich fürchte um die Folgen und, dass wir keine Alternative haben. Ich weiß, was Waffen anrichten und kann nur erahnen, welche Maßnahmen Abel ergreifen wird, um sich zu verteidigen.

Sind wir einmal an diesem Punkt, gibt es kein Zurück.

Ruben steht plötzlich an der Tür zum Schutzraum. »Leute, ihr solltet mal kommen. Abel hat eine neue Nachricht geschickt.«

Eine böse Vorahnung beschleicht mich. Mir wird kalt. Langsam tappe ich in den Schutzraum.

Die Nachricht beginnt wie unsere. Dann legt sich ein Küstennebel auf meine Sinne. Abel rühmt sich, neue Inselfeinde gefangen genommen zu haben, denen die gerechte Strafe zugewiesen wird. In drei Tagen vor dem Tempel wird eine weitere Hinrichtung stattfinden.

Ich keuche auf. Wer soll es diesmal sein?

»Rahab und Lillit.« Evas Stimme zittert und sie fällt zu Boden.

»Wir holen uns die Waffen!«, knurre ich und rausche aus dem Raum.

Einmal die Treppen komplett hinaufgelaufen, renne ich unentwegt hoch und runter. Die Bewegung tut gut. Mein rasendes Herz bekommt das Gefühl, fliehen zu können, obwohl es unwiderruflich in diesem Albtraum gefangen ist. In diesem Albtraum und dem Wissen, nicht genug zu sein.

Ich laufe zum vierten Mal hinunter, da sehe ich Aaron an der Treppe in der Eingangshalle stehen.

»Wir sollten darüber reden, Martha.«

»Worüber? Wir besorgen uns die Waffen, rufen alle zusammen und stürmen den Tempel, bevor Rahab und Lillit getötet werden«, antworte ich heiser.

»So einfach?«, fragt Aaron nach und nimmt ein paar Stufen mir entgegen. »Keiner von uns wollte erneut kämpfen. Ich bin dermaßen enttäuscht von Abel. Vor allem mache ich mir Vorwürfe, ihm vertraut zu haben. Deinem Empfinden ihm gegenüber nicht mehr Aufmerksamkeit geschenkt zu haben. Chamuel und Lillit – beide haben mich vor ihm gewarnt. Er hat uns belogen und uns hintergangen. Ich möchte nicht, dass uns dieser Fehler noch einmal passiert.«

Ich schaue ihn an, spüre, dass Tränen meine Augen verlassen. Tränen der Erschöpfung und des elenden Gefühls, verraten worden zu sein.

Ich habe Abel aus einem einzigen Grund blind vertraut: Ich wollte den einfachen Weg gehen. Ich habe darauf gehofft, er würde alles so regeln, dass es gut ist. Aber – und das hätte ich wissen müssen – wenn du etwas gut haben willst, musst du es selbst machen!

»Rhode«, fährt er fort. »Was wissen wir über sie? Sie hat seltsame, einflussreiche Freunde, hilft uns und will freiwillig auf das Präsidialamt verzichten?«

Ich balle meine Hände zu Fäusten. Er hat recht, aber ich habe keine Alternative. Ich will ihr keine freie Hand lassen, aber sie zumindest soweit nutzen, wie es für unsere Sache sinnvoll ist. Als Frau hat sie mehr von einer Veränderung als Abel. Vielleicht ist das der Grund, warum ich auf sie baue.

Aaron beobachtet mich. »Sie braucht uns, um Abel zu stürzen? Ihren eigenen Onkel? Ich habe Ruben gebeten, nachzuforschen. Er findet nichts, rein gar nichts. Abel scheint offiziell nicht zu existieren. Zu Rhode kann er auch nichts sagen. Ist ein beliebter Name. Ohne ihren Familiennamen ein Fisch im Korallenriff.«

Was soll ich dazu sagen? Ist nichts Neues für mich. Auch ich habe Ruben gebeten, nachzuforschen und dieselbe Antwort erhalten.

»Sie wurde vertrieben, genauso wie die anderen Bürger. Aber als Frau hat sie Gründe, auf unserer Seite zu sein«, erkläre ich.

»Ja das stimmt, aber wer ist sie?« Seine Frage hallt in mir nach.

Ich weiß es nicht. Jemand, der eigene Ziele verfolgt. Ziele, die mir nicht klar sind.

Weil sie eine Frau ist?

Ich habe meine Meinung nicht geändert. Die Lieferung findet in der Nacht statt.

Aaron und ich fahren mit einem Lastwagen zu der Stelle, an der die Rebellen früher Waffen und anderes vom Festland eingeschmuggelt haben. Riskant, finde ich, denn Abel kennt diesen Ort. Da die Kommunikation nur einseitig stattfand, war es jedoch schwierig, einen neuen Übergabeort zu vereinbaren. Am Strand Selvias nehmen wir eine schwere Kiste entgegen. Die Waffenübergabe verläuft so problemlos, dass ich glaube, die Göttin hält ihre schützenden Hände über uns.

Zurück im Heim erwartet mich eine heulende Eva. Ich bin sofort im Alarmmodus. Was ist passiert? War die Schutzwehr da? Sind Rahab und Lillit bereits tot?

»Was ist los?« Ich schüttle sie an den Schultern.

»Da …«, schluchzt sie. »Es … es …« Sie bebt und zieht mich an der Hand in den Keller.

Mir schießt alles Mögliche durch den Kopf. Eine neue Nachricht. Abel hat weitere Gefangene. Rhode hat sich mit ihm verbündet. Klara ist tot.

Unten angekommen renne ich sofort in den Schutzraum und stolpere, denn zwei Arme fangen mich auf. Weiße Zähne blitzen in meinem Augenwinkel.

»Hoppla, nicht so stürmisch!«

Lillit.

Sie ist zurück.

Schmutzig und müde, aber wohlauf.

»Ich habe es ein wenig übertrieben«, gibt Lillit zu. Sie sitzt zusammengesunken vor der Kiste, die als provisorischer Tisch dient. Ich lausche gebannt. Alle Müdigkeit ist verflogen.

»Konnte ja keiner ahnen, dass die kleinen Dinger so einen Wumms haben«, sagt sie.

Lillit legt eine graue Kapsel auf die Kiste. Ich rücke sofort ab und nehme die Hände auf den Schoß.

»Wärst du so lieb und würdest diese Bombe entfernen? Am besten sicher und meilenweit von uns entfernt?«, fragt Eva.

»Mensch, seid doch keine Stichlinge, die explodiert doch nicht gleich.«

»Es sieht aus wie Medizin«, sage ich und betrachte die Kapsel genauer.

»Dafür wurden sie von Präsident Adam, oder vielmehr von seinen Wissenschaftlern, konzipiert. Man schluckt sie und dann explodiert man von innen.« Lillit ahmt die Bewegung nach und mir fährt ein Schauer über den Rücken.

Sofort nehme ich wieder Abstand zu dieser Kapsel. Was für ein Mensch kommt auf solche Ideen? Weiß Abel von diesen Dingen? Würde er sie einsetzen? Auf meiner Haut breitet sich Gänsehaut aus. Ich mag mir gar nicht ausmalen, was passiert, wenn Abel zu solchen Mitteln greift.

Diese Dinger müssen weg. Ich werde mit Lillit darüber sprechen und auf keinen Fall zulassen, dass wir sie noch einmal benutzen.

Rhode und ihr Machthunger kommen mir in den Sinn. Ich schüttle den Gedanken ab.

»Jedenfalls habe ich etwas gebraucht, um zurückzukehren. War nicht einfach ohne Uhr und so. Aber hier bin ich. Müde und endlich satt.« Mit diesen Worten stopft sie sich das letzte Brötchen in den Mund.

»Schön, dass du wieder da bist. Aber jetzt sollten wir uns der Frage widmen: Was machen wir mit den Waffen und wie verhindern wir eine Hinrichtung?« Aaron rückt näher an die Kiste und öffnet seine Notizen auf der Datentafel.

»Wir müssen zu Abel gelangen«, sage ich.

»Aber wie? Er wird uns kaum hereinbitten, wenn wir vor seiner Tür stehen«, wendet Chamuel ein.

»Und was dann, wenn wir vor ihm stehen? Ihn töten?« Aaron wirft mir einen Blick aus dem Augenwinkel zu.

Ich beiße auf meine Unterlippe. »Nein, wir zwingen ihn, abzutreten. Wir konfrontieren ihn mit der Wahrheit. Dass wir wissen, dass er ein ehemaliger Bürger ist. Dass er alle belogen hat.« Ich schaue zu Rhode.

Sie blinzelt mich an. »Und was soll danach passieren?« Sie meidet ganz eindeutig meine Frage.

»Ein neues Regierungssystem. Aus Vertretern aller Bevölkerungsschichten«, erklärt Aaron. »Jede Zone wählt ihre Leute, welche gemeinsam die neue Regierung bilden. Auf dieser Grundlage können wir die politische Landschaft auf der Insel neu aufbauen.«

Seine Worte klingen gut.

»Klingt nett, euer Plan. Und du wirst das initiieren?« Rhode lässt nicht locker.

»Wir alle«, antwortet er und verschränkt seine Arme vor der Brust. »Ist nicht das, was du dir gewünscht hast, oder?«

»Ich darf ja wohl Kritik äußern. Eine dritte Rebellion würde die Insel nicht überleben.«

»Ich denke, dass du nicht um das nötige politische Wissen verfügst, um groß zu kritisieren.«

Ich bin sprachlos. Aber nur kurz. »Bitte was, Aaron?« Ich schlage ihm auf den Oberarm. »Weil sie eine Frau ist?«

»Du weißt rein gar nichts über mein politisches Wissen,«, keift Rhode. Sie sitzt mit zusammengekniffenen Lippen am Tisch. Ihr ansonsten so makelloses Gesicht bekommt Falten.

»Können wir bitte zum eigentlichen Thema zurückkehren? Ich habe bisher nur ein Ziel. Aus diesem Keller herauszukommen.« Mit diesen Satz hat Helene uns da, wo wir unsere Gedanken haben sollten.

Wie können wir Abel stürzen?

Er muss abtreten. Freiwillig. Das wäre die friedlichste Option.

»Wie kommen wir an ihn ran, ist die große Preisfrage.« Lillit wirft eine kleine Kapsel in die Luft und ich beuge mich instinktiv nach hinten. Sie fängt sie wieder auf.

»Wir müssen uns verkleiden«, schlägt Eva vor.

Schon wieder? »Als was denn?« Seit dem Bergwerk lässt Abel sicher jeden doppelt und dreifach überprüfen.

»Als Männer von der Schutzwehr.«

»Und mit welcher Begründung sollten wir zu Abel gehen?«, fragt Aaron seine Schwester. Er hält die Idee wohl auch für bescheuert.

Eva springt auf und klatscht in die Hände. »Wir haben Informationen über den Verbleib von Martha und uns anderen!« Sie ist hellauf begeistert von ihrer Idee.

Und ich plötzlich auch.

»Noch besser, wir haben mich in Gewahrsam genommen und bringen mich direkt zu ihm. Diese Gelegenheit wird er sich nicht entgehen lassen!«

»Stopp. Seid ihr des Wahnsinns?«, geht Aaron dazwischen. »Niemand liefert dich aus!«

»Wir liefern Martha nicht aus. Wir tun nur so«, sagt Eva kichernd, als wäre er eine Hohlbirne.

Was stellt er sich denn so an? Ich weiß, dass er sich um mich sorgt, aber er weiß auch, dass ich mit dem Retter-Aaron nicht viel anfangen kann.

»Es könnte funktionieren«, stimmt Chamuel zu. »Einige verkleiden sich als Schutzmänner und diese nehmen Martha und noch jemanden fest. Dich zum Beispiel, Aaron. Ihr seid der Köder. Dadurch gelangen wir zu Abel.«

Aaron lehnt sich zurück. Seine Stirn legt sich in Falten.

»Wie beschaffen wir uns die Kleidung der Schutzwehr?«, fragt Ruth.

»Wir borgen sie uns von der Schutzwehr, die uns letztens besucht hat. Wir müssen sie nur wieder ›einladen‹«, sagt Eva.

»Sie werden sie uns nicht freiwillig geben«, gibt Helene zu bedenken.

Eva zeigt stumm auf die Kiste.

Ein Argument, dem keiner was entgegenzusetzen hat.

Ich bin auch dabei.

»Wir sollten lernen, die Momente, in denen wir allein sind, besser zu nutzen«, sagt Aaron mit rauer Stimme an meinem Ohr. Sein Atem kitzelt mich. Seine Hand wandert meinen Rücken hinab.

»Es stürmen gleich Männer mit Waffen ins Haus und sie werden von Frauen erwartet, die noch nie im Leben eine Waffe benutzt haben. Mir ist nicht danach, die Zeit, die wir unter uns sind, auszunutzen.« Ich hocke neben ihm in einem großen Kleiderschrank. Es ist eng, dunkel und stickig. Mein Herz schlägt mir bis zum Hals und ich wische meine schwitzigen Hände an Aarons Hemd ab. Ich weiß, dass er nur seine Nervosität überspielt, aber ich kann mich gerade nicht auf seine Witze einlassen.

»Ist ja gut, hast ja recht. Aber ich weiß genau, was wir machen werden, wenn die ganze Sache vorbei ist.«

»Essen, waschen und schlafen. Und das genau in dieser Reihenfolge.«

»Genau, wobei ich mich auf Letzteres am meisten freue.«

»Ach, halt doch die Klappe.«

Er lacht leise.

Dann hören wir sie. Stampfende Schritte und die ersten Schüsse fallen.

Ich ziehe erschrocken die Luft ein. So schnell? Vor dem Schrank wird es laut.

»Durchsucht den Kleiderschrank«, ertönt eine tiefe Stimme.

Ich stoße die Tür auf und wir stürmen heraus.

Überrascht erstarren die Männer und Aaron schlägt einen von ihnen nieder. Der andere hebt seine Waffe und zielt auf mich. Ich bin so erschrocken, dass ich mich nicht bewegen kann.

Ein Surren und ich kneife die Augen zu, glaube, dass es aus mit mir ist.

Der Mann schreit auf und ein dumpfes Geräusch ertönt.

Ich öffne die Augen wieder und aus seinem Knie spritzt mir Blut entgegen. Aaron senkt seine Waffe und kommt zu mir.

Das war knapp. Ich erwache aus meiner Starre und helfe ihm, die beiden zu fesseln und auszuziehen.

Hinter Aaron schleiche ich die Treppe hinunter. Unten in der Eingangshalle halten zwei Männer der Schutzwehr ihre Waffen auf Helene und Salome gerichtet.

Ich beobachte, wie Chamuel von der Seite auf sie zu huscht.

Es scheppert und ich ducke mich sofort hinter dem Treppengeländer. Atemlos linse ich durch die Ritzen der Geländerstangen. Die beiden Männer starren in eine Ecke und richten die Waffen neu aus.

Ich folge ihrem Blick.

Eva steht neben einer zerbrochenen Vase. Mein Herz setzt aus und ich schreie.

Zwei Schüsse ertönen hintereinander.

Die Männer kippen aufheulend vornüber. Ich halte mir die Brust … Für einen kurzen Moment, dachte ich … Ich schüttle den Kopf, um den Gedanken zu vertreiben.

Sie lebt und wurde wie durch Zauberhand nicht einmal getroffen.

Ich ziehe mich am Geländer hoch. Meine Beine zittern. Tief ein- und ausatmend versuche ich, mein rasendes Herz zu beruhigen.

Chamuel steht hinter den beiden Männern mit einem zerbrochenen Tischbein in der Hand. Er lässt die Waffe fallen und eilt zu Eva. Aaron rennt an mir vorbei und ich haste hinterher, ungeachtet dessen, dass mein Körper komplett steif ist.

Aaron fesselt die Männer und ich mache mich auf die Suche nach den anderen.

Lillit und Ruth haben zwei Weitere in der Küche erledigt.

Die Jungs schleifen die Männer unter Protest in das Klassenzimmer und wir ziehen sie bis auf die Unterwäsche aus. Ich überprüfe jede Fessel noch einmal und stopfe jedem einen Knebel in den Mund.

Manchmal frage ich mich, wie viel ein Mensch aushalten kann. Ich habe das Gefühl, innerlich zu verbrennen, unter Strom zu stehen und gleichzeitig kurz vorm Zusammenklappen zu sein.

»Was machen wir jetzt mit ihnen?« Ich zeige auf unsere Gefangenen.

»Die Müllabfuhr kommt morgen früh«, sagt Lillit. »Die können sie mitnehmen.«

Alle Blicke sind auf sie gerichtet. Die Männer winden sich und stöhnen in ihren Fesseln.

»Was? Wollt ihr, dass sie gleich zu Abel rennen, um ihn zu warnen? Sie sterben ja nicht, werden nur etwas schmutzig«, verteidigt Lillit ihre Idee und lacht.

Am Abend tragen wir die Männer hinaus. Eingewickelt in Mülltüten und mit winzigen Löchern versehen, damit sie nicht ersticken. Gemeinsam hieven wir sie in die Tonnen.

Von Weitem höre ich das Gerumpel der Fahrzeuge. Die Müllschlucker sind automatisch fahrende Maschinen. Sie leeren die Tonnen, transportieren den Inhalt zur Deponie und schütten den Müll dort aus.

Lillit zieht den Deckel der großen, viereckigen Tonnen runter, die auf dem Fußgängerweg stehen. Die Armut der hiesigen Hausbewohner kommt uns zugute, so sind die Behälter leer. Wer nichts kaufen kann, hat nichts zum Wegschmeißen.

Zurück im Keller des Waisenheimes machen wir uns direkt an die Vorbereitungen für den entscheidenden Tag.

Chamuel schreibt zwei Nachrichten. Die erste wird gleich abgesendet: Eine Wäscheklammer und das Foto von mir mit überkreuzten Zeige- und Mittelfinger. Sie wird hoffentlich die Menschen auf die Straße locken.

Männer, die am Boden sind und für die es nur noch einen Weg gibt: Nach oben. Und Frauen, die nicht zurück in die männliche Herrschaft wollen und so beweisen, dass wir ganz anderer Natur sind, als die Wissenschaft von Selvia uns seit Jahrhunderten weismachen will.

Die zweite Nachricht soll Ruben erst losschicken, wenn wir auf dem Weg ins Regierungszentrum sind. In der steht alles, was wir über Abel wissen. Sie wird dann hoffentlich dem neuen Präsidenten den Rest geben.

Ein Klopfen an der Kellertür zum Verbindungsgang reißt mich aus der Planung. Das vereinbarte Morsezeichen: ..–.

›F‹ für Freiheit.

Chamuel öffnet langsam die Tür. Rhode.

Seltsam, als wir Unterstützung mit der Schutzwehr gebraucht haben, war sie nicht da, aber ich sage nichts. Ich bin froh, dass sie hier ist. Sie vermittelt das Gefühl, alles im Griff zu haben. Etwas, was mir fehlt.

Ich habe das Gefühl, rein gar nichts unter Kontrolle zu haben.

»Ich will mit zu Abel«, sagt sie.

»Und wenn wir das nicht wollen?« Aaron verschränkt seine Arme.

»Ich komme mit. Darüber diskutiere ich nicht. Dank mir konntet ihr euch ins Netz einwählen. Ihr seid mir was schuldig.«

Stimmt leider. Auch wenn es mir schwerfällt, das zu denken, und ich es hasse, in irgendjemandes Schuld zu stehen.

Aaron schluckt und verzieht das Gesicht, als ob er in eine faule Alge gebissen hätte. Er mag arrogant sein, aber seine Ehre ist ihm wichtig. »Na schön. Du bist dabei. Wer noch? Chamuel?«, fragt er seinen Freund.

Chamuel steht abseits bei Eva. Sie haben die Köpfe zusammengesteckt und ich bin gespannt, was sie vorhaben.

Er schaut auf. »Nein, Eva und ich werden dafür sorgen, dass es auf keinen Fall eine Hinrichtung geben wird.«

Ich balle die Faust. »Ohne Abel wird es keine Hinrichtung geben.«

Die Frage, wen Abel in seiner Gewalt hat, lässt mich seit Lillits Rückkehr nicht los. Rahab bestimmt. Aber wer ist die oder der Zweite?

Chamuel schüttelt den Kopf. »Das können wir nicht riskieren. Ihr könntet scheitern.«

»Auf keinen Fall will ich noch mehr Freunde verlieren«, erklärt Eva.

Dem kann ich nichts entgegnen. Es ist wahr und das macht mir Angst. Zieht mir den Boden unter den Füßen weg. Ich balanciere auf Messers Schneide.

Aaron nimmt meine Hand. Ich atme und erinnere mich: Ich bin nicht allein.

»Ich komme mit zu Abel.«

Ruth? Das habe ich nicht erwartet.

»Ich will dabei sein, wenn er aufgibt.«

Aus Rache? Wegen der Kinder? Ich bin mir nicht sicher, ob ich das gut finde, aber ich habe auch nicht das Recht, ihr etwas zu verbieten.

»Ich bin auch dabei«, meldet sich Lillit zu Wort. »Muss ja dafür sorgen, dass ihr es nicht vermasselt.«

Das habe ich erwartet. Diesen Spaß will sie sich nicht entgehen lassen.

Dankbarkeit durchströmt mich. Auch wenn sie eine eigenwillige Persönlichkeit ist, Lillit würde niemals jemanden zurücklassen, falls es gefährlich werden sollte. Das beruhigt mich.

»Dann reicht es. Mehr sollten wir nicht sein«, bestimme ich.

Der Plan klingt gut, ist aber auf Sand gebaut. Er wird nur so lange halten, bis das Wasser steigt.

Es ist alles meine Schuld.

Lillit, Ruth und Rhode führen uns ab. Die Sonne scheint unser Vorhaben zu begrüßen. Sie leuchtet uns den Weg zum Wagen der Schutzwehr.

Menschen marschieren uns entgegen und spucken unseren falschen Schutzmännern vor die Füße. Zum Glück lassen die Mädels sich nichts anmerken. Sie gehen schneller und ziehen mich und Aaron mit. Unser Plan darf nicht bereits hier scheitern.

In Gruppen ziehen die Demonstranten die Straße in Richtung des Tempels. Hoffentlich ist Abel noch im Regierungszentrum, wenn wir dort ankommen.

Ich wünsche den anderen, dass sie fähige Anhänger finden, die eine Kugel abfeuern können, ohne sich selbst zu verletzen. Die Waffen werden gerade so für ein, zwei Dutzend Demonstranten reichen und sollten nicht in falsche Hände gelangen.

Im Auto lehne ich mich zurück. Atme tief ein und aus. Nur um gleich wieder einen Blick aus dem Fenster zu werfen.

Die Menschenmassen und die entstehende Aggression erschüttern mich. Die Menschen sind zum Teil nur in zerlumpte Kleider gehüllt und Kinder schauen unserem Auto mit großen Augen hinterher. Ihnen ist der Hunger in ihre ausgemergelten Gesichter geschrieben.

»Abel lässt die Insel den Bach runtergehen«, redet Rhode leise vor sich hin.

»Er ist nicht anders als Adam.« Lillit packt den Lenker fester und fährt langsam die Straße runter, die immer wieder von Demonstranten blockiert wird.

Ich befürchte jeden Moment, dass sie die Menschen platt fährt.

Wir wollten es besser machen, aber es wurde schlimmer. Werden die Menschen Vertrauen zu uns haben? Zwei Revolten hintereinander. Ist es sinnvoller, das Festland übernimmt die gesamte Kontrolle? Wir könnten einen Kompromiss aushandeln. Auf dem Festland dürfen Frauen studieren. Meine Gedanken rotieren. Mein Atem geht flach.

Beruhigend drückt sich Aaron an mich. »Alles wird gut«, flüstert er.

Ich wünschte, ich könnte seine Hand halten, aber meine sind unangenehm auf meinem Rücken gefesselt.

Rhode könnte Präsidentin werden, unter der Kontrolle vom Festland. Wäre das wirklich das Schlimmste?

Vielleicht. Weil sie zu viele Geheimnisse hat. Vielleicht auch nicht, weil sie auf keinen Fall Frauen unterdrücken würde.

Wir erreichen das Regierungszentrum. Ein Dutzend Schutzmänner haben sich vor dem Gebäude versammelt. Wie Soldaten beschützen sie das Gelände. Abels Limousine steht bereit.

In der Mitte von Rhode, Lillit und Ruth laufe ich an Aarons Seite auf das Gebäude zu. Sofort macht die Schutzwehr Platz. Mein Gesicht ist bekannt. Die Männer richten ihre Waffen auf mich. Ich sehe, wie Lillit zusammenzuckt und die Fäuste ballt. Misstrauische Blicke folgen uns. Sofort werden einige Uhren erhoben und nach Anweisungen gefragt. Ich höre nur ein Rauschen als Antwort. Halten die Mädchen einer Durchsuchung stand?

»Die Schutzwehr im mittleren Ring braucht Verstärkung«, erklingt es aus mehreren Uhren gleichzeitig.

»Ein Menschenauflauf!«, schreit jemand.

Die Reihen werden unruhig. Jetzt erfolgen Befehle. Die Männer werden abbestellt und niemand achtet mehr auf uns. Das Ablenkungsmanöver zeigt seine Wirkung.

Lillit umgreift meinen Oberarm fester und führt mich weiter, ohne aufgehalten zu werden.

Die Wachmänner an der Eingangstür lassen uns mit verdutzten Gesichtern eintreten. Stolpernd gehe ich an ihnen vorbei hinein ins Regierungszentrum. Unsere Tarnung funktioniert. Ich unterdrücke ein Seufzen.

Ruth hält mich leicht am Arm und lenkt mich nach rechts. Die Fesseln schneiden unangenehm in meine Handgelenke und ich befürchte, Rhode hat sie zu eng geschnallt.

Zwei weitere Schutzmänner stehen breitbeinig vor der großen Glastür, die uns von Abel trennt.

Lillit spricht mit bemüht tiefer Stimme. »Wir haben die Aufrührer, die Präsident Abel sofort sehen wollte.«

»Warum habt ihr sie nicht ins Gefängnis verfrachtet?«

»Weil Abel sie sehen wollte – Vollidiot.«

Nein! Lillit! Übertreib es nicht!

»Pass auf, was du sagst, du halber Hering!«

»Lasst ihr uns jetzt durch?«

»Das müssen wir erst absprechen.«

Der linke Wachmann entfernt sich von uns und telefoniert. Er kommt wieder. »Abgemacht war das nicht. Aber der Präsident will die Gefangenen sehen.«

Darauf haben wir spekuliert. Abel ist nach wie vor berechenbar. Sein gewaltiges Ego will diesen Sieg auskosten. Für einen kurzen Moment denke ich an unsere gemeinsame Zeit in der schwarzen Zone zurück. Wir waren immer auf unterschiedlichen Seiten. Das muss ich endlich einsehen.

Meine Hände zittern, während ich einen langen Flur entlanggehe. Einige Köpfe ragen aus den umliegenden Büros heraus und schauen uns nach. Eine unangenehme Stille liegt in der Luft. Sie fühlt sich zu dick zum Atmen an. Das Gefühl, auf eine endgültige Entscheidung zuzumarschieren, drückt meine Brust zusammen und ich muss mich zwingen, ein- und auszuatmen.

Eine große Tür erwartet uns am Ende des grauen Ganges. Seltsam, dass hier kein Weiß vorherrscht wie auf der anderen Seite. Und wieso fällt mir das auf?

Ich mustere den Wachschutz vor der Tür und er öffnet den Eingang zu Abels ›Thronsaal‹.

Abel steht lässig an seinen Schreibtisch gelehnt und lächelt siegessicher.

»Herzlich willkommen«, begrüßt er uns. »Gute Arbeit«, lobt er die vermeintlichen Schutzmänner.

Hochmut ist ein guter Verbündeter.

»Danke Präsident, Abel«, sagt Rhode mit verzerrter Stimme.

»Aaron und Martha. Wie konnte es nur so weit mit uns kommen? Hatten wir nicht einst dasselbe Ziel?« Abel lacht. »Ich verstehe dich, Martha, auch ein bisschen. Es war schon beinahe komisch, wie du und viele andere Frauen gedacht haben, gleichberechtigt neben Männern leben zu können. Ohne mich und meine Männer hätte es nie eine Rebellion gegeben. Ihr seid zu nichts zu gebrauchen, außer um Wäsche aufzuhängen. Das hat deine Schwester doch gemacht, oder, Aaron?«

Aaron läuft hochrot an und stürzt sich auf ihn.

Rhode wirft sich vor Abel und schubst den Präsidenten zur Seite.

Was soll das? Sie soll uns schützen und nicht ihn!

Abels Wachmänner zerren Aaron zurück und zwingen ihn auf die Knie.

»Passen Sie doch besser auf Ihren Gefangenen auf!«, schimpft Abel und glättet seine graue Anzugjacke.

»Wen willst du heute hinrichten, Abel?«, frage ich. Ich darf mich nicht von ihm ablenken lassen.

»Das weißt du doch, Martha. War eine schlaue Idee mit den Nachrichten. Wer steckt dahinter?«

Aaron und ich schweigen. Hinter meinem Rücken versuche ich verzweifelt, die Fesseln zu lösen. Meine Hände werden taub. Es läuft nicht nach Plan, aber ich darf mich jetzt nicht beirren lassen. Ich muss mich einzig und allein auf Abel konzentrieren.

Äußerlich bleibe ich ruhig. Innerlich vibriere ich vor Anspannung.

»Es hat nicht viel gebracht, oder? Was wolltet ihr damit erreichen, dass die armen Seelen auf der Straße euch folgen und gegen mich kämpfen? Die meisten Menschen sind zufrieden und wollen keine neue Revolte.« Abel kräuselt die Lippen. Ist er irritiert von uns? Auf der anderen Seite hörte er sich schon immer gerne selbst reden. »Als würden sie einer Frau folgen.« Er lacht verächtlich.

»Die Menschen werden dich niemals als Präsident behalten wollen! Du bist noch schlimmer als Adam!« Ich winde mich und will diese Fesseln loswerden! Rhode sollte sie nie so stramm zuknoten, sondern nur lose anlegen. Wie konnte ihr dieser Fehler passieren!? Mein Atem geht keuchend. Wut ballt sich in meiner Brust zusammen.

»Sag das nicht. Ich bin so viel besser als Adam. Er hat mir meinen Platz weggenommen. Ich hätte auf dem Thron sitzen sollen. Ich hätte Präsident werden sollen. Ich hatte mehr Stimmen als er. Aber natürlich kämpfte er nicht fair. Mein Bruder war schon immer ein Betrüger.«

»Vater hat schon früh erkannt, was für ein Kugelfisch du bist.« Mit diesem Satz zieht Rhode ihre Mütze vom Kopf und hebt ihre Waffe. »Ich würde jetzt lieber nichts Falsches tun, Onkel. Ich habe dir eine ferngesteuerte Bombe angeklebt.« Rhode dreht sich zu uns um. »Nette technische Erfindung, wofür das Festland sehr dankbar sein wird.« Sie wendet sich wieder dem Präsidenten zu.

Was passiert hier? Ich drehe meinen Kopf hin und her, suche Lillits Blick. Völlig blass und mit offenem Mund starrt diese zu Rhode.

Abel schaut erschrocken an sich herunter. Ein Stück Knete mit einer Miniantenne klebt auf seiner Brust. »Das Festland? Ich … verstehe nicht.« Seine Stimme schwankt.

Adam ist Rhodes Vater? Wie konnte sie nur!?

Sie hat uns verraten! Das Feuer in mir erstickt in Schuldgefühlen.

»Das Festland und ich haben einen Handel. Ich nehme deinen Platz ein und die Insel wird Teil des Festlandes.«

»Du hast uns hintergangen Rhode!«, kreische ich.

Sie rümpft die Nase. »Ich bitte euch. Hintergangen? Ich bewahre euch vor einen gewaltigen Fehler. Ein Rätesystem wie aus dem Mittelalter? Wie soll das funktionieren? Diese Inselaffen sind nicht dazu geschaffen, eigenständige Entscheidungen zu treffen. Jahrhundertelang haben sie sich über ihre Köpfe hinweg wie Marionetten behandeln lassen. Sonst hätte ein Goldfisch wie mein Onkel nie die Macht übernehmen können. Eigentlich sollte die ganze Sache etwas leiser vonstattengehen. Ihr habt mir in meine Übernahme gefunkt. Ohne euch wäre alles anders und wesentlich schneller abgelaufen.«

»Vielleicht hättest du ein ehrliches Spiel mit uns spielen sollen«, japse ich und kann nicht verhindern, dass mir die Knie weich werden. Die Situation ist zu viel für mich. Aaron bewegt sich hin und her, um sich aus dem Griff des Wachmannes zu befreien, doch dieser lässt nicht locker und hält ihm eine Waffe an die Schläfe. Lillit hat ebenfalls ihre Waffe gehoben. Sie schwenkt den Lauf von einer Person zur nächsten. Sie ist kreidebleich und mit einem Mal sehe ich ihr, ihr junges Alter deutlich an. Auf sie kann ich jetzt nicht hoffen.

»Ehrlich? Dann hättet ihr euch kooperativ gezeigt? Ich glaube kaum. Selbst die Halbwahrheit war schon fast zu viel für euch. Ihr mit eurer lächerlichen Revolte. Habt nicht von einem Ufer bis zum nächsten gedacht.« Sie wendet sich wieder Abel zu, der perplex und mit offenem Mund dasteht und – genau, wie ich mich fühle – überfordert aussieht.

»Wir wollten keine Herrschaft mehr«, protestiere ich sinnlos weiter.

»Was du wolltest, ist Anarchie, Martha. Und das funktioniert nicht. Anarchie führt zu Chaos. – Aber könnten wir jetzt bitte zum Wesentlichen zurückkommen? – Onkel, du hast, denke ich, etwas zu verkünden. Und setze doch freundlicherweise ein Schreiben auf. An das Festland.«

»Das ist ein Bluff.« Abel richtet sich wieder auf. »Ich glaube dir kein Wort, Rhode. Dieses seltsame Stück Knete willst du eine Bombe nennen? Ich sage dir, was ich jetzt mache.« Er wendet sich seinen Wachmännern zu. »Wachschutz, verhaften Sie diese Leute und schaffen Sie sie ins Lager A.«

Der Wachmann zieht Aaron hoch und ein weiterer Mann kommt auf mich zu. Ich verfluche die Fessel, die mich hindert.

Abel legt eine Hand an die Knete.

Ruth hebt ihrerseits die Waffe und geht langsam auf ihn zu. Ihre Hand zittert und ich befürchte, sie bricht eher zusammen, als dass sie einen Mann erschießt.

Was soll ich tun? Mein Verstand ist wie leer gefegt. Wo hat Rhode die Bombe her? Von Lillit? Mit einem Schlag wird mir klar: Ich muss hier raus.

Aber meine Beine reagieren nicht.

»Das würde ich nicht machen!«, schreit Lillit und ich folge ihrem Blick zu Abel.

Der Präsident fummelt an der Knete herum und Lillit wirft sich zurück.

Diese Bewegung holt mich aus meiner Starre und ich lasse mich ebenfalls nach hinten fallen. Aaron reißt seinen Wachmann um und landet mit ihm auf dem Boden.

Aus den Augenwinkeln sehe ich, wie Abel die Bombe mit einem kräftigen Ruck von seiner Jacke zieht.

»Keine Bewegung!« Ruth steht direkt vor ihm.

Ein kleiner Funke leuchtet auf.

Ohrenbetäubender Lärm dringt in meine Ohren. Wie eine dunkle Masse werden die Männer vor mir in die Luft gehoben. Die Druckwelle schleudert mich gegen die Tür. Etwas oder jemand fällt auf mich und ich schreie auf. Spüre, wie ich begraben werde – und dann ist es still.

Benommen schiebe ich die leblosen Körper über mir zur Seite und richte mich mühsam auf. Meine Schultern brennen und meine Hände sind taub auf meinem Rücken. Weißer Rauch und Blut springen mir ins Auge.

Ich unterdrücke ein Würgen und sauge hustend Luft in meine Lunge. Gedämpft dringt alles zu mir durch. Meine gesamte rechte Seite schmerzt und ich keuche auf.

Dort, wo Abel stand, ist nur ein Haufen zerfetzter Körperteile zu erkennen.

»Nein!«, kreischt Rhode und hustet. Sie ist in der anderen Ecke des Zimmers und kommt hinter einer Couch hervor. Blut läuft ihr das Gesicht herunter und ihre Kleidung hat Brandspuren, aber sie stemmt sich hoch und wirkt unversehrt.

Einer der Wachmänner stöhnt auf, sein halber Körper ist eine einzige verbrannte Fläche. Ohne medizinische Unterstützung wird er es nicht schaffen.

»Nimm mir die Fesseln ab, Rhode!«, rufe ich ihr heiser zu.

Sie reagiert nicht und stolpert zum Schreibtisch.

In meinen Ohren klingelt es. Das Brennen auf meiner rechten Seite macht das Atmen zur Qual.

»Das kann doch nicht wahr sein! Ich brauchte ihn, um die Übernahme zu vollenden!« Sie rüttelt den Bildschirm des Datenrechners. »Nein!«

Lillit humpelt zu mir und befreit mich. Aaron kriecht unter einem leblosen Körper hervor.

Ich stürze zu ihm und befreie ihn von seinen Handschellen. Kurz erlaube ich mir, in seinen Armen zu liegen, bevor ich mich aufrichte. Mein Verstand begreift die Situation noch nicht. Ich sehe alles wie durch einen nebligen Schleier.

»Wo ist Ruth?« Ich suche den Raum ab.

Ihr braunes Haar liegt in einer blutigen Lache. Ich fahre herum. Den Rest ihres Körpers kann ich mir nicht mehr anschauen.

Aaron taucht vor mir auf und ich vergrabe weinend mein Gesicht an seiner Brust.

Es ist alles meine Schuld. Ich habe mich wieder geirrt und der falschen Person vertraut!

Der Tod meiner Freunde ist die Strafe dafür. Meine Brust verkrampft.

»Es ist noch nicht zu Ende. Eva verlässt sich auf uns«, redet Aaron auf mich ein.

Er hat recht. Ich darf jetzt nicht aufgeben.

Wir müssen zu den anderen. Hier kann ich nichts mehr tun. Aber ich kann eine Hinrichtung verhindern.

Mein Blick fällt auf Rhode, die hektisch auf Abels Rechner herumtippt, aber der ist ein Trümmerhaufen.

Ich greife Aarons Hand. »Wir müssen los!«

»Und zwar schnell!« Lillit rennt voraus in den Flur.

In meinen Ohren piept es und ich brauche eine Weile, bis ich merke, dass es die Alarmanlage ist.

Wir rennen inmitten von schreienden Menschen, die wie ziellos den Flur entlanghetzen. Die Tür zur Eingangshalle steht offen. Dank des Tumults kommen wir raus, ohne aufgehalten zu werden.

Die Straße vor dem Regierungszentrum ist voller Menschen, die mit Steinen auf die großen Glasflächen der umliegenden Gebäude werfen. Die Schutzwehr brüllt durch Megaphone ungehörte Worte. Eine graue Masse windet sich an uns vorbei. Ich halte mich an Aaron fest, der mich stützt und meinen Körper mit seinem verdeckt, um mich vor fliegenden Steinen zu schützen.

Lillit verschwindet in eine enge Gasse. Wir folgen ihr.

Ich halte mir die rechte Seite, traue mich nicht, einen Blick auf die Verletzung zu werfen. Was ich nicht sehe, ist auch nicht da!

Ich wimmere, denn das Brennen ist übermächtig. Mein Blick huscht nach unten. Mehrere Hautschichten sind verbrannt.

»Wo willst du hin?«, ruft Aaron Lillit zu.

»Zum Tempel, zu den anderen.«

Ich stolpere und schreie auf.

»Nein. Das geht nicht. Martha muss ins Heim zu Helene!«, sagt Aaron und hält mich fest.

Ich wehre ihn ab, obwohl mir kalter Schweiß auf der Stirn ausbricht. »Es ist nichts! Wir müssen zu den anderen. Wir müssen die Hinrichtung aufhalten.«

»Die werden kein Gericht mehr abhalten, Martha. Abel ist tot.« Er schiebt mich in die entgegengesetzte Richtung.

»Ruben!«, rufe ich aus. »Ruben muss die Nachricht verkünden, dass Abel tot ist.«

Lillit tippt auf ihrer Uhr herum. »Sie funktioniert nicht. Wir müssen zurück zum Waisenheim.«

Ich sacke halb zusammen und Aaron fängt mich auf. Damit ist die Entscheidung gefallen.

Unsere Hoffnung, Menschen auf die Straße bewegen zu können, hat sich erfüllt. Ich habe das Gefühl, die gesamte Insel brüllt ihre Wut gegen Abel heraus. Wie die Wellen eines Tsunamis bewegt sich die Masse durch die Straßen. Fenster und Türen gehen zu Bruch. Autos stehen in Flammen. Schüsse ertönen und geben ein Stakkato-Rhythmus vor. Das ist keine Demonstration mehr, das ist eine Revolution.

Wir zwängen uns durch die Menschen. Meine Hand krallt sich an Aarons. Wann immer mich jemand schubst, stöhne ich vor Schmerz. Mit Besorgnis denke ich an Eva und Chamuel. Ich stolpere weiter und Aaron trägt mich halb, weil ich mich kaum noch auf den Beinen halten kann.

Welche Wahrheit?

»Wertes Inselvolk. Jahrelang haben Sie unter der Unterdrückung tyrannischer Männer gelitten. Ich, Präsidentin Olympe, verspreche Ihnen, dass die Insel ihre Freiheit behalten wird und eine gerechtere Zeit für jedermann und jederfrau einziehen wird.« Die Stimme der Frau, die das Festland regiert, ist nett und damit sehr irritierend. »Senken Sie ihre Waffen und lassen Sie nicht zu, dass Abel die Insel auch nach seinem Tod mit brutaler Gewalt zerstört.« Unablässig läuft die Nachricht über alle Rechner. Meine Uhr leuchtet im steten Takt.

Die Insel wurde eingenommen. Und wir haben dazu beigetragen. Meine Gefühle wechseln zwischen Erleichterung, Wut, Angst, Freude und Hoffnung. Alles ist durcheinander. Fieber wütet in mir und ich bin sicher, gegen dieses gibt es keine Tabletten. Was sollen wir tun? Rausgehen, allen die Wahrheit sagen? Welche Wahrheit? Rhode ist eine Verräterin? Die Tochter von Adam hat Abel getötet, ihren Onkel? Kälte und Hitze wechseln sich in mir ab.

Ich lasse mich von Aaron versorgen und entscheide, für heute gar nichts mehr zu denken. Jetzt heißt es nur noch: Ich und meine Freunde, die meine Familie geworden sind.

In letzter Sekunde konnten Chamuel und Eva die Hinrichtung von Ada und Rahab verhindern. Dass Abel tatsächlich Ada mitreingezogen hat … Wäre er noch am Leben, ich würde ihn dafür büßen lassen!

Wir ziehen uns zur Sicherheit in den Keller zurück, essen die letzten Haferflocken auf und warten ab. Müde und schmutzig schlafen wir gemeinsam im Schutzraum. Am nächsten Morgen gehen Ruben und Aaron nach oben, um die Lage zu prüfen.

Wenig später kommen sie wieder runter. Aaron setzt sich zu mir. »Wir haben Gruppen von Männern gesehen, die durch die

Straßen ziehen und in Wohnungen einbrechen. Besser ist es, wir bleiben im Keller.«

Salome und Helene stöhnen auf. Es ist eng hier unten und stickig. Aber was bleibt uns übrig.

»Ich denke, wir sollten eine Uhr einschalten, um etwas zu erfahren«, schlägt Ruben vor.

Chamuel nickt. »Mach das!«

Das Festland sendet nur eine Nachricht: »Bleiben Sie zu Ihrer eigenen Sicherheit in Ihrer Wohnung. Nahrung und Wasser werden geliefert.«

Ich wache mit Kopfschmerzen und einem unerträglichen Durst auf. Aaron und Chamuel machen sich auf und besorgen von oben Wasser. Die Uhren melden noch immer die gleiche Nachricht: »Bleiben Sie im Haus.«

Die Randalierer halten sich nicht daran. Chamuel erzählt, dass selbst unsere Eingangstür aus den Angeln gerissen wurde.

Ich lege mich auf eine Matratze und starre die schmutzige Decke an. Zähle die Sekunden, um nicht nachzudenken. In meinem Kopf herrscht Nebel.

Rhode. Abel. Diese beiden Namen tanzen um meine verstorbenen Freunde herum. Ich quäle mich mit der Frage, was ich hätte anders machen können, um sie zu retten. An welcher Stelle ich falsch entschieden habe. Eine Antwort finde ich nicht.

Meine Brandwunden fangen an, stinkende Flüssigkeit abzusondern. Aaron bedeckt meine Stirn mit einem nassen Lappen. Ich kann nur hoffen, das Fieber steigt nicht.

Klaras Verletzungen sind zum Glück nicht schlimmer geworden. Die Erleichterung täuscht darüber hinweg, dass ihr Zustand dennoch kritisch ist.

Helene klagt über Rückenschmerzen.

»Wir alle haben Rückenschmerzen!« Salomes Stimme klingt gereizt und ich kann es ihr nicht verübeln. Zwei Tage in einen dämmrigen Raum eingesperrt – zu elft. Ada ist bei uns geblieben. Ein Trost in meiner Trauer.

Eva schläft die meiste Zeit. Sie lässt sich kaum zum Trinken bewegen. Der Raum und Ruths Tod sind einfach zu viel für sie. Immerhin wird sie nicht panisch, aber das ist nicht wirklich besser.

Irgendwann ertrage ich das Eingesperrtsein nicht mehr. Ich wuchte mich hoch und torkle zur Tür. Meine Beine protestieren, meine Wunden reißen auf.

»Martha!« Aaron hält mich am Arm fest.

»Ich muss mich bewegen. Ich muss raus.« In meinem Körper scheinen Ameisen zu leben. Es kribbelt überall. Wenn ich nicht hier rauskomme, werde ich verrückt.

Sofort stehen die anderen auch auf.

Im Licht der Notbeleuchtung sehe ich Aaron die Türklinke herunterdrücken. Gemeinsam gehen wir die Treppe hoch.

Was noch ganz war, ist nun völlig zerstört. Vor allem die Küche ist hinüber. Jede Schranktür herausgerissen, jedes Regalbrett in Stücke gebrochen. Das Geschirr liegt in Scherben verteilt auf dem Boden oder schwimmt in Blutlachen.

Ruben schaltet wieder die Uhr an. »Sie schicken endlich die Lastwagen mit Essen und Wasser durch die Straßen. In einer halben Stunde müsste einer bei uns vorbeifahren. Wir sollten raus und uns bemühen, etwas abzubekommen.«

Ich liege auf einer aufgeschlitzten Matratze im Eingangsbereich vor dem Keller. Neben mir schläft Eva. Ich versuche, die Schmerzen wegzuatmen, und frage mich, was passiert.

Ich habe uns im Regierungszentrum gesehen, wie Aaron versucht, die Dinge zu regeln. Habe uns nicht im Waisenheim gesehen, wo wir uns verstecken müssen.

Rhode. Ob sie noch lebt? Bin ich sauer auf sie? Ja und Nein. Viel mehr auf mich, weil ich auf sie hereingefallen bin. Wann lerne ich aus meinen Fehlern?

Ich denke an die Jahre in der schwarzen Zone. An die Zeit vor dem Ganzen hier. Bei Aaron habe ich richtig gelegen. Vielleicht ist Rhode eine gute Wahl? Vielleicht wird sie alles besser machen?

Der Gedanke, nicht für eine ganze Insel zuständig zu sein, hat etwas Beruhigendes.

Die nächsten Tage rollen immer wieder Lastwagen durch die Straßen. Die Flugroboter werfen Notfallrationen und Medizin ab. Wir müssen schnell sein, um etwas abzubekommen.

Klaras und meine Wunden verheilen mit Hilfe der Medikamente und wir bauen das Heim, so gut es geht, wieder auf. Reparieren, erneuern und warten auf Nachrichten.

Die Ruhe fühlt sich trügerisch an und trotzdem besser als vermutet. Vielleicht, weil es nicht mehr in unserer Macht liegt, was passiert, und wir nichts tun können.

Zwei Wochen nach Abels Tod leuchtet meine Uhr auf. Ich setze den Becher auf dem Küchentisch ab und lese die Nachricht. Mit gerunzelter Stirn sehe ich auf.

Wir sollen uns registrieren.

Mein Finger schwebt über der Löschtaste.

»Was hat das zu bedeuten?«, stellt Eva die Frage, die in meinem Kopf schwirrt.

»Ich denke, Abel hat eine Menge Chaos hinterlassen. Nein, ich weiß, dass er das hat.« Aaron kratzt sich am Kopf. »Viele Menschen sind in die Stadt gezogen, ohne hier gemeldet zu sein, und Bürger wurden zwangsumgesiedelt. Ich denke, wir sollten der Aufforderung Folge leisten. Was anderes bleibt uns nicht übrig. Mit der Registrierung werden sie die Notversorgung bald einstellen.«

Ich frage mich, ob wir wieder über Drohnen mit einer Grundversorgung beliefert werden oder wie auf dem Festland in Geschäften einkaufen müssen? Und wenn, von welchem Geld?

Mit der nächsten Notlieferung erhält jeder, der keine hat, eine neue Uhr. Wir sitzen im Eingangsbereich auf dem Boden und essen Dosenpfirsiche. Ein Programm führt mich durch viele Fragen. Am Ende habe ich eine Nummer und die Bestätigung, dass ich im Heim wohnen bleiben darf.

Lillit hat sich entschieden, zu verschwinden. Eine erneute Registrierung, und das bei dem verhassten Festland, wollte sie auf keinen Fall über sich ergehen lassen. Ruben ist ihr wie ein Putzerfisch gefolgt.

Meine Frage, wie Rhode an die Bombe gelangt ist, konnte Lillit mir nicht beantworten. Sie muss sie ihr gestohlen haben.

Meine Gedanken wandern zu Rhode. Ein Bild von ihr ist in den Nachrichten aufgetaucht. Sie versprach, die Insel wiederaufzubauen. Das Festland hat ihr jedwede Unterstützung versprochen. Rhode hat uns verkauft. Zu welchem Preis kann niemand von uns sagen.

Ende

HOFFNUNG

Man könnte meinen,
die Hoffnung aufgeben
würde Verzweiflung nahelegen.
Aber ich fühle mich endlich im Reinen.

Hoffnung lenkt nur ab.
Sie lässt uns über Dinge nachdenken.
Hält uns unnötig auf Trab.
Verführt uns dazu, erfolglos Zeit zu verschenken.

Etwas das passieren könnte,
damit man gerettet wird.
Das uns das Schicksal nicht gönnte.
Der Hoffnungsvolle ist der, der sich irrt.

Anstatt dass er an das denkt,
was direkt vor ihm liegt.
Von der Hoffnung gelähmt und falsch gelenkt,
es ist die Angst, die über den Hoffnungsvollen siegt.

Die Angst vor noch mehr Niederlagen,
der Einsicht das die Hoffnung ihr Versprechen nicht hielt,
und der Pein, dass der Hoffnungsvolle nur noch eins hat zu sagen,
das die Hoffnung keine Rolle mehr spielt.

Ich habe es verstanden.
Habe den Irrweg der Hoffnung verlassen.
Ihr und ihrer Heimtücke widerstanden.
Mich selbst aus ihrer Knechtschaft entlassen.

Bin ich jetzt frei?
Ich gehe einen anderen Weg.
Der Hoffnung ist es einerlei.
Sie ist stets bereit und rührt sich nicht vom Fleck.

@Emily Tara Todd

EPILOG

Ich winke den Kindern, die mich laut verabschieden, von der Straße zu. Klöpschen schreit etwas, das man mit viel Fantasie als ›Martha‹ deuten könnte. Lächelnd wende ich mich ab und laufe stramm zur Haltestelle. Der Bus wartet nicht auf mich.

Laut brummend begrüßt mich das Gesicht von Rhode. Groß ziert es den Bus, mit dem ich vom Waisenheim zur Uni fahre.

Die Insel gehört nun zum Festland und ist der dortigen Präsidentin Olympe unterstellt. Rhode wurde offiziell zur Inselministerin ernannt.

Ich steige in den Bus und lasse mich auf einen leeren Sitz fallen. Gedankenverloren starre ich auf die graue Stadt. Haben wir verloren oder gewonnen? Ich weiß es nicht. Darüber nachzudenken, bereitet mir Kopfschmerzen, weil ich mir vieles anders ausgemalt hatte. Andere Erwartungen an die Zukunft hatte. Glorreiche. Ich wollte die Welt verändern, was im Nachhinein eine kindische Träumerei war. Zumindest geht es uns Frauen nicht schlechter und ich kann besser schlafen. Die Angleichung der Frauenrechte vollzieht sich mit großen Schritten. Es wurde ein Mindestlohn eingeführt und die schwarze Zone existiert nicht mehr.

An der Uni angekommen, mische ich mich unter die Studenten. Jemand ruft meinen Namen und ich drehe mich um. Salome kommt auf mich zu gerannt. Sie sieht gut aus. Ihre grauen Kleider hat sie gegen eine Hose und eine bunte Bluse getauscht. Sie feiert den Neuanfang.

Dennoch hat die Übernahme durch das Festland Spuren hinterlassen. Ich kicke einen Becher zur Seite, der achtlos neben den Mülleimer geworfen wurde. Es gibt keine Strafen mehr bei Vergeudung von Lebensmitteln und Ressourcen und der Zugang zu nicht lebensnotwendigen Dingen des Lebens ist leichter. Bereits drei weitere Textilfabriken wurden eröffnet, um der Nachfrage an Kleidung gerecht zu werden.

Eine weitere Studentin gesellt sich zu uns und wir diskutieren auf dem Weg durch das Gebäude über die nächste Klausur. Die wird mich einige Stunden Schlaf kosten. Auch wenn der Dekan es nicht mehr verhindern kann, so macht er uns Frauen das Studium zumindest so schwer wie möglich.

Ich betrete den Hörsaal und setzte mich zu Helene in die erste Reihe. Einige männliche Studenten murren, doch ich ignoriere sie. Salome rutscht zu mir durch und geht ihre Notizen von gestern durch. Ich richte den Blick nach vorne.

Namensverzeichnis

In der Reihenfolge ihres Auftretens mit der Bedeutung ihres Namens.

Martha – Ich-Erzählerin – die Herrin
Felix – Rebell – der Glückliche
Éli – Techniker, Rebell – der Emporkommende
Aaron – Freund von Martha – der Erleuchtete
Adam – gestürzter Präsident – der Erdgeborene
Lillit – Rebellin – die Nächtliche
Thomas – Sanitäter – Zwilling
Chamuel – Freund von Eva – er, der Gott sieht
Abel – Rebellenführer, Präsident – Vergänglichkeit
Mára – totes Baby – die Bittere
Johannes – Sanitäter – Jehova hat begnadigt
Esther – Sanitäterin – Stern
Sára – Sanitäterin – Fürstin
Ada – Dirne – die Geschmückte
Chogla – Dirne – das Rebhuhn
Kaleb – Freier im Sündenhaus – der Heftige
Zoar – Dirne – die Kleine
Isaak – Schützling von Martha – Lacher
Eva – Schwester von Aaron – die Lebensspenderin
Klara – Freundin von Eva – hell, klar
Rahab – Freundin von Eva – die Offene
Vasti – Krankenschwester – die Beste
Rimmon – Arzt – der Donnerer
Hagar – Krankenschwester – die Flüchtige

Helene – Studentin – Helene Lange (Frauenrechtlerin)
Ariel – Schwester von Chamuel – Löwe Gottes
Thidhal – Professor – Glanz, Ruhm
Salome – Studentin – die Friedliche
Góliath – Student – der Glänzende
Simson – Student – der Starke
Oreb – Professor – Rabe
Ruth – arbeitet im Waisenheim – Freundin
Ebed – Marktverkäufer – Diener
Katrin – Freundin von Eva– die Reine
Anna – Tochter von Katrin – Begnadigte
Léa – Krankenschwester – die Arbeitsame, die Müde
Ruben – Techniker – sehet, ein Sohn.
Rhode – Nichte von Abel – Rose
Olympe – Präsidentin – Olympe de Gouges (Frauenrechtlerin)

Anmerkung:

Kappes (Familienname von Martha) – angelehnt an Johanna Kappes – erste Studentin von Deutschland

ÜBER DIE GEDICHTE

Die Gedichte stammen von sieben wundervollen Poetinnen,
die mir diese freundlicherweise zur Verfügung gestellt haben
bzw. sogar teilweise exklusiv für MARTHA geschrieben haben:

»ZERSTÖRUNG«
Frederike Sommer @bookworm_frederike

»ARMUT«
Sabine Best @best.soul.art

»DUNKEL«
Luga Faunus @lugafaunus

»HOFFNUNG«
A. M. @nothing_without_books

»NIEDERLAGE«
Zeinab Hodeib @zeinis_autorengarten

»OHNE ENDE«
Marie Leic @zeilensog

»HOFFNUNG«
Emily Tara Todd @wunderbar_im_norden

Schaut gerne, bei ihnen auf Instagram vorbei!

DU WILLST MEHR?

EVA

Herrschaft

Eva, Tochter eines Kaufmannes, lebt in einer Welt, i n der die Männer regieren und Frauen keine Rechte haben. Für sie eine Normalität, die sie nicht in Frage stellt. Doch der bevorstehende Heiratsmarkt und eine aufkommende Rebellion wecken Zweifel in ihr.

Zweifel, die sie nicht haben darf, Gedanken, die verboten sind, und Worte, die unerhört bleiben müssen. Jeder Versuch, sich den Geschehnissen zu entziehen, misslingt und am Ende muss sie erfahren, wozu die Männer, die geschworen haben, das schwache Geschlecht zu beschützen, fähig sind. Wird sie es schaffen, der Dunkelheit zu entfliehen und die Wahrheit über sich und ihre Heimat Selvia herauszufinden?

Als Taschenbuch (ISBN: 9783751954983) und Ebook erhältlich.

Danksagung

Eine Autorin allein, verirrt sich leicht im Meer aus Buchstaben. Sie braucht jemanden, der ihr eine Karte zeichnet, ein Licht leiht oder auch mal ein Rettungsboot schickt. Ohne solche Hilfe wäre MARTHA ein Wassertümpel und kein Seebeben.

Danke an meine Familie, die es aushält, wenn ich nicht vom Schreibtisch loskomme.

Danke an die Großeltern, die wann immer ich Freiraum brauche, die Enkelkinder zu sich holen.

Danke an meine Testleser, die es gewagt haben MARTHA vor allen anderen zu lesen.

Danke an meine wundervolle Lektorin Raphaela vom Zeilenfeuerlektorat, die es wieder einmal geschafft hat, die Untiefen meiner Geschichte zu bezwingen.

Danke an Isabel Aust! Für alles und mehr. Ich wüsste nicht, wo ich anfangen sollte, und das Buch wäre hunderte Seiten dicker, würde ich es versuchen.

Danke an meine Blogger, Unterstützer und Freunde auf Instagram und Facebook. Ihr seid der Wind in meinen Segeln.

Alles Liebe für euch,

Eure Franziska

Berlin, März 2021

LIEBE LESER,

ich freue mich, von euch zu lesen. Schreibt mir, verfasst eine **Rezension**, gebt mir ein Feedback.

Und wenn euch MARTHA begeistert hat und ihr mögt, besucht mein Blog www.szmania.org.

Abonniert gerne die **Autoren-News** um mehr über mich, meine Geschichten und Kurioses von meinem Schreibtisch zu erfahren.

Eure Franziska